Blake Crouch
Psychose

amazon crossing

Das Buch

Secret-Service-Agent Ethan Burke hat in Wayward Pines, Idaho, eine klare Mission: Er soll zwei Bundesagenten aufspüren, die einen Monat zuvor in der abgelegenen Stadt verschwunden sind. Aber nur wenige Minuten nach seiner Ankunft wird Ethan in einen schweren Unfall verwickelt. Er kommt im Krankenhaus wieder zu sich, und sein Ausweis, sein Handy und sein Aktenkoffer sind verschwunden. Das Krankenhauspersonal scheint freundlich zu sein, aber irgendwas ist … merkwürdig. Im Verlauf der nächsten Tage stößt Ethan bei den Nachforschungen über das Verschwinden seiner Kollegen auf immer neue Fragen anstatt auf Antworten. Warum kann er seine Frau und seinen Sohn zu Hause nicht telefonisch erreichen? Warum glaubt ihm niemand, dass er der ist, für den er sich ausgibt? Und warum ist die Stadt von Elektrozäunen umgeben? Sollen sie verhindern, dass die Bewohner fliehen? Oder sollen sie etwas anderes fernhalten? Mit jedem Schritt, den Ethan der Wahrheit näher kommt, entfernt er sich weiter von der Welt, die er zu kennen glaubte, und von dem Mann, für den er sich gehalten hatte, bis er sich einer schrecklichen Tatsache bewusst wird: Es könnte sein, dass er Wayward Pines nicht mehr lebend verlassen wird.

Der Autor

Blake Crouch hat über ein Dutzend Thriller, Mystery- und Horror-Romane geschrieben, die allesamt Bestseller wurden. Seine Kurzgeschichten erschienen in zahlreichen Sammelbänden, *Ellery Queen's Mystery Magazine*, *Alfred Hitchcock's Mystery Magazine* und vielen anderen Publikationen. Es gibt Pläne, »Serial« mit JA Konrath und »Abandon« zu verfilmen. Crouch lebt in Colorado, und weitere Informationen über sein Schaffen erhalten Sie auf seiner Webseite unter www.blakecrouch.com, indem Sie ihm auf Twitter folgen (@blakecrouch1) oder auf Facebook unter http://www.facebook.com/blake.crouch.

BLAKE CROUCH

PSYCHOSE

Übersetzt von Kerstin Fricke

amazon crossing

Die Originalausgabe erschien 2012 unter dem Titel »Pines«
bei Thomas & Mercer, Las Vegas.

Deutsche Erstveröffentlichung bei AmazonCrossing,
Luxembourg, März 2013

Umschlaggestaltung: bürosüd° München, www.buerosued.de
Umschlagmotiv: Jeroen ten Berge
Lektorat: Simon Jaspersen
Satz: Monika Daimer, www.buch-macher.de

Printed in Germany
by Amazon Distribution GmbH, Leipzig
ISBN 978-1-477-80731-6

www.amazon.com/crossing

Obwohl es Beweise dafür gibt,
dass die Evolution des Menschen weitergeht,
können Biologen nicht mit Gewissheit sagen,
wie sie verlaufen wird.

Time Magazine, 23. Februar 2009

Nur weil du paranoid bist,
heißt das noch lange nicht,
dass sie nicht hinter dir her sind.

Joseph Heller

KAPITEL 1

Er erwachte auf dem Rücken. Das Sonnenlicht schien ihm ins Gesicht und in der Nähe gluckerte Wasser. Sein Sehnerv schmerzte und auch in seinem Hinterkopf pochte es heftig – das ferne Grollen einer sich ankündigenden Migräne. Er rollte sich auf die Seite und setzte sich auf, wobei er den Kopf zwischen die Knie klemmte. Noch bevor er die Augen aufschlug, wusste er, dass sich die Welt um ihn herum drehte, als wäre alles ins Wanken geraten. Sein erster Atemzug fühlte sich an, als hätte man ihm auf der linken Brustseite einen Stahlkeil zwischen die Rippen gerammt, und er knurrte ob der Schmerzen, zwang sich aber, die Augen zu öffnen. Sein linkes Auge musste heftig angeschwollen sein, da er nur durch einen schmalen Schlitz sehen konnte.

Das grünste Gras, das er je gesehen hatte, ein wahrer Wald aus langen, weichen Halmen, erstreckte sich bis zum Flussufer. Das Wasser war klar und floss rasch an den Steinen vorbei, die daraus hervorragten. Auf der anderen Seite des Flusses ragte eine Klippe etwa dreihundert Meter in den Himmel. Auf den Felsvorsprüngen wuchsen Pinien und die Luft war erfüllt von ihrem Duft und der Süße des schnell fließenden Wassers.

Er trug eine schwarze Hose und ein schwarzes Jackett, darunter ein weißes Oberhemd, auf dem sich Blutflecken abzeichneten. Eine schwarze Krawatte hing locker um seinen Hals.

Als er das erste Mal versuchte aufzustehen, gaben seine Knie nach und er setzte sich so heftig wieder auf den Boden, dass der Schmerz sengend durch seinen Brustkorb toste. Sein zweiter Versuch gelang, und er stand wacklig auf den Beinen, während er das Gefühl hatte, dass der Boden unter ihm schwankte. Langsam drehte er sich um, wobei er die Füße kaum vom Boden hob und weit auseinanderstellte, um das Gleichgewicht nicht zu verlieren.

Er hatte nun den Fluss im Rücken und stand am Rand eines großen Feldes. In der Ferne konnte er sehen, wie sich die intensive Mittagssonne auf den Schaukeln und Rutschen eines Spielplatzes spiegelte.

Es war keine Menschenseele in Sicht.

Auf der anderen Seite des Parks lagen viktorianische Häuser und noch etwas weiter weg einige Gebäude an einer Hauptstraße. Die Stadt schien sich etwa über eine Meile zu erstrecken und lag mitten in einem Amphitheater aus Stein, umgeben von hohen Steinwänden, die sich auf jeder Seite mehrere Hundert Meter nach oben erstreckten und aus rot gemasertem Felsen bestanden. Auf den höchsten Berggipfeln, die noch im Schatten lagen, ließen sich einige letzte Schneereste ausmachen, aber hier unten im Tal war es warm und der Himmel über ihm war tiefblau und wolkenlos.

Der Mann sah in den Taschen seiner Hose und seines Einreihers nach.

Keine Brieftasche. Keine Schlüssel. Kein Handy.

Nur ein kleines Schweizer Taschenmesser in einer der Innentaschen.

* * *

Als er die andere Seite des Parks erreicht hatte, war er noch wachsamer und noch verwirrter und die Schmerzen in seinen Halswirbeln wurden immer heftiger.

Er wusste sechs Dinge:

Den Namen des jetzigen Präsidenten.

Wie das Gesicht seiner Mutter aussah, auch wenn er sich nicht an den Namen oder gar den Klang ihrer Stimme erinnern konnte.

Dass er Klavier spielen konnte.

Und wusste, wie man einen Hubschrauber flog.

Dass er sechsunddreißig Jahre alt war.

Und dass er schleunigst in ein Krankenhaus musste.

Abgesehen von diesen Tatsachen waren ihm die Welt und dieser Ort gänzlich unbekannt. Er konnte spüren, dass die Wahrheit irgendwo am Rande seines Bewusstseins lauerte, doch sie blieb stets außerhalb seiner Reichweite.

Er ging eine ruhige Wohnstraße entlang und musterte jeden Wagen, an dem er vorbeikam. Gehörte ihm einer davon?

Die Häuser, die einander gegenüberstanden, waren makellos: Frisch gestrichen mit perfekten kleinen Rechtecken aus hellgrünem Gras davor, umrahmt von Palisadenzäunen, und der Name jeder Familie stand in weißen Großbuchstaben auf der Seite des jeweiligen schwarzen Briefkastens.

In fast jedem Garten sah er eine üppige Pflanzenpracht, die nicht nur aus Blumen, sondern auch aus Obst und Gemüse bestand.

Alle Farben waren so klar und lebhaft.

Auf Höhe des zweiten Blocks zuckte er zusammen. Er hatte aufgrund des anstrengenden Marsches tief Luft geholt und hatte so starke Schmerzen in seiner linken Seite, dass er stehen bleiben musste. Er zog sein Jackett aus und zog das Hemd aus der Hose, um es dann aufzuknöpfen und zu öffnen. Die Wunde sah sogar noch schlimmer aus, als sie sich anfühlte. Eine dunkle rot-blaue Quetschung zierte seine ganze linke Seite und war im Zentrum gelb angelaufen.

Da hatte ihn etwas getroffen, und zwar mit voller Wucht.

Er strich sich mit der Hand über den Kopf. Seine Kopfschmerzen wurden immer heftiger, aber außer der Wunde an seiner linken Seite schien er unverletzt zu sein.

Also knöpfte er sein Hemd wieder zu, steckte es in die Hose und wanderte weiter die Straße hinauf.

Der einzig logische Schluss war, dass er einen Unfall gehabt hatte.

Vielleicht mit einem Wagen. Oder er war gestürzt. Möglicherweise war er überfallen worden – das würde auch das Fehlen seiner Brieftasche erklären.

Er sollte als Erstes zur Polizei gehen.

Es sei denn …

Was war, wenn er etwas angestellt oder gar ein Verbrechen begangen hatte?

War das möglich?

Er beschloss, lieber zu warten, bis er sich an mehr erinnerte.

Allerdings kam ihm in dieser Stadt nichts vertraut vor, und das änderte sich auch nicht, als er die Straße entlangtaumelte und den Namen auf jedem Briefkasten las. War sein Unterbewusstsein schuld daran? Denn irgendwo in seinen Erinnerungen schien er zu wissen, dass auf einem dieser Briefkästen *sein eigener* Name stehen musste. Würde ihm alles wieder einfallen, sobald er ihn sah?

Die Gebäude der Innenstadt waren jenseits der Pinien einige Blöcke voraus zu sehen, und zum ersten Mal hörte er in der Ferne fahrende Autos, Stimmen und das Summen von Klimaanlagen.

Er blieb mitten auf der Straße wie erstarrt stehen und legte unabsichtlich den Kopf schief.

Der Briefkasten, den er anstarrte, gehörte zu einem rotgrünen zweistöckigen viktorianischen Haus.

Gebannt starrte er den Namen an.

Sein Herz begann zu rasen, auch wenn er den Grund dafür nicht kannte.

MACKENZIE

»Mackenzie.«

Der Name sagte ihm nichts.

»Mack…«

Die erste Silbe allerdings schon. Sie rief eine emotionale Reaktion hervor.

»Mack. Mack.«

War er Mack? War das sein Vorname?

»Mein Name ist Mack. Hi, ich bin Mack, freut mich, Sie kennenzulernen.«

Nein.

Der Name kam ihm irgendwie nicht locker genug von der Zunge. Er fühlte sich nicht so an, als ob er zu ihm gehören würde. Eigentlich hasste er dieses Wort sogar, denn es rief etwas in ihm hervor …

Angst.

Wie seltsam. Aus irgendeinem Grund machte ihm dieses Wort Angst.

Hatte ihm jemand namens Mack wehgetan?

Er ging weiter.

Nach drei weiteren Blocks war er an der Stelle, an der sich die Main Street und die Sixth Street kreuzten, und er setzte sich auf eine Bank in den Schatten, um vorsichtig Luft zu holen. Als er die Straße entlangblickte, hielt er verzweifelt nach etwas Ausschau, das ihm vertraut vorkam.

Er sah keine bekannte Ladenkette.

Schräg gegenüber seiner Bank befand sich eine Apotheke.

Daneben ein Café.

Neben dem Café ein dreistöckiges Gebäude, über dessen Veranda ein Schild baumelte:

WAYWARD PINES HOTEL

Der Duft der Kaffeebohnen lockte ihn von der Bank. Als er aufsah, entdeckte er einen halben Block entfernt ein Geschäft namens »Steaming Bean«, das die Ursache dafür zu sein schien.

Hm.

Das war nicht gerade die nützlichste Information, wenn man seine Situation betrachtete, aber es kam ihm so vor, als würde er gern guten Kaffee trinken. Sehr gern sogar. Ein weiteres Teil des Puzzles, das seine Identität darstellte, war gefunden.

Er ging zum Café und zog die Tür auf. Der Innenraum war klein und anheimelnd. Allein anhand des Geruchs war ihm klar, dass es hier guten Kaffee gab. Hinter einer Bar auf der rechten Seite standen Espressomaschinen, Kaffeemühlen, Standmixer und Flaschen mit Aromen. Drei Stühle waren besetzt. An die andere Wand hatte man einige Sofas und Sessel geschoben. Dahinter ein Bücherregal mit verblassten Taschenbüchern. Zwei Senioren beugten sich über ein Schachbrett mit zusammengewürfelten Figuren. An den Wänden hingen die Werke hiesiger Künstler: einige Selbstporträts in Schwarz-Weiß von einer Frau mittleren Alters, deren Gesichtsausdruck auf allen Fotos gleich war. Nur der Kamerafokus war verändert.

Er ging zur Kasse.

Als ihn die Mittzwanzigerin mit ihren blonden Dreadlocks endlich bemerkte, glaubte er, Panik in ihren hübschen Augen aufflackern zu sehen.

Kennt sie mich?

Doch dann sah er sein Spiegelbild im Spiegel hinter der Kasse und wusste, warum sie ihn so angeekelt angesehen hatte: Seine linke Gesichtshälfte war verfärbt und stark angeschwollen.

Mein Gott. Jemand hat mich übel verprügelt.

Abgesehen von der schlimmen Quetschung sah er gar nicht mal so schlecht aus. Er schätzte sich auf einen Meter zweiundachtzig bis vierundachtzig. Kurzes schwarzes Haar und ein Zweitagebart, der seine untere Gesichtshälfte wie ein Schatten bedeckte. Sein robuster, muskulöser Körperbau war allein daran zu erkennen, wie sein Jackett auf den Schultern saß und wie sich sein Hemd über der Brust spannte. Er fand, dass er aussah wie ein Marketing- oder Werbemensch, und schätzte, dass er rasiert und gewaschen eine ziemlich gute Figur abgeben musste.

»Was kann ich für Sie tun?«, fragte die Barista.

Er hätte für eine gute Tasse Kaffee sterben können, hatte aber kein Geld bei sich.

»Machen Sie hier guten Kaffee?«

Die Frage schien die Frau zu verwirren.

»Ähm, ja.«

»Den besten der Stadt?«

»Das ist das einzige Café der Stadt, aber ja, unser Kaffee ist wirklich gut.«

Der Mann beugte sich über den Tresen. »Kennen Sie mich?«, flüsterte er.

»Wie bitte?«

»Erkennen Sie mich wieder? Komme ich öfter her?«

»Sie wissen nicht, ob Sie schon mal hier gewesen sind?«

Er schüttelte den Kopf.

Sie musterte ihn einige Sekunden lang, als würde sie sich fragen, ob dieser Mann mit dem angeschlagenen Gesicht verrückt war, sie auf den Arm nehmen wollte oder ob er diese Frage ernst meinte.

»Ich glaube nicht, dass ich Sie hier schon mal gesehen habe«, meinte sie schließlich.

»Sie sind sich da ganz sicher?«

»Na ja, das hier ist ja nicht gerade New York City.«

»Da haben Sie recht. Arbeiten Sie schon lange hier?«

»Etwas über ein Jahr.«

»Und ich bin kein Stammkunde hier?«

»Sie sind definitiv kein Stammkunde.«

»Darf ich Sie noch etwas fragen?«

»Klar.«

»Wo sind wir?«

»Sie wissen nicht, wo Sie sich befinden?«

Er zögerte, und ein Teil von ihm wollte nicht zugeben, dass er sich wirklich so hilflos fühlte. Als er endlich den Kopf schüttelte, runzelte die Barista die Stirn, als könne sie ihm nicht glauben.

»Ich verarsche Sie nicht«, versicherte er ihr.

»Sie sind in Wayward Pines, Idaho. Ihr Gesicht … Was ist mit Ihnen passiert?«

»Ich … Ich weiß es noch nicht. Gibt es in der Stadt ein Krankenhaus?« Noch als er die Frage stellte, spürte er, wie ihn ein unheimliches Gefühl überkam.

Eine unterschwellige Warnung?

Oder etwas, das tief in seinem Unterbewusstsein vergraben war und ihm einen Schauer über den Rücken jagte?

»Ja, sieben Blocks von hier entfernt. Sie sollten sofort in die Notaufnahme gehen. Ich kann Ihnen einen Krankenwagen rufen.«

»Das ist nicht nötig.« Er entfernte sich langsam vom Tresen. »Danke … Wie heißen Sie?«

»Miranda.«

»Danke, Miranda.«

Als er wieder ins Sonnenlicht hinaustrat, wurde ihm schwindlig und seine stärker werdenden Kopfschmerzen wurden immer unerträglicher. Die Straße war leer, daher ging er einfach hinüber auf die andere Seite und wanderte in Richtung Fifth Street. Er kam an einer jungen Mutter und ihrem kleinen Sohn vorbei, und der Junge flüsterte etwas, das klang wie: »Ist er das?«

Die Frau brachte ihren Sohn mit einem »Pst« zum Schweigen und sah den Mann entschuldigend an. »Tut mir leid, er wollte nicht unhöflich sein.«

An der Ecke der Fifth Street und Main Street stand ein zweistöckiges Gebäude aus rotem Sandstein, auf dessen Glastüren die Worte FIRST NATIONAL BANK OF WAYWARD PINES prangten. Neben dem Gebäude entdeckte er eine Telefonzelle an der Seitenstraße.

Er humpelte so schnell er konnte darauf zu und schloss die Tür hinter sich.

Das Telefonbuch war das dünnste, das er je gesehen hatte, und er blätterte in der Hoffnung auf irgendeinen Durchbruch darin herum, aber die mehreren Hundert Namen auf den acht Seiten sagten ihm ebenso wenig wie alles andere in dieser Stadt.

Er ließ das Telefonbuch fallen, sodass es an der Metallkordel herunterbaumelte, und lehnte die Stirn gegen das kalte Glas.

Dann stach ihm das Tastenfeld ins Auge.

Die Erkenntnis ließ ihn grinsen.

Ich kenne meine Festnetznummer.

Bevor er den Hörer abnahm, gab er die Nummer zur Sicherheit mehrmals ein, was ihm so routiniert gelang, als würden sich selbst seine Finger daran erinnern.

Er hatte vor, per R-Gespräch anzurufen, in der Hoffnung, dass jemand zu Hause war – falls er denn jemanden hatte. Natürlich konnte er seinen Namen nicht nennen, zumindest nicht seinen richtigen, aber vielleicht würden sie seine Stimme erkennen und den Anruf annehmen.

Er hob den Hörer ab und hielt ihn an sein Ohr.

Er streckte den Finger aus, um auf die Null zu drücken.

Kein Freizeichen.

Auch nach mehrmaligem Drücken der Telefongabel blieb die Leitung tot.

Es überraschte ihn, wie schnell ihn die Wut übermannte. Er rammte den Hörer auf die Gabel, und die Angst und der Zorn breiteten sich explosionsartig in ihm aus. Er riss den rechten Arm nach hinten, weil er vorhatte, das Glas damit einzuschlagen, *Scheiß auf die Fingerknöchel*, doch der Schmerz seiner demolierten Rippen war stärker als jede Entschlossenheit und er brach auf dem Boden der Telefonzelle zusammen.

Das Pochen in seinem Kopf wurde immer heftiger.

Er sah doppelt, dann alles verschwommen und schließlich wurde ihm schwarz vor Augen …

* * *

Die Telefonzelle stand im Schatten, als er wieder zu sich kam. Er hielt sich an der Metallkordel fest, an der das Telefonbuch hing, und rappelte sich wieder auf. Durch das schmutzige Glas konnte er erkennen, wie die obere Hälfte der Sonne gerade hinter den Klippen im Westen der Stadt verschwand.

In dem Moment, in dem sie untergegangen war, schien die Temperatur um zehn Grad abzufallen.

Er erinnerte sich noch immer an die Telefonnummer, die er zur Sicherheit noch ein paar Mal wählte, dann nahm er erneut den Hörer ab, doch auch jetzt war da nichts als Stille, hin und wieder durchbrochen vom Knistern des weißen Rauschens, das seiner Meinung nach zuvor noch nicht da gewesen war.

»Hallo? Hallo?«

Er legte auf und nahm das Telefonbuch in die Hand. Beim letzten Mal hatte er sich nur die Nachnamen angesehen und nach einem Wort Ausschau gehalten, das eine Erinnerung hervorrief oder ein Gefühl erregte. Jetzt ging er die Vornamen durch, ließ seinen Finger über die Liste gleiten und versuchte, die Kopfschmerzen zu ignorieren, die immer heftiger wurden.

Auf der ersten Seite fand er nichts.

Auf der zweiten Seite auch nicht.

Ebenso wenig auf der dritten.

Im unteren Teil der sechsten Seite stockte sein Finger.

SKOZIE MACK UND JANE
403 E 3RD ST W PINES 83278 559-0196

Er überflog die letzten beiden Seiten. Skozie war der einzige Mack, der im Telefonbuch von Wayward Pines verzeichnet war.

Nachdem er die Tür mit der Schulter aufgedrückt hatte, verließ er die Telefonzelle. Da die Sonne hinter den Klippen verschwunden war, wurde der Himmel rasch dunkler und es wurde kühler.

Wo soll ich heute Nacht schlafen?

Er torkelte den Gehweg entlang und eine Stimme in seinem Inneren schien ihn anzuflehen, endlich ins Krankenhaus zu gehen. Er war krank. Dehydriert. Hungrig. Verwirrt. Mittellos. Sein ganzer Körper schmerzte. Und das Atmen fiel ihm immer schwerer, da ihm jedes Luftholen heftige Schmerzen bereitete.

Aber etwas in ihm wehrte sich gegen den Gedanken, sich ins Krankenhaus einliefern zu lassen, und während er sich von der Innenstadt entfernte und auf Mack Skozies Haus zuging, wurde ihm langsam klar, was das war.

Angst … wieder einmal.

Er wusste nicht, warum er Angst hatte. Es ergab keinen Sinn. Aber er wollte dieses Krankenhaus nicht betreten.

Nicht in seinem momentanen Zustand. Eigentlich nie.

Diese Angst kam ihm seltsam vor, weil sie so unbegründet wirkte. Wenn man nachts durch den Wald spazierte, wusste man genau, wovor man sich fürchten musste, und aufgrund dieses Mysteriums schien die Angst nur noch größer zu werden.

Zwei Blocks weiter nördlich bog er in die Third Street ab und seine Brust zog sich unerklärlicherweise zusammen, als er den Bürgersteig in Richtung Osten weiterging und sich mehr und mehr von der Innenstadt entfernte.

Auf dem ersten Briefkasten, an dem er vorbeikam, stand die Zahl 201.

Er ging davon aus, dass das Haus der Skozies ganz in der Nähe sein musste.

Im Vorgarten des nächsten Hauses spielten Kinder und liefen abwechselnd durch den Wasserstrahl eines Rasensprengers. Er versuchte, aufrecht und ruhig an ihnen vorbeizugehen, was ihm aufgrund der Schmerzen in seinem Brustkorb nicht wirklich gelang.

Die Kinder wurden ruhiger, als er näherkam, und beobachteten ihn unverhohlen, wie er an ihnen vorbeischlurfte – in ihren Augen lag eine Mischung aus Neugier und Misstrauen, die ihm nicht gefiel.

Er überquerte eine weitere Straße und ging langsamer auf den nächsten Block zu, wobei er unter den Ästen von drei riesigen Pinien hindurchging, die bis auf die Straße ragten.

Die Zahlen an den farbenfrohen viktorianischen Häusern dieses Blocks begannen alle mit drei.

Der Block, in dem die Skozies wohnten, musste gleich kommen.

Er bekam feuchte Handflächen, und das Pochen in seinem Hinterkopf erinnerte ihn an einen Bass, der tief im Inneren der Erde dröhnte.

Zwei Sekunden lang sah er doppelt.

Er kniff die Augen zu, und als er sie wieder öffnete, konnte er wieder normal sehen.

An der nächsten Kreuzung blieb er stehen. Er hatte die ganze Zeit schon einen trockenen Mund gehabt, doch jetzt schien er staubtrocken zu sein. Auch das Atmen fiel ihm immer schwerer und die Galle drohte in ihm aufzusteigen.

Alles wird einen Sinn ergeben, wenn du sein Gesicht siehst.

Es muss einfach so sein.

Vorsichtig machte er einen Schritt auf die Straße.

Inzwischen war es Abend geworden und die Kühle, die von den Bergen herunterkam, breitete sich im Tal aus.

Das Alpenglühen hatte die Felsen rings um Wayward Pines rosa gefärbt, sodass sie sich fast dem dunkler werdenden Himmel anpassten. Er versuchte, dies wunderschön und bewegend zu finden, was ihm aufgrund der Schmerzen allerdings nicht gelang.

Ein älteres Paar, das Hand in Hand einen Abendspaziergang machte, entfernte sich langsam von ihm.

Ansonsten war die Straße leer und ruhig und die Geräusche der Innenstadt waren verstummt.

Er ging über den glatten, schwarzen Asphalt und betrat den Bürgersteig.

Direkt vor ihm befand sich der Briefkasten mit der Nummer 401.

Nummer 403 konnte er bereits sehen.

Inzwischen musste er ständig die Augen zusammenkneifen, um nicht alles doppelt zu sehen, und die stechenden Schmerzen seiner Migräne wurden immer schlimmer.

Fünfzehn schmerzhafte Schritte später stand er neben dem schwarzen Briefkasten der Nummer 403.

SKOZIE

Kurz verlor er das Gleichgewicht und musste sich an den spitzen Enden des Lattenzauns festhalten.

Dann streckte er die Hand aus, entriegelte das Tor und schob es mit der Spitze seines abgestoßenen schwarzen Schuhs auf.

Die Scharniere quietschten, als es aufschwang.

Das Tor schlug leise gegen den Zaun.

Der Weg zum Haus bestand aus uralten Ziegelsteinen und führte zu einer überdachten Veranda, auf der zwei Schaukelstühle neben einem kleinen gusseisernen Tisch standen. Das Haus selbst war in Lila- und Grüntönen gestrichen, und hinter den dünnen Vorhängen konnte er Licht sehen.

Geh einfach weiter. Du musst es wissen.

Er taumelte auf das Haus zu.

Die Doppelbilder vor seinen Augen bewirkten, dass ihm immer übler wurde, und er den Drang, sich zu übergeben, kaum noch bezwingen konnte.

Als er die Veranda betrat, konnte er sich gerade noch rechtzeitig am Türrahmen festhalten, um nicht umzufallen. Seine Hände zitterten unkontrolliert, als er nach dem Türklopfer griff und ihn von der Messingplatte hob.

Er gönnte sich nicht mal den Bruchteil einer Sekunde zum Nachdenken, sondern ließ den Türklopfer viermal herabsausen.

Es fühlte sich an, als würde ihm jemand gegen den Hinterkopf schlagen, und schwarze Flecken, die wie winzige Schwarze Löcher wirkten, kreisten vor seinen Augen.

Auf der anderen Seite der Tür konnte er hören, wie der Hartholzboden unter dem Gewicht einer sich nähernden Person knarzte.

Seine Knie schienen aus Wackelpudding zu bestehen.

Er legte die Arme um einen der Pfosten, die das Dach der Veranda stützten.

Die Holztür ging auf und ein Mann, der vom Alter her sein Vater hätte sein können, starrte ihn durch das Fliegengitter an. Er war groß und dünn, hatte nur noch wenige graue Haare auf dem Kopf, einen weißen Spitzbart und mikroskopisch kleine rote Venen auf den Wangen, die andeuteten, dass er sein Leben lang viel getrunken hatte.

»Kann ich Ihnen helfen?«, erkundigte sich der Mann.

Er streckte sich und blinzelte heftig, um die Migräne zu ignorieren. Seine ganze Kraft ging schon dafür drauf, aufrecht stehen zu bleiben.

»Sind Sie Mack?« Er konnte die Angst in seiner Stimme hören und vermutete, dass es dem anderen ebenso ging.

Dafür hasste er sich.

Der ältere Mann beugte sich bis zum Fliegengitter vor, um den Fremden auf seiner Veranda in Augenschein zu nehmen.

»Was kann ich für Sie tun?«

»Sind Sie Mack?«

»Ja.«

Er ging näher heran, sodass er den alten Mann besser erkennen und den süßen Geruch von Rotwein in seinem Atem riechen konnte.

»Kennen Sie mich?«, fragte er.

»Wie bitte?«

Jetzt drohte die Angst in Wut umzuschlagen.

»Kennen Sie mich? Haben Sie mir das angetan?«

»Ich habe Sie noch nie im Leben gesehen«, erklärte der alte Mann.

»Ist dem so?« Unwillkürlich ballte er die Hände zu Fäusten. »Gibt es in dieser Stadt noch einen anderen Mack?«

»Nicht dass ich wüsste.« Mack drückte die Fliegengittertür auf und machte einen Schritt auf die Veranda. »Sie sehen gar nicht gut aus, Kumpel.«

»Ich fühl mich auch nicht so gut.«

»Was ist mit Ihnen passiert?«

»Sagen Sie's mir, *Mack*.«

Irgendwo im Inneren des Hauses war eine weibliche Stimme zu hören – »Schatz? Ist alles in Ordnung?«

»Ja, Jane, es ist alles gut.« Mack starrte ihn an. »Soll ich Sie nicht lieber ins Krankenhaus bringen? Sie sind verletzt und brauchen …«

»Mit Ihnen gehe ich nirgendwohin.«

»Was machen Sie dann vor meinem Haus?« Macks Stimme klang jetzt barscher. »Ich habe Ihnen gerade Hilfe angeboten. Wenn Sie die nicht wollen, soll mir das recht sein, aber …«

Mack sprach noch weiter, aber seine Worte schienen sich aufzulösen und in einem Dröhnen unterzugehen, das sich wie das Tosen eines Güterzugs von Ethans Magen aus in seinem ganzen Körper auszubreiten schien. Die Schwarzen Löcher vermehrten sich und die Welt begann sich zu drehen. Er würde sich keine fünf Sekunden mehr auf den Beinen halten können, wenn sein Kopf nicht vorher schon explodierte.

Er sah Mack an, dessen Mund sich noch immer bewegte, während der Güterzug, dessen Rhythmus perfekt zum brutalen Pochen in seinem Kopf passte, immer lauter zu werden schien, und er konnte den Blick nicht von Macks Mund abwenden, den Zähnen des alten Mannes – seine Synapsen schienen durchzubrennen und keine Verbindung mehr herstellen zu können, und der Lärm, oh Gott, dieser Lärm, dieses Pochen …

Er spürte nicht mal mehr, wie seine Knie nachgaben.

Auch nicht, dass er nach hinten taumelte.

In einer Sekunde stand er noch auf der Veranda.

In der nächsten lag er auf dem Rasen.

Flach auf dem Rücken und alles drehte sich um ihn herum, nachdem er heftig mit dem Kopf aufgeschlagen war.

Mack stand jetzt über ihm, sah auf ihn herab, vorgebeugt mit den Händen auf den Knien, und seine Worte gingen im Lärm des Zuges, der durch seinen Kopf raste, unter.

Er war kurz davor, das Bewusstsein zu verlieren, er konnte es spüren, dass er nur noch wenige Sekunden hatte, und er sehnte sich danach, er wollte, dass der Schmerz aufhörte, aber …

Die Antworten.

Sie waren direkt vor ihm.

So nah.

Es ergab keinen Sinn, aber irgendetwas an Macks Mund faszinierte ihn. Die Zähne. Er musste sie einfach ansehen, und er wusste nicht mal, warum, aber sie lag direkt vor ihm.

Die Erklärung.
Antworten auf alles.
Und dann ging es ihm auf: Hör auf, dich dagegen zu wehren.
Hör auf, sie unbedingt zu wollen.
Hör auf zu denken.
Lass sie einfach kommen.
Die Zähne Zääähne
ZähneZähneZähneZähneZääääääääähneeeee …

Das sind keine Zähne.

Das ist ein glänzender, polierter Kühlergrill, auf dem die Buchstaben

MACK

stehen.

Stallings, der Mann, der neben ihm auf dem Beifahrersitz sitzt, begreift nicht einmal, was geschieht.

Während der dreistündigen Fahrt von Boise in Richtung Norden ist offensichtlich geworden, dass Stallings sich gern reden hört, und das hat er dann auch die ganze Zeit getan: geredet. Eine Stunde zuvor hat er aufgehört, ihm zuzuhören, nachdem er gemerkt hatte, dass ein gelegentliches »So habe ich das noch gar nicht gesehen« oder »Hm, interessant« ausreicht, um ihn ansonsten komplett auszublenden.

Er hat gerade wieder eine dieser beiläufigen Bemerkungen gemacht, als er das Wort MACK nur wenige Meter von Stallings Fenster entfernt lesen kann.

Noch bevor er reagieren kann – er hat ja gerade mal das Wort lesen können –, zerspringt das Fenster neben Stallings Kopf in tausend Scherben.

Der Airbag bläst sich vor dem Lenkrad auf, allerdings eine Millisekunde zu spät, sodass er seinen Kopf verpasst, der so heftig gegen das Fenster schlägt, dass es zerbirst.

Die rechte Seite des Lincoln Town Car implodiert in einer Woge aus zerbrechendem Glas und zerfetztem Metall und Stallings Kopf prallt direkt gegen den Kühlergrill des Trucks.

Er kann spüren, wie die Motorwärme des Trucks in den Wagen strömt.

Auf einmal stinkt es nach Benzin und Bremsflüssigkeit.

Überall ist Blut – es läuft innen an der Windschutzscheibe herunter, ist auf das Armaturenbrett gespritzt, läuft in seine Augen und bricht noch immer aus Stallings Überresten hervor.

Der Lincoln ist quer auf eine Kreuzung gerutscht und wird von dem Truck immer näher an dieses Sandsteingebäude herangeschoben, neben dem eine Telefonzelle steht. Dann verliert er das Bewusstsein.

KAPITEL 2

Eine Frau blickte lächelnd auf ihn hinab. Zumindest waren das sehr hübsche Zähne, dachte er, auch wenn er es nicht genau erkennen konnte, da er noch immer alles verschwommen wahrnahm. Sie beugte sich über ihn und ihre beiden Köpfe verschmolzen zu einem, und als ihr Gesicht klarer wurde, erkannte er, dass sie wunderschön war. Ihre kurzärmlige Krankenschwesteruniform war weiß, vorn zugeknöpft und endete knapp über den Knien.

Sie wiederholte seinen Namen.

»Mr. Burke? Können Sie mich hören, Mr. Burke? Mr. Burke?«

Die Kopfschmerzen waren weg.

Er holte langsam und vorsichtig Luft, bis ihn der Schmerz in seiner Brust erstarren ließ.

Anscheinend war er zusammengezuckt, denn die Schwester sagte: »Bereitet Ihnen die linke Seite noch immer Unbehagen?«

»Unbehagen.« Er lachte, was sich jedoch in ein Stöhnen verwandelte. »Ja, ich empfinde Unbehagen. So könnte man das auch ausdrücken.«

»Ich kann Ihnen etwas Stärkeres gegen die Schmerzen besorgen, wenn Sie das möchten.«

»Ich komme schon klar.«

»In Ordnung, aber spielen Sie nicht den Märtyrer, Mr. Burke.

Sagen Sie es mir, wenn ich Ihnen irgendwie helfen kann. Dafür bin ich da. Ich heiße übrigens Pam.«

»Danke, Pam. Ich glaube, ich erinnere mich von meinem letzten Besuch hier an Sie. Ich könnte diesen klassischen Schwesternkittel niemals vergessen. Hätte nicht gedacht, dass die noch hergestellt werden.«

Sie lachte. »Ich bin froh, dass Ihre Erinnerung langsam zurückkommt. Das ist sehr gut. Dr. Miter wird bald nach Ihnen sehen. Haben Sie was dagegen, wenn ich schon mal Ihren Blutdruck messe?«

»Kein Problem.«

»Gut.«

Schwester Pam zog ein Blutdruckmessgerät aus dem Wagen, der am Fuße des Bettes stand, und wickelte die Manschette um seinen linken Bizeps. »Sie haben uns einen ziemlichen Schreck eingejagt, Mr. Burke«, sagte sie und pumpte die Manschette auf. »Sich einfach so davonzustehlen.« Sie schwieg, während sie die Anzeige beobachtete.

»Hab ich bestanden?«, wollte er wissen.

»Mit Auszeichnung. Einhundertzweiundzwanzig zu fünfundsiebzig.« Sie nahm ihm die Manschette wieder ab. »Als man Sie hergebracht hat, waren Sie im Delirium«, fuhr sie fort. »Sie schienen nicht einmal mehr zu wissen, wer Sie sind.«

Als er sich im Bett aufsetzte, wurde sein Kopf langsam klarer. Er befand sich in einem privaten Krankenzimmer, das ihm irgendwie vertraut vorkam. Die Vorhänge an dem Fenster neben dem Bett waren zugezogen, aber das schwache Licht, das dennoch hereindrang, sagte ihm, dass es entweder früher Morgen oder früher Abend sein musste. »Wo hat man mich gefunden?«, erkundigte er sich.

»In Mack Skozies Vorgarten. Sie waren bewusstlos. Erinnern Sie sich, was Sie dort gemacht haben? Mack sagte, dass Sie sehr aufgeregt und verwirrt gewirkt hätten.«

»Ich bin gestern am Fluss aufgewacht und hatte keine Ahnung, wer ich bin oder wo ich mich befinde.«

»Sie hatten das Krankenhaus verlassen. Erinnern Sie sich daran?«

»Nein. Ich bin zum Haus von Skozie gegangen, weil er der einzige Mack im Telefonbuch war.«

»Das müssen Sie mir genauer erklären.«

»Der Name ›Mack‹ war der einzige, der mir etwas sagte.«

»Und warum war das Ihrer Meinung nach so?«

»Weil ›Mack‹ das letzte Wort ist, das ich gelesen habe, bevor wir von dem Truck getroffen wurden.«

»Oh, genau ... Es war ein Mack-Truck, der Ihren Wagen plattgewalzt hat.«

»Genau.«

»Der Verstand ist schon seltsam«, meinte die Krankenschwester, während sie um das Bett herum zum Fenster ging. »Seine Funktionsweise ist manchmal wirklich erstaunlich und er stellt die seltsamsten Verbindungen her.«

»Wie lange ist es her, dass man mich hergebracht hat?«

Sie zog den Vorhang beiseite. »Eineinhalb Tage.« Das Licht strömte herein. Es war sogar schon später Morgen, und das Sonnenlicht drang bereits über den östlichen Rand der Klippen. »Sie hatten eine schwere Gehirnerschütterung«, erklärte sie. »Sie hätten da draußen sterben können.«

»Ich habe mich auch gefühlt, als würde ich sterben.«

Das Morgenlicht, das in die Stadt strömte, sah atemberaubend aus. »Was macht Ihr Gedächtnis?«, fragte Pam.

»Das ist schon seltsam. Seitdem ich mich an den Unfall erinnert habe, ist alles wieder da. Es ist, als hätte jemand einen Schalter umgelegt. Wie geht es Agent Stallings?«

»Wem?«

»Dem Mann, der auf dem Beifahrersitz gesessen hat, als der Unfall passiert ist.«

»Oh.«

»Er hat es nicht geschafft, oder?«

Schwester Pam trat wieder an die Seite des Bettes und legte eine Hand auf sein Handgelenk. »Leider nicht.«

Das hatte er bereits vermutet. Derartig schwere Verletzungen hatte er seit dem Krieg nicht mehr gesehen. Dennoch war es ernüchternd, als seine Vermutung bestätigt wurde.

»Waren Sie gut befreundet?«, wollte die Krankenschwester wissen.

»Nein. Ich habe ihn an diesem Tag zum ersten Mal gesehen.«

»Es muss trotzdem furchtbar sein. Tut mir sehr leid.«

»Was ist mit *meinem* Schaden?«

»Wie bitte?«

»Meine Verletzungen?«

»Das kann Ihnen Dr. Miter sehr viel besser erklären als ich, aber Sie haben eine Gehirnerschütterung, die behandelt wurde. Einige angeknackste Rippen. Einige oberflächliche Schnittwunden und blaue Flecken. Alles in allem hätte es Sie sehr viel schlimmer treffen können.«

Sie wandte sich ab und ging auf die Tür zu, und als sie stehen blieb, um sie zu öffnen, warf sie ihm noch einen kurzen Blick über die Schulter zu.

»Und?«, meinte sie, »sind Sie sich sicher, dass Ihre Erinnerungen zurückkommen?«

»Ja, das bin ich.«

»Wie lautet Ihr Vorname?«

»Ethan«, erwiderte er.

»Großartig.«

»Könnten Sie mir wohl einen Gefallen tun?«, bat Ethan.

Ein breites, strahlendes Lächeln. »Alles, was Sie wollen.«

»Ich muss einige Leute anrufen. Meine Frau. Meinen SAC. Hat sich irgendjemand mit ihnen in Verbindung gesetzt?«

»Soweit ich weiß, hat sich jemand aus dem Büro des Sheriffs direkt nach dem Unfall bei den Personen, die im Notfall kontaktiert werden sollen, gemeldet und sie über das, was geschehen ist, und Ihren Zustand informiert.«

»Ich hatte vor dem Unfall ein iPhone in der Tasche. Wissen Sie zufällig, wo es jetzt ist?«

»Nein, aber ich kann gern Detektiv spielen und das für Sie herausfinden.«

»Das wäre sehr nett von Ihnen.«

»Sehen Sie den kleinen roten Knopf da neben dem Bettgitter?«

Ethan sah zu dem Knopf hinüber.

»Ich bin nur einen Knopfdruck von Ihnen entfernt.«

Dann strahlte ihn Schwester Pam noch einmal an und verließ das Zimmer.

* * *

Im Zimmer gab es weder einen Fernseher noch ein Telefon. Das Einzige, was er zu seiner Unterhaltung hatte, war die Wanduhr über der Tür. Mehrere Stunden lang lag er im Bett und starrte den Minutenzeiger an, der seine endlosen Runden drehte, während der Morgen in den Mittag und dann in den Nachmittag überging.

Er war sich nicht ganz sicher, vermutete aber, dass sein Zimmer im dritten oder vierten Stock lag. Schwester Pam hatte die Vorhänge offen gelassen, und als er keine Lust mehr hatte, die Uhr anzustarren, drehte er sich vorsichtig auf seine nicht verletzte Seite und beobachtete, was in Wayward Pines so vor sich ging.

Von seinem Bett aus konnte er die komplette Main Street sowie einen Teil der angrenzenden Nebenstraßen überblicken.

Schon bevor er hierhergekommen war, hatte er gewusst, dass dies eine winzige, verschlafene Stadt war, aber die unglaubliche Ruhe überraschte ihn dennoch. Im Verlauf einer Stunde hatte er gerade mal ein Dutzend Menschen gezählt, die auf dem Bürgersteig am Krankenhaus vorbeigegangen waren, und kein einziges Auto hatte die Hauptverkehrsstraße der Stadt passiert. Am besten konnte er sich noch mit den Bauarbeitern ablenken, die zwei Blocks weiter ein Gerüst an einem Haus aufstellten.

Er dachte an seine Frau und seinen Sohn in Seattle und hoffte, dass sie sich bereits auf den Weg gemacht hatten, um ihn zu besuchen. Vermutlich waren sie in den nächsten Flieger gestiegen. Sie mussten nach Boise oder Missoula fliegen und dann dort einen Wagen mieten, um den langen Weg nach Wayward Pines zurückzulegen.

Als er das nächste Mal auf die Uhr sah, war es Viertel vor vier.

Er lag schon den ganzen Tag in diesem Bett, und Dr. Miter – oder wie immer der Arzt auch hieß – war noch nicht vorbeigekommen. Ethan hatte schon öfter im Krankenhaus gelegen, und seiner Erfahrung nach ließen einen die Schwestern und Ärzte da nie länger als zehn Sekunden in Ruhe, weil ständig jemand neue Medikamente brachte, an einem herummachte oder einen überprüfte.

Hier hatte man ihn jedoch regelrecht ignoriert.

Schwester Pam war nie mit seinem iPhone oder anderen Habseligkeiten aufgetaucht. Wie viel konnte in diesem Krankenhaus am Arsch der Welt denn schon los sein?

Er griff nach dem Knopf am Bettrand und drückte mit dem Daumen auf SCHWESTERNRUF.

Fünfzehn Minuten später wurde die Tür zu seinem Zimmer geöffnet und Schwester Pam kam herein.

»Oh mein Gott, es tut mir so leid! Ich habe gerade erst gesehen, dass Sie geklingelt haben. Vermutlich gibt es im Haus einige technische Probleme.« Sie blieb am Fußende des Bettes stehen und legte die Hände auf das Metallgitter. »Wie kann ich Ihnen helfen, Ethan?«

»Wo ist Dr. Miter?«

Sie schnitt eine Grimasse. »Er musste den ganzen Nachmittag eine Notoperation vornehmen. Das war ein vierstündiger Albtraum.« Sie lachte. »Aber ich habe ihn heute Morgen über Ihre Werte und die hervorragenden Fortschritte, die Sie hinsichtlich Ihres Gedächtnisverlustes machen, informiert, und er findet, dass Sie auf dem besten Weg sind.«

Sie reckte den Daumen in die Luft.

»Wann kann ich ihn sehen?«

»Er wird die Visite nach dem Abendessen machen, das Sie in etwa einer halben Stunde bekommen müssten.«

Ethan versuchte, sich seine zunehmende Frustration nicht anmerken zu lassen.

»Haben Sie mein Telefon und die anderen Dinge, die ich vor dem Unfall bei mir hatte, schon gefunden? Mir fehlen auch meine Brieftasche und ein schwarzer Aktenkoffer.«

Schwester Pam tat so, als würde sie salutieren, und marschierte dann einige Male auf der Stelle.

»Ich arbeite daran, Captain.«

»Es würde mir schon mal reichen, wenn Sie mir ein Telefon bringen. Ich muss einige Anrufe machen.«

»Natürlich, Marshal.«

»Marshal?«

»Sind Sie nicht ein US Marshal oder etwas in der Art?«

»Nein, ich bin Spezialagent des Secret Service der Vereinigten Staaten.«

»Wirklich?«

»Wirklich.«

»Ich dachte, die würden nur den Präsidenten beschützen.«

»Wir kümmern uns auch um einige andere Angelegenheiten.«

»Was wollten Sie hier in unserem kleinen Paradies?«

Ethan sah sie mit coolem, angedeutetem Grinsen an.

»Das kann ich Ihnen nicht verraten.«

Eigentlich hätte er das durchaus gekonnt, aber ihm war nicht danach.

»Jetzt haben Sie mich aber neugierig gemacht.«

»Das Telefon, Pam.«

»Wie bitte?«

»Ich muss wirklich dringend telefonieren.«

»Bin schon unterwegs.«

* * *

Als das Abendessen kam (eine grüne und eine braune Pampe, die nebeneinander auf einem Metalltablett serviert wurden), das Telefon aber noch immer auf sich warten ließ, beschloss Ethan zu gehen.

Gut, er war schon einmal abgehauen, aber zu dieser Zeit war er nicht bei Verstand gewesen und hatte unter einer schweren Gehirnerschütterung gelitten.

Jetzt konnte er klar denken.

Die Kopfschmerzen waren weg, er konnte leichter und ohne Schmerzen atmen und wenn der Doktor noch irgendwelche Bedenken hinsichtlich seines Gesundheitszustands hatte, dann hätte das Arschloch ja so höflich sein können, irgendwann in den letzten zehn Stunden mal bei ihm aufzutauchen.

Ethan wartete, bis Schwester Pam gegangen war, die ihm beim Abschied noch versichert hatte: »Das Krankenhausessen schmeckt besser, als es aussieht!«

Als sich die Tür hinter ihr schloss, zog er die Infusionsnadel aus seinem Handgelenk und kletterte aus dem Bett. Der Linoleumboden fühlte sich unter seinen nackten Füßen kalt an. Er fühlte sich zwar noch nicht wieder kerngesund, war aber auch Lichtjahre von dem Zustand entfernt, in dem er sich achtundvierzig Stunden zuvor befunden hatte.

Ethan ging zum Schrank und öffnete die Tür.

Sein Hemd, sein Jackett und seine Hose hingen auf Bügeln, und darunter standen seine Schuhe.

Keine Socken.

Keine Unterhose.

Dann muss ich wohl auf Unterwäsche verzichten.

Nur als er sich vorbeugte, um seine Hose anzuziehen, verspürte er Schmerzen, ein heftiges Stechen, das durch seine linke Seite schoss, aber sofort wieder verschwand, als er sich aufrichtete.

Er blickte seine nackten Beine an und wie immer drohte ihn der Anblick der Narben acht Jahre in die Vergangenheit und zurück in den Raum mit den braunen Wänden zu bringen, an dessen Gestank nach Tod er sich bis an sein Lebensende erinnern würde.

Das Taschenmesser steckte noch immer in der Innentasche seines Jacketts. Gut. Er hatte es mit Anfang zwanzig gekauft, als er als Hubschraubertechniker gearbeitet hatte, und es war heute eher ein Talisman als ein funktionstüchtiges Werkzeug, aber es beruhigte ihn dennoch, dass er es bei sich hatte.

Nachdem er sich einen mittelmäßigen Windsorknoten gebunden hatte, machte er einen Schritt nach hinten und betrachtete sein Spiegelbild.

Die Wunden in seinem Gesicht sahen etwas besser aus, aber auf seinem Jackett waren einige Gras- und Erdreste zu erkennen und die linke Tasche war eingerissen. Das weiße Oberhemd hatte ebenfalls einiges abbekommen und direkt unter dem Kragen ließen sich Blutflecke erkennen.

In den letzten Tagen hatte er ziemlich an Gewicht verloren, sodass er den Gürtel im letzten Loch schließen musste. Trotzdem hatte er das Gefühl, seine Hose säße zu locker.

Er drehte sich zum Waschbecken um, benetzte seine Hände und strich sich mit den Fingern durchs Haar.

Das wäre erledigt. Er war wieder halbwegs präsentabel.

Er spülte sich einige Male mit lauwarmem Wasser den Mund aus, aber seine Zähne fühlten sich noch immer pelzig an.

Auch unter den Achseln roch er ziemlich unangenehm.

Außerdem musste er sich dringend rasieren. Es war Jahre her, dass er so stoppelig herumgelaufen war.

Er zog sich die Schuhe an, schnürte sie zu und ging aus dem Bad und auf die Zimmertür zu.

Sein erster Instinkt war zu verschwinden, ohne gesehen zu werden, und das verwirrte ihn. Er war ein Bundesagent, der der Regierung der Vereinigten Staaten unterstand, was bedeutete, dass andere tun mussten, was er sagte. Sogar Krankenschwestern und Ärzte. Sie wollten nicht, dass er ging? Nicht sein Problem. Und trotzdem wollte ein Teil von ihm eine Konfrontation vermeiden. Er wusste, dass das dumm war, aber er wollte auch nicht von Schwester Pam erwischt werden.

Er drehte den Türknopf und zog die Tür einen Spaltbreit auf.

Der Teil des Korridors, den er sehen konnte, war leer.

Er lauschte.

Kein Plappern von Krankenschwestern in der Ferne.

Keine Schritte.

Nichts als Stille.

Er steckte den Kopf aus der Tür.

Ein schneller Blick nach links und rechts bestätigte seinen Verdacht. Im Moment war hier alles leer, selbst das Schwesternzimmer einige Meter weiter den Gang entlang.

Er ging aus seinem Zimmer auf den karierten Linoleumboden hinaus und schloss hinter sich leise die Tür.

Das einzige Geräusch, das er hören konnte, war das leise Summen der fluoreszierenden Lampen über ihm.

Auf einmal wurde ihm klar, was er von Anfang an hätte tun sollen, und er beugte sich nach vorn, um sich die Schuhe aufzuschnüren, wobei er die Schmerzen in seinen Rippen ignorierte.

Mit bloßen Füßen ging er den Korridor hinunter.

Alle Türen in diesem Gebäudetrakt waren verschlossen, und da auch kein Licht durch den Türspalt drang, schien – abgesehen von seinem Zimmer – kein anderes belegt zu sein.

Das Schwesternzimmer lag verwaist am Schnittpunkt der vier Korridore, von denen drei zu weiteren Krankenzimmern führten.

Ein kürzerer Gang hinter dem Schwesternzimmer endete an einer Doppeltür, über der ein mit OP beschriftetes Schild hing.

Ethan blieb am Fahrstuhl gegenüber dem Zimmer stehen und drückte den Pfeil nach unten.

Er hörte durch die Türe, wie sich der Antrieb in Bewegung setzte.

»Komm schon.«

Es schien Jahre zu dauern.

Ihm wurde klar, dass er die Treppe hätte nehmen sollen.

Immer wieder sah er sich um und lauschte, ob sich Schritte näherten, aber er konnte nichts außer dem Geräusch des näherkommenden Fahrstuhls hören.

Endlich öffneten sich die Türen mit einem Quietschen, bei dem ihm die Zähne wehtaten, und er ging zur Seite für den Fall, dass jemand mit dem Lift heraufgekommen war.

Niemand stieg aus.

Schnell stieg er ein und drückte die Taste für das Erdgeschoss.

Während der Fahrstuhl seine langsame Fahrt begann, studierte er die leuchtenden Zahlen über der Tür und es verging eine ganze Minute, bis er endlich im Erdgeschoss angekommen war und sich die Türen lautstark öffneten.

Er quetschte sich hindurch, bevor sie ganz geöffnet waren, und stand erneut an einer Stelle, an der sich mehrere Korridore kreuzten.

In der Nähe waren Stimmen zu hören.

Das Geräusch einer Trage, deren Räder quietschten.

Er ging in die entgegengesetzte Richtung und durch drei Korridore, bis er schon glaubte, sich verlaufen zu haben, doch dann entdeckte er ein Schild mit der Aufschrift AUSGANG.

Schnell hastete er eine Treppe hinunter, ging durch die Tür und taumelte ins Freie.

Es war früher Abend, der klare Himmel wurde langsam dunkler und die Berge schimmerten im Licht der untergehenden Sonne rosa und orange. Er stand auf einem kurzen Gehweg, der vom Krankenhaus wegführte, einem vierstöckigen Gebäude aus rotem Backstein, das ihn eher an eine Schule oder eine Irrenanstalt erinnerte.

Er holte so tief Luft, wie er nur konnte, ohne den Schmerz wieder aufflackern zu lassen, und nach dem antiseptischen Gestank im Krankenhaus fühlte es sich großartig an, diese kühle, nach Pinien duftende Luft einzuatmen.

Als er den Bürgersteig erreicht hatte, ging er die Main Street entlang in Richtung Innenstadt.

Es waren deutlich mehr Menschen unterwegs als am Nachmittag.

Er kam an einem Restaurant vorbei, das sich in einem kleinen Haus mit einer Veranda befand, auf der einige Gäste unter den Espen, in denen winzige Lampen aufgehängt worden waren, speisten.

Sein Magen knurrte, als er das Essen roch.

An der Ecke Main und Fifth Street überquerte er die Straße und kehrte zu der Telefonzelle zurück, in der er zwei Tage zuvor das Bewusstsein verloren hatte.

Er ging hinein und blätterte das Telefonbuch durch, bis er die Adresse des Sheriffbüros von Wayward Pines gefunden hatte.

* * *

Er fühlte sich besser als in den letzten Tagen, als er in Richtung Ostteil der Stadt ging, während es langsam dunkler und kühler wurde.

In einem Garten, an dem er vorbeikam, wurde gegrillt.

Der Geruch der Kohle stieg ihm in die Nase.

Der gute, säuerliche Duft von Bier, das aus Plastikbechern getrunken wurde.

Das zikadenartige Klackern eines Rasensprengers in der Nähe.

Alles, was er sah, wirkte wie ein Gemälde.

Wie die platonische Idee einer Stadt. Hier konnten nicht mehr als vier- oder fünfhundert Menschen leben, und er fragte sich, was sie hierhergeführt hatte. Wie viele von ihnen waren zufällig auf Wayward Pines gestoßen, hatten sich hier wohlgefühlt und waren geblieben? Wie viele waren hier geboren worden und nie weggezogen?

Zwar war er schon immer ein Großstadtmensch gewesen, aber er konnte verstehen, dass man einen solchen Ort nicht verlassen wollte. Warum sollte man woandershin gehen, wenn man hier doch die vollständige, reine Perfektion hatte? Die Quintessenz von Amerika, umgeben von der wohl schönsten Natur, die er je gesehen hatte. Am Abend vor seinem Aufbruch hatte er sich Fotos von Wayward Pines angesehen, doch keines davon hatte diesem kleinen Tal gerecht werden können.

Und dennoch war *er* hier.

Doch aufgrund oder gerade *wegen* dieser Tatsache war dieser Ort doch nicht perfekt.

Seiner Erfahrung nach gab es überall, wo sich menschliche Wesen versammelten, auch Dunkelheit.

Die Perfektion war nur die Oberfläche. Die Epidermis. Wenn man einige Schichten wegschnitt, kamen die dunkleren Schattierungen ans Licht.

Tief am Knochen war es dann pechschwarz.

Er konnte den Blick beim Gehen nicht von den Bergen abwenden. Im Osten mussten sie an die eintausend Meter hoch sein. Bis ganz nach oben sah er nichts als Felsen und Eis.

Die letzten Strahlen der untergehenden Sonne drangen über die Klippen in seinem Rücken, und er drehte sich um und gönnte sich einen Augenblick, um zu beobachten, wie das Leuchten verschwand.

Als das Licht fort war, nahmen die Felsen sofort die Farbe von gebläutem Stahl an.

Und sie wirkten irgendwie anders.

Sie sahen noch immer wunderschön aus.

Wirkten aber irgendwie, als wären sie in die Ferne gerückt.

Kälter.

* * *

Auf dem Schild über der Doppeltür aus Glas stand:

BÜRO DES SHERIFFS VON WAYWARD PINES

Er ging über einen mit kleinen Pinien gesäumten Weg zur Eingangstür und spürte, wie ihn erneut Frustration übermannte.

Durch das Glas war deutlich zu erkennen, dass es im Inneren leer und dunkel war.

Trotzdem rüttelte er an der Tür.

Abgeschlossen.

Sicher, es war schon spät, aber *verdammt noch mal!*

Ethan entfernte sich vom Eingang und sah an dem einstöckigen Gebäude entlang. Er hatte den Eindruck, dass am anderen Ende an einem Fenster Licht unter den Vorhängen hindurchschimmerte.

Erneut ging er zur Tür und klopfte energisch.

Nichts.

Er legte etwas mehr Kraft in sein Klopfen und hämmerte so heftig gegen das Glas, dass die Tür in ihren Angeln quietschte.

Fünf Minuten vergingen, aber es tauchte niemand auf.

* * *

Zwei Sterne und ein Planet waren am Himmel erschienen, als er die Main Street wieder erreicht hatte, und die Kühle, die vor fünfzehn Minuten noch angenehm gewesen war, drang jetzt durch sein dünnes Oberhemd und seine sockenlosen Füße wurden langsam taub.

Noch schlimmer war jedoch, dass er langsam richtig Hunger hatte und sein Magen ein riesiges Loch zu sein schien, außerdem wurde ihm leicht schwummerig.

Er ging mehrere Blocks in Richtung des Wayward Pines Hotels und ging die steinerne Treppe zum Eingang hinauf.

Durch die Glastür sah er Licht im Inneren und eine junge Frau, die an der Rezeption saß.

Ethan betrat die Lobby und wurde von angenehmer Wärme empfangen.

Auf der einen Seite stand ein großes Klavier und auf der anderen prasselte ein Feuer in einem gewaltigen Kamin.

Er blieb einen Moment stehen und streckte die Hände aus, um die Wärme zu genießen. Das kochende Pinienharz roch so angenehm wie eine Kerze. Am liebsten hätte er sich auf der Couch ausgestreckt und ein langes Nickerchen gemacht.

Doch er riss sich wieder los und ging zur Rezeption.

Die Frau lächelte Ethan an, als er näherkam.

Sie musste etwa Mitte zwanzig sein. Sie war hübsch, wenngleich recht üppig, und trug ihr schwarzes Haar in einem kurzen Pferdeschwanz. Bekleidet war sie mit einem weißen Hemdblusenkleid sowie einer schwarzen Weste und auf ihrem Namensschild stand LISA.

Ethan stellte sich seitlich an die Rezeption und legte die Unterarme auf den hohen Tresen, um nicht das Gleichgewicht zu verlieren.

»Guten Abend«, sagte Lisa. »Willkommen im Wayward Pines Hotel. Was kann ich für Sie tun?«

»Haben Sie noch freie Zimmer?«

»Aber sicher.«

Lisa tippte auf der Tastatur herum.

»Nur eine Nacht?«, erkundigte sie sich.

»Ja. Zumindest vorerst.«

Ethan warf einen Blick auf den Computermonitor, ein uraltes, riesiges Ding. Er schien noch aus den 80er-Jahren zu stammen. Er konnte sich nicht erinnern, wann er so einen Dinosaurier zuletzt gesehen hatte.

»Ich habe noch ein haustierfreies Nichtraucherzimmer mit Doppelbett im zweiten Stock.«

»Klingt super.«

Sie hörte auf zu tippen. »Möchten Sie mit Kreditkarte bezahlen?«

Ethan lächelte. »Das ist eine interessante Frage.«

»Finden Sie? Warum?«

»Ich war vor einigen Tagen in einen Autounfall verwickelt, bei dem ein Lkw meinen Wagen gerammt hat. Das ist gerade mal einen Block von hier entfernt geschehen. Vielleicht haben Sie den Unfall ja sogar gesehen?«

»Nein, das habe ich nicht.«

»Jedenfalls wurde ich gerade aus dem Krankenhaus entlassen, und die Sache ist die … Meine Brieftasche ist verschwunden. Tatsächlich ist sogar mein kompletter persönlicher Besitz nicht wieder aufgetaucht.«

»Oh, das tut mir sehr leid.«

Er fand, dass Lisas Lächeln nicht mehr ganz so enthusiastisch wirkte wie bei seiner Begrüßung.

»Wie genau möchten Sie dann bezahlen, Mr. …?«

»Burke. Ethan Burke. Das versuche ich Ihnen ja gerade zu erklären. Ich kann das Zimmer erst bezahlen, wenn ich morgen meine Brieftasche zurückerhalten habe. Man hat mir gesagt, dass der Sheriff meine Habseligkeiten an sich genommen hat. Ich weiß nicht, warum, aber …« Er zuckte mit den Achseln. »So sieht meine Lage jedenfalls aus.«

»Hm. Mir ist nicht gestattet, eine Reservierung ohne eine Vorauszahlung in bar oder wenigstens eine Kreditkartennummer einzugeben. Das ist eine Richtlinie des Hotels. Falls im Zimmer irgendwas beschädigt wird oder Kosten anfallen – womit ich nicht sagen will, dass so etwas geschehen muss …«

»Das verstehe ich, und der Sinn von Anzahlungen ist mir durchaus bewusst. Ich möchte Ihnen auch nur versichern, dass ich morgen früh bezahlen werde.«

»Sie haben nicht mal einen Führerschein dabei?«

»Meine Papiere sind alle in meiner Brieftasche.«

Lisa biss sich auf die Unterlippe, und ihm war klar, was gleich passieren musste: Dieses nette Mädchen würde versuchen, ihn abzuwimmeln.

»Sir … Mr. Burke … Es tut mir leid, aber ohne Kreditkarte oder irgendeinen Ausweis kann ich Ihnen leider kein Zimmer geben. Ich würde es wirklich gern tun, aber das sind Hotelvorschriften, und …«

Sie hielt inne, als sich Ethan über den Tresen beugte.

»Lisa, wissen Sie, warum ich einen schwarzen Anzug trage?«

»Nein.«

»Ich bin Spezialagent des Secret Service.«

»Sie gehören zu den Leuten, die den Präsidenten beschützen?«

»Das ist nur eine unserer Aufgaben. Unser Hauptziel ist es, die Integrität der finanziellen Infrastruktur unseres Landes zu beschützen.«

»Und Sie führen gerade Ermittlungen in Wayward Pines durch?«

»So ist es. Ich war gerade in der Stadt angekommen, als der Unfall passiert ist.«

»Was für Ermittlungen sind das denn?«

»Ich darf nicht darüber sprechen.«

»Sie nehmen mich doch nicht auf den Arm, oder?«

»In diesem Fall würde ich ein Bundesverbrechen begehen.«

»Sie sind wirklich Bundesagent?«

»Ja. Und ich bin müde und ich bitte Sie, mir zu vertrauen. Ich brauche für heute Nacht ein Zimmer. Ich verspreche Ihnen, dass ich dafür aufkommen werde.«

»Und Sie werden gleich morgen früh bezahlen?«

»Gleich morgen früh.«

* * *

Mit dem Schlüssel in der Hand ging er die Treppe hinauf in den zweiten Stock und betrat einen langen, ruhigen Gang. Im Abstand von einigen Metern hingen nachgemachte Laternen an den Wänden und warfen ein schwaches, gelbliches Licht auf den Perserteppich.

Sein Zimmer mit der Nummer 226 lag am Ende des Gangs.

Er schloss die Tür auf, ging hinein und schaltete das Licht ein.

Die Innenausstattung war recht volkstümlich gehalten.

Zwei ziemlich mies stilisierte Westernszenen.

Ein Cowboy auf einem sich aufbäumenden Bronco.

Einige Ranchhelfer, die um ein Lagerfeuer saßen.

Das Zimmer war muffig und es gab keinen Fernseher.

Nur ein altertümliches schwarzes Telefon mit Drehscheibe, das auf einem der Nachttische stand.

Das Bett sah riesig und weich aus. Ethan setzte sich auf die Matratze und zog seine Schuhe aus. Er hatte bereits einige Blasen auf dem Fußrücken, nachdem er so lange ohne Socken herumgelaufen war. Dann zog er auch das Jackett aus, nahm die Krawatte ab und öffnete die obersten drei Hemdknöpfe.

In der Schublade eines Nachttischs lag ein Telefonbuch, und er nahm es heraus, legte es aufs Bett und nahm den antiken Telefonhörer ab.

Ein Freizeichen.

Gott sei Dank.

Seltsamerweise fiel ihm seine Festnetznummer nicht sofort ein. Er dachte eine Minute nach und versuchte sich vorzustellen, wie er die Nummer auf seinem iPhone wählte. Das hatte er erst vor Kurzem getan, und dennoch … »Zwei … null … sechs.« Er wusste, dass sie mit diesen drei Ziffern begann, der Vorwahl von Seattle, und er wählte sie fünfmal, doch nach der Sechs wusste er nicht weiter.

Also wählte er 411.

Nach dem zweiten Klingeln ging die Vermittlung dran. »Welche Stadt und welcher Anschluss?«

»Seattle, Washington. Ethan Burke. B-U-R-K-E.«

»Einen Moment bitte.« Er konnte hören, wie die Frau etwas eingab. Eine lange Pause. Dann: »B-U-R-K-E?«

»Genau.«

»Sir, unter diesem Namen finde ich keinen Anschluss.«

»Sind Sie sicher?«

»Ja.«

Das war merkwürdig, aber aufgrund seines Jobs stand er möglicherweise nicht im Telefonbuch. Als er darüber nachdachte, war er sich fast sicher, dass es so sein musste. Aber nur fast.

»Okay, vielen Dank.«

Er legte auf und schlug das Telefonbuch auf, um die Nummer des Sheriffbüros herauszusuchen.

Es klingelte fünfmal, dann ging der Anrufbeantworter ran.

»Hier ist Special Agent Ethan Burke vom Secret Service, Büro Seattle«, sagte Ethan nach dem Piepton. »Wie Sie wissen, war ich vor einigen Tagen in den Verkehrsunfall auf der Main Street verwickelt. Ich muss so bald wie möglich mit Ihnen sprechen. Man hat mir im Krankenhaus mitgeteilt, dass Sie meinen persönlichen Besitz, also meine Brieftasche, mein Handy, meinen Aktenkoffer und meine Waffe, an sich genommen haben. Ich komme morgen früh vorbei, um alles abzuholen. Falls Sie diese Nachricht vorher schon abhören, können Sie mich im Wayward Pines Hotel erreichen. Ich wohne in Zimmer zwei sechsundzwanzig.«

* * *

Es war schon Nacht, als Ethan mit schmerzenden Füßen die Treppe zum Hoteleingang hinunterging, weil er einen Bärenhunger hatte.

Das Café neben dem Hotel war geschlossen, also marschierte er unter dem sternklaren Himmel weiter gen Norden, vorbei an einem Buchladen, einigen Souvenirgeschäften und einem Rechtsanwaltsbüro.

Obwohl es noch nicht sehr spät war, hatten bereits alle Geschäfte geschlossen und es war nicht mehr viel los auf den Straßen. Er hatte sich schon fast mit dem schrecklichen Gedanken abgefunden, kein Abendessen mehr zu bekommen, als er einen Block weiter Licht aus einem Fenster auf den Bürgersteig scheinen sah. Unwillkürlich wurde er schneller, sobald ihm der Geruch von warmem Essen in die Nase stieg, der aus einem Luftschacht des nächsten Gebäudes kam.

Als er den Eingang erreicht hatte, starrte er durch die Fensterscheibe in eine schwach beleuchtete Kneipe, die »Biergarten« hieß.

Erfreut stellte er fest, dass sie noch offen hatte.

Er ging hinein.

Drei Tische waren besetzt, ansonsten herrschte gähnende Leere.

Er setzte sich auf einen Barhocker in der Ecke.

Hinter einer Schwingtür wurde offensichtlich Fleisch auf einem offenen Grill gebraten.

Als er so in der Kneipe saß, die Arme auf die abgewetzte Theke gestützt, kam er das erste Mal seit mehreren Tagen wirklich zur Ruhe. Die Erinnerung an Stallings und den Unfall war noch da und drohte, sich den Weg an die Oberfläche zu bahnen, doch er weigerte sich, sein Denken davon beeinflussen zu lassen. Er atmete einfach ein und wieder aus und versuchte, so ruhig wie möglich dazusitzen.

Nach fünf Minuten kam eine groß gewachsene Frau mit hochgesteckten Haaren, die mit einem Paar Stäbchen gesichert waren, durch die Schwingtür und ging hinter die Bar.

Sie kam lächelnd zu Ethan herüber und legte einen Bierdeckel vor ihm auf die Theke.

»Was wollen Sie trinken?«

Sie trug ein schwarzes T-Shirt, auf dem vorne der Name der Kneipe aufgedruckt war.

»Ein Bier wäre super.«

Die Barkeeperin holte ein Glas hervor und ging zu den Zapfhähnen. »Ein helles oder ein dunkles?«

»Haben Sie Guinness?«

»Ich habe so was Ähnliches.«

Sie füllte bereits das Glas, als ihm einfiel, dass er kein Geld bei sich hatte.

»Wollen Sie nur was trinken oder auch was essen?«, fragte sie, als sie das Bier vor ihm abstellte und der Schaum am Glas herablief.

»Ich würde gern was essen«, erwiderte er, »aber Sie werden mich gleich lynchen.«

Die Frau lächelte. »Aber ich kenne Sie doch kaum.«

»Ich habe kein Geld.«

Das Lächeln der Frau erstarb. »Okay, so langsam kommen wir der Sache näher.«

»Ich kann das erklären. Haben Sie den Unfall vor ein paar Tagen auf der Main Street gesehen?«

»Nein.«

»Haben Sie davon gehört?«

»Nein.«

»Nun ja, es hat aber einen Unfall gegeben, nur ein paar Blocks von hier entfernt, und ich war darin verwickelt. Ich wurde gerade erst aus dem Krankenhaus entlassen.«

»Haben Sie daher auch diese hübschen Verletzungen?«

»Genau.«

»Mir ist noch immer nicht klar, was das damit zu tun hat, dass Sie nicht bezahlen können.«

»Ich bin Bundesagent.«

»Und?«

»Offensichtlich hat der Sheriff mein Handy und meine Brieftasche an sich genommen. Auch alles andere. Das ist echt ein Krampf.«

»Sind Sie vom FBI oder so was?«

»Vom Secret Service.«

Die Frau grinste und beugte sich über die Bar. Es war bei der schwachen Beleuchtung nicht genau zu erkennen, aber aus der Nähe sah sie verdammt gut aus. Sie war einige Jahre jünger als Ethan, hatte hohe Wangenknochen, einen kurzen Oberkörper und lange Beine. Mit Mitte zwanzig war sie vermutlich eine echte Granate gewesen, aber auch jetzt – er schätzte sie auf vierunddreißig oder fünfunddreißig – hatte sie noch eine immense Wirkung.

»Vielleicht sind Sie ja auch ein Hochstapler und das ist Ihre Masche, hier mit Ihrem schwarzen Anzug reinzukommen und diese verrückte …«

»Ich lüge nicht …«

Sie legte ihm einen Finger auf die Lippen. »So wie ich das sehe, sagen Sie entweder die Wahrheit oder können sehr gut lügen. Aber das ist eine gute Geschichte, und ich steh auf gute Geschichten. Jedenfalls können Sie natürlich gern was essen und anschreiben lassen.«

»Es ist keine Lüge … Wie heißen Sie?«

»Beverly.«

»Ich bin Ethan.«

Sie schüttelten sich die Hand. »Freut mich, Sie kennenzulernen, Ethan.«

»Beverly, sobald ich morgen meine Brieftasche und die anderen Sachen zurückhabe, komme ich hierher und …«

»Lassen Sie mich raten: Sie geben mir ein Riesentrinkgeld.«

Ethan schüttelte den Kopf. »Jetzt veräppeln Sie mich.«

»Entschuldigen Sie.«

»Wenn Sie mir nicht glauben, werde ich …«

»Wir haben uns doch gerade erst kennengelernt«, unterbrach sie ihn. »Wenn Sie aufgegessen haben, werde ich wissen, ob ich Sie jemals wiedersehen werde.«

»Sie können es jetzt noch nicht beurteilen?« Er lächelte und hatte das Gefühl, sie vielleicht doch überzeugen zu können.

Sie brachte ihm eine Speisekarte und er bestellte Kartoffelecken und einen Cheeseburger mit so rohem Fleisch, wie es das Gesundheitsamt gerade noch durchgehen ließ.

Als Beverly in der Küche verschwunden war, nippte er an seinem Bier.

Hm. Irgendetwas stimmte nicht. Es war schal, und abgesehen davon, dass es einen leicht bitteren Nachgeschmack hatte, besaß es so gut wie kein Aroma.

Er stellte das Bierglas gerade wieder auf die Theke, als Beverly zurückkehrte.

»Ich lasse mich von Ihnen verköstigen, daher beschwere ich mich nur ungern«, meinte er, »aber irgendwas stimmt mit dem Bier nicht.«

»Wirklich?« Sie deutete auf das Glas. »Darf ich mal kosten?«

»Nur zu.«

Sie trank einen Schluck und leckte sich den Schaum von der Oberlippe, als sie das Glas wieder abstellte.

»Schmeckt doch ganz normal.«

»Wirklich?«

»Ja.«

»Nein, es ist irgendwie komisch … Ich weiß auch nicht … Es hat überhaupt keinen Geschmack.«

»Seltsam. Ich finde, es schmeckt wie immer. Möchten Sie ein anderes Bier?«

»Nein, ich sollte vermutlich gar keinen Alkohol trinken. Geben Sie mir doch einfach ein Wasser.«

Sie brachte ihm ein neues Glas und goss Wasser über die Eiswürfel.

* * *

Er hob den dampfenden Cheeseburger mit beiden Händen vom Teller.

Beverly wischte gerade den Tresen am anderen Ende der Bar, als er sie zu sich rief, den Burger vor dem Mund haltend.

»Stimmt was nicht?«, wollte sie wissen.

»Es ist alles okay. Bis jetzt. Kommen Sie her.«

Sie kam zu ihm und sah ihn an.

»Meiner Erfahrung nach«, fing er an, »bekomme ich in etwa achtzig Prozent der Fälle, in denen ich einen solchen Hamburger bestelle, einen, der gut durch ist. Ich weiß nicht, ob die meisten Köche nicht in der Lage sind, einen Hamburger so zuzubereiten, wie ich ihn haben möchte, aber es sieht ganz danach aus. Wissen Sie, was ich mache, wenn ich einen durchgegarten Hamburger bekomme?«

»Sie lassen ihn zurückgehen?« Sie sah nicht amüsiert aus.

»Genau.«

»Sie sind verdammt schwer zufriedenzustellen, wissen Sie das?«

»Das ist mir bewusst«, erwiderte er und biss zu.

Er kaute etwa zehn Sekunden lang.

»Und?«, fragte Beverly.

Ethan legte den Hamburger auf seinen Teller, schluckte und wischte sich die Hände an der Leinenserviette ab.

Dann deutete er auf den Burger. »Der ist hervorragend.«

Beverly lachte und verdrehte die Augen.

* * *

Als Ethan den letzten Krümel von seinem Teller aufgegessen hatte, war er der letzte Gast.

Die Barkeeperin nahm seinen Teller und kam zurück, um sein Wasserglas aufzufüllen.

»Kommen Sie heute Abend zurecht, Ethan? Haben Sie einen Platz, wo Sie schlafen können?«

»Ja, ich habe die Rezeptionistin im Hotel überredet, mir ein Zimmer zu geben.«

»Sie hat Ihnen Ihre abenteuerliche Geschichte auch abgekauft?« Beverly grinste.

»Sie ist mir völlig auf den Leim gegangen.«

»Da das Essen ohnehin auf mich geht, wie wäre es dann mit einem Nachtisch? Unser Schokoladenkuchen ist göttlich.«

»Danke, aber ich sollte langsam wirklich gehen.«

»Aus welchem Grund sind Sie überhaupt hier? Beruflich, meine ich. Ich verstehe natürlich, wenn Sie nicht darüber reden können …«

»Es geht um verschwundene Personen.«

»Wer ist denn verschwunden?«

»Zwei Secret-Service-Agenten.«

»Die sind *hier* verschwunden, in Wayward Pines?«

»Vor etwa einem Monat. Agent Bill Evans und Agent Kate Hewson waren wegen einer geheimen Ermittlung hier. Und heute vor zehn Tagen hat man das letzte Mal etwas von ihnen gehört. Der Kontakt ist völlig abgebrochen. Keine E-Mails. Keine Anrufe. Selbst der GPS-Sender in ihrem Dienstwagen ist ausgefallen.«

»Und man hat Sie losgeschickt, um nach ihnen zu suchen?«

»Ich habe früher mit Kate zusammengearbeitet. Wir waren Partner, als sie noch in Seattle gewohnt hat.«

»Ist das alles?«

»Wie bitte?«

»Sie waren nur Partner?«

Er konnte spüren, wie etwas – Trauer, Verlustgefühle, Zorn – in ihm aufwallte.

Aber er verbarg es gut.

»Ja, wir waren nur Partner. Aber wir waren auch Freunde. Jedenfalls bin ich hier, um eine Spur von ihnen zu finden. Ich soll herausfinden, was passiert ist, und sie nach Hause holen.«

»Glauben Sie, ihnen ist was Schlimmes zugestoßen?«

Er antwortete nicht, sondern starrte sie nur an, aber das war ihr Antwort genug.

»Tja, ich hoffe, Sie finden, wonach Sie suchen, Ethan.« Beverly zog einen Zettel aus der vorderen Tasche ihrer Schürze und schob ihn über die Bar.

»Das bin ich Ihnen also schuldig?«

Ethan sah sich den Zettel genauer an. Es war keine Rechnung. Stattdessen hatte Beverly eine Adresse aufgeschrieben.

604 1ST AVE

»Was ist das?«, erkundigte sich Ethan.

»Da wohne ich. Falls Sie irgendwas brauchen, falls Sie Ärger bekommen, was auch immer …«

»Was? Jetzt machen Sie sich auf einmal Sorgen um mich?«

»Nein, aber ohne Geld, ohne Handy und ohne Ausweis stehen Sie nicht gerade gut da.«

»Also glauben Sie mir jetzt?«

Beverly beugte sich über die Bar und legte etwa eine Sekunde lang ihre Hand auf seine.

»Ich habe Ihnen immer geglaubt.«

* * *

Nach Verlassen des Pubs zog er seine Schuhe aus und ging barfuß über den Gehweg. Der Asphalt war kalt, aber wenigstens taten ihm die Füße jetzt nicht mehr so weh.

Anstatt zum Hotel zurückzugehen, bog er in eine der vielen Seitenstraßen ab und schlenderte herum.

Er dachte an Kate.

Auf beiden Seiten der Straße standen viktorianische Häuser, auf deren Veranden Lampen brannten.

Die Stille war überwältigend.

Eine solche Nacht konnte man in Seattle nicht erleben.

Da hörte man in der Ferne immer einen Krankenwagen, eine Autoalarmanlage oder wie der Regen auf die Straße prasselte.

Hier wurde die absolute Ruhe nur vom Geräusch seiner nackten Füße auf dem Straßenpflaster unterbrochen …

Moment mal.

Nein, da war noch ein anderes Geräusch … Eine einsame Grille zirpte vor ihm in einem Busch.

Das erinnerte ihn an seine Kindheit in Tennessee und die Abende Mitte Oktober, als sie auf der Terrasse hinter dem Fliegengitter gesessen hatten, sein Vater Pfeife rauchte und sie auf die Sojabohnenfelder hinausblickten, in denen sich der Chor der Grillen zur Ruhe begeben hatte, bis nur noch eine einzige übrig geblieben war.

Hatte der Dichter Carl Sandburg nicht mal über so etwas geschrieben? Ethan konnte sich nicht genau an die Verse erinnern, aber er wusste noch, dass es bei dem Gedicht um das Lied der letzten Grille gegangen war, die gegen den Frost ankämpfte.

Ein Splitter von Gesang.

Das war der Ausdruck, der ihm so gefiel.

Ein Splitter von Gesang.

Er blieb neben dem Busch stehen und rechnete fast damit, dass das Zirpen aufhören würde, doch es ging in einem so gleichmäßigen Rhythmus weiter, dass es fast schon mechanisch klang. Grillen rieben ihre Flügel aneinander, um dieses Geräusch hervorzubringen, hatte er mal irgendwo gelesen.

Ethan sah den Busch an.

Es musste sich dabei um eine Wacholderart handeln.

Ein starker, intensiver Geruch.

Die Straßenlaterne, die in der Nähe stand, warf etwas Licht auf die Blätter, und er beugte sich vor, weil er einen Blick auf die Grille werfen wollte.

Das Zirpen ging unbeirrt weiter.

»Wo steckst du, kleiner Kerl?«

Er legte den Kopf schief.

Jetzt sah er blinzelnd etwas an, das zwischen den Ästen kaum zu erkennen war. Aber es war keine Grille. Eher eine Art Kiste, etwa so groß wie sein iPhone.

Er griff hinein und berührte die Schachtel.

Das Zirpen wurde leiser.

Er nahm die Hand weg.

Lauter.

Was zum Teufel hatte das zu bedeuten?

Das Zirpen der Grille kam aus einem Lautsprecher.

* * *

Es war kurz vor zweiundzwanzig Uhr dreißig, als er sein Hotelzimmer aufschloss und hineinging. Er ließ seine Schuhe auf den Boden fallen, zog sich aus und legte sich auf das Bett, ohne überhaupt das Licht einzuschalten.

Bevor er zum Essen gegangen war, hatte er eines der Fenster gekippt, und er konnte einen leichten, kühlen Luftzug auf der Brust spüren, der die Wärme des Tages wegzublasen schien.

Bereits nach einer Minute begann er zu frieren.

Er setzte sich auf, schlug die Tagesdecke und die Bettdecke zurück und schlüpfte ins Bett.

* * *

Er kämpfte um sein Leben und schien zu verlieren, während die auf ihm hockende Kreatur immer wilder wurde und versuchte, ihm die Kehle aufzureißen. Das Einzige, was Ethan am Leben hielt, war die Tatsache, dass er den Hals des Monsters umklammerte und zudrückte, fester und immer fester, doch das Wesen war unglaublich stark. Er konnte die harten Muskeln spüren, als sich seine Finger in die milchige, durchscheinende Haut bohrten. Doch er gab nicht nach, obwohl er einen Krampf im Trizeps bekam und seine Arme nach hinten gedrückt wurden, als das Gesicht, die Zähne des Monsters immer näher kamen …

* * *

Ethan setzte sich ruckartig im Bett auf, durchgeschwitzt, nach Luft schnappend, und sein Herz raste so heftig, dass es weniger ein Klopfen als vielmehr eine stetige Erschütterung seiner Brust war.

Er wusste erst wieder, wo er sich befand, als er das Gemälde mit den Cowboys und dem Lagerfeuer an der Wand sah.

Der Wecker auf dem Nachttisch zeigte 3:17 Uhr an.

Er schaltete das Licht ein und starrte auf das Telefon.

Zwei … null … sechs …

Zwei … null … sechs …

Wieso konnte er sich nicht mehr an seine Festnetznummer erinnern? Und auch nicht an Theresas Handynummer? Wie war das nur möglich?

Er schwang die Beine über den Bettrand, stand auf und ging zum Fenster.

Nachdem er die Vorhänge beiseitegezogen hatte, sah er auf die ruhige Straße hinab.

Dunkle Gebäude.

Leere Bürgersteige.

Morgen wird alles besser, dachte er.

Er würde sein Handy wiederbekommen, seine Brieftasche, seine Waffe. Er konnte seine Frau und seinen Sohn anrufen. Er konnte in Seattle anrufen und mit SAC Hassler sprechen. Er konnte die Untersuchung fortsetzen, wegen der er überhaupt hier war.

KAPITEL 3

Als er erwachte, hatte er Kopfschmerzen und das Sonnenlicht schien durch eine Lücke zwischen den Vorhängen ins Zimmer.

Er drehte sich um und sah auf die Uhr.

»Scheiße.«

12:21 Uhr.

Er hatte viel zu lange geschlafen.

Ethan krabbelte aus dem Bett und griff gerade nach seiner Hose, die zusammengeknüllt auf dem Boden lag, als es an der Tür klopfte. Auf einmal wurde ihm bewusst, dass es schon eine Weile klopfte und dass das leise Pochen nicht nur in seinem Kopf existierte.

»Mr. Burke! Mr. Burke!«

Lisa, die Rezeptionistin, stand vor seiner Tür.

»Einen Moment!«, rief er, zog sich die Hose an und taumelte zur Tür. Er schloss auf, zog den Riegel zurück und öffnete.

»Ja?«, fragte Ethan.

»Sie müssen bis elf Uhr ausgecheckt haben.«

»Tut mir leid, ich …«

»Wollten Sie nicht ›gleich morgen früh‹ zum Sheriff?«

»Mir war nicht klar …«

»Haben Sie Ihre Brieftasche schon zurück?«

»Nein, ich bin gerade erst aufgewacht. Ist es wirklich schon nach zwölf?«

Sie antwortete nicht und starrte ihn nur finster an.

»Ich werde sofort zum Büro des Sheriffs gehen«, sagte er, »und sobald ich meine Sachen …«

»Sie müssen mir den Schlüssel zurückgeben und das Zimmer verlassen.«

»Aus welchem Grund?«

»Verlassen Sie das Zimmer. Verschwinden Sie. Ich mag es nicht, ausgenutzt zu werden, Mr. Burke.«

»Niemand nutzt Sie aus.«

»Ich warte.«

Ethan sah ihr ins Gesicht und suchte nach irgendetwas, einer weichen Stelle, einem Wanken ihrer Entschlossenheit, doch er konnte nicht den leisesten Hauch von Mitgefühl entdecken.

»Ich muss mich eben anziehen.« Er wollte die Tür schließen, aber sie schob ihren Fuß in den Türspalt.

»Ach, Sie wollen mir zusehen? Wirklich?« Er ging wieder ins Zimmer. »Okay. Genießen Sie die Show.«

Und das tat sie auch. Sie stand im Türrahmen und beobachtete, wie er sich die Schuhe zuband, sein fleckiges weißes Oberhemd zuknöpfte und sich zwei quälende Minuten lang mit dem Binden seiner Krawatte abmühte.

Als er endlich die Arme in sein schwarzes Jackett geschoben hatte, nahm er den Zimmerschlüssel vom Nachttisch und ließ ihn beim Verlassen des Zimmers in ihre ausgestreckte Hand fallen.

»In zwei Stunden werden Sie sich deswegen ziemlich mies fühlen«, sagte er und ging durch den Korridor zur Treppe.

* * *

Im Drugstore an der Ecke Main und Sixth Street nahm Ethan eine Flasche Aspirin vom Regal und ging damit zur Kasse.

»Ich kann das nicht bezahlen«, sagte er und stellte die Flasche auf den Tresen. »Aber ich verspreche, dass ich in dreißig Minuten mit meiner Brieftasche wieder zurück sein werde. Es ist eine lange Geschichte, aber ich habe höllische Kopfschmerzen und muss dringend etwas dagegen nehmen.«

Der mit einer weißen Jacke bekleidete Apotheker war gerade damit beschäftigt gewesen, ein Rezept einzulösen und Tabletten auf einem Plastiktablett abzuzählen. Er senkte den Kopf und blickte Ethan über den Rand seiner eckigen Brille mit Silberrahmen an.

»Worum genau bitten Sie mich gerade?«

Der Mann mit dem zurückweichenden Haaransatz war Ende vierzig, blass, dünn und hatte große braune Augen, die durch seine dicken Brillengläser sogar noch größer wirkten.

»Mir zu helfen. Mir … Mir geht's wirklich nicht gut.«

»Dann gehen Sie ins Krankenhaus. Das hier ist eine Apotheke, kein Pfandhaus.«

Für den Bruchteil einer Sekunde sah Ethan alles doppelt und er spürte ein schreckliches Pochen im Nacken, das sich schmerzhaft in seiner Wirbelsäule fortsetzte.

Er wusste nicht mehr, wie er den Drugstore verlassen hatte.

Das Nächste, was er begriff, war, dass er über den Bürgersteig die Main Street entlangtaumelte.

Er fühlte sich von Minute zu Minute schlechter und überlegte, ob er zurück zum Krankenhaus gehen sollte, doch das wollte er eigentlich vermeiden. Er brauchte einfach ein paar Schmerztabletten, damit er wieder klar denken konnte.

An der nächsten Kreuzung blieb Ethan stehen. Er versuchte, sich zu orientieren und den richtigen Weg zum Büro des Sheriffs zu finden, als es ihm auf einmal einfiel. Er steckte die Hand in die Innentasche seiner Jacke, zog ein Stück Papier heraus und faltete es auseinander.

604 1ST AVE

Er überlegte. Sollte er wirklich zu dieser völlig Fremden gehen und um Tabletten bitten? Es widerstrebte ihm, zurück ins Krankenhaus zu gehen, und mit diesen heftigen Kopfschmerzen konnte er auch nicht im Büro des Sheriffs aufkreuzen. Schließlich hatte er vor, dort auf den Tisch zu hauen, und das lief im Allgemeinen besser, wenn man nicht das Verlangen verspürte, sich in einem dunklen Zimmer wie ein Embryo zusammenzurollen.

Wie hieß sie doch gleich?

Ach ja: Beverly.

Vermutlich hatte sie am Vorabend bleiben müssen, bis die Kneipe schloss, daher standen die Chancen gut, dass sie jetzt zu Hause war. Außerdem hatte sie es ihm ja auch angeboten. Er konnte vorbeigehen, sich einige Tabletten geben lassen und seine Kopfschmerzen in den Griff bekommen, bevor er den Sheriff aufsuchte.

Er überquerte die Straße und blieb auf der Main Street, bis er die Ninth erreichte, um dann um die Ecke und in Richtung Osten zu gehen.

Mehrere Straßen kreuzten die Main Street.

Einige Avenues liefen parallel dazu.

Er vermutete, dass er etwa sieben Blocks weit gehen musste.

Nach dem dritten spürte er, dass er sich die Füße wund scheuerte, aber er blieb nicht stehen. Es tat weh, war aber auch eine willkommene Abwechslung zu dem Pochen in seinem Kopf.

Die Schule nahm einen ganzen Block zwischen der Fifth und Fourth Avenue ein, und er humpelte an dem Maschendrahtzaun vorbei, hinter dem sich ein Spielplatz befand.

Eine Klasse von Acht- oder Neunjährigen hatte gerade Pause und sie spielten auf eine raffinierte Art Fangen: Ein Mädchen mit blonden Zöpfen jagte alle anderen Kinder in ihrer Umgebung und die Schreie hallten von den Ziegelsteingebäuden wider.

Ethan sah ihnen zu und versuchte, nicht an das Blut zu denken, das sich langsam in seinen Schuhen sammelte und sich zwischen seinen Zehen kalt anfühlte.

Auf einmal blieb das blonde Mädchen mitten in einer Gruppe anderer Kinder stehen und starrte Ethan an.

Einen Augenblick lang rannten und schrien die anderen noch weiter, doch nach und nach blieben auch sie stehen, weil sie merkten, dass sie nicht mehr verfolgt wurden, und wollten wissen, was wichtiger war als ihr Spiel.

Ein Kind nach dem anderen drehte sich um und starrte Ethan an – mit so leerem Gesichtsausdruck, dass er hätte schwören können, bei einigen eine kaum verborgene Feindseligkeit auszumachen.

Er lächelte trotz der Schmerzen und winkte ihnen zu.

»Hey, Kinder.«

Kein einziges winkte zurück oder reagierte auf andere Weise. Sie standen einfach nur wie erstarrt da, als wären sie Statuen, und nur ihre Köpfe bewegten sich, als sie ihn beobachteten, wie er um die Ecke bog.

»Komische kleine Scheißer«, murmelte Ethan leise, als das Lachen und die Schreie wieder zu hören waren, da sie ihr Spiel anscheinend fortsetzten.

Auf der anderen Seite der Fourth Avenue wurde er schneller, da der Schmerz in seinen Füßen immer schlimmer wurde. Er zwang sich, einfach weiterzugehen, und dachte: *Komm erstmal da an. Steh es durch, ertrag es und komm in diesem Haus an.*

Er hatte die Third Avenue hinter sich gelassen und lief inzwischen. Seine Rippen schmerzten wieder. Als er an einigen Häusern vorbeikam, die deutlich heruntergekommener aussahen, fragte er sich, ob er im schäbigeren Teil von Wayward Pines angekommen war. Konnte es in so einer Stadt überhaupt etwas Derartiges geben?

An der First Avenue blieb er stehen.

Die Straße war längst nicht mehr befestigt, sondern nur noch mit Überresten von Kies bedeckt und sehr uneben. Es gab keinen Bürgersteig und der Weg schien auch nicht weiterzugehen. Er war am Ostrand von Wayward Pines angekommen, und hinter den Häusern, die diese Straße säumten, gab es keine Zivilisation mehr. Er sah einen steilen, von Pinien bewachsenen Hügel, der sich bestimmt hundert Meter bis zu den Felsen erstreckte, von denen die Stadt umgeben war.

Ethan humpelte quer über die unbefestigte Straße.

Er konnte Vögel im nahen Wald zwitschern hören, ansonsten war alles ruhig. Diese Gegend war völlig isoliert von dem geschäftigeren Treiben in der Innenstadt von Wayward Pines.

An den Briefkästen, an denen er vorbeiging, konnte er Zahlen erkennen, die mit fünfhundert begannen, und er stellte erleichtert fest, dass Beverly im nächsten Block wohnen musste.

Erneut wurde ihm schwindlig, und dieses Gefühl schien in Wellen, wenngleich sanften, über ihn hinwegzuschwappen.

An der nächsten Kreuzung war niemand zu sehen.

Keine Menschenseele hielt sich im Freien auf.

Ein warmer Wind, der von den Bergen herunterwehte, wirbelte den Staub auf der Straße auf.

Da war es: Nummer 604, das zweite Haus auf der rechten Seite. Das erkannte er an der winzigen Stahlplatte, die man an die Überreste des völlig verrosteten und mit Löchern übersäten Briefkastens geschraubt hatte. Aus dem Inneren drang ein leises Piepen und er glaubte schon, einen weiteren Lautsprecher entdeckt zu haben, doch dann sah er einen Flügel des Vogels, der darin sein Nest gebaut hatte.

Er begutachtete das Haus.

Mit seinem Spitzdach und der Veranda mit der Hollywoodschaukel und dem Steinweg, der vom Gartentor zur Haustür führte, hätte er früher ein schmuckes zweistöckiges viktorianisches Haus vor sich gehabt.

Doch die Farbe war längst abgeblättert. Selbst von der Straße aus konnte Ethan erkennen, dass noch nicht einmal Farbreste zurückgeblieben waren. Die Bretter waren von der Sonne weiß gebleicht worden und schienen sich kurz vor der Auflösung zu befinden. Auch das Glas der Fensterscheiben war lange verschwunden.

Er zog den Zettel vom vorherigen Abend aus der Tasche und überprüfte die Adresse. Die Handschrift war deutlich: *604 1st Ave*, aber vielleicht hatte Beverly die Zahlen vertauscht oder »Ave« anstelle von »St.« geschrieben.

Ethan bahnte sich einen Weg durch das hüfthohe Unkraut, das den Vorgarten überwucherte und durch das man nur an wenigen Stellen noch den Steinweg am Boden erkennen konnte.

Die beiden Stufen zur Veranda sahen äußerst mitgenommen aus. Er ging nach oben, und als er die Holzdielen betrat, wurde er von einem ohrenbetäubenden Knarren begrüßt.

»Beverly?«

Das Haus schien seine Stimme zu verschlucken.

Vorsichtig überquerte er die Veranda, ging durch den Eingang, in dem schon lange keine Tür mehr zu hängen schien, und rief erneut ihren Namen. Er hörte, wie der Wind um das Haus wehte und dessen Holzgerüst knarzte. Drei Schritte ins Wohnzimmer, dann blieb er stehen. Auf dem Boden lagen verrostete Springfedern im zerfallenden Rahmen eines uralten Sofas. Davor stand ein mit Spinnweben überzogener Couchtisch, darunter lagen einige Magazine, die feucht geworden waren und vor sich hin moderten.

Beverly konnte unmöglich gewollt haben, dass er hierherkam – nicht mal, wenn es als Witz gemeint war. Sie musste versehentlich eine falsche Adresse …

Dann roch er es und hob den Kopf. Vorsichtig machte er einen Schritt nach vorn und wich drei Nägeln aus, die aus einer Bodendiele herausragten.

Er schnüffelte erneut.

Eine weitere Woge wehte an ihm vorbei, als der Wind das Haus zum Wackeln brachte, und er vergrub die Nase augenblicklich in der Armbeuge. Er ging weiter, an einer eingestürzten Treppe vorbei, in einen schmalen Flur, der die Küche mit dem Esszimmer verband. Der Raum wurde durch ein Loch in der Decke erhellt, wo das Dach auf den Esstisch gestürzt war.

Durch ein Minenfeld aus kaputten Brettern und großen Löchern, die im Boden klafften, ging er weiter.

Der Kühlschrank, das Waschbecken, der Herd – alle Metalloberflächen waren komplett verrostet und sahen beinahe aus, als wären sie von Pilzen befallen. Dieser Ort erinnerte ihn an die alten Häuser, die seine Freunde und er früher bei ihren Erkundungstouren im Sommer im Wald hinter ihren Farmen entdeckt hatten. Verlassene Scheunen und Hütten mit derart durchlöcherten Dächern, dass die Sonne hineinscheinen konnte. Einmal hatte er eine fünfzig Jahre alte Zeitung in einem alten Schreibtisch gefunden, in der über die Wahl eines neuen Präsidenten berichtet wurde, und sie mit nach Hause nehmen wollen, um sie seinen Eltern zu zeigen, doch das Papier war so brüchig geworden, dass sie in seinen Händen zu Staub zerfallen war.

Ethan hatte es seit mehr als einer Minute nicht mehr gewagt, durch die Nase zu atmen, und trotzdem wusste er, dass der Gestank intensiver wurde. Er hätte schwören können, ihn in den Mundwinkeln zu schmecken, und die Intensität dieses Geruchs, die schlimmer war als Ammoniak, bewirkte, dass seine Augen zu tränen begannen.

Das andere Ende des Flurs lag im Dunkeln, da sich darüber noch ein großer Teil des Dachs befand, von dem der letzte Regen heruntertropfte, wann immer dieser auch gefallen sein mochte.

Die Tür am Ende des Flurs war geschlossen.

Ethan blinzelte, um die Tränen aus den Augen zu bekommen, und griff nach dem Türknauf, aber es war keiner mehr da.

Er stieß die Tür mit dem Schuh auf.

Sie quietschte.

Die Tür prallte gegen die Wand und Ethan machte einen Schritt auf die Türschwelle zu.

Wie bei seiner Erinnerung an die alten Häuser drang auch hier das Licht durch Löcher in der Rückwand und schimmerte auf den zahlreichen Spinnweben, bevor es auf das einzige Möbelstück im Raum fiel.

Der Metallrahmen stand noch und durch die aufgeweichten Reste der Matratze konnte er die wie Schlangenköpfe aufragenden Bettfedern erkennen.

Er hatte die Fliegen bisher noch nicht gehört, da sie sich im Mund des Mannes gesammelt hatten – es waren unzählige, und ihr Summen klang fast wie ein kleiner Außenbordmotor.

Er hatte im Kampf schon Schlimmeres gesehen, aber noch nie etwas Ekligeres gerochen.

Überall waren weiße Stellen zu sehen. An den Handgelenken und den Fußknöcheln hatte man ihn mit Handschellen an das eiserne Bettgestell gefesselt. An der Stelle, an der sein rechtes Bein nicht von Stoff bedeckt war, sah es fast schon zerfetzt aus. Die Knochen der linken Gesichtshälfte des Mannes lagen bis zu den Zahnwurzeln frei. Sein Magen hatte sich auch aufgebläht – Ethan konnte die Schwellung unter dem zerfledderten schwarzen, einreihigen Anzug erkennen.

Er war genauso angezogen wie er.

Obwohl das Gesicht nicht mehr zu erkennen war, passten Haarlänge und -farbe.

Die Größe stimmte ebenfalls.

Ethan taumelte nach hinten und lehnte sich an den Türrahmen.

Heilige Scheiße.

Das war Agent Evans.

* * *

Ethan stand vornübergebeugt auf der Veranda, stützte die Hände auf die Knie und holte tief Luft durch die Nase, um den Geruch wieder loszuwerden. Aber er wollte nicht verschwinden. Der Todesgestank hatte sich in seine Nebenhöhlen eingenistet und einen bitteren, fauligen Nachgeschmack in seiner Kehle hinterlassen.

Er zog sein Jackett aus und knöpfte sein Hemd auf, um dann mühsam seine Arme daraus zu befreien. Der Gestank schien sich in den Fasern seiner Kleidung festgesetzt zu haben.

Mit freiem Oberkörper ging er durch den völlig zugewucherten Vorgarten und erreichte schließlich die Straße.

Er spürte die aufgescheuerte Haut an seinen Füßen und das dumpfe Pochen in seinem Schädel, aber der Schmerz kam nicht gegen das Adrenalin an, das durch seine Adern strömte.

Schnell marschierte er mitten auf der Straße, während die Gedanken in seinem Kopf rasten. Er hatte überlegt, die Taschen des Toten zu durchsuchen, ob er vielleicht eine Brieftasche, einen Ausweis oder etwas Ähnliches finden konnte, hatte dann jedoch lieber davon abgesehen. Er durfte nichts anfassen. Dieser Raum musste erst von Menschen mit Latexhandschuhen, Gesichtsmasken und hochmodernen Forensikhilfsmitteln untersucht werden.

Er konnte es noch immer nicht begreifen.

Ein Bundesagent war in dieser ruhigen Kleinstadt ermordet worden.

Er war kein Gerichtsmediziner, aber er bezweifelte, dass Evans' Gesicht nur aufgrund der Verwesung so ausgesehen hatte. Ein Teil des Schädels war eingedrückt, die Zähne waren herausgefallen. Auch eines seiner Augen fehlte.

Man hatte ihn gefoltert.

Die sechs Blocks schienen an ihm vorbeizufliegen, und schon lief er den Weg zum Eingang des Sheriffbüros entlang.

Er warf seine Jacke und sein Hemd vor dem Gebäude auf eine Bank und zog dann die Tür auf.

Der vordere Bereich war mit Holz getäfelt, mit einem braunen Teppich ausgelegt und an jedem freien Platz an der Wand hing ein ausgestopfter Tierkopf.

Am vorderen Schreibtisch spielte eine Frau mit langem grauem Haar, die Mitte sechzig sein musste, eine Partie Solitär. Auf dem Namensschild vor ihr stand »Belinda Moran«.

Ethan kam an ihrem Schreibtisch an und sah zu, wie sie noch vier weitere Karten ablegte, bis sie sich endlich von ihrem Spiel losreißen konnte.

»Kann ich Ihnen helf…« Sie weitete die Augen, musterte ihn von oben bis unten und rümpfte die Nase, als ihr, wie er vermutete, der furchtbare Gestank menschlicher Verwesung auffiel. »Sie tragen kein Hemd«, stellte sie dann fest.

»Special Agent Ethan Burke vom Secret Service. Ich muss den Sheriff sprechen. Wie heißt er?«

»Wer?«

»Der Sheriff.«

»Oh. Pope. Sheriff Arnold Pope.«

»Ist er da, Belinda?«

Anstatt seine Frage zu beantworten, nahm sie den Hörer ihres alten Telefons mit Wählscheibe ab und wählte drei Zahlen. »Hi, Arnie, hier ist ein Mann, der dich sehen will. Er behauptet, er wäre Geheimagent oder so etwas.«

»Special Agent des ...«

Sie hielt einen Finger in die Luft. »Keine Ahnung, Arnie. Er trägt kein Hemd und er ...« Sie wandte sich auf ihrem Drehstuhl von Ethan ab und flüsterte: »Er riecht übel. Wirklich übel. Okay. Okay, ich werde es ihm sagen.«

Sie drehte sich wieder um und legte auf.

»Sheriff Pope wird gleich hier sein.«

»Ich muss ihn sofort sehen.«

»Das habe ich begriffen. Sie können da drüben warten.« Sie deutete auf ein paar Stühle, die in der Ecke standen.

Ethan zögerte kurz, drehte sich dann aber doch um und ging auf den Wartebereich zu. Es war klüger, bei dieser ersten Begegnung möglichst höflich zu bleiben. Seiner Erfahrung nach wurden die ansässigen Gesetzeshüter oftmals abweisend oder sogar feindselig, wenn die Bundesagenten von Anfang an zu sehr auf ihre Rechte pochten. Aufgrund seines Funds in dem aufgegebenen Haus würde er in absehbarer Zukunft mit diesem Mann zusammenarbeiten müssen, daher war es besser, erst einmal etwas Zurückhaltung an den Tag zu legen.

Er ließ sich auf einem der vier gepolsterten Stühle nieder.

Beim Laufen war er ins Schwitzen gekommen, aber jetzt, wo sich sein Herzschlag langsam wieder beruhigte und die Klimaanlage von oben auf ihn herabpustete, kühlte die Schweißschicht auf seiner Haut langsam ab.

Auf dem kleinen Tisch vor seinem Stuhl lag nicht gerade das, was man als aktuellen Lesestoff bezeichnen würde - nur einige alte Ausgaben von *National Geographic* und *Popular Science*.

Er lehnte sich auf seinem Stuhl zurück und schloss die Augen.

Seine Kopfschmerzen kehrten langsam zurück und jedes Pochen schien sich auf molekularer Ebene über die Minuten hinweg auszubreiten. Er konnte das Hämmern aufgrund der Stille im Sheriffbüro, in dem nur Belindas Spielkarten ein Geräusch machten, fast schon hören.

Er hörte Belinda sagen: »Ja!«

Als er die Augen öffnete, sah er gerade noch, wie sie die letzte Karte ablegte und das Spiel offenbar gewonnen hatte. Sie hob die Karten auf, mischte sie und begann von vorn.

Weitere fünf Minuten vergingen.

Dann noch mal zehn.

Belinda beendete das Spiel und mischte die Karten erneut, als Ethan das erste Anzeichen von Irritation erkennen ließ: ein Zucken in seinem linken Auge.

Die Schmerzen wurden immer heftiger und er wartete jetzt schon wenigstens fünfzehn Minuten. In dieser Zeit hatte das Telefon nicht einmal geklingelt und keine Menschenseele hatte das Gebäude betreten.

Er schloss die Augen und zählte von sechzig herunter, während er seine Schläfen massierte. Als er die Augen wieder aufschlug, saß er immer noch ohne Hemd und frierend da, Belinda drehte weiterhin Karten um und vom Sheriff war nichts zu sehen.

Ethan stand auf und musste zehn Sekunden lang gegen einen Schwindelanfall ankämpfen, bevor er sein Gleichgewicht wiedererlangt hatte. Er ging zum Empfang und wartete darauf, dass Belinda aufsah.

Sie legte noch fünf Karten, bevor sie ihn zur Kenntnis nahm.

»Ja?«

»Ich belästige Sie nur ungern, aber ich warte jetzt bestimmt schon zwanzig Minuten.«

»Der Sheriff hat heute wirklich viel zu tun.«

»Das glaube ich gern, aber ich muss ihn sofort sprechen. Sie könnten ihn entweder noch einmal anrufen und ihm sagen, dass ich jetzt lange genug gewartet habe, oder ich gehe selbst nach hinten und …«

Das Telefon auf ihrem Schreibtisch klingelte.

Sie nahm den Hörer ab. »Ja? … Okay, das mache ich.« Als sie wieder aufgelegt hatte, lächelte sie Ethan an. »Sie können jetzt nach hinten gehen. Einfach rechts den Flur runter. Sein Büro ist hinter der Tür ganz am Ende.«

* * *

Ethan klopfte unter dem Namensschild an.

Eine tiefe Stimme auf der anderen Seite rief: »Ja!«

Er drehte den Türknauf, drückte die Tür auf und betrat das Zimmer.

Der Boden des Büros bestand aus dunklem, stark abgetretenem Hartholz. Zu seiner Linken hing ein riesiger Elchkopf gegenüber einem großen, rustikalen Schreibtisch an der Wand. Hinter dem Schreibtisch standen drei antike Waffenschränke voller Gewehre, Schrotflinten, Handfeuerwaffen und Ethans Ansicht nach genug Munition, um jeden Einwohner dieser Stadt dreimal exekutieren zu können.

Ein Mann, der etwa zehn Jahre älter sein musste als er, lehnte sich in seinem Ledersessel zurück und hatte die Füße, die in Cowboystiefeln steckten, auf den Schreibtisch gelegt. Sein welliges blondes Haar würde in zehn Jahren vermutlich komplett ergraut sein und seinen Kiefer zierten mehrere Tage alte Bartstoppel.

Dunkelbraune Stoffhose.

Ein langärmliges Hemd in Tannengrün.

Der Sheriffstern glänzte im Licht. Er sah aus, als wäre er aus Messing, und in die Mitte waren in Schwarz die Buchstaben WP eingraviert.

Als er sich dem Schreibtisch näherte, glaubte Ethan, ein verschmitztes Grinsen auf dem Gesicht des Sheriffs zu entdecken.

»Ethan Burke, Secret Service.«

Er streckte die Hand über den Schreibtisch aus und der Sheriff zögerte und wirkte, als würde er überlegen, ob er sich wirklich bewegen sollte. Schließlich nahm er die Füße vom Tisch und beugte sich auf seinem Stuhl vor.

»Arnold Pope.« Sie schüttelten sich die Hand. »Setzen Sie sich, Ethan.«

Ethan ließ sich auf einem der beiden Holzstühle, die vor dem Schreibtisch standen, nieder.

»Wie geht es Ihnen?«, erkundigte sich Pope.

»Könnte besser sein.«

»Das kann ich mir denken. Sie haben bestimmt auch schon mal besser gerochen.« Pope grinste kurz. »Sie hatten vor Tagen einen ziemlich schweren Unfall. Tragisch.«

»Ja, und ich hatte gehofft, von Ihnen etwas mehr darüber zu erfahren. Wer hat uns gerammt?«

»Laut den Augenzeugen war es ein Abschleppwagen.«

»Wurde der Fahrer in Gewahrsam genommen und angeklagt?«

»Das wäre geschehen, wenn wir ihn gefunden hätten.«

»Er hat Fahrerflucht begangen?«

Pope nickte. »Direkt nachdem er in Sie hineingerast ist, hat er seinen Hintern aus der Stadt befördert. Als ich am Unfallort ankam, war er schon lange verschwunden.«

»Und niemand hat sich das Kennzeichen aufgeschrieben oder sich irgendetwas gemerkt?«

Pope schüttelte den Kopf und nahm etwas vom Schreibtisch: eine Schneekugel auf einem goldenen Fuß. Die winzigen Gebäude wurden in einem Schneesturm gefangen, als er die Kugel von einer Hand in die andere wechselte.

»Was wurde unternommen, um den Lkw aufzuspüren?«

»Die Untersuchung läuft.«

»Ach, wirklich?«

»Allerdings.«

»Ich würde Agent Stallings gern sehen.«

»Seine Leiche befindet sich im Leichenschauhaus.«

»Und wo finde ich das?«

»Im Keller des Krankenhauses.«

Auf einmal ging Ethan ein Licht auf. Aus heiterem Himmel. Es war, als hätte ihm jemand etwas ins Ohr geflüstert.

»Könnte ich wohl ein Blatt Papier haben?«, fragte er.

Pope zog eine Schublade auf, nahm eine Post-it-Notiz aus einem Paket und reichte sie Ethan zusammen mit einem Stift. Ethan rutschte mit seinem Stuhl nach vorne, legte das Post-it auf den Schreibtisch und schrieb die Nummer auf.

»Mir wurde gesagt, dass Sie meinen Besitz an sich genommen haben?«, meinte Ethan, während er sich das Post-it in die Tasche steckte.

»Welchen Besitz?«

»Mein Handy, meine Waffe, meine Brieftasche, den Aktenkoffer …«

»Wer hat Ihnen erzählt, dass ich die Sachen hätte?«

»Eine Schwester im Krankenhaus.«

»Ich weiß nicht, wie sie auf den Gedanken kommt.«

»Moment mal. Dann haben Sie meine Sachen gar nicht?«

»Nein.«

Ethan starrte Pope über den Schreibtisch hinweg an. »Könnten sie möglicherweise noch im Wagen sein?«

»In welchem Wagen?«

Nur mit Mühe gelang es ihm, ruhig zu bleiben. »Dem, den der Abschleppwagen gerammt hat, während ich drin saß.«

»Das ist durchaus möglich, aber ich würde eher vermuten, dass die Rettungssanitäter Ihre Sachen an sich genommen haben.«

»Großer Gott.«

»Was ist?«

»Nichts. Kann ich von hier aus vielleicht einige Anrufe machen? Ich habe seit Tagen nicht mit meiner Frau gesprochen.«

»Ich habe sie angerufen.«

»Wann?«

»Am Tag des Unfalls.«

»Ist sie unterwegs?«

»Das weiß ich nicht. Ich habe sie nur über das informiert, was passiert ist.«

»Ich muss auch meinen SAC anrufen …«

»Wer ist das?«

»Adam Hassler.«

»Hat er Sie hergeschickt?«

»Ja.«

»Hat er Sie auch angewiesen, mich nicht vorher anzurufen und darüber zu informieren, dass die Bundespolizei in meine Welt einfällt? Oder war das Ihre Entscheidung?«

»Denken Sie, es wäre meine Pflicht gewesen …«

»Höflichkeit, Ethan, reine Höflichkeit. Aber als Bundesagent sind Sie mit diesem Konzept möglicherweise nicht vertraut …«

»Ich hätte mich schon bei Ihnen gemeldet, Mr. Pope. Wir hatten nicht die Absicht, Sie außen vor zu lassen.«

»Oh. Na, in diesem Fall …«

Ethan zögerte, da er die Informationen klar rüberbringen, aber auch nicht zu viel verraten wollte. Doch seine Kopfschmerzen machten ihn fast wahnsinnig und er sah mal wieder doppelt, sodass er anstelle eines Sheriffs jetzt gleich zwei Arschlöcher vor sich sah.

»Ich wurde auf der Suche nach zwei Agenten des Secret Service hergeschickt.«

Pope zog die Augenbrauen hoch. »Sie sind verschwunden?«

»Seit inzwischen elf Tagen.«

»Warum haben sie sich in Wayward Pines aufgehalten?«

»Man hat mir keine weiteren Informationen über ihre Ermittlungen gegeben, daher weiß ich nur, dass sie mit David Pilcher zu tun hatten.«

»Der Name kommt mir irgendwie bekannt vor. Wer ist das?«

»Er gehört zu den reichsten Menschen der Welt und ist einer dieser abgeschottet hausenden Milliardäre. Redet nie mit der Presse. Ihm gehören einige Biopharmaunternehmen.«

»Und er hat irgendwie Verbindungen zu Wayward Pines?«

»Auch das weiß ich nicht. Aber wenn der Secret Service hier war, dann ging es vermutlich um die Untersuchung eines Finanzvergehens. Das ist alles, was ich weiß.«

Auf einmal stand Pope auf. Schon im Sitzen hatte er auf Ethan wie ein großer Mann gewirkt, aber als er in seinen Stiefeln vor ihm stand, wurde Ethan bewusst, dass er knapp zwei Meter groß sein musste.

»Sie können das Telefon im Konferenzraum benutzen, Agent Burke.«

Ethan regte sich nicht.

»Ich war noch nicht fertig, Sheriff.«

»Der Konferenzraum ist gleich da vorne.« Pope kam hinter seinem Schreibtisch hervor und ging auf die Tür zu. »Und vielleicht ziehen Sie nächstes Mal ein Hemd an? Nur als Vorschlag.«

Das Pochen in Ethans Kopf wurde durch die in ihm aufsteigende Wut auch nicht besser.

»Soll ich Ihnen verraten, warum ich kein Hemd trage, Sheriff?«

»Eigentlich interessiert mich das nicht wirklich.«

»Einer der Agenten, die ich hier suche, verrottet in einem Haus, das gerade mal sechs Blocks von hier entfernt ist.«

Pope blieb an der Tür stehen und hatte Ethan den Rücken zugewandt.

»Ich habe ihn kurz bevor ich hierhergekommen bin gefunden«, berichtete Ethan.

Pope drehte sich um und starrte Ethan an.

»Könnten Sie das genauer erklären?«

»Gestern Abend hat mir die Barkeeperin aus dem Biergarten ihre Adresse gegeben, falls ich Hilfe brauchen sollte. Heute Morgen bin ich mit furchtbaren Kopfschmerzen aufgewacht. Ich hatte kein Geld. Ich wurde aus meinem Hotelzimmer geworfen. Also bin ich zu ihrem Haus gegangen in der Hoffnung, dass sie vielleicht ein paar Schmerztabletten für mich hätte, musste dann jedoch feststellen, dass sie mir offenbar die falsche Adresse gegeben hatte.«

»Wie lautet die Adresse?«

»Sechs null vier First Avenue. Da steht allerdings nur ein altes, verlassenes Haus. Fast schon eine Ruine. Agent Evans wurde in einem der Zimmer ans Bett gekettet.«

»Sind Sie sicher, dass das der Mann ist, den Sie hier suchen sollen?«

»Ich bin mir zu achtzig Prozent sicher. Die Leiche ist schon ziemlich verwest und er hat schwere Gesichtsverletzungen.«

Der Sheriff hatte Ethan mit finsterer Miene angesehen, seitdem er sein Büro betreten hatte, doch jetzt wurden seine Gesichtszüge weicher. Er ging auf Ethan zu und setzte sich neben ihn auf den leeren Stuhl.

»Ich muss mich entschuldigen, Agent Burke. Ich habe Sie draußen warten lassen. Ich war wütend, dass Sie Ihre Ankunft nicht angekündigt hatten, und, nun ja, Sie haben recht. Sie hatten nicht die Pflicht, das zu tun. Mein Temperament geht manchmal mit mir durch, das ist einer meiner vielen Fehler, und mein Verhalten war inakzeptabel.«

»Entschuldigung angenommen.«

»Sie haben ein paar harte Tage hinter sich.«

»Das können Sie laut sagen.«

»Machen Sie Ihre Anrufe und wir reden weiter, wenn Sie fertig sind.«

* * *

Im Konferenzraum stand ein langer Tisch und zwischen den Stühlen und der Wand war sehr wenig Platz, sodass sich Ethan hindurchquetschen musste, um zum Telefon zu gelangen.

Er holte das Post-it aus der Hosentasche und nahm den Hörer ab.

Ein Freizeichen.

Er wählte.

Es klingelte.

Die Nachmittagssonne schien zwischen den Lamellen hindurch und tauchte die polierte Holzplatte des Tisches in gleißendes Licht.

Als es dreimal geklingelt hatte, murmelte er: »Komm schon, Baby, geh ran.«

Nach dem fünften Klingeln schaltete sich der Anrufbeantworter ein.

Theresas Stimme: »Hi, hier sind die Burkes. Wir sind leider nicht zu Hause, um Ihren Anruf entgegenzunehmen … Es sei denn, Sie wollen uns was verkaufen … In dem Fall sind wir froh, Ihren Anruf verpasst zu haben. Wir sind sogar absichtlich nicht rangegangen und wollen Sie ermutigen, diese Nummer schnell wieder zu vergessen. Bitte hinterlassen Sie eine Nachricht nach dem Piep.«

»Theresa, ich bin's. Himmel, ich habe das Gefühl, deine Stimme seit Jahren nicht mehr gehört zu haben. Du weißt vermutlich schon, dass ich in einen Verkehrsunfall verwickelt war. Mein Handy ist verschwunden, daher hast du mich auf diesem Weg auch nicht erreichen können. Ich wohne im Wayward Pines Hotel, Zimmer zwei sechsundzwanzig. Du kannst auch versuchen, mich über das Büro des Sheriffs zu erreichen. Ich hoffe, dir und Ben geht es gut. Mir ist nichts Schlimmes passiert. Ich bin noch nicht wieder ganz fit, aber das wird schon. Bitte ruf mich heute Abend im Hotel an. Ich werde nachher noch mal versuchen, dich zu erreichen. Ich liebe dich, Theresa. So sehr.«

Er legte auf und saß einen Moment lang reglos da, während er versuchte, sich an die Handynummer seiner Frau zu erinnern. Die ersten sieben Zahlen bekam er zusammen, aber die letzten drei wollten ihm einfach nicht einfallen.

Die Nummer des Büros in Seattle hatte er jedoch sofort parat. Er wählte sie und nach dem dritten Klingeln ging eine Frau an den Apparat, deren Stimme Ethan nicht erkannte.

»Secret Service.«

»Hi, hier ist Ethan Burke. Ich möchte Adam Hassler sprechen.«

»Er ist momentan nicht verfügbar. Kann ich Ihnen vielleicht irgendwie helfen?«

»Nein, ich muss dringend mit ihm reden. Ist er heute nicht im Büro?«

»Er ist momentan nicht verfügbar. Kann ich Ihnen vielleicht irgendwie helfen?«

»Kann ich ihn vielleicht auf dem Handy erreichen? Können Sie mir bitte seine Nummer geben?«

»Oh, diese Information kann ich leider nicht ausgeben.«

»Ist Ihnen klar, wer ich bin? *Agent* Ethan Burke.«

»Kann *ich* Ihnen vielleicht irgendwie helfen?«

»Wie heißen Sie?«

»Marcy.«

»Sie sind neu, stimmt's?«

»Das ist mein dritter Tag.«

»Passen Sie auf, ich bin in Wayward Pines, Idaho, und hier ist die Kacke am Dampfen. Holen Sie Hassler sofort ans Telefon. Es ist mir egal, was er macht, ob er in einem Meeting sitzt oder auf der Toilette … Holen Sie ihn gottverdammt noch mal ans Telefon!«

»Oh, Entschuldigung.«

»Was ist?«

»Ich werde die Unterhaltung nicht fortsetzen, wenn Sie in diesem Ton mit mir reden.«

»Marcy?«

»Ja?«

»Es tut mir leid. Entschuldigen Sie bitte, dass ich laut geworden bin, aber ich muss unbedingt mit Hassler sprechen.«

»Ich kann ihm gern eine Nachricht überbringen.«

Ethan schloss die Augen.

Er knirschte mit den Zähnen und musste sich zusammenreißen, um nicht ins Telefon zu schreien.

»Richten Sie ihm aus, er soll Agent Ethan Burke im Sheriffbüro von Wayward Pines oder im Wayward Pines Hotel, Zimmer zwei sechsundzwanzig, anrufen. Und zwar in dem

Augenblick, in dem er diese Nachricht erhält. Haben Sie das verstanden?«

»Ich werde es ihm ausrichten!«, trällerte Marcy fröhlich und legte auf.

Ethan nahm den Hörer vom Ohr und schlug damit fünfmal auf den Tisch.

Als er auflegte, bemerkte er, dass Sheriff Pope in der Tür des Konferenzraums stand.

»Ist alles in Ordnung, Ethan?«

»Ja, ich habe nur … ein Problem, meinen SAC zu erreichen.«

Pope kam in den Raum und schloss die Tür hinter sich. Er setzte sich Ethan gegenüber an den Tisch.

»Sie sagten was von zwei verschwundenen Agenten?«, fragte Pope.

»Das ist korrekt.«

»Erzählen Sie mir von dem anderen.«

»Ihr Name ist Kate Hewson. Sie hat zuletzt in Boise gearbeitet und davor in Seattle.«

»Kannten Sie sie?«

»Wir waren Partner.«

»Und sie wurde versetzt?«

»Genau.«

»Und Kate kam hierher mit Agent …«

»Bill Evans.«

»… wegen dieser streng geheimen Untersuchung.«

»Genau.«

»Ich würde Ihnen gern helfen. Würden Sie meine Hilfe annehmen?«

»Natürlich, Arnold.«

»Gut. Fangen wir am Anfang an. Wie sieht Kate aus?«

Ethan lehnte sich auf seinem Stuhl zurück.

Kate.

Er hatte sich im letzten Jahr so bemüht, *nicht* an sie zu denken, dass er einen Moment brauchte, bis er sich wieder an ihr

Gesicht erinnerte, und diese Erinnerung riss eine Wunde auf, die gerade erst vernarbt war.

»Sie ist etwa einen Meter fünfundsechzig groß und wiegt um die fünfzig Kilo.«

»Eine recht kleine Frau.«

»Die beste Agentin, die ich kenne. Als ich sie das letzte Mal gesehen habe, trug sie ihre braunen Haare kurz geschnitten, aber sie könnten inzwischen länger sein. Blaue Augen. Ungewöhnlich gut aussehend.«

Himmel, er konnte sie noch immer schmecken.

»Irgendwelche besonderen Kennzeichen?«

»Ja, durchaus. Sie hat ein helles Muttermal auf der Wange. Etwa so groß wie eine 5-Cent-Münze und gefärbt wie ein Milchkaffee.«

»Ich werde meine Deputys informieren, vielleicht lasse ich auch ein Phantombild anfertigen, das wir in der Stadt vorzeigen können.«

»Das wäre großartig.«

»Warum, sagten Sie, wurde Kate nach Seattle versetzt?«

»Das habe ich nicht gesagt.«

»Wissen Sie es?«

»Angeblich ging es um eine interne Umbesetzung. Ich würde gern den Wagen sehen.«

»Den Wagen?«

»Den schwarzen Lincoln, an dessen Steuer ich beim Unfall gesessen habe.«

»Oh, natürlich.«

»Wo finde ich ihn?«

»Am Stadtrand gibt es einen kleinen Schrottplatz.« Der Sheriff stand auf. »Wie war die Adresse noch mal?«

»Sechs null vier First Avenue. Ich werde Sie dorthin begleiten.«

»Das ist nicht nötig.«

»Ich möchte es aber.«

»*Ich* möchte es aber nicht.«

»Warum nicht?«

»Haben Sie nicht noch was anderes zu erledigen?«

»Ich möchte, dass Sie mich über Ihre Ermittlungen auf dem Laufenden halten.«

»Kommen Sie morgen am frühen Nachmittag wieder her, dann können wir uns darüber unterhalten.«

»Können Sie mich auch zu dem Schrottplatz bringen, damit ich mir den Wagen ansehen kann?«

»Das werde ich arrangieren. Aber jetzt lassen Sie uns gehen. Ich bringe Sie raus.«

* * *

Ethans Jacke und Hemd rochen etwas besser, als er sie wieder überzog und die Straße entlangging. Er stank noch immer, hoffte jedoch, dass der widerliche Geruch nach Tod weniger Aufmerksamkeit erregen würde als ein Mann, der nur mit einer Anzughose bekleidet durch die Stadt lief.

Er ging, so schnell er konnte, aber die Schwindelgefühle kamen immer wieder und sein Kopf tat höllisch weh. Jeder Schritt schien neue Tentakel der Agonie durch seinen Schädel zu jagen.

Der »Biergarten« war geöffnet und bis auf einen gelangweilt aussehenden Barkeeper leer. Er saß auf einem Stuhl hinter der Bar und las ein Taschenbuch: einen der frühen Romane von F. Paul Wilson.

»Arbeitet Beverly heute auch?«, erkundigte sich Ethan, als er vor der Bar stand.

Der Mann hielt einen Finger in die Luft.

Zehn Sekunden vergingen, in denen er den Absatz zu Ende zu lesen schien.

Endlich klappte er das Buch zu und widmete Ethan seine ganze Aufmerksamkeit.

»Was möchten Sie trinken?«

»Gar nichts. Ich suche nach der Frau, die gestern hier war. Sie hieß Beverly. Eine hübsche Brünette. Mitte dreißig. Ziemlich groß.«

Der Barkeeper stand von seinem Stuhl auf und legte das Buch auf die Bar. Sein langes Haar hatte die Farbe von Spülwasser und er band es zu einem Pferdeschwanz.

»Sie waren hier? In diesem Restaurant? Gestern?«

»Genau«, bestätigte Ethan.

»Und Sie wollen mir erzählen, dass eine große Brünette hinter der Bar gestanden hätte?«

»Allerdings. Sie hieß Beverly.«

Der Mann schüttelte den Kopf und Ethan bemerkte, dass sein Grinsen leicht spöttisch wirkte.

»Es gibt hier nur zwei Personen, die sich um die Bar kümmern: einen Kerl namens Steve und mich.«

»Nein, diese Frau hat mich gestern bedient. Ich habe einen Burger gegessen und gleich da vorn gesessen.« Ethan deutete auf den Barhocker in der Ecke.

»Verstehen Sie mich nicht falsch, Kumpel, aber wie viel haben Sie getrunken?«

»Gar nichts. Und ich bin nicht Ihr Kumpel, ich bin Bundesagent. Außerdem weiß ich genau, dass ich gestern Abend hier gewesen bin und wer mich bedient hat.«

»Entschuldigen Sie, aber ich weiß nicht, was ich Ihnen sagen soll. Ich glaube, dass Sie in einem anderen Restaurant gewesen sind.«

»Nein, ich …«

Auf einmal konnte sich Ethan nicht mehr konzentrieren.

Er drückte die Fingerspitzen gegen die Schläfen.

Jetzt konnte er seinen Puls in seiner Schläfenarterie spüren und jeder Herzschlag schien die Durchschlagskraft dieser fiesen Kopfschmerzen zu haben, unter denen er als Kind gelitten hatte, dieser kurzen, heftigen Schmerzen, wenn er ein Eis zu gierig heruntergeschlungen hatte.

»Sir? Sir, geht es Ihnen gut?«

Ethan taumelte nach hinten, brachte aber gerade noch einige Worte heraus. »Sie war hier. Das weiß ich genau. Ich weiß nicht, warum Sie …«

Dann stand er im Freien, stützte die Hände auf die Knie und beugte sich über eine Lache aus Erbrochenem, das anscheinend von ihm stammte, während die Galle in seiner Kehle brannte.

Ethan streckte sich und wischte sich den Mund mit dem Ärmel ab.

Die Sonne ging bereits hinter den Klippen unter und es wurde kühler in der Stadt.

Er musste noch so viel erledigen, Beverly finden, die Rettungssanitäter suchen und seine Sachen zurückbekommen, aber er hätte sich am liebsten in einem dunklen Zimmer ins Bett gelegt. Um den Schmerz wegzuschlafen. Die Verwirrung. Und das Gefühl, das allem anderen zugrunde lag und immer schwerer zu ignorieren war.

Die Panik.

Das immer stärker werdende Gefühl, dass etwas ganz und gar nicht stimmte.

* * *

Er taumelte die Steintreppe nach oben und drückte die Hoteltür auf.

Der Kamin wärmte die Lobby.

Ein junges Paar saß auf einem der Sofas vor dem Feuer und nippte an Weingläsern. Vermutlich machten sie einen romantischen Urlaub, vermutete er, und genossen eine ganz andere Seite von Wayward Pines.

Ein Mann im Smoking saß am Klavier und spielte »Always Look on the Bright Side of Life«.

Ethan ging zur Rezeption und zwang sich trotz der Schmerzen zu einem Lächeln.

Die Rezeptionistin, die ihn an diesem Morgen aus dem Zimmer geworfen hatte, begann schon zu sprechen, bevor sie aufsah.

»Willkommen im Wayward Pines Hotel. Wie kann ich Ihnen …«

Sie hielt inne, als sie Ethan erblickte.

»Hi, Lisa.«

»Ich bin beeindruckt«, sagte sie.

»Beeindruckt?«

»Sie sind zurückgekommen, um zu bezahlen. Sie hatten es mir versprochen, aber ich habe wirklich nicht geglaubt, dass ich Sie noch einmal wiedersehen würde. Ich muss mich entschuldigen …«

»Nein, hören Sie zu: Es ist mir heute nicht gelungen, meine Brieftasche wiederzubekommen.«

»Wollen Sie damit sagen, dass Sie nicht zurückgekommen sind, um Ihr Zimmer für letzte Nacht zu bezahlen? Wie Sie es mir gestern mehrfach versprochen haben?«

Ethan schloss die Augen und atmete trotz der zunehmenden Schmerzen tief ein.

»Lisa, Sie können sich nicht vorstellen, was ich heute durchgemacht habe. Ich muss mich einfach für ein paar Stunden hinlegen. Ich brauche das Zimmer nicht mal für die ganze Nacht. Ich brauche nur einen Ort, an dem ich den Kopf freibekommen und ein wenig schlafen kann. Ich habe solche Schmerzen.«

»Augenblick mal.« Sie rutschte von ihrem Stuhl herunter und beugte sich vor. »Sie können immer noch nicht bezahlen und bitten trotzdem wieder um ein Zimmer?«

»Ich kann nirgendwo anders hin.«

»Sie haben mich angelogen.«

»Es tut mir leid. Ich habe wirklich geglaubt, ich könnte heute …«

»Ist Ihnen klar, dass ich mir für Sie ein Bein ausgerissen habe? Dass ich deswegen meinen Job verlieren könnte?«

»Es tut mir leid. Ich wollte wirklich nicht …«

»Verschwinden Sie.«

»Wie bitte?«

»Haben Sie mich nicht verstanden?«

»Ich kann nirgendwo hin, Lisa. Ich habe kein Handy. Ich habe kein Geld. Ich habe seit gestern Abend nichts mehr gegessen und …«

»Erklären Sie mir noch mal, warum das mein Problem ist.«

»Ich möchte mich doch nur einige Stunden hinlegen. Ich flehe Sie an.«

»Ich habe es Ihnen so gut wie möglich erklärt. Es wird Zeit, dass Sie verschwinden.«

Ethan stand reglos da. Er starrte sie einfach an und hoffte, dass sie den Schmerz in seinen Augen erkennen und Mitleid haben würde.

»Jetzt«, fügte sie hinzu.

Als er an der Tür war, rief ihm Lisa nach: »Und ich möchte Sie hier nie wiedersehen.«

Ethan wäre beinahe die Treppe hinuntergefallen, und als er auf dem Bürgersteig stand, drehte sich um ihn herum alles. Die Straßenlaternen und die Lichter der vorbeifahrenden Autos wirbelten um ihn herum und Ethan spürte, wie seine Beine immer schwächer wurden, als hätte jemand einen Stecker rausgezogen.

Trotzdem ging er über den Bürgersteig und sah zu dem Gebäude aus rotem Sandstein hinüber, das in acht Blocks Entfernung aufragte. Er fürchtete sich noch immer davor, aber er musste ins Krankenhaus. Er wollte ein Bett, den Schlaf, die Medizin. Alles, was den Schmerz unterdrückte.

Er konnte entweder ins Krankenhaus gehen oder im Freien schlafen – in einer Gasse oder einem Park, den Elementen ausgesetzt.

Doch es waren acht Blocks, eine riesige Entfernung, jeder Schritt bedeutete einen immensen Kraftaufwand und die Lichter in seiner Umgebung schienen sich aufzulösen, sie wirkten intensiver, direkter, schienen sein Sichtfeld zu verschieben, als würde er die Welt nur als ein mit langer Belichtungszeit geschossenes Foto einer Stadt bei Nacht sehen, bei dem sich die Lichter der Autos in leuchtende Stangen verwandelten und die Straßenlaternen aussahen wie Lötbrenner.

Er rempelte jemanden an.

Ein Mann stieß ihn weg und sagte: »Fahren Sie auch so Auto?«

An der nächsten Kreuzung blieb Ethan stehen, weil er nicht wusste, ob er es über die Straße schaffen würde.

Taumelnd stolperte er nach hinten und ließ sich mit dem Rücken an einer Gebäudewand auf den Boden sinken.

Auf der Straße war ziemlich viel los, aber er konnte nichts richtig erkennen und hörte nur Schritte, die neben ihm über den Asphalt hasteten, und Bruchstücke der Unterhaltung von Passanten.

Er verlor jedes Zeitgefühl.

Er kam sich vor, als würde er träumen.

Dann lag er auf der Seite auf dem kalten Beton, spürte den Atem eines anderen Menschen und hörte dessen Stimme direkt neben sich.

Da waren Worte, aber er konnte keinen Sinn in das Gesagte bringen.

Er öffnete die Augen.

Es war Nacht geworden.

Er zitterte.

Eine Frau kniete neben ihm und er spürte ihre Hände an seinen Schultern. Sie schüttelte ihn und redete mit ihm.

»Sir, ist alles in Ordnung? Können Sie mich hören? Sir? Können Sie mich ansehen und mir sagen, was mit Ihnen los ist?«

»Er ist betrunken.« Die Stimme eines Mannes.

»Nein, Harold, er ist krank.«

Ethan versuchte, sich auf ihr Gesicht zu konzentrieren, aber es war dunkel und verschwommen, und er sah nichts als die Straßenlaternen, die wie kleine Sonnen über der Straße schwebten, und hin und wieder die Scheinwerfer eines vorbeifahrenden Wagens.

»Mein Kopf tut weh«, sagte er mit einer Stimme, die viel zu schwach und voller Schmerz und Furcht zu sein schien, als dass sie ihm gehören konnte. »Ich brauche Hilfe.«

Sie nahm seine Hand und sagte ihm, dass er keine Angst haben müsse, dass Hilfe unterwegs sei.

Und obwohl diese Hand ganz offensichtlich keiner jungen Frau gehörte – die Haut war viel zu faltig und dünn, sie erinnerte eher an altes Papier –, hatte die Stimme etwas derart Vertrautes an sich, dass es ihm das Herz brach.

KAPITEL 4

Sie nahmen in Seattle die Fähre nach Bainbridge Island und fuhren dann in Richtung Norden über die Halbinsel nach Port Angeles, der Konvoi aus vier Wagen mit den fünfzehn engsten Freunden der Burkes.

Theresa hatte auf gutes Wetter gehofft, aber es war kalt, grau und regnete, man konnte die Olympics Lodge kaum erkennen und so gut wie nichts außer dem engen Highway sehen.

Aber das war alles unwichtig.

Sie wären bei jedem Wetter losgefahren, und wenn sich ihnen niemand angeschlossen hätte, wären sie und Ben eben alleine aufgebrochen.

Ihre Freundin Darla saß am Steuer und Theresa hielt auf dem Rücksitz die Hand ihres siebenjährigen Sohnes und starrte durch die regenverschmierte Scheibe auf den Wald hinaus, der als dunkelgrüner Schleier an ihr vorbeiflog.

Einige Meilen westlich der Stadt erreichten sie die Stelle, an der der Weg zum Striped Peak am Highway 112 begann.

Der Himmel war noch wolkenverhangen, aber es hatte aufgehört zu regnen.

Sie gingen schweigend los und marschierten am Wasser entlang. Es war kein Geräusch zu hören außer ihren Schritten durch den Matsch und dem Rauschen der Wellen.

Theresa warf einen Blick in die Bucht, als der Weg daran entlangführte, und das Wasser war nicht so blau, wie sie es in Erinnerung hatte, aber sie gab der Wolkendecke die Schuld an der falschen Farbe und nicht ihrem schlechten Gedächtnis.

Die Gruppe kam an den Bunkern aus dem Zweiten Weltkrieg vorbei und kletterte durch Farnbüsche, bis sie den Wald erreicht hatte.

Überall Moos.

Das Wasser tropfte noch von den Bäumen.

Selbst zu Winterbeginn war hier alles grün.

Sie näherten sich dem Gipfel.

Die ganze Zeit hatte keiner von ihnen einen Ton gesagt.

Theresa spürte ein Brennen in ihren Beinen und dass sie die Tränen nicht mehr lange zurückhalten konnte.

Es begann zu regnen, als sie oben angekommen waren, aber es fielen nur einige vereinzelte Tropfen vom Himmel, die der Wind umherwehte.

Theresa ging hinaus auf die Lichtung.

Jetzt weinte sie wirklich.

An einem klaren Tag konnte man von hier aus meilenweit sehen, während das Meer dreihundert Meter unter einem lag.

Heute war es neblig.

Sie brach auf dem nassen Gras zusammen, verbarg den Kopf zwischen den Knien und weinte.

Da war nur das Prasseln des Regens auf der Kapuze ihres Ponchos, sonst nichts.

Ben setzte sich neben sie, und sie legte den Arm um ihn und sagte: »Das hast du gut gemacht, Kleiner. Wie fühlst du dich?«

»Ganz gut, denke ich. Ist es das?«

»Ja, das ist es. Wenn es nicht so neblig wäre, könntest du viel weiter sehen.«

»Was machen wir jetzt?«

Sie wischte sich die Augen ab und holte zitternd tief Luft.

»Jetzt werde ich ein paar Dinge über deinen Dad sagen. Vielleicht sagt auch einer der anderen was.«

»Muss ich auch was sagen?«

»Nur, wenn du das möchtest.«

»Ich möchte es nicht.«

»Das ist auch in Ordnung.«

»Das heißt nicht, dass ich ihn nicht mehr liebe.«

»Das weiß ich.«

»Würde er wollen, dass ich über ihn rede?«

»Nicht, wenn du dich dabei unwohl fühlst.«

Theresa schloss die Augen und musste sich kurz sammeln.

Dann rappelte sie sich mühsam wieder auf.

Ihre Freunde wanderten zwischen den Farnen herum und pusteten sich in die zusammengeballten Hände, um sich zu wärmen.

Auf dem Gipfel wehte ein rauer Wind, der die Farne in grüne Wellen verwandelte und die Luft so stark abkühlte, dass sie ihren Atem sehen konnten.

Sie rief ihre Freunde zusammen und dann standen sie dicht gedrängt, um dem Regen und dem Wind zu trotzen.

Theresa erzählte, wie Ethan und sie einige Monate, nachdem sie zum ersten Mal ausgegangen waren, auf der Halbinsel Urlaub gemacht hatten. Sie hatten sich in einer Pension in Port Angeles ein Zimmer genommen und waren spät am Nachmittag den Weg zum Striped Peak hinaufgewandert. Es war ein klarer, ruhiger Abend gewesen, als sie den Gipfel erreicht hatten, die Sonne ging gerade unter und als sie über die Meerenge in Richtung Kanada gestarrt hatte, war Ethan vor ihr auf die Knie gefallen und hatte ihr einen Heiratsantrag gemacht.

An diesem Morgen hatte er ihr in einem Supermarkt in einem Verkaufsautomaten einen Spielzeugring gekauft. Angeblich hatte er all das nicht geplant, aber es war ihm auf dieser Reise bewusst geworden, dass er den Rest seines Lebens mit ihr verbringen wollte. Er hatte ihr gesagt, dass er nie glücklicher gewesen sei als in diesem Moment auf dem Gipfel dieses Berges, wo sich die Welt unter ihnen ausbreitete.

»Ich hatte das hier auch nicht geplant«, sagte Theresa, »aber ich habe Ja gesagt und wir sind hier oben geblieben und haben zugesehen, wie die Sonne im Meer versunken ist. Ethan und ich wollten immer mal wieder für ein Wochenende hierherkommen, aber ihr wisst ja, wie das so ist, wenn man solche Pläne schmiedet. Aber wir hatten unsere perfekten Momente …« Sie küsste ihren Sohn auf den Kopf. »… und auch die weniger perfekten, doch ich glaube, dass Ethan nie glücklicher, sorgenfreier und hoffnungsvoller in die Zukunft gesehen hat als vor dreizehn Jahren auf dem Gipfel dieses Berges. Wie ihr wisst, sind die Umstände seines Verschwindens …« Sie drängte den Ansturm der Gefühle in ihrem Inneren beiseite. »… Tja, wir haben keine Leiche, keine Asche oder so etwas. Aber …« Sie lächelte trotz der Tränen. »Ich habe das hier dabei.« Sie zog einen alten Plastikring aus der Tasche, der seine goldene Farbe längst verloren hatte, während die winzigen Zacken noch immer das smaragdfarbene Stück Glas festhielten. Einige der anderen weinten jetzt auch. »Er hat mir später einen Diamanten gekauft, aber es erschien mir angemessener und auch vernünftiger, lieber diesen Ring mitzunehmen.« Dann holte sie einen Klappspaten aus ihrem Rucksack. »Ich möchte hier etwas zurücklassen, das Ethan wichtig gewesen ist, und der Ring scheint mir das Richtige zu sein. Hilfst du mir, Ben?«

Theresa kniete sich hin und schob die Farne beiseite, bis sie den Boden erkennen konnte.

Er war vom Regen durchtränkt und der Spaten glitt leicht hinein. Sie grub einige Erdbrocken aus und ließ Ben dasselbe tun.

»Ich liebe dich, Ethan«, flüsterte sie, »und du fehlst mir so sehr.«

Dann ließ sie den Ring in das flache Grab fallen, bedeckte ihn mit der ausgehobenen Erde und klopfte alles mit dem Spaten glatt.

* * *

An diesem Abend gab Theresa in ihrem Haus im höher gelegenen Teil von Queen Anne eine Party.

Sie hatte viele Freunde, Bekannte und Arbeitskollegen eingeladen und jede Menge Alkohol gekauft.

Ihre engsten Freunde, die jetzt alle verantwortungsbewusste, zahme Erwachsene waren, hatten es früher wild und bis zum Exzess getrieben, und auf der Heimfahrt hatten alle geschworen, sich Ethan zu Ehren zu betrinken.

Sie hielten ihr Wort.

Sie tranken wie die Löcher.

Sie erzählten sich Geschichten über Ethan.

Sie lachten und weinten.

* * *

Um zweiundzwanzig Uhr dreißig stand Theresa auf ihrem Balkon, von dem aus man in den kleinen Garten und an den seltenen klaren Tagen sogar die Skyline von Seattle und im Süden den gewaltigen weißen Mount Rainier sehen konnte. An diesem Abend lagen die Gebäude der Innenstadt im Nebel verborgen und ließen sich nur daran ausmachen, dass die Wolkendecke darüber vom Neonlicht beleuchtet wurde.

Sie lehnte sich gegen das Geländer, als sie mit Darla eine Zigarette rauchte – was sie seit ihrer Zeit im College nicht mehr gemacht hatte – und ihren fünften Gin Tonic des Abends trank. So viel hatte sie seit einer Ewigkeit nicht mehr getrunken und ihr war klar, dass sie es am nächsten Morgen bereuen würde, doch vorerst genoss sie dieses wunderbare Gefühl, das sie vor der grausamen Realität schützte, vor den unbeantworteten Fragen, der Angst, die sie nie verließ. Die sie in ihren Träumen heimsuchte.

»Was mache ich, wenn die Lebensversicherung nicht zahlt?«, fragte sie Darla.

»Warum sollte sie das nicht tun?«

»Weil es keinen Beweis für seinen Tod gibt.«

»Das ist doch lächerlich.«

»Dann muss ich das Haus verkaufen. Die Hypothek kann ich von meinem Gehalt als Anwaltsgehilfin nicht bezahlen.«

Darla hakte sich bei ihr unter. »Denk jetzt nicht an so was. Vergiss niemals, dass du Freunde hast, die dich lieben. Wir lassen nicht zu, dass dir oder Ben was passiert.«

Theresa stellte ihr leeres Glas auf das Geländer.

»Er war nicht perfekt«, sagte sie.

»Ich weiß.«

»Ganz und gar nicht. Aber die Fehler, die er gemacht hat, waren im Grunde genommen … Sie gehörten zu ihm. Ich habe ihn geliebt. Immer. Sogar als ich es herausgefunden habe, wusste ich, dass ich ihm verzeihen kann. Er hätte es wieder tun können und ich wäre trotzdem bei ihm geblieben. Ich habe ihm *gehört*, verstehst du?«

»Dann hattet ihr euch vor seiner Abreise wieder ausgesöhnt?«

»Ja. Gut, es gab da immer noch einige echt … heftige Gefühle. Das, was er getan hat …«

»Ich weiß.«

»Aber wir hatten das Schlimmste überstanden. Wir sind zur Eheberatung gegangen. Wir hätten es geschafft. Und jetzt … jetzt bin ich eine alleinerziehende Mutter, D.«

»Du solltest ins Bett gehen, Theresa. Es war ein langer Tag. Lass alles stehen und liegen. Ich komme morgen früh vorbei und helfe dir beim Aufräumen.«

»Er ist schon fast fünfzehn Monate weg, und jeden Tag wache ich auf und kann immer noch nicht glauben, dass es wirklich passiert ist. Ständig warte ich darauf, dass mein Handy klingelt. Dass er mir eine SMS schickt. Ben fragt mich andauernd, wann Daddy nach Hause kommt. Er kennt die Antwort, aber bei ihm ist es wie bei mir … Derselbe Grund, aus dem ich auch ständig auf mein Handy gucke.«

»Warum?«

»Weil ich dieses Mal vielleicht einen Anruf von Ethan verpasst habe. Weil ich Ben dieses Mal vielleicht eine andere Antwort geben kann. Ich werde ihm sagen, dass Daddy nächste Woche von seiner Reise nach Hause kommt.«

Jemand rief Theresas Namen.

Vorsichtig drehte sie sich um, da sie den Gin inzwischen merkte.

Parker, einer der jungen Mitarbeiter der Rechtsanwaltsfirma, für die sie arbeitete, stand auf der Schwelle der Glastür.

»Da ist jemand, der dich sprechen will, Theresa.«

»Wer ist es?«

»Ein Mann namens Hassler.«

Theresa spürte ein Flattern im Magen.

»Wer ist das?«, wollte Darla wissen.

»Ethans Boss. Mist, ich bin betrunken.«

»Soll ich ihm sagen, dass du jetzt nicht …«

»Nein, ich möchte mit ihm reden.«

Theresa folgte Parker ins Haus.

Alle hatten zu viel getrunken und die Party näherte sich ihrem Ende.

Jen, mit der sie sich im ersten Jahr auf dem College ein Zimmer geteilt hatte, war auf der Couch eingeschlafen.

Einige ihrer anderen Freundinnen hatten sich in der Küche um ein iPhone versammelt und schienen zu versuchen, sich per Lautsprecher ein Taxi zu rufen.

Ihre Schwester Margie, die Antialkoholikerin und damit vermutlich die einzige nüchterne Erwachsene im Haus war, nahm ihren Arm, als sie an ihr vorbeiging, und flüsterte ihr zu, dass Ben friedlich oben in seinem Zimmer schlief.

Hassler wartete im Flur. Er trug einen schwarzen Anzug, hatte seine Krawatte gelockert und tiefe Ringe unter den Augen. Sie fragte sich, ob er direkt aus dem Büro hergekommen war.

»Hi, Adam«, sagte sie.

Sie umarmten sich kurz und küssten sich auf die Wange.

»Entschuldige, dass ich nicht eher kommen konnte«, erwiderte Hassler. »Es war … Es war ein harter Tag. Aber ich wollte wenigstens kurz vorbeischauen.«

»Das bedeutet mir sehr viel. Möchtest du etwas trinken?«

»Ein Bier wäre super.«

Theresa entdeckte einen halb vollen Krug Fat Tire und goss einen Plastikbecher voll.

Dann setzte sie sich mit Adam auf die dritte Treppenstufe.

»Entschuldige«, meinte sie. »Ich bin ein bisschen betrunken. Wir wollten Ethan verabschieden wie in den alten Zeiten.«

Hassler nippte an seinem Bier. Er war ein oder zwei Jahre älter als Ethan, roch dezent nach Old Spice und trug noch immer dieselbe Frisur, die er bereits bei ihrem Kennenlernen auf der Firmenweihnachtsfeier vor so vielen Jahren getragen hatte. Ein Hauch von Rot – der Bartwuchs eines Tages - zeichnete sich auf seinem Kiefer ab. Sie konnte seine Pistole an seiner Hüfte spüren.

»Hast du immer noch Probleme mit Ethans Lebensversicherung?«, wollte Hassler wissen.

»Ja. Die ziehen die Sache in die Länge. Ich glaube, sie legen es darauf an, dass ich vor Gericht gehe.«

»Wenn das für dich in Ordnung ist, rufe ich da Anfang der Woche mal an. Vielleicht kann ich ein gutes Wort für dich einlegen und die Sache ins Rollen bringen.«

»Das wäre wirklich sehr nett von dir, Adam.«

Ihr fiel auf, dass sie langsam und sehr betont sprach, damit sie gar nicht erst anfangen konnte zu nuscheln.

»Kannst du mir die Kontaktinformationen zuschicken?«, fragte er.

»Das mache ich.«

»Du sollst wissen, dass das Erste, was mir jeden Tag durch den Kopf geht, die Frage ist, was Ethan zugestoßen ist. Und ich werde es herausfinden.«

»Glaubst du, dass er tot ist?«

Diese Frage hätte sie nüchtern niemals gestellt.

Hassler schwieg einige Sekunden lang und starrte in sein bernsteinfarbenes Bier.

»Ethan … war ein guter Agent«, sagte er schließlich. »Vielleicht mein bester. Und das sage ich nicht einfach so.«

»Und du denkst, dass wir inzwischen von ihm gehört hätten …«

»Genau. Es tut mir leid.«

»Nein, es ist schon …« Er reichte ihr ein Taschentuch und sie weinte einen Augenblick hinein, um sich dann damit die Augen auszuwischen. »Diese Ungewissheit … Das ist das Schlimmste. Ich habe gebetet, dass er noch am Leben ist. Jetzt bete ich nur noch um eine Leiche. Irgendetwas Körperliches, das mir Antworten geben und mir helfen kann, mit all dem abzuschließen. Kann ich dich etwas fragen, Adam?«

»Natürlich.«

»Was ist deiner Meinung nach passiert?«

»Das ist jetzt glaube ich nicht die richtige Zeit …«

»Bitte.«

Hassler trank seinen Becher aus.

Dann ging er zum Krug, schenkte sich erneut etwas Bier ein und setzte sich wieder neben sie.

»Gehen wir erstmal von dem aus, was wir wissen, okay? Ethan ist um acht Uhr dreißig am vierundzwanzigsten September letzten Jahres mit einem Direktflug aus Seattle in Boise angekommen. Er hat das dortige Büro in der Innenstadt im U.S. Bank Building aufgesucht und sich mit Agent Stallings und seinem Team getroffen. Die Besprechung dauerte zweieinhalb Stunden und dann sind Ethan und Stallings gegen elf Uhr fünfzehn aus Boise aufgebrochen …«

»Und sie wollten nach Wayward Pines, weil sie …«

»Unter anderem sollten sie das Verschwinden der Agenten Bill Evans und Kate Hewson aufklären.«

Allein die Erwähnung dieses Namens wirkte auf Theresa, als würde man ihr ein Messer zwischen die Rippen rammen.

Hassler fuhr fort. »Du hast zuletzt mit Ethan gesprochen, als er dich um dreizehn Uhr zwanzig mit dem Handy aus Lowman, Idaho, angerufen hat, wo sie zum Tanken angehalten hatten.«

»Die Verbindung war schlecht, weil sie sich in den Bergen befanden.«

»Zu diesem Zeitpunkt waren sie noch eine Stunde von Wayward Pines entfernt.«

»Das Letzte, was er zu mir gesagt hat, war: ›Ich rufe dich heute Abend vom Hotel aus an, Schatz.‹ Ich wollte mich noch von ihm verabschieden und ihm sagen, dass ich ihn liebe, aber die Verbindung war abgebrochen.«

»Und du warst die Letzte, die noch Kontakt zu deinem Mann hatte. Zumindest von denen, die noch leben. Den Rest kennst du.«

Das tat sie, und sie wollte es auch nicht noch einmal hören.

Um 15:07 Uhr war Agent Stallings auf einer Kreuzung in Wayward Pines vor einen Lkw gefahren. Er war sofort tot und aufgrund des heftigen Zusammenpralls und der stark eingedrückten Beifahrerseite hatte man den Wagen zu einer Werkstatt gebracht, um Ethans Leiche herauszuholen. Doch da hatte man die Tür und einen Teil abgerissen, nur um festzustellen, dass niemand auf dem Beifahrersitz saß.

»Ich bin noch aus einem anderen Grund vorbeigekommen, Theresa, denn es gibt Neuigkeiten. Wie du weißt, waren wir mit der Untersuchung, die an Stallings' Lincoln vorgenommen worden war, nicht einverstanden.«

»Daran erinnere ich mich.«

»Also habe ich beim wissenschaftlichen Analyseteam des FBIs CODIS einen Gefallen eingefordert. Die leisten unglaubliche Arbeit, sie sind die Besten und sie haben den Wagen gerade eine Woche lang unter die Lupe genommen.«

»Und …«

»Ich kann dir den Bericht morgen per E-Mail schicken, aber langer Rede kurzer Sinn: Sie haben nichts gefunden.«

»Wie meinst du das?«

»Das heißt, sie haben nichts gefunden. Keine Hautzellen, kein Blut, keine Haare, nicht einmal Schweißrückstände. Wenn Ethan drei Stunden lang auf dem Weg von Boise nach Wayward Pines in dem Wagen gesessen hätte, dann hätte das Team zumindest eine molekulare Spur von ihm gefunden.«

»Wie ist das möglich?«

»Das weiß ich noch nicht.«

Theresa griff nach dem Treppengeländer und kam langsam auf die Beine.

Sie ging zu der Bar, die sie auf der Anrichte aufgebaut hatten.

Ein Gin Tonic war ihr viel zu viel Arbeit, also schaufelte sie einfach etwas Eis in ein Glas und füllte es mit Wodka auf.

Sie trank einen großen Schluck und kam dann taumelnd wieder zur Treppe zurück.

»Ich weiß nicht, was ich davon halten soll, Adam«, sagte sie und trank noch einen Schluck in dem Wissen, dass sie nach diesem Drink richtig betrunken sein würde.

»Ich auch nicht. Du hast gefragt, was meiner Meinung nach passiert ist.«

»Und?«

»Ich kann dir dazu nichts sagen. Noch nicht. Unter uns gesagt nehmen wir Agent Stallings gerade genau unter die Lupe. Ebenso wie jeden, der vor meiner Ankunft am Unfallort gewesen ist. Aber bisher hat uns das nirgendwo hingebracht. Und wie du weißt, ist das Ganze vor über einem Jahr passiert.«

»Irgendetwas stimmt da nicht«, stellte sie fest.

Hassler starrte sie an und in seinen Augen spiegelte sich ihre Unruhe wider.

»Ganz meine Meinung.«

* * *

Theresa brachte ihn zu seinem Wagen und stand dann auf der feuchten Straße und ließ sich nass regnen, während sie beobachtete, wie seine Scheinwerfer immer kleiner wurden, bis sie schließlich hinter dem Hügel verschwanden.

Entlang der Straße sah sie die Weihnachtsbeleuchtung in den Häusern ihrer Nachbarn. Ben und sie hatten sich in diesem Jahr noch nicht die Mühe gemacht und sie bezweifelte, dass sie es noch tun würden. Es wäre ihr so vorgekommen, als würden sie diesen Albtraum schließlich akzeptieren, als würden sie letzten Endes glauben, dass er nie mehr nach Hause kam.

* * *

Später, nachdem alle nach Hause gegangen waren, lag sie auf der Couch, inmitten der Überreste der Party, und versuchte, die Welt davon abzuhalten, sich um sie zu drehen.

Sie konnte nicht schlafen, fand keine Ruhe.

Immer, wenn sie die Augen aufschlug, sah sie auf die Wanduhr, deren Minutenzeiger immer weiter auf drei Uhr zuschlich.

Um Viertel vor konnte sie die Übelkeit und die Schwindelgefühle nicht länger ertragen, rollte sich vom Sofa, rappelte sich auf und ging langsam in die Küche.

Sie nahm eins der letzten sauberen Gläser aus dem Schrank und füllte es unter dem Wasserhahn.

Doch sie musste es leer trinken und noch zweimal nachfüllen, bis ihr Durst endlich gestillt war.

In der Küche herrschte das reinste Chaos.

Sie dimmte das Licht und begann, die Spülmaschine einzuräumen, da es irgendwie beruhigend auf sie wirkte. Als sie sie angestellt hatte, ging sie mit einem Müllsack durchs Haus und sammelte die Bierbecher, Pappteller und weggeworfenen Servietten ein.

Um vier Uhr früh sah das Haus bereits deutlich besser aus und sie fühlte sich schon viel nüchterner, auch wenn es hinter ihren Augen zu pochen schien – der erste Vorbote der sich anbahnenden Kopfschmerzen.

Sie nahm drei Kopfschmerztabletten und stand dann in der frühmorgendlichen Stille am Fenster, um dem Regen zu lauschen, der auf den Balkon tropfte.

Dann ließ sie heißes Wasser ins Spülbecken ein, gab etwas Spülmittel hinzu und beobachtete, wie die Blasen an der Oberfläche entstanden.

Sie tauchte ihre Hände ins Wasser.

Ließ sie dort, bis sie die Hitze kaum noch ertragen konnte.

An derselben Stelle hatte sie auch in dieser letzten Nacht gestanden, als Ethan spät von der Arbeit nach Hause gekommen war.

Sie hatte die Haustür nicht gehört.

Auch nicht seine Schritte.

Sie hatte gerade eine Bratpfanne geschrubbt, als sie auf einmal seine Hände an ihrer Taille und seinen Atem in ihrem Nacken gespürt hatte.

»Entschuldige, T.«

Sie schrubbt weiter und erwidert: »Neunzehn oder auch zwanzig Uhr, das ist spät. Es ist zweiundzwanzig Uhr, Ethan. Ich weiß nicht mal, wie man das nennen soll.«

»Was macht unser kleiner Mann?«

»Der ist im Wohnzimmer eingeschlafen, wo er darauf gewartet hat, dir seine Trophäe zu zeigen.«

Sie hasst es, dass das Gefühl seiner Hände auf ihrem Körper ausreicht, um ihren Ärger verpuffen zu lassen. Diese blinde Anziehungskraft hatte sie schon gespürt, als sie ihn das erste Mal in der Bar in Tini Bings gesehen hatte. Das war ein unfairer Vorteil.

»Ich muss morgen früh nach Boise fliegen«, raunt er ihr ins Ohr.

»Er hat Samstag Geburtstag, Ethan. Er wird nur einmal im Leben sechs.«

»Ich weiß. Es gefällt mir auch nicht. Aber ich muss dahin.«

»Du weißt, wie er sich fühlen wird, wenn du nicht da bist? Wie oft er mich fragen wird, warum du nicht …«

»Das ist mir klar, Theresa, okay? Glaubst du, das würde dir mehr wehtun als mir?«

Sie schiebt seine Hände weg und dreht sich um, um ihm ins Gesicht zu sehen.

»Hat dieser neue Auftrag irgendetwas damit zu tun, dass du sie *suchen musst?«*

»Ich werde dieses Spiel jetzt nicht spielen, Theresa. Ich muss in fünf Stunden aufstehen, um meinen Flieger zu erwischen. Ich habe noch nicht mal gepackt.«

Er hat die Küche schon fast verlassen, als er stehen bleibt und sich noch einmal umdreht.

Einige Sekunden lang sehen sie einander in die Augen, zwischen ihnen der Esstisch, auf dem der Teller mit dem kalten Essen steht, der letzten Mahlzeit, die Ethan unter diesem Dach einnehmen wird.

»Du weißt, dass es vorbei ist«, sagt er. »Aber du tust so, als wäre nichts pas…«

»Ich bin es einfach leid, Ethan.«

»Was?«

»Deine Arbeit, immer steht deine Arbeit im Vordergrund, und was bleibt für uns übrig? Der Abfall.«

Er sagt nichts, aber sie sieht, dass die Muskeln in seinem Kiefer zittern.

Selbst so spät am Abend, nach fünfzehn Stunden Arbeit, sieht er umwerfend aus, wie er da in dem schwarzen Anzug, den sie so gern an ihm sieht, unter der Lampe steht.

Ihr Ärger verebbt bereits.

Ein Teil von ihr möchte zu ihm gehen, bei ihm sein.

Er hat so viel Macht über sie.

Doch darin liegt auch eine gewisse Magie.

KAPITEL 5

Sie kommt durch die Küche auf ihn zu und er legt die Arme um sie und vergräbt das Gesicht in ihrem Haar. Das tut er häufig, als würde er versuchen, sich an ihren Geruch bei ihrer ersten Begegnung zu erinnern, diese Mischung aus Parfum, Spülung und ihrem Körpergeruch, der sein Herz schneller schlagen ließ. Aber entweder hat er sich inzwischen verändert, ist verloren gegangen oder zu so einem wichtigen Teil von ihm geworden, dass er den Duft nicht länger entdecken kann, der ihn immer in ihre Anfangszeit zurückversetzt hatte. Er war sogar noch typischer für sie als ihr kurzes blondes Haar und ihre grünen Augen. Ein Gefühl des Neuen. Der Frische. Wie ein kühler Nachmittag im Oktober, an dem der Himmel blau und wolkenfrei ist, frischer Schnee auf den Bergen liegt und sich die Blätter der Bäume langsam verfärben.

Er umarmt sie.

Es tut noch immer weh, und er schämt sich für all das, was sie durchmachen musste. Er kann es nicht mit Gewissheit sagen, glaubt aber, dass er gegangen wäre, wenn sie ihm dasselbe angetan hätte. Er staunt über ihre Liebe zu ihm, ihre Loyalität. Das ist so viel mehr, als er verdient hat, und aus diesem Grund schämt er sich noch viel mehr.

»Ich werde mal nach ihm sehen«, flüstert Ethan.

»Okay.«

»Wenn ich zurückkomme, leistest du mir dann beim Essen Gesellschaft?«

»Natürlich.«

Er hängt seinen Mantel an die Garderobe, zieht seine schwarzen Schuhe aus und geht die Treppe hinauf, wobei er die knarrende fünfte Stufe auslässt.

Die anderen Stufen sind heil und schon bald steht er auf der Schwelle des Kinderzimmers und drückt die Tür so weit auf, dass ein Lichtstrahl in den Raum fällt.

Zu Bens fünftem Geburtstag hatten sie die Wände so angemalt, dass sie wie der Weltraum aussehen. Schwarz. Voller Sterne. Umherwirbelnde Galaxien in der Ferne. Planeten. Hin und wieder ein Satellit oder eine Rakete. Ein Astronaut, der im All schwebt.

Sein Sohn schläft in den zerwühlten Decken und hält eine kleine Trophäe in der Hand: einen goldenen Plastikjungen, der gegen einen Fußball tritt.

Ethan geht leise ins Zimmer, wobei er den LEGO-Steinen und Modellautos auf dem Boden ausweicht.

Er hockt sich neben das Bett.

Seine Augen haben sich so weit an die Dunkelheit gewöhnt, dass er Benjamins Gesicht gut erkennen kann.

So sanft.

Und gleichzeitig so ernst.

Auch wenn sie geschlossen sind, weiß Ethan, dass er die Mandelaugen seiner Mutter hat.

Und Ethans Mund.

Er verspürt einen Schmerz, wie er so im Dunkeln neben dem Bett seines bald schon sechsjährigen Sohnes kniet und wieder einen langen Tag seines Lebens komplett verpasst hat.

Sein Junge ist das perfekteste und schönste Wesen, das er je gesehen hat, und er spürt genau, dass eintausend Augenblicke mit diesem kleinen Menschen, der früher ein Mann sein wird, als er es sich überhaupt vorstellen kann, erbarmungslos verstreichen.

Er streichelt mit dem Handrücken über Bens Wange.

Beugt sich vor und küsst den Jungen auf die Stirn.

Schiebt ihm eine Strähne hinter das Ohr.

»Ich bin so stolz auf dich«, flüstert er. »Das kannst du dir gar nicht vorstellen.«

Im letzten Jahr hatte ihn sein Vater, dem das Alter und eine Lungenentzündung heftig zusetzten und der später an diesem Tag gestorben war, mit rauer Stimme gefragt: »Verbringst du auch genug Zeit mit deinem Sohn?«

»Soviel ich kann«, hatte er geantwortet, aber sein Vater hatte die Lüge durchschaut.

»Es ist dein Verlust, Ethan. Der Tag kommt, an dem er erwachsen ist, und dann ist es zu spät. Dann würdest du alles dafür geben, zurückzugehen und eine einzige Stunde mit deinem Sohn als Kind verbringen zu können. Um ihn in den Arm zu nehmen. Ihm etwas vorzulesen. Einem Menschen einen Ball zuzuwerfen, in dessen Augen du nichts falsch machen kannst. Er erkennt deine Fehler noch nicht. Er sieht dich mit nichts als Liebe an, und das wird nicht anhalten, also genieße es, solange du kannst.«

Ethan denkt oft an dieses Gespräch zurück, vor allem wenn er nachts im Bett liegt und alle anderen schlafen. Wenn sein Leben mit Lichtgeschwindigkeit an ihm vorbeirauscht, wenn er die Last der Rechnungen, der Zukunftssorgen, seiner begangenen Fehler und all der Momente, die er verpasst hat, spüren kann - all die verlorenen Freuden, die sich wie Felsbrocken auf seine Brust legen.

»Können Sie mich hören? Ethan?«

Manchmal hat er das Gefühl, nicht mehr atmen zu können.

Manchmal kommen seine Gedanken so schnell, dass er die perfekte Erinnerung finden muss.

Um sich daran festzuklammern.

Wie an ein Schlauchboot.

»Ethan, ich möchte, dass Sie sich auf meine Stimme konzentrieren und sich damit wieder ins Bewusstsein zurücktragen lassen.«

Er geht sie wieder und wieder durch, bis die Angst nachlässt, die Erschöpfung einsetzt und er endlich untertauchen kann.

»Ich weiß, dass es schwer ist, aber Sie müssen es versuchen.«

In den einzigen Teil seines Lebens, der ihm Frieden bringt …

»Ethan.«

Träume.

Er riss die Augen auf.

Ein helles Licht leuchtete ihm ins Gesicht, ein kleiner, fokussierter Punkt aus strahlendem, blendendem Blau.

Eine Stiftlampe.

Er blinzelte und das Licht verschwand. Als er die Augen wieder öffnete, sah ihn ein Mann, dessen Gesicht dicht vor ihm schwebte, durch eine Brille mit Goldrahmen an.

Kleine, dunkle Augen.

Rasierter Kopf.

Ein silberner Bart war das einzige Merkmal, an dem sein Alter erkennbar war, da seine Haut ansonsten glatt und rein war.

Er lächelte und zeigte dabei kleine, perfekte Zähne.

»Können Sie mich jetzt hören?«

Der Tonfall des Mannes klang formell und sehr höflich.

Ethan nickte.

»Wissen Sie, wo Sie sind?«

Ethan musste einen Augenblick nachdenken – er hatte von Seattle, Theresa und Ben geträumt.

»Fangen wir mit etwas anderem an. Wissen Sie, wie Sie heißen?«, fragte der Mann.

»Ethan Burke.«

»Sehr gut. Und jetzt noch mal: Wissen Sie, wo Sie sind, Ethan?«

Die Antwort lag ihm auf der Zunge, aber er war auch verwirrt, da sich gleich mehrere Realitäten aufdrängten.

In einer war er in Seattle.

In einer anderen in einem Krankenhaus.

In einer dritten in einer idyllischen Bergstadt namens … An der Stelle, an der sich der Name befinden sollte, klaffte ein Loch.

»Ethan.«

»Ja?«

»Wenn ich Ihnen erzähle, dass Sie in Wayward Pines im Krankenhaus liegen, klingelt da was bei Ihnen?«

Da klingelte nicht nur etwas – auf einmal fiel ihm alles schlagartig wieder ein, als hätte ihm ein Boxer einen direkten Treffer verpasst, und die Erinnerung an die letzten vier Tage war in der richtigen Reihenfolge wieder da, sodass er glaubte, alle Ereignisse chronologisch einordnen zu können.

»Okay«, antwortete Ethan. »Okay, ich erinnere mich.«

»An alles?«

»Ich glaube schon.«

»Was ist das Letzte, woran Sie sich erinnern?«

Es dauerte einen Moment, bis er die Frage beantworten konnte, da er erst die Spinnweben von den Synapsen wischen musste, aber er fand sie.

»Ich hatte schlimme Kopfschmerzen. Ich saß auf dem Bürgersteig an der Main Street und …«

»Sie haben das Bewusstsein verloren.«

»Genau.«

»Haben Sie immer noch Kopfschmerzen?«

»Nein, die sind weg.«

»Mein Name ist Dr. Jenkins.«

Der Mann schüttelte Ethan die Hand und setzte sich dann auf einen Stuhl neben das Bett.

»Was für ein Arzt sind Sie?«, wollte Ethan wissen.

»Ich bin Psychiater, Ethan. Ich möchte, dass Sie mir ein paar Fragen beantworten, wenn das für Sie in Ordnung ist. Sie haben einige interessante Dinge zu Dr. Miter und der Krankenschwester gesagt, als man Sie hergebracht hat. Wissen Sie, worauf ich anspiele?«

»Nein.«

»Sie erwähnten eine Leiche, die in einem Haus hier in der Stadt liegen würde. Und dass Sie nicht mit Ihrer Familie sprechen konnten.«

»Ich erinnere mich nicht daran, mit dem Arzt oder der Schwester gesprochen zu haben.«

»Sie waren zu der Zeit im Delirium. Hatten Sie schon mal eine psychische Erkrankung, Ethan?«

Ethan hatte völlig waagerecht im Bett gelegen.

Jetzt setzte er sich mühsam auf.

Durch die zugezogenen Vorhänge drang ein wenig Licht.

Draußen war es hell.

Irgendwo tief in seinem Inneren war er froh darüber.

»Was ist das denn für eine Frage?«, entgegnete Ethan.

»Eine, die ich Ihnen stellen muss. Sie sind hier gestern Abend ohne Brieftasche und ohne Ausweis eingeliefert worden ...«

»Ich hatte vor einigen Tagen einen Autounfall, und entweder hat der Sheriff Mist gebaut oder die Rettungssanitäter haben ihre Arbeit nicht richtig gemacht, denn seitdem stehe ich ohne Handy, Geld und Ausweis da. Ich habe meine Brieftasche nicht verloren.«

»Entspannen Sie sich, Ethan. Niemand hat behauptet, dass Sie etwas Falsches getan hätten. Aber Sie müssen meine Frage beantworten. Hatten Sie schon mal eine psychische Erkrankung?«

»Nein.«

»Hat es in Ihrer Familie psychische Erkrankungen gegeben?«

»Nein.«

»Haben Sie schon mal unter posttraumatischen Belastungsstörungen gelitten?«

»Nein.«

»Aber Sie haben im zweiten Golfkrieg gedient.«

»Woher wissen Sie das?«

Jenkins deutete auf seinen Hals.

Ethan blickte auf seine Brust, an der seine Erkennungsmarke an einer Kette baumelte. Seltsam. Er bewahrte sie doch immer in seiner Nachttischschublade auf. Er konnte sich nicht mal mehr daran erinnern, wann er sie das letzte Mal getragen hatte. Auf diese Reise hatte er sie ganz bestimmt nicht mitgenommen und er erinnerte sich auch nicht daran, beschlossen zu haben, sie einzupacken oder zu tragen.

Auf der Marke standen sein Name, sein Rang, seine Sozialversicherungsnummer, seine Blutgruppe und seine Religion (»KEINE RELIGIONSZUGEHÖRIGKEIT«), eingraviert in den rostfreien Stahl.

Chief Warrant Officer Ethan Burke.

»Ethan?«

»Ja?«

»Sie haben im zweiten Golfkrieg gedient?«

»Ja, ich habe den UH-60 geflogen.«

»Was ist das?«

»Der Black-Hawk-Hubschrauber.«

»Dann haben Sie auch Kampfhandlungen gesehen?«

»Das habe ich.«

»Viele?«

»Kann man so sagen.«

»Wurden Sie verletzt?«

»Mir ist nicht klar, was das mit irgend…«

»Beantworten Sie bitte einfach meine Fragen.«

»Ich wurde bei der zweiten Schlacht um Falludschah im Winter 2004 abgeschossen. Es war eine medizinische Evakuierungsmission und wir hatten gerade einige verwundete Marines abgeholt.«

»Ist dabei jemand umgekommen?«

Ethan holte tief Luft.

Stieß sie wieder aus.

Die Frage hatte ihn überrascht und jetzt lief eine regelrechte Diashow vor seinem inneren Auge ab mit Bildern, die er in vielen Therapiesitzungen zu bewältigen versucht hatte.

Die Schockwelle, als die Panzerfaust hinter ihm explodiert.

Das abgetrennte Heck und der Rotor stürzen fünfzig Meter tief und landen unter ihnen auf der Straße.

Der Druck der Schwerkraft, als sich der Hubschrauber dreht.

Überall Alarmsignale.

Der unbewegliche Steuerknüppel.

Der Aufprall ist bei Weitem nicht so schlimm wie erwartet.

Er verliert für etwa dreißig Sekunden das Bewusstsein.

Sein Sicherheitsgurt klemmt, er kommt nicht an sein Kampfmesser ran.

»Ethan? Ist dabei jemand umgekommen?«

Auf der anderen Seite des Wracks bricht Feuer aus, irgendjemand schießt mit einer Kalaschnikow.

Zwei Sanitäter zwängen sich durch die zerstörte Windschutzscheibe und humpeln vom Hubschrauber weg.

Völlig verstört.

»Ethan …«

Direkt in den sich noch drehenden Rotor …

Einfach so.

Weg.

Blut spritzt auf die Windschutzscheibe.

Es wird weiter geschossen.

Mehr Flammen.

»Ethan?«

»Außer mir sind alle dabei umgekommen«, sagte Ethan.

»Sie waren der einzige Überlebende?«

»Genau. Ich geriet in Gefangenschaft.«

Jenkins schrieb etwas in sein in Leder gebundenes Notizbuch. »Ich muss Ihnen noch weitere Fragen stellen, Ethan«, meinte er dann. »Je ehrlicher Sie antworten, desto besser stehen meine Chancen, Ihnen zu helfen, und das möchte ich wirklich gern. Hören Sie Stimmen?«

Ethan hätte beinahe laut aufgelacht.

»Machen Sie Witze?«

»Wenn Sie einfach die Frage …«

»Nein.«

Jenkins notierte etwas.

»Hatten Sie Schwierigkeiten beim Sprechen? Bringen Sie Worte durcheinander oder verwechseln Sie sie?«

»Nein. Und ich habe auch keine Wahnvorstellungen. Ebenso wenig wie Halluzinationen oder …«

»Nun ja, Sie würden es ja eigentlich auch nicht merken, wenn Sie Halluzinationen hätten. Sie würden davon ausgehen, dass die Dinge, die Sie sehen und hören, real sind. Wenn es eine Halluzination wäre, dass Sie sich in diesem Krankenzimmer aufhalten und dass wir diese Unterhaltung führen, dann würde sich das für Sie doch auch nicht anders anfühlen, oder?«

Ethan schwang die Beine über den Bettrand und stellte die Füße auf den Boden.

»Was haben Sie vor?«, fragte Jenkins.

Ethan ging auf den Schrank zu.

Er war schwach und wacklig auf den Beinen.

»In Ihrem Zustand können Sie nicht gehen, Ethan. Das Ergebnis Ihrer Kernspintomografie wird noch ausgewertet. Sie könnten eine Kopfverletzung haben, deren Schwere wir bisher noch nicht kennen. Wir müssen die Untersuchung fortsetzen …«

»Ich brauche keine Untersuchung. Jedenfalls nicht hier. Nicht in dieser Stadt.«

Ethan öffnete die Schranktür und nahm seinen Anzug vom Bügel.

»Sie sind mit nacktem Oberkörper ins Büro des Sheriffs gegangen, ist das korrekt?«

Ethan schob die Arme in sein weißes Oberhemd, das offenbar gewaschen worden war. Der Gestank der menschlichen Verwesung war dem Geruch von Waschmittel gewichen.

»Mein Hemd hat gestunken«, entgegnete Ethan. »Es hat nach dem Toten gestunken, den ich kurz vorher …«

»Sie meinen den in dem verlassenen Haus, den Sie angeblich gefunden haben.«

»Von *angeblich* war niemals die Rede. Ich habe ihn gefunden.«

»Und Sie waren beim Haus von Mack und Jane Skozie, die Sie nie zuvor gesehen hatten, und haben Mr. Skozie auf seiner Veranda beleidigt. Ist diese Aussage korrekt?«

Ethan knöpfte das Hemd zu, hatte aber Schwierigkeiten, die Knöpfe mit seinen zittrigen Fingern in die Knopflöcher zu befördern. Schließlich war sein Hemd schief zugeknöpft, aber das war ihm egal. Er wollte sich nur noch anziehen und von hier verschwinden. Diese Stadt hinter sich lassen.

»Es ist nicht gerade klug, mit einer möglichen Gehirnverletzung durch die Gegend zu laufen«, sagte Jenkins, der von seinem Stuhl aufgestanden war.

»Hier stimmt doch was nicht«, erwiderte Ethan.

»Das weiß ich. Ich versuche ja schon die ganze Zeit, Ihnen das …«

»Nein. Mit dieser Stadt. Mit den Leuten. Mit Ihnen. Irgendwas passt hier nicht, und wenn Sie glauben, dass ich einfach hier rumsitze und mich auch nur eine weitere Sekunde lang von Ihnen verarschen lasse …«

»Ich will Sie doch nicht verarschen, Ethan. Das will hier niemand. Haben Sie eine Ahnung, wie paranoid diese Aussage klingt? Ich versuche nur herauszufinden, ob Sie gerade einen psychotischen Anfall haben.«

»Den habe ich nicht.«

Ethan zog sich die Hose an, knöpfte sie zu und griff nach seinen Schuhen.

»Verzeihen Sie mir bitte, dass mir *Ihre* Analyse nicht reicht. ›Ein abnormaler Zustand des Geistes wird im Allgemeinen durch den Verlust der Realitätsnähe gekennzeichnet.‹ So lautet die offizielle Definition einer Psychose, Ethan. Sie könnte durch den Autounfall hervorgerufen worden sein. Bei dem Sie den Tod

Ihres Partners miterlebt haben. Oder sie beruht auf einem tiefer liegenden Trauma aus dem Krieg, das wieder an die Oberfläche gekommen ist.«

»Verschwinden Sie aus meinem Zimmer«, sagte Ethan.

»Ethan, Ihr Leben könnte …«

Ethan sah Jenkins durch die Länge des Zimmers hinweg an und irgendetwas in seinem Blick oder seiner Körpersprache schien vermittelt zu haben, dass er es ernst meinte, denn der Psychiater weitete die Augen und hielt zum ersten Mal tatsächlich den Mund.

* * *

Schwester Pam, die an ihrem Schreibtisch im Schwesternzimmer saß, sah von ihrem Papierkram auf.

»Mr. Burke, wieso in aller Welt sind Sie angezogen und liegen nicht im Bett?«

»Ich verschwinde.«

»Sie verschwinden?« Sie sprach die Worte so aus, als würde sie ihren Sinn nicht begreifen. »Aus dem Krankenhaus?«

»Aus Wayward Pines.«

»Sie sind nicht im richtigen Zustand, um …«

»Ich möchte jetzt sofort mein Eigentum ausgehändigt bekommen. Der Sheriff hat mir gesagt, dass die Rettungssanitäter meine Habseligkeiten vermutlich aus dem Wagen genommen haben.«

»Ich dachte, die hätte der Sheriff.«

»Hat er nicht.«

»Sind Sie sich da ganz sicher?«

»Ja.«

»Tja, ich könnte Detektiv spielen und …«

»Hören Sie auf, meine Zeit zu vergeuden. Wissen Sie, wo meine Sachen sind?«

»Nein.«

Ethan wandte sich von ihr ab und ging los.

Schwester Pam rief ihm etwas hinterher.

Er blieb vor dem Fahrstuhl stehen und drückte den Knopf nach unten.

Sie kam näher. Er konnte ihre schnellen Schritte auf dem karierten Linoleum hören.

Als er sich umdrehte, sah er sie in dieser reizenden Wiederauferstehung einer Krankenschwestertracht näherkommen.

Sie blieb einen Meter entfernt von ihm stehen.

Er war etwas größer und auch einige Jahre älter als sie.

»Ich kann Sie nicht gehen lassen, Ethan«, sagte sie. »Nicht, solange wir nicht wissen, was mit Ihnen los ist.«

Die Fahrstuhltüren öffneten sich quietschend.

Ethan betrat die Kabine.

»Danke für Ihre Hilfe und dass Sie sich um mich Sorgen machen«, sagte er und drückte dreimal auf den »Erdgeschoss«-Knopf, bis er endlich aufleuchtete, »aber ich glaube, ich weiß, was los ist.«

»Was denn?«

»In dieser Stadt stimmt was nicht.«

Pam stellte den Fuß auf die Schwelle, sodass sich die Türen nicht schließen konnten.

»Ethan. Bitte. Sie können nicht klar denken.«

»Nehmen Sie Ihren Fuß da weg.«

»Ich mache mir Sorgen um Sie. Das tun wir alle hier.«

Er hatte sich mit dem Rücken an die Wand gelehnt. Jetzt drückte er sich ab, ging nach vorn und blieb wenige Zentimeter vor Pam stehen, um sie durch den schmalen Türspalt anzustarren.

Dann sah er nach unten und tippte mit der Spitze seines schwarzen Schuhs gegen ihre weiße Fußspitze.

Einige lange Sekunden hielt sie stand, und Ethan fragte sich schon, ob er sie nach hinten schieben musste.

Schließlich zog sie ihren Fuß zurück.

* * *

Ethan stand auf dem Bürgersteig und fand, dass die Stadt am späten Nachmittag ziemlich ruhig wirkte. Er konnte keinen einzigen Motor hören. Eigentlich hörte er gar nichts außer den zwitschernden Vögeln und dem Wind, der durch die Kronen der drei hohen Pinien strich, die vor dem Krankenhaus standen.

Er stellte sich mitten auf die Straße.

Dort stand er, sah sich um und lauschte.

Die Sonne fühlte sich gut an und wärmte sein Gesicht.

Die Brise brachte eine angenehme Kühle mit sich.

Er blickte zum Himmel hinauf: dunkelblau und kristallklar.

Keine Wolken.

Makellos.

Dieser Ort war zweifellos wunderschön, aber zum ersten Mal erweckten die Berghänge, die dieses Tal umgaben, noch ein anderes Gefühl außer Bewunderung in ihm. Er konnte es nicht erklären, aber er verspürte auch Furcht. Eine Angst, die er nicht so richtig einordnen konnte.

Er fühlte sich … seltsam.

Vielleicht hatte er sich ja eine ernsthafte Verletzung zugezogen. Vielleicht aber auch nicht.

Möglicherweise forderte auch nur die Tatsache, dass er jetzt seit fünf Tagen keinen Kontakt zur Außenwelt hatte herstellen können, langsam ihren Tribut.

Kein iPhone, kein Internet, kein Facebook.

Wenn er so darüber nachdachte, kam es ihm unmöglich vor, dass es ihm nicht gelungen war, Kontakt mit seiner Familie, mit Hassler oder irgendjemand anderem außerhalb von Wayward Pines aufzunehmen.

Langsam ging er in Richtung Sheriffbüro.

Es war klüger, einfach abzuhauen. Sich neu zu sammeln. Die Sache auf der anderen Seite dieser Berghänge zu überdenken.

In der beruhigenden Umgebung einer normalen Stadt.

Denn irgendetwas stimmte hier ganz und gar nicht.

* * *

»Ist Sheriff Pope da?«

Belinda Moran sah von ihrem Solitärspiel auf.

»Hallo«, sagte sie. »Wie kann ich Ihnen helfen?«

Dieses Mal stellte Ethan die Frage ein wenig lauter. »Ist der Sheriff da?«

»Nein, der ist kurz weggegangen.«

»Dann kommt er gleich wieder?«

»Ich weiß nicht, wann er zurück sein wird.«

»Aber Sie sagten, er sei ›kurz‹ weggegangen, daher dachte ich ...«

»Das ist nur so eine Redewendung, junger Mann.«

»Erinnern Sie sich an mich? Agent Burke vom Secret Service?«

»Ja. Dieses Mal haben Sie ein Hemd an. Das sieht doch gleich viel besser aus.«

»Hat irgendjemand für mich angerufen?«

Sie kniff die Augen zusammen und legte den Kopf schief. »Warum sollte jemand für Sie anrufen?«

»Weil ich einigen Leuten gesagt habe, dass sie mich hier erreichen können.«

Belinda schüttelte den Kopf. »Nein, es hat niemand für Sie angerufen.«

»Nicht einmal meine Frau Theresa oder ein Agent Adam Hassler?«

»Niemand hat für Sie angerufen, Mr. Burke, und Sie sollten auch niemandem sagen, dass er Sie hier erreichen kann.«

»Ich muss noch mal das Telefon in Ihrem Konferenzraum benutzen.«

Belinda runzelte die Stirn. »Ich halte das für keine gute Idee.«

»Warum nicht?«

Sie gab ihm keine Antwort, sondern sah ihn einfach nur weiterhin mit finsterer Miene an.

* * *

»Theresa, ich bin's. Irgendwie erreiche ich dich nicht. Ich war noch mal im Krankenhaus. Ich weiß nicht, ob du schon im Büro des Sheriffs oder im Hotel angerufen hast, man hat mir jedenfalls keine Nachrichten übermittelt. Ich bin noch immer in Wayward Pines. Mein Handy und meine Brieftasche sind noch nicht wieder aufgetaucht, aber ich verschwinde von hier. Ich werde mir vom Sheriff einen Wagen leihen. Ich rufe dich dann heute Abend von Boise aus an. Du fehlst mir. Ich liebe dich.«

Er beugte sich auf dem Stuhl vor, wartete das Freizeichen ab, dann schloss er die Augen und konzentrierte sich.

Die Nummer fiel ihm wieder ein.

Er wählte sie, es klingelte dreimal und dieselbe Stimme wie beim letzten Mal meldete sich. »Secret Service.«

»Hier ist noch einmal Ethan Burke. Ich möchte Adam Hassler sprechen.«

»Er ist momentan nicht verfügbar. Kann ich Ihnen vielleicht irgendwie helfen?«

»Spricht da Marcy?«

»Ja.«

»Erinnern Sie sich daran, dass ich gestern schon mal angerufen habe?«

»Wir erhalten hier so viele Anrufe, Sir, und ich kann mir wirklich nicht jeden …«

»Sie wollten Agent Hassler eine Nachricht übermitteln.«

»Worum ging es dabei?«

Ethan schloss die Augen und holte tief Luft. Wenn er sie jetzt beleidigte, würde sie einfach auflegen. Da war es klüger zu warten, bis er wieder in Seattle war, wo er sie persönlich maßregeln und dafür sorgen konnte, dass sie augenblicklich gefeuert wurde.

»Es ging um einen toten Secret-Service-Agenten in Wayward Pines, Idaho.«

»Hm. Wenn ich gesagt habe, dass ich ihm eine Nachricht übermittle, dann werde ich das auch getan haben.«

»Aber er hat sich noch nicht bei mir gemeldet. Finden Sie das nicht auch seltsam? Dass ein Agent aus Hasslers Team, nämlich

ich, einen anderen Agenten findet, der ermordet wurde, einen Agenten, den ich hier suchen sollte, und dass seitdem vierundzwanzig Stunden vergangen sind, ohne dass Hassler zurückgerufen hat?«

Eine kurze Pause, dann: »Kann *ich* Ihnen vielleicht irgendwie helfen?«

»Ja, ich möchte sofort mit Agent Hassler sprechen.«

»Oh, das tut mir leid, er ist momentan nicht verfügbar. Kann ich Ihnen vielleicht …«

»Wo ist er?«

»Er ist nicht verfügbar.«

»WO IST ER?«

»Er ist momentan nicht verfügbar, aber ich bin mir sicher, dass er Sie schnellstmöglich zurückrufen wird. Er hat momentan einfach nur sehr viel zu tun.«

»Wer sind Sie, Marcy?«

Jemand riss Ethan den Telefonhörer aus der Hand.

Pope rammte ihn auf die Gabel und die Augen des Sheriffs sahen Ethan wie lodernde Kohlen an.

»Wer hat Ihnen erlaubt, einfach hier reinzukommen und mein Telefon zu benutzen?«

»Niemand, ich …«

»Ganz genau. Niemand. Stehen Sie auf.«

»Wie bitte?«

»Ich sagte: Stehen Sie auf. Sie können entweder auf eigenen Füßen hier rausgehen oder ich trage Sie nach draußen.«

Ethan stand langsam auf und sah den Sheriff über den Tisch hinweg an.

»Sie sprechen mit einem Bundesagenten, Sir.«

»Davon bin ich nicht überzeugt.«

»Was zum Teufel soll das denn bedeuten?«

»Sie tauchen hier auf, ohne Ausweis, ohne Handy, ohne …«

»Ich habe Ihnen meine Lage doch erklärt. Waren Sie in der First Avenue 604 und haben die Leiche von Agent Evans gefunden?«

»Ja.«

»Und?«

»Die Ermittlungen laufen.«

»Haben Sie die Spurensicherung gerufen, um …«

»Es wurde alles in die Wege geleitet.«

»Was hat das alles zu bedeuten?«

Pope starrte ihn einfach nur an. *Er ist verrückt, und du hast in dieser Stadt keine Unterstützung*, dachte Ethan. *Besorg dir einfach einen Wagen und sieh zu, dass du von hier verschwindest. Du kannst ihn fertigmachen, wenn du mit der Kavallerie zurückkommst. Dann verliert er seinen Stern und wird wegen Behinderung einer Bundesermittlung angeklagt.*

»Ich muss Sie um einen Gefallen bitten«, sagte Ethan höflich.

»Was?«

»Ich möchte mir einen Ihrer Wagen ausleihen.«

Der Sheriff lachte. »Warum?«

»Weil ich seit dem Unfall schließlich keinen eigenen mehr habe.«

»Das hier ist kein Mietwagenverleih.«

»Ich brauche ein Transportmittel, Arnold.«

»Es ist einfach nicht möglich.«

»Das ist doch Ihr Sheriffdepartment, oder? Können Sie hier nicht machen, was Sie wollen?«

Der Sheriff blinzelte. »Ich habe keinen, den ich Ihnen leihen könnte.« Dann begann Pope, um den Konferenztisch herumzugehen. »Und jetzt raus mit Ihnen, Mr. Burke.«

Pope stand an der offenen Tür und wartete auf Ethan.

Als Ethan in seine Reichweite kam, packte ihn Pope am Arm und zog ihn an sich heran, während er ihm mit seiner großen, kräftigen Hand fast den Bizeps zerquetschte.

»Ich könnte in naher Zukunft einige Fragen an Sie haben«, sagte der Sheriff.

»Aus welchem Grund?«

Pope grinste nur. »Denken Sie nicht mal daran, die Stadt zu verlassen.«

* * *

Während er vom Sheriffbüro wegging, warf Ethan einen Blick über die Schulter und sah, dass ihn Pope durch einen Spalt zwischen den Vorhängen im Konferenzraum beobachtete.

Die Sonne war hinter den Bergen untergegangen.

Die Stadt lag schweigend da.

Nachdem er einen Block zwischen sich und Popes Büro gebracht hatte, setzte er sich an der ruhigen Straße auf den Bürgersteig.

»Das ist nicht richtig«, flüsterte er wieder und immer wieder.

Er war müde und hatte Hunger.

Im Kopf ging er alles noch einmal durch, was seit seiner Ankunft in Wayward Pines geschehen war, und versuchte, einen Sinn hineinzubringen. Er wollte sich einen Gesamteindruck verschaffen in der Hoffnung, dass sich die bizarren Begegnungen dann zu einem Problem zusammenfügen würden, das er lösen konnte. Oder dass es zumindest einen Sinn ergab. Aber je mehr er sich anstrengte, desto mehr fühlte er sich, als würde er im Inneren einer Wolke festsitzen.

Und indem er hier herumsaß, würde er auch nichts daran ändern.

Er stand auf und ging in Richtung Main Street.

Geh zum Hotel. Vielleicht wartet da eine Nachricht von Theresa oder Hassler auf dich.

Er wusste, dass er sich falsche Hoffnungen machte. Dort würde ihn keine Nachricht erwarten, sondern nur Feindseligkeit.

Ich verliere nicht den Verstand.

Ich verliere nicht den Verstand.

Er sagte immer wieder laut seinen Namen. Seine Sozialversicherungsnummer. Seine Adresse in Seattle. Theresas Mädchennamen. Das Geburtsdatum seines Sohnes. Alles fühlte sich real an. Wie Informationen, die seine Identität bildeten.

Er fand Trost in Namen und Zahlen.

Während er den nächsten Block hinunterging, erweckte plötzlich ein Klicken seine Aufmerksamkeit.

Auf der anderen Straßenseite befand sich eine unbebaute Parzelle, auf der einige Picknicktische, ein paar Grills und eine Bahn zum Hufeisenwerfen aufgebaut waren. Einige Familien schienen dort ein Fest zu feiern und eine Gruppe von Frauen stand neben einigen roten Kühlboxen. Zwei Männer drehten Hotdogs und Burger auf einem Grill um und der Rauch stieg in blauen Schwaden zum ruhigen Abendhimmel hinauf. Der Duft rief Ethan in Erinnerung, wie leer sein Magen war, und er merkte, dass er hungriger war, als er gedacht hatte.

Neues Ziel: essen.

Er überquerte die Straße, während in der Ferne Grillen zirpten und Rasensprenger klickten.

Ist das alles real?, fragte er sich.

Kinder jagten einander über den Rasen, kreischten, lachten, jauchzten.

Spielten Fangen.

Zwei Männergruppen standen einander in Sandgruben gegenüber und warfen Hufeisen, während der Rauch ihrer Zigarren ihre Köpfe wie explodierte Heiligenscheine umgab.

Ethan hatte die freie Parzelle schon fast erreicht und beschloss, die Frauen anzusprechen. Seinen Charme spielen zu lassen. Sie wirkten wie anständige Leute, die einen perfekten Moment im amerikanischen Traum lebten.

Er rückte seine Jacke zurecht, als er vom Asphalt auf den Rasen ging, strich die Falten glatt und richtete seinen Kragen.

Fünf Frauen. Eine Anfang zwanzig, drei zwischen dreißig und vierzig und eine mit grauen Haaren, die Mitte bis Ende fünfzig sein musste.

Sie tranken Limonade aus durchsichtigen Plastikbechern und sprachen über irgendwelchen Nachbarschaftsklatsch.

Noch hatte ihn keine bemerkt.

Als er noch drei Meter entfernt war und darüber nachdachte, wie er sie möglichst unaufdringlich ansprechen konnte, drehte sich eine Frau in seinem Alter um, sah ihn an und lächelte.

»Hallo«, sagte sie.

Sie trug einen Rock, der ihr bis über die Knie reichte, rote, flache Schuhe und eine karierte Bluse. Mit ihrem altmodischen Kurzhaarschnitt sah sie aus, als wäre sie einer Sitcom aus den 50er-Jahren entsprungen.

»Hi«, entgegnete Ethan.

»Darf ich Sie zu unserer kleinen Nachbarschaftsparty einladen?«

»Ich muss zugeben, dass mich der Duft des Gegrillten angelockt hat.«

»Ich bin Nancy.« Sie entfernte sich von den anderen und streckte die Hand aus.

Ethan schüttelte sie.

»Ethan.«

»Sind Sie neu hier?«, erkundigte sie sich.

»Ich bin erst seit ein paar Tagen in der Stadt.«

»Und wie gefällt es Ihnen in unserem kleinen Nest?«

»Das ist eine sehr schöne Stadt. Sehr einladend und angenehm.«

Sie lachte.

»Wohnen Sie hier in der Nähe?«, wollte Ethan wissen.

»Wir wohnen alle in den angrenzenden Blocks. Die Leute aus der Nachbarschaft treffen sich wenigstens einmal die Woche, um im Freien zu essen.«

»Wie in den alten Fernsehserien.«

Die Frau wurde tiefrot. »Was führt Sie nach Wayward Pines, Ethan?«, fragte sie dann.

»Ich mache hier Urlaub.«

»Wie schön. Ich habe schon ewig keinen Urlaub mehr gemacht.«

»Wenn man an einem solchen Ort lebt«, sagte Ethan und deutete auf die Berge in der Umgebung, »warum sollte man dann noch wegfahren?«

»Hätten Sie gern einen Becher Limonade?«, fragte Nancy. »Sie ist selbst gemacht und schmeckt köstlich.«

»Gern.«

Sie berührte seinen Arm. »Ich bin gleich wieder da. Dann stelle ich Ihnen die anderen vor.«

Während Nancy zu den Kühlboxen ging, musterte Ethan die anderen Frauen und überlegte, wie er mit ihnen ins Gespräch kommen sollte.

Die Älteste, die Frau mit den grauen Haaren, lachte über irgendetwas, und als er gerade dachte, dass er dieses Lachen schon einmal gehört hatte, schob sie ihr schulterlanges Haar hinter die Ohren.

Er sah das 5-Cent-Stück große Muttermal auf ihrem Gesicht und sein Herz stockte.

Das konnte nicht sein, aber …

Die richtige Größe.

Der passende Körperbau.

Sie erzählte jetzt etwas und ihre Stimme kam ihm sehr vertraut vor. Dann entfernte sie sich ein Stück von den anderen Frauen und deutete mit schadenfrohem Grinsen auf die Jüngste.

»Ich werde dich beim Wort nehmen, Christine«, sagte sie.

Ethan beobachtete, wie sie sich abwandte und zum anderen Ende der Hufeisenbahn ging, wo sie die Hand eines großen, breitschultrigen Mannes mit einer Mähne aus welligem silbergrauem Haar ergriff.

»Komm schon, Harold, wir werden sonst noch unsere Sendung verpassen.«

Sie versuchte, ihn mit sich zu ziehen.

»Nur noch ein Wurf«, protestierte er.

Sie ließ ihn los und Ethan sah sprachlos zu, wie Harold ein Hufeisen aus dem Sand nahm, gut zielte und warf.

Das Hufeisen flog über den Rasen und traf den Metallstab.

Harolds Team jubelte. Er verbeugte sich mehrmals dramatisch in alle Richtungen und ließ sich dann von der grauhaarigen Frau wegziehen.

Ihre Freunde riefen ihnen Abschiedsgrüße hinterher.

»Hier ist Ihre Limonade, Ethan.« Nancy reichte ihm einen Becher.

»Tut mir leid, ich muss gehen.«

Er drehte sich um und ging zurück auf die Straße.

»Möchten Sie nicht hierbleiben und etwas essen?«, rief ihm Nancy hinterher.

Als Ethan um die Ecke gebogen war, hatte das ältere Paar bereits einen Block Vorsprung.

Er wurde schneller.

Er folgte ihnen einige Blocks, während sie langsam mit der Geschwindigkeit zweier Menschen, die alle Zeit der Welt hatten, Hand in Hand die Straße entlanggingen und ihre Stimmen und ihr Lachen zu den Pinien aufstiegen.

Sie bogen in eine Seitenstraße ein und waren verschwunden.

Ethan lief zur nächsten Kreuzung.

Einfache viktorianische Häuser standen an beiden Straßenseiten.

Das Paar war nirgendwo zu sehen.

Er hörte, wie irgendwo eine Tür geschlossen wurde. Dann sah er das Haus, aus dem das Geräusch gekommen war: grün mit weißen Fensterrahmen. Eine Hollywoodschaukel auf der Veranda. Das dritte Haus in der Straße.

Er überquerte die Straße und ging über den Bürgersteig zu dem Haus.

Ein perfekter kleiner Vorgarten mit grünem Rasen. Die Veranda lag im Schatten einer alten Pinie. Der Name auf dem Briefkasten kam ihm nicht bekannt vor. Er legte die Hände auf den Lattenzaun. Es dämmerte. In allen Häusern um ihn herum gingen langsam die Lichter an. Hin und wieder konnte er Bruchstücke einer Unterhaltung durch ein hochgezogenes Fenster hören.

Das Tal war ruhig und kühlte langsam ab, während die Berge in der Umgebung das letzte Tageslicht einfingen.

Er öffnete das Tor und ging hindurch.

Lief über den alten Steinweg bis zur Veranda.

Die Stufen knarrten unter seinem Gewicht.

Dann stand er vor der Haustür.

Er konnte auf der anderen Seite Stimmen hören.

Schritte.

Ein Teil von ihm hätte am liebsten nicht geklopft.

Er pochte mit den Fingerknöcheln gegen die Glasfläche in der Tür und machte einen Schritt nach hinten.

Er wartete eine ganze Minute, aber es öffnete niemand.

Also klopfte er beim zweiten Mal etwas fester.

Schritte näherten sich. Er hörte, wie ein Schlüssel im Schloss gedreht wurde. Die Holztür ging auf.

Der breitschultrige alte Mann sah ihn durch das Glas hindurch an.

»Kann ich Ihnen helfen?«

Ethan musste sie einfach aus der Nähe sehen, im Licht der Verandalampe begutachten. Er brauchte die Bestätigung, dass sie es nicht war, sonst würde er noch durchdrehen. Erst dann konnte er die unzähligen anderen Probleme, die er noch hatte, anpacken.

»Ich suche nach Kate.«

Einen Moment lang starrte ihn der Mann nur an.

Schließlich öffnete er die Glastür.

»Wer sind Sie?«

»Ethan.«

»Wer sind Sie?«

»Ein alter Freund.«

Der Mann ging wieder ins Haus, drehte den Kopf und rief: »Schatz, könntest du wohl mal kurz zur Tür kommen?«

Sie antwortete etwas, das Ethan nicht verstehen konnte, da die Tür wieder zugefallen war, und der Mann erwiderte: »Keine Ahnung.«

Dann sah er sie – einen Schatten am Ende des Flurs, der zur Küche führte. Sie ging kurz durch den Lichtschein einer Deckenlampe und kam dann auf nackten Füßen durch das Wohnzimmer zur Haustür.

Der Mann ging zur Seite und sie nahm seinen Platz ein.

Ethan starrte sie durch die Glastür an.

Er schloss die Augen und machte sie wieder auf. Doch er stand noch immer auf dieser Veranda und sah sie, die unmöglich da sein konnte, durch die Glasscheibe an.

»Ja?«, sagte sie.

Diese Augen.

Unverkennbar.

»Kate?«

»Ja?«

»Hewson?«

»Das war mein Mädchenname.«

»Oh mein Gott.«

»Tut mir leid … Kennen wir uns?«

Ethan konnte den Blick nicht abwenden.

»Ich bin's, Ethan«, sagte er. »Ich bin hergekommen, weil ich dich gesucht habe, Kate.«

»Ich glaube, Sie verwechseln mich mit jemand anderem.«

»Ich würde dich überall erkennen. Egal, wie alt du bist.«

Sie drehte kurz den Kopf nach hinten. »Es ist alles in Ordnung, Harold. Ich bin gleich wieder bei dir.«

Kate machte die Tür auf und trat auf die Fußmatte hinaus. Sie trug eine cremefarbene Hose und ein ausgebleichtes blaues Top.

Und einen Ehering.

Sie roch wie Kate.

Aber sie war alt.

»Was ist passiert?«, fragte Ethan.

Sie nahm seine Hand und führte ihn zu der Hollywoodschaukel am anderen Ende der Veranda.

Sie setzten sich.

Ihr Haus stand auf einer kleinen Anhöhe, von der man das Tal und die Stadt überblicken konnte. In den umliegenden Häusern brannte jetzt Licht und drei Sterne waren aufgegangen.

Eine Grille oder die Aufnahme einer Grille zirpte irgendwo in einem der Büsche.

»Kate …«

Sie legte die Hand auf sein Bein, drückte es und beugte sich näher zu ihm.

»Sie beobachten uns.«

»Wer?«

»Pst.« Sie deutete kaum merklich mit dem Finger nach oben und flüsterte: »Und sie belauschen uns.«

»Was ist mit dir passiert?«, erkundigte sich Ethan.

»Findest du mich nicht mehr attraktiv?« Dieser freche, bissige Tonfall war typisch für Kate. Sie starrte eine Minute lang in ihren Schoß und als sie wieder aufsah, glänzten ihre Augen. »Wenn ich abends vor dem Spiegel stehe und mir das Haar kämme, denke ich oft daran, wie sich deine Hände auf meinem Körper angefühlt haben. Es ist nicht mehr so wie früher.«

»Wie alt bist du, Kate?«

»Ich weiß es nicht mehr. Es ist schwer, da noch mitzukommen.«

»Ich bin vor vier Tagen auf der Suche nach dir hierhergekommen. Der Kontakt zu dir und Evans war abgebrochen und sie haben mich losgeschickt, um dich zu suchen. Evans ist tot.« Diese Feststellung schien sie nicht sehr zu treffen. »Was haben Bill und du hier gemacht?«

Sie schüttelte nur den Kopf.

»Was geht hier vor sich, Kate?«

»Ich weiß es nicht.«

»Aber du lebst hier.«

»Ja.«

»Seit wann?«

»Seit Jahren.«

»Das ist unmöglich.« Ethan stand auf, und in seinem Kopf ging alles durcheinander.

»Ich kann dir deine Fragen nicht beantworten, Ethan.«

»Ich brauche ein Telefon, einen Wagen, eine Waffe, falls du eine hast …«

»Ich kann dir nicht helfen.« Sie stand auf. »Du solltest gehen.«

»Kate …«

»Auf der Stelle.«

Er ergriff ihre Hände. »Das warst du, die mich gestern Abend gefunden hat, als ich auf der Straße bewusstlos geworden bin.« Er sah ihr ins Gesicht, musterte die Lachfältchen, die Krähenfüße und fand, dass sie noch immer wunderschön aussah. »Weißt du, was mit mir passiert?«

»Hör auf.« Sie versuchte, sich ihm zu entziehen.

»Ich stecke in Schwierigkeiten«, sagte er.

»Ich weiß.«

»Sag mir, was …«

»Ethan, jetzt bringst du *mich* in Lebensgefahr. Und Harold.«

»Wer bedroht euch?«

Sie riss sich los und ging zur Tür. Als sie davorstand, drehte sie sich um, und in diesem Moment, als sie da im Licht stand, hätte sie wieder sechsunddreißig Jahre alt sein können.

»Du könntest glücklich werden, Ethan.«

»Was redest du da?«

»Du könntest hier ein unglaubliches Leben führen.«

»Kate.«

Sie drückte die Tür auf und ging hinein.

»Kate.«

»Was ist?«

»Bin ich verrückt?«

»Nein«, antwortete sie. »Das bist du nicht.«

Die Tür fiel hinter ihr zu und er hörte, wie sie den Riegel vorschob. Er ging zur Tür und starrte sein Spiegelbild an, wobei er schon fast damit rechnete, einen sechzigjährigen Mann zu erblicken, doch er sah aus wie immer.

Er hatte keinen Hunger mehr.

Seine Müdigkeit war auch verflogen.

Als er die Treppe hinunter, über den gepflasterten Weg und auf den Bürgersteig ging, spürte er nur, wie sich etwas in seiner Brust zusammenzog, ein vertrautes Gefühl, das er immer vor einer Mission gespürt hatte, wenn er zum Hubschrauber ging und die Bodencrew gerade ein Gatlinggeschütz und Raketen einlud.

Angst.

* * *

Ethan sah erst auf Höhe des nächsten Blocks einen Wagen: einen Buick LeSabre, der aus der Mitte der 80er-Jahre stammen musste, auf dessen Windschutzscheibe getrocknete Piniennadeln lagen und dessen vier Reifen recht platt aussahen.

Die Türen waren abgeschlossen.

Ethan schlich auf die Veranda des nächsten Hauses und hob einen steinernen Engel hoch, der unter einem Fenster stand. Durch die dünnen Vorhänge sah er einen Jungen an einem Klavier sitzen und ein hinreißendes Musikstück spielen, dessen Klänge durch einen breiten Schlitz auf die Veranda drangen, weil das Fenster nicht ganz geschlossen worden war.

Eine Frau saß hinter ihm und blätterte die Notenblätter um.

Der Engel war zwar nur dreißig Zentimeter hoch, schien aber aus massivem Beton zu bestehen und mindestens fünfzehn Kilo zu wiegen.

Ethan schleppte ihn auf die Straße.

Er sah keine Möglichkeit, das leise zu bewerkstelligen.

Also wuchtete er ihn durch das hintere Fenster auf der Fahrerseite und der Engel durchbrach das Glas problemlos. Ethan entriegelte die Tür, öffnete sie, kletterte über das Glas und die Sitze und setze sich hinter das Lenkrad. Der Engel war bei dem Aufprall enthauptet worden und Ethan nahm seinen Kopf vom Rücksitz.

Zwei Schläge reichten aus, um die Plastikummantelung unter der Lenksäule aufzubrechen und den Zündzylinder freizulegen.

Es war ziemlich dunkel im Wagen.

Er konnte nur nach Gefühl arbeiten, als seine Finger die Kabel hervorzogen.

Das Klavierspiel im Haus hatte aufgehört. Er warf einen Blick auf die Veranda und sah zwei Silhouetten hinter dem Vorhang stehen.

Ethan holte das Taschenmesser aus der Jackentasche, klappte die größte Klinge aus und schnitt die Kabel durch, die seiner

Meinung nach für die Energieversorgung des Wagens zuständig waren. Dann kratzte er an beiden Enden die Plastikhülle ab und legte sie aneinander.

Das Armaturenbrett leuchtete auf.

Die Vordertür des Hauses wurde geöffnet, als er gerade das dunklere Anlasskabel entdeckt hatte.

»Was ist mit dem Fenster passiert?«, rief eine Jungenstimme.

Ethan schabte das Plastik vom Ende des Anlasskabels ab, sodass das Kupfer darunter zum Vorschein kam.

»Warte hier, Elliot«, sagte die Frau.

Bitte, bitte, bitte.

Ethan berührte das Stromkabel mit dem Anlasskabel und ein blauer Funke knisterte in der Dunkelheit.

Der Motor spuckte.

Die Frau kam durch den Garten auf ihn zu.

»Komm schon«, murmelte Ethan.

Er drückte die Kabel erneut gegeneinander und der Motor jaulte.

Einmal.

Zweimal.

Dreimal.

Beim vierten Mal sprang der Wagen endlich an.

Er trat aufs Gaspedal, stellte den Hebel auf »Fahren« und schaltete die Scheinwerfer ein, als die Frau an der Beifahrerseite ankam und ihn durch die Scheibe anschrie.

Ethan raste die Straße hinunter.

An der ersten Kreuzung bog er links ab und ging vom Gas, bis er eine normale Geschwindigkeit erreicht hatte, bei der er keine Aufmerksamkeit erregte, sondern wirkte, als würde er eine abendliche Spazierfahrt machen.

Laut der Tankanzeige war der Tank noch zu einem Viertel gefüllt. Die rote Reservelampe brannte noch nicht. Kein Problem. Das Benzin sollte reichen, um ihn aus Wayward Pines rauszubringen. Sobald er den Pass überquert hatte, musste er nur noch die Kleinstadt erreichen, die etwa vierzig Meilen weiter südlich lag. Lowman, Idaho. Gleich am Highway. Dort hatten sie auch auf dem Hinweg gehalten, um zu tanken. Er erinnerte sich noch genau daran, wie Stallings in seinem schwarzen Anzug an der Zapfsäule gestanden und getankt hatte. Ethan war zum Rand des leeren Highways gegangen und hatte zu den verlassenen Gebäuden auf der anderen Straßenseite hinübergeschaut, einem eingefallenen kleinen Hotel, einem Gemischtwarenladen und einem Diner, wobei Letzterer noch geöffnet war, aber schon ziemlich heruntergekommen ausgesehen hatte, und der Rauch, der aus dem Abzug im Dach gekommen war, hatte nach Fett gerochen.

Dann hatte er Theresa angerufen, auch wenn die Verbindung schon ziemlich schlecht gewesen war.

Er konnte sich kaum noch an ihre Unterhaltung erinnern. Er war mit den Gedanken ganz woanders gewesen.

Da hatte er zum letzten Mal mit seiner Frau gesprochen.

Er hoffte, er hatte ihr gesagt, dass er sie liebte.

Die Bremsen quietschten, als er den Buick zum Stehen brachte und den Blinker nach links setzte. Abgesehen von einer Handvoll Menschen auf den Bürgersteigen war die Innenstadt wie ausgestorben und auf der Main Street konnte er weit und breit kein anderes Auto erkennen.

Ethan machte eine sanfte Linkskurve und beschleunigte dann ein wenig, um in Richtung Süden zu fahren.

Er kam an der Kneipe, dem Hotel und dem Café vorbei.

Sieben Blocks weiter passierte er das Krankenhaus.

Es gab keine Vororte.

Die Stadt hörte einfach auf.

Er beschleunigte.

Himmel, fühlte sich das gut an, endlich hier wegzukommen. Es war, als würde ihm eine Last von den Schultern genommen, die mit jeder Umdrehung der Kurbelwelle leichter wurde. Das hätte er schon vor zwei Tagen tun sollen.

Nirgendwo waren irgendwelche Häuser zu sehen. Die Straße führte gerade durch den Wald aus Pinien, die so hoch waren, dass sie fast schon wie ein Primärwald wirkten.

Kalte, duftende Luft drang in den Wagen.

Zwischen den Bäumen und an manchen Stellen auch auf der Straße hingen Nebelschwaden.

Das Scheinwerferlicht bohrte sich hinein, wurde aber merklich gedämpft.

Die Reserveleuchte ging an.

Scheiße.

Die Straße, die südlich aus der Stadt herausführte, wand sich steil den Pass hinauf und es musste jetzt gleich bergauf gehen. Dabei würde er das letzte Benzin verbrauchen. Er sollte jetzt umkehren, zurück in die Stadt fahren und sich genug Benzin besorgen, damit er Lowman erreichen konnte.

Ethan trat auf die Bremse, als er zu einer lang gezogenen scharfen Kurve kam.

Der Nebel wurde immer dichter und sah im Scheinwerferlicht blendend weiß aus. Ethan fuhr inzwischen nur noch Schrittgeschwindigkeit, da er außer den beiden gelben Lichtkegeln nichts mehr erkennen konnte.

Dann verlief die Straße wieder gerade, er verließ den Nebel und auch den Wald.

In der Ferne stand eine Werbetafel.

Aus zweihundert Metern Entfernung konnte er nur vier gemalte Gestalten erkennen, die Arm in Arm abgebildet waren.

Sie grinsten breit.

Ein Junge in Shorts und gestreiftem Hemd.

Mutter und Tochter in Kleidern.

Der Vater mit Anzug und Hut winkte.

In Blockbuchstaben stand unter der perfekten, lächelnden Familie:

WILLKOMMEN IN WAYWARD PINES
WO DAS PARADIES ZUHAUSE IST

Ethan beschleunigte und fuhr an dem Schild vorbei. Die Straße verlief parallel zu einem Holzzaun und die Scheinwerfer strichen über eine Weide und grasende Rinder hinweg.

Lichter in der Ferne.

Die Weide blieb hinter ihm zurück.

Kurz darauf fuhr er wieder an Häusern vorbei.

Die Straße wurde breiter und die doppelte gelbe Linie verschwand.

Er war wieder auf der First Avenue.

Er war zurück in der Stadt.

Ethan fuhr an den Straßenrand, starrte durch die Windschutzscheibe und versuchte, nicht in Panik auszubrechen. Es gab eine einfache Erklärung dafür: Er hatte die Abzweigung zum Pass übersehen. Er musste im Nebel daran vorbeigefahren sein.

Er riss das Lenkrad herum und raste den Weg wieder zurück, wobei er auf Höhe der Weide gute einhundert km/h fuhr.

Als er den Nebel und die hoch aufragenden Pinien erreicht hatte, hielt er Ausschau nach einem Schild oder einem anderen Hinweis darauf, wo die Straße in Richtung Pass abzweigte, aber er konnte nichts finden.

In der Mitte der Kurve lenkte er den Wagen an die Seite und brachte den Hebel in Parkstellung.

Er ließ den Wagen laufen und stieg aus.

Dann ging er auf die andere Straßenseite und ging am Berghang entlang.

Nach etwa dreißig Metern wurde der Nebel so dicht, dass er den Wagen nicht mehr sehen konnte. Das Motorgeräusch war noch zu hören, wurde aber mit jedem Schritt leiser.

Er ging etwa sechzig Meter, dann blieb er stehen.

Er hatte die andere Seite der Kurve erreicht, wo die Straße wieder geradeaus verlief und zurück in die Stadt führte.

Das Motorgeräusch war verstummt.

Es wehte kein Wind und die Bäume standen hoch aufragend und schweigend da.

Nebelschwaden trieben um ihn herum und schienen elektrisch aufgeladen zu sein, aber er wusste, dass das Summen nur ein leises Geräusch in ihm war, in *seinem* Kopf, das er nur hören konnte, weil es hier keine anderen Geräusche gab.

Das war unmöglich.

Die Straße konnte hier nicht abbiegen.

Sie müsste noch achthundert Meter weit durch die Pinien und dann spiralförmig im Süden den Berghang hinauf verlaufen.

Er verließ den Hang und ging zwischen den Bäumen hindurch.

Auf dem Waldboden lagen so viele Piniennadeln, dass es sich anfühlte, als würde er auf einem Kissen laufen.

Die Luft war feucht und kühl.

Diese Bäume ... Er hatte noch nie so hohe Pinien gesehen, und da es kaum Unterholz gab, konnte er sich problemlos zwischen den gewaltigen Stämmen bewegen – ein Wald mit viel Bewegungsfreiheit. Hier konnte man sich schnell verlaufen.

Der Nebel blieb hinter ihm zurück und als er zum Himmel sah, konnte er zwischen den Baumwipfeln einige Sterne sehen.

Nach weiteren fünfzig Metern blieb er stehen. Er sollte zurückgehen. Es führten sicherlich noch andere Straßen aus der Stadt und er spürte bereits, dass er die Orientierung verlor. Als er nach hinten sah, wusste er noch ungefähr, woher er gekommen war, war sich aber nicht mehr ganz sicher. Alles sah gleich aus.

Dann im Wald vor ihm: ein Schrei.

Er blieb reglos stehen.

Er hörte nur das Pochen seines Herzens, sonst nichts.

Der Schrei hatte sich angehört, als würde er von einem leidenden oder verängstigten Menschen stammen. Oder von einer Hyäne oder einer Todesfee. Verrückten Kojoten. Der mythologisierte Schrei eines Rebellen. Hoch und dünn. Zerbrechlich. Schrecklich. Und auf irgendeiner Ebene – wie Stromkabel, summend unter der Oberfläche verborgen – wusste er irgendwie, dass er diesen Schrei nicht zum ersten Mal gehört hatte.

Da war er wieder.

Näher.

Zwischen seinen Augen und in seinem Magen ging der Alarm los: Verschwinde sofort von hier. Denk nicht darüber nach. Hau einfach ab.

Dann lief er auch schon zwischen den Bäumen hindurch, keuchte nach zwanzig Schritten, rannte zurück in den Nebel und die Kälte.

Vor ihm ging es aufwärts und er kletterte auf Händen und Knien, bis er die Straße wieder erreicht hatte. Trotz der Kälte schwitzte er und seine Augen brannten. Er rannte am doppelten gelben Mittelstreifen entlang, zurück durch die Kurve, bis er in der Ferne die beiden Lichtkegel sah, die den Nebel durchbohrten.

Er wurde langsamer und konnte trotz seines Keuchens das Geräusch des parkenden, gestohlenen Wagens hören.

Als er den Wagen erreicht hatte, riss er die Fahrertür auf. Er stieg ein, drückte den Fuß auf das Gaspedal und griff nach der Gangschaltung, weil er nur noch von diesem verfluchten Ort wegwollte.

Aus dem Augenwinkel sah er zu seiner Linken eine Bewegung – einen Schatten im Seitenspiegel. Sein Blick wanderte zum Rückspiegel und im roten Leuchten der Bremslichter sah er, was ihm zuvor entgangen war: einen Wagen, der zehn Meter hinter seinem parkte und im Nebel fast nicht mehr zu sehen war.

Dann sah er durch das Fenster auf der Beifahrerseite und blickte in den Lauf einer Schrotflinte. Eine Taschenlampe wurde eingeschaltet und tauchte den Innenraum des Wagens in gleißendes Licht, das vom Chrom und Glas reflektiert wurde.

»Sie sind wohl von allen gottverdammten Geistern verlassen.«

Sheriff Pope.

Das zornige Knurren in seiner Stimme wurde durch das Glas nur leicht gedämpft.

Ethan hatte die Hand noch auf dem Schalthebel und überlegte, ob er auf »Fahren« schalten und Gas geben sollte. Würde Pope dann auf ihn schießen? Aus dieser Entfernung und mit dieser Waffe käme das einer Enthauptung gleich.

»Ganz ruhig«, sagte Pope. »Legen Sie beide Hände aufs Lenkrad und schalten Sie dann mit der Rechten den Wagen aus.«

»Sie wissen, wer ich bin«, sagte Ethan durch die Scheibe hindurch, »und Sie sollten auch wissen, dass Sie sich nicht einmischen sollten. Ich werde von hier verschwinden.«

»Den Teufel werden Sie tun.«

»Ich bin Agent der Regierung der Vereinigten Staaten und habe das Recht …«

»Nein, Sie sind ein Kerl ohne Ausweis, ohne Dienstmarke, der gerade einen Wagen gestohlen und vielleicht einen Bundesagenten ermordet hat.«

»Was reden Sie denn da?«

»Ich werde es nicht noch einmal sagen, Partner.«

Etwas riet Ethan dazu, sich zu fügen, und flüsterte ihm zu, dass dieser Mann gefährlich werden konnte. Vielleicht sogar tödlich.

»Okay«, erwiderte Ethan. »Aber geben Sie mir einen Moment. Ich habe den Wagen kurzgeschlossen und muss die Drähte voneinander trennen, um ihn auszuschalten.«

Ethan schaltete die Innenbeleuchtung ein, schob die Hände unter die Lenksäule und zog die weißen Drähte auseinander.

Das Licht ging aus.

Der Motor erstarb.

Da war nur noch das schmerzhaft helle Licht von Popes Taschenlampe.

»Aussteigen!«

Ethan fand den Türgriff, musste aber mit der Schulter gegen die Tür drücken, um sie zu öffnen. Er stieg aus. Nebelschwaden strichen durch den Lichtstrahl. Pope war ein wütender Schatten hinter der Taschenlampe und der Schrotflinte, seine Augen wurden vom Rand des Cowboyhuts verborgen.

Als Ethan das Waffenöl roch, schoss ihm durch den Kopf, dass Pope bestimmt ein Mann war, der sein Arsenal sorgsam pflegte.

»Erinnern Sie sich daran, dass ich gesagt habe, Sie sollen die Stadt nicht verlassen?«, knurrte Pope.

Ethan hätte ihm geantwortet, doch der Lichtstrahl wanderte auf einmal auf den Boden, und erst einen Sekundenbruchteil, bevor er getroffen wurde, begriff Ethan, dass es sich bei dem Schatten, der sich auf seinen Schädel zubewegte, um den Lauf der Schrotflinte handelte.

* * *

Ethans linkes Auge war durch den Schlag angeschwollen. Es fühlte sich heiß und dick an und pochte im gleichen Rhythmus wie sein Puls. Durch das rechte konnte er einen Verhörraum erkennen. Klaustrophobisch und steril. Weiße Betonziegelwände. Betonboden. Ein nackter Holztisch, auf dessen anderer Seite Pope saß, jetzt ohne Hut und Jacke, die Ärmel seines tannengrünen Hemds hochgekrempelt, sodass man seine dicken, mit Sommersprossen bedeckten, muskulösen Unterarme sehen konnte.

Ethan wischte sich das Blut aus dem Gesicht, das aus dem Schnitt über seiner linken Augenbraue rann.

Er starrte auf den Boden. »Könnte ich bitte ein Handtuch haben?«

»Nein. Sie können hier sitzen, rumbluten und meine Fragen beantworten.«

»Später, wenn all das hier vorbei ist und Sie aus dem Gefängnis kommen, werde ich Sie zu mir einladen und Ihnen Ihre Dienstmarke zeigen. Sie wird eingerahmt hinter Glas über meinem Kaminsims hängen.«

Diese Worte wurden mit einem strahlenden Lächeln quittiert. »Ach, glauben Sie das?«

»Sie haben einen Bundesagenten angegriffen. Damit ist Ihre Karriere beendet.«

»Erzählen Sie mir doch noch mal genau, wie Sie die Leiche in 604 entdeckt haben, Ethan. Und kommen Sie mir jetzt nicht mit dieser verschwundenen Barkeeperin.«

»Wovon reden Sie da?«

»Ich will die Wahrheit hören.«

»Was ich Ihnen erzählt habe, ist die Wahrheit.«

»Ach, wirklich? Sie wollen bei dieser Version bleiben? Sie sollten wissen, dass ich in der Kneipe gewesen bin.« Pope trommelte mit den Fingern auf die Tischplatte. »Da arbeitet keine Barkeeperin und niemand hat Sie vor vier Abenden da gesehen.«

»Das ist gelogen.«

»Und jetzt frage ich mich … Warum sind Sie *wirklich* nach Wayward Pines gekommen?«

»Das habe ich Ihnen doch gesagt.«

»Wegen der …« Er machte mit den Fingern Anführungszeichen in der Luft. »… Ermittlung.«

Ethan holte tief Luft und spürte, wie die Wut in seiner Brust aufbrauste. Seine Kopfschmerzen waren auch zurückgekehrt und er wusste, dass das zum Teil an den Verletzungen lag, die ihm Pope im Gesicht zugefügt hatte. Aber sie fühlten sich auch an wie dieses alte, vertraute Pochen, das er an der Schädelbasis spürte, seitdem er am Fluss aufgewacht war und nicht wusste, wer er war oder wo er sich befand. Und da war noch etwas: ein beunruhigendes Déjà-vu, was dieses Verhör betraf.

»Irgendetwas stimmt mit diesem Ort nicht«, sagte Ethan, während sich die Emotionen wie schwarze Wolken in seiner Brust sammelten, die Ansammlung von Schmerz, Verwirrung und Isolation der letzten vier Tage. »Ich habe heute Abend meine frühere Partnerin gesehen.«

»Wen?«

»Kate Hewson. Ich habe Ihnen von ihr erzählt. Aber sie war älter, bestimmt zwanzig Jahre älter, als sie sein sollte. Wie ist das möglich? Verraten Sie mir das.«

»Das ist nicht möglich.«

»Und wieso kann ich mit niemandem außerhalb Kontakt aufnehmen? Warum führt keine Straße aus der Stadt heraus? Ist das hier eine Art Experiment?«

»Natürlich führen Straßen aus der Stadt heraus. Haben Sie überhaupt eine Ahnung, wie verrückt sich Ihr Gerede anhört?«

»Irgendetwas stimmt mit diesem Ort nicht.«

»Nein, mit Ihnen stimmt was nicht und ich habe auch eine Ahnung, was das sein könnte.«

»Was denn?«

»Wie wäre es, wenn ich Ihnen ein Blatt Papier gebe und Sie nehmen sich die Zeit, alles aufzuschreiben, was Sie mir sagen wollen. Eine Stunde sollte reichen.«

Bei dem Angebot wurde Ethan kalt.

Pope war noch nicht fertig. »Vielleicht beantworten Sie meine Fragen auch schneller, wenn ich eine schwarze Kapuze trage? Oder wenn ich Sie an den Handgelenken aufhänge und Sie schneide. Mögen Sie es, geschnitten zu werden, Ethan?« Er schob die Hand in die Tasche und warf Ethan über den Tisch hinweg etwas zu.

»Sie hatten sie?«, fragte Ethan. Er hob die Brieftasche hoch und öffnete sie. In dem durchsichtigen Fach steckte ein Secret-Service-Ausweis, aber es war nicht seiner.

Der Ausweis war auf den Namen William V. Evans ausgestellt.

»Wo ist meiner?«, erkundigte sich Ethan.

»Tja. Wo. William Evans. Special Agent. Secret Service. Abteilung Boise. Woher wussten Sie doch gleich, dass er es war, der in dem verlassenen Haus lag?«

»Ich habe es Ihnen doch gesagt. Ich wurde hergeschickt, um ihn und Kate Hewson zu suchen.«

»Ja, richtig. Ich vergesse das ständig. Ich habe übrigens Ihren Agent Hassler in Seattle angerufen. Er hat nie von Ihnen gehört.«

Ethan wischte sich noch mehr Blut aus dem Gesicht und beugte sich auf seinem Stuhl vor.

»Ich weiß nicht, was Sie bezwecken, was für ein Spiel …«

»Meine Theorie lautet, dass Agent Evans Sie verfolgt und hier in Wayward Pines endlich eingeholt hat. Also haben Sie ihn ermordet und seinen Partner, Agent Stallings, entführt, um mit ihm in Ihrem Wagen zu flüchten. Doch als Sie die Stadt verlassen wollten, hatten Sie Pech und wurden in einen Autounfall verwickelt. Stallings kommt dabei um und Sie erleiden eine schwere Kopfverletzung. Vielleicht lockert sich dabei auch eine Schraube und als Sie aufwachen, glauben Sie tatsächlich, ein Agent des Secret Service zu sein.«

»Ich weiß, wer ich bin.«

»Wirklich? Finden Sie es nicht seltsam, dass Ihr Ausweis nirgendwo zu finden ist?«

»Weil er absichtlich zurückge...«

»Genau, wir sind alle in eine riesige Verschwörung verwickelt.« Pope lachte. »Ist Ihnen schon mal in den Sinn gekommen, dass niemand Ethan Burkes Ausweis finden kann, weil er gar nicht existiert? Weil *Sie* nicht existieren?«

»Sie sind verrückt.«

»Ich glaube, jetzt projizieren Sie von sich auf andere, Partner. Sie haben Agent Evans ermordet ...«

»Nein.«

»... Sie kranker, psychopathischer Irrer. Womit haben Sie ihn erschlagen?«

»So ein Unsinn!«

»Was ist die Mordwaffe, Ethan?«

»Verpissen Sie sich!«

Ethan spürte, wie der Zorn in ihm explodierte. Reine, entflammbare Wut.

»Wissen Sie«, meinte Pope, »ich bin mir nicht sicher, ob Sie nur ein verdammt guter Lügner sind oder ob Sie Ihr Lügenkonstrukt tatsächlich glauben.«

Ethan stand auf.

Er war wacklig auf den Beinen.

In seiner Magengrube breitete sich Übelkeit aus.

Blut floss ihm ins Gesicht und tropfte in eine winzige Pfütze auf dem Betonboden.

»Ich verschwinde«, verkündete Ethan und deutete auf die Tür hinter dem Sheriff. »Machen Sie die Tür auf.«

Pope bewegte sich nicht. »Setzen Sie sich lieber wieder hin, bevor Sie sich noch richtig wehtun«, meinte er mit der Zuversicht eines Mannes, der schon oft das getan hatte, was er ihm jetzt androhte, und der es nur zu gern wieder tun würde.

Ethan ging um den Tisch herum und am Sheriff vorbei zur Tür.

Er zog am Griff.

Verschlossen.

»Setzen Sie sich wieder hin. Wir haben noch nicht mal richtig angefangen.«

»Machen Sie die Tür auf.«

Pope stand langsam auf, drehte sich um und baute sich vor Ethan auf. Sein Atem roch nach Kaffee. Auf seinem Hemd waren Flecken. Er war zehn Zentimeter größer und bestimmt dreißig Kilo schwerer als Ethan.

»Glauben Sie, ich könnte Sie nicht zwingen, sich wieder hinzusetzen, Ethan? Dass ich dazu nicht in der Lage wäre?«

»Das ist eine illegale Inhaftierung.«

Pope grinste. »Da irren Sie sich. In diesem Raum gibt es keine Gesetze und keine Regierung. Hier gibt es nur Sie und mich. Ich bin die einzige Autorität in Ihrer kleinen Welt, deren Grenze diese Mauern sind. Ich könnte Sie auf der Stelle töten, wenn ich das wollte.«

Ethan lockerte seine verspannten Schultern und hob beide Hände mit den Handflächen nach oben, weil er hoffte, dass Pope das für ein Zeichen der Unterwerfung und Niederlage halten würde.

»Okay, Sie haben recht«, meinte er mit eingezogenem Kopf … »Wir sollten weiterreden …«

… und stieß sich mit den Fußballen ab, als wäre er eine Sprungfeder, um seine Stirn direkt in Popes Nase zu rammen.

Die Knorpel knackten und das Blut spritzte Ethan in die Haare, als er Pope an seinen breiten Oberschenkeln packte und ihn an den Beinen hochhob, während der Sheriff versuchte, Ethans Hals zwischen seinem Bizeps und dem Unterarm einzuquetschen, aber er kam zu spät.

Pope verlor den Boden unter den Füßen, der durch das heruntergetropfte Blut noch glitschiger geworden war, und Ethan hievte das beachtliche Gewicht des Mannes in die Luft.

Er bohrte seine Schulter in den Magen des anderen und rammte ihn auf den Boden.

Pope stieß die Luft aus und Ethan setzte sich rittlings auf den Sheriff, zog den rechten Arm nach hinten und schlug mit der Handfläche zu.

Pope drehte die Hüften und drückte Ethans Gesicht mit so viel Kraft gegen das Tischbein, dass seine Wange aufplatzte.

Ethan kämpfte gegen das gleißende Licht an, das vor seinen Augen tanzte und seine Sicht behinderte, aber als er sich mühsam wieder aufrappelte, erkannte er, dass er eine Sekunde zu langsam gewesen war.

Mit klarem Kopf und wachen Reflexen hätte Ethan den Hieb vielleicht parieren können, doch in seinem jetzigen Zustand reagierte er nur mit halber Geschwindigkeit.

Die Wucht des Schlages wirbelte Ethans Kopf so heftig herum, dass er sein Rückgrat knacken hörte.

Schon lag er auf dem Holztisch und starrte mit seinem nicht zugeschwollenen Auge den wütenden Sheriff an, der zu einem weiteren Schlag ausholte und dessen gebrochene Nase aussah, als wäre in seinem Gesicht etwas explodiert.

Ethan hob die Arme, um sein Gesicht zu schützen, aber die Faust des Sheriffs raste zwischen seinen Händen hindurch und traf Ethans Nase.

Tränen schossen aus seinen Augen und er schmeckte Blut.

»Wer sind Sie?«, brüllte der Sheriff.

Selbst wenn er gewollt hätte, hätte Ethan nicht antworten können, da er langsam das Bewusstsein verlor. Das Wenige, was er noch vom Verhörraum sah, drehte sich und verschwamm mit dem Bild eines anderen …

Er ist wieder in diesem Raum mit den braunen Wänden und dem Fußboden aus festgetretener Erde in dem Slum von Golan, sieht eine nackte Glühbirne über seinem Kopf hin und her pendeln, während Aashif ihn durch die Löcher in seiner schwarzen Kapuze anstarrt, durch die er nur zwei braune, boshafte Augen und einen Mund voller Zähne zeigt, die zu weiß und zu perfekt sind für ein Vierte-Welt-Drecksloch im Mittleren Osten.

Ethan hängt mit den Händen in einer Kette, die an der Decke befestigt ist, und seine Füße schweben so dicht über dem Boden, dass er sich gerade so auf die großen Zehen stellen kann, um den Druck ein wenig zu mildern. Doch das gelingt ihm immer nur wenige Sekunden, dann halten seine Zehen sein Gewicht nicht mehr aus. Als sie endlich brechen, kann er nicht mehr verhindern, dass die Blutzufuhr zu seinen Händen abgeschnitten wird.

Aashif steht dicht vor Ethans Gesicht, sodass sich ihre Nasen beinahe berühren.

»Versuchen wir es mit einer Frage, die Sie problemlos beantworten können … Aus welchem Teil von Amerika kommen Sie, Chief Warrant Officer Ethan Burke?«, fragt der Mann in einem hervorragenden Englisch mit leicht britischem Akzent.

»Aus Washington.«

»Der Hauptstadt?«

»Nein, dem Staat.«

»Ah. Haben Sie Kinder?«

»Nein.«

»Aber Sie sind verheiratet?«

»Ja.«

»Wie heißt Ihre Frau?«

Ethan reagiert nicht und macht sich auf den nächsten Schlag gefasst.

Aashif lächelt. »Entspannen Sie sich. Vorerst keine Schläge mehr. Sie kennen die Redewendung ›Tod der tausend Schnitte‹?« Er hält eine Rasierklinge in die Luft, die im Licht der Glühbirne glänzt. »Es beruht auf einer chinesischen Exekutionsmethode, die 1905 abgeschafft wurde und ›Lingchi‹ hieß, was man mit ›langsames Aufschlitzen‹ oder ›schleichender Tod‹ übersetzen kann.«

Aashif deutet auf den Aktenkoffer, der offen auf einem Tisch in der Nähe steht. Darin liegt auf schwarzem Hartschaum eine schreckliche Sammlung Operationsbesteck, die Ethan seit zwei Stunden zu ignorieren versucht.

Pope schlug Ethan erneut, und mit dem Geruch seines eigenen Blutes brachte der Hieb auch die Erinnerung an den Geruch von altem, verwesendem Blut auf dem Boden dieses Folterhauses in Falludschah zurück …

»Man wird Sie jetzt in einen Raum bringen und Ihnen einen Stift und ein Blatt Papier geben. Sie haben eine Stunde Zeit. Sie wissen, was ich will«, sagt Aashif.

»Nein.«

Aashif schlägt Ethan in die Magengrube.

Pope schlug Ethan ins Gesicht.

»Ich habe bald keine Lust mehr, Sie zu schlagen. Sie wissen, was ich will. Wie könnten Sie das nicht wissen? Ich habe Sie jetzt schon zwanzigmal gefragt. Sagen Sie mir, dass Sie es wissen. Sagen Sie wenigstens das.«

»Wer sind Sie?«, brüllte Pope.

»Ich weiß es«, keuchte Ethan.

»Eine Stunde, und wenn mich das, was Sie aufschreiben, nicht glücklich macht, dann werden Sie durch Lingchi sterben.«

Aashif zieht ein Polaroidfoto aus seiner schwarzen Dischdascha.

Ethan schließt die Augen, macht sie jedoch wieder auf, als Aashif sagt: »Sehen Sie sich das an oder ich schneide Ihnen die Augenlider ab.«

Es ist das Foto eines Mannes, der in diesem Raum ebenfalls an den Handgelenken von der Decke baumelt.

Ein Amerikaner. Möglicherweise ein Soldat. Man kann es nicht erkennen.

Ethan ist seit drei Monaten hier, aber eine solche Verstümmelung hat er noch nie gesehen.

»Ihr Landsmann ist auf diesem Foto noch am Leben«, sagt sein Folterknecht mit erkennbarem Stolz in der Stimme.

Ethan versuchte, die Augen zu öffnen und Pope anzusehen. Er spürte, dass er bald das Bewusstsein verlieren würde, was ihm recht war, da er dann sowohl die Schmerzen nicht mehr ertragen musste als auch das perfekte Bild ausblenden konnte, das sein Verstand von Aashif in diesem Folterkeller gespeichert hatte.

»Die nächste Person, die an dieser Decke hängt, wird ein ähnliches Bild von Ihnen zu sehen bekommen«, sagt Aashif. »Haben Sie verstanden? Ich kenne Ihren Namen. Und ich habe eine Webseite. Ich werde Fotos von dem, was ich Ihnen antue, veröffentlichen, damit die Welt sie sehen kann. Vielleicht wird Ihre Frau sie ebenfalls sehen. Schreiben Sie alles auf, was ich wissen will, was Sie bisher zurückgehalten haben.«

»Wer sind Sie?«, fragte Pope.

Ethans Arme fielen zur Seite.

»Wer sind Sie?«

Er versuchte nicht mehr, sich zu verteidigen, und dachte: *Ein Teil von mir hat diesen Raum in Falludschah nie verlassen, in dem es nach ranzigem Blut gestunken hat.*

Er wartete auf den letzten Schlag von Pope, der ihn endlich bewusstlos werden ließe, der die alten Erinnerungen ebenso wie seine jetzigen Schmerzen auslöschen würde.

Zwei Sekunden später kam er, ein Hieb, der ihn am Kinn traf und eine blendend weiße Explosion in seinem Kopf auslöste, als wäre eine Glühbirne zerplatzt.

KAPITEL 6

Die Spülmaschine war voll und lief, und Theresa, die über den Punkt der völligen Erschöpfung längst hinaus war, stand am Spülbecken und trocknete die letzte Servierplatte ab. Sie stellte sie in den Schrank, hängte das Geschirrtuch an die Kühlschranktür und machte das Licht aus.

Als sie durch das dunkle Wohnzimmer auf die Treppe zuging, fühlte sie etwas in sich, das viel schlimmer war als die emotionalen Überreste dieses langen Tages.

Eine alles umfassende Leere.

In wenigen Stunden würde die Sonne aufgehen, und in vielerlei Hinsicht wäre das der erste Morgen vom Rest ihres Lebens ohne ihn. Am vergangenen Tag hatte sie sich verabschiedet und versucht, so viel Frieden zu finden, wie es in einer Welt ohne Ethan geben konnte. Ihre Freunde hatten ihn betrauert und würden ihn zweifellos vermissen, aber sie würden weitermachen – was sie jetzt schon taten – und ihn irgendwann vergessen.

Sie konnte das Gefühl nicht abschütteln, dass sie vom nächsten Tag an alleine sein würde.

Mit ihrer Trauer.

Mit ihrer Liebe.

Mit ihrem Verlustgefühl.

Allein der Gedanke bewirkte, dass sie sich schon jetzt unendlich einsam fühlte, am Fuß der Treppe stehen blieb, die Hand auf das Geländer legte und tief Luft holte.

Das Klopfen erschreckte sie und ihr Herz begann zu rasen.

Theresa drehte sich um und starrte die Tür an, wobei sie schon glaubte, sich das Geräusch nur eingebildet zu haben.

Es war 4:50 Uhr.

Wer könnte um diese Zeit …

Es klopfte erneut. Energischer als beim ersten Mal.

Sie ging mit nackten Füßen zur Tür und stellte sich auf die Zehenspitzen, um durch den Spion zu sehen.

Im Licht der Verandalampe stand ein Mann unter einem Regenschirm.

Er war klein. Komplett kahl. Sein Gesicht ein ausdrucksloser Schatten unter dem tropfenden Schirm. Er trug einen schwarzen Anzug, bei dessen Anblick sich etwas in ihrer Brust zusammenzog – ein Bundesagent mit Neuigkeiten über Ethan? Welchen anderen Grund konnte es geben, dass jemand zu dieser Uhrzeit an ihre Tür klopfte?

Aber die Krawatte passte nicht.

Sie war gelbblau gestreift und damit viel zu stilvoll und modern für einen Bundesagenten.

Durch den Spion beobachtete sie, wie der Mann die Hand hob und erneut klopfte.

»Mrs. Burke«, sagte er. »Ich weiß, dass ich Sie nicht aufwecke. Ich habe Sie vor wenigen Minuten noch in der Küche stehen sehen.«

»Was wollen Sie?«, fragte Sie durch die Tür.

»Ich muss mit Ihnen reden.«

»Worüber?«

»Über Ihren Mann.«

Sie schloss die Augen und machte sie dann wieder auf.

Der Mann war noch immer da und jetzt war sie hellwach.

»Was ist mit ihm?«, wollte sie wissen.

»Es wäre einfacher, wenn wir uns hinsetzen und das von Angesicht zu Angesicht besprechen könnten.«

»Es ist mitten in der Nacht und ich habe keine Ahnung, wer Sie sind. Ich lasse Sie auf keinen Fall in mein Haus.«

»Sie werden hören wollen, was ich zu sagen habe.«

»Sagen Sie es mir durch die Tür.«

»Das kann ich nicht.«

»Dann kommen Sie morgen früh wieder. Dann werde ich mit Ihnen reden.«

»Wenn ich gehe, werden Sie mich nie wiedersehen, Mrs. Burke. Und glauben Sie mir, das wäre eine Tragödie für Sie und für Ben. Ich schwöre Ihnen … Ich will Ihnen nicht schaden.«

»Verschwinden Sie von meinem Grundstück oder ich rufe die Polizei.«

Der Mann griff in seine Tasche und zog ein Polaroidfoto hervor.

Als er es vor den Spion hielt, spürte Theresa, wie etwas in ihr zerbrach.

Es war ein Foto von Ethan, der auf einem stählernen Operationstisch lag, nackt und von klinisch blauem Licht angestrahlt. Seine linke Gesichtshälfte sah eingefallen aus und sie konnte nicht erkennen, ob er am Leben oder tot war. Bevor sie überhaupt wusste, was sie tat, griff ihre Hand nach der Kette und schob den Bolzen zur Seite.

Als Theresa die Tür öffnete, klappte der Mann gerade seinen Regenschirm zusammen und lehnte ihn an die Wand. Hinter ihm prasselte der Regen zu Boden und das weiße Rauschen einer schlafenden Stadt war zu hören. Ein dunkler Mercedes Sprinter parkte ein Stück weit die Straße hinunter. Den hatte sie hier noch nie gesehen, und sie fragte sich, ob das sein Wagen war.

»David Pilcher«, stellte sich der Mann vor und reichte ihr die Hand.

»Was haben Sie ihm angetan?«, fragte Theresa und ignorierte seine Hand. »Ist er tot?«

»Darf ich reinkommen?«

Sie machte einen Schritt nach hinten und Pilcher betrat das Haus. Auf seinen schwarzen Budapestern glänzten Regentropfen.

»Ich kann sie ausziehen«, meinte er und deutete auf seine Schuhe.

»Das müssen Sie nicht.«

Sie führte ihn ins Wohnzimmer, wo sie sich einander gegenüber hinsetzten, Theresa auf die Couch und Pilcher auf einen Holzstuhl, der sonst am Esstisch stand.

»Haben Sie hier heute Abend gefeiert?«, erkundigte er sich.

»Wir haben das Leben meines Mannes gefeiert.«

»Klingt nett.«

Auf einmal überkam sie eine gewaltige Müdigkeit und sie konnte das Licht der Deckenlampe kaum noch ertragen.

»Warum haben Sie ein Foto meines Mannes, Mr. Pilcher?«

»Das ist unwichtig.«

»Für mich nicht.«

»Was wäre, wenn ich Ihnen sage, dass Ihr Mann noch am Leben ist?«

Zehn Sekunden lang bekam Theresa keine Luft mehr.

Da war das Geräusch der Spülmaschine, des Regens, der auf das Dach prasselte, ihres pochenden Herzens und sonst nichts.

»Wer sind Sie?«, fragte sie.

»Das ist unwichtig.«

»Wie soll ich Ihnen dann vertauen …«

Er hob eine Hand und die Falten um seine Augen wurden intensiver. »Hören Sie mir am besten einfach zu.«

»Sind Sie von der Regierung?«

»Nein, aber es ist wirklich unwichtig, wer ich bin. Wichtig ist, was ich Ihnen anzubieten habe.«

»Ethan ist am Leben?«

»Ja.«

Es schnürte ihr die Kehle zu, aber sie riss sich zusammen.

»Wo ist er?« Sie brachte nur noch ein Flüstern heraus.

Pilcher schüttelte den Kopf. »Ich könnte hier sitzen und Ihnen alles sagen, aber Sie würden es mir nicht glauben.«

»Woher wissen Sie das?«

»Erfahrung.«

»Sie werden mir nicht sagen, wo mein Mann ist?«

»Nein, und wenn Sie das noch einmal fragen, stehe ich auf, gehe durch die Tür und Sie werden mich nie wiedersehen, was bedeutet, dass Sie auch Ethan nie wiedersehen werden.«

»Ist er verletzt?« In ihrem Inneren machten sich alle möglichen Gefühle breit und drohten, sie zu erdrücken.

»Es geht ihm gut.«

»Wollen Sie Geld? Ich kann …«

»Ethan muss nicht freigekauft werden. Das hier hat nichts mit Geld zu tun, Theresa.« Pilcher rutschte nach vorn, sodass er jetzt nur noch auf der Stuhlkante saß, und starrte sie mit seinen durchdringenden schwarzen Augen an, deren Intensität seine große Intelligenz anzudeuten schien. »Ich mache Ihnen und Ihrem Sohn ein einmaliges Angebot.«

Er griff in die Innentasche seines Mantels und holte vorsichtig zwei eineinhalb Zentimeter hohe Glasphiolen heraus, die er auf den Wohnzimmertisch stellte. Sie waren mit winzigen Korken verschlossen.

»Was ist das?«, wollte Theresa wissen.

»Eine Wiedervereinigung.«

»Eine Wiedervereinigung?«

»Mit Ihrem Mann.«

»Das ist ein Witz …«

»Nein, ist es nicht.«

»Wer sind Sie?«

»Mein Name ist alles, was ich Ihnen verraten kann.«

»Nur dass er mir gar nichts sagt. Und was genau erwarten Sie von mir? Dass ich das trinke und abwarte, was passiert?«

»Sie können sich natürlich weigern, Theresa.«

»Was ist da drin?«

»Ein schnell wirkendes, starkes Betäubungsmittel.«

»Und wenn ich aufwache, bin ich auf magische Weise wieder mit Ethan vereint?«

»Es ist schon etwas komplizierter, aber im Grunde genommen haben Sie recht.«

Pilcher drehte den Kopf und sah durch das Fenster nach draußen, um den Blick dann wieder auf Theresa zu richten.

»Es wird bald hell«, sagte er. »Ich brauche Ihre Antwort.«

Sie nahm die Brille ab und rieb sich die Augen.

»Ich bin nicht in der Verfassung, eine solche Entscheidung zu treffen.«

»Aber Sie müssen es tun.«

Theresa stand langsam auf.

»Das könnte Gift sein«, meinte sie und deutete auf den Tisch.

»Warum sollte ich Ihnen schaden wollen?«

»Ich habe keine Ahnung. Vielleicht wurde Ethan in irgendwas reingezogen.«

»Wenn ich Sie umbringen wollte, Theresa …« Er hielt inne. »Sie wirken auf mich wie jemand mit einer guten Menschenkenntnis. Was sagt Ihnen Ihr Bauchgefühl? Dass ich lüge?«

Sie ging zum Kaminsims und studierte das Familienporträt vom letzten Jahr: Ethan und Ben in weißen Poloshirts, Theresa im weißen Sommerkleid. Ihre Haut war dank Photoshop makellos und ihre Gesichter waren im Studiolicht deutlich zu erkennen. Damals hatten sie sich darüber amüsiert, wie kitschig und gestellt das Foto wirkte, aber jetzt, als sie hier frühmorgens in ihrem ruhigen Wohnzimmer stand, bot es ihr die Möglichkeit, ihn noch einmal zu sehen. Sie betrachtete das Foto und hatte einen Kloß im Hals.

»Was Sie tun«, begann sie, ohne den Blick von dem Foto abzuwenden, »wenn es gelogen ist … dann ist es unglaublich grausam. Einer trauernden Witwe die Gelegenheit zu geben, ihren Mann noch einmal zu sehen.«

Sie sah Pilcher an.

»Ist es möglich?«, fragte sie.

»Ja.«

»Ich würde Ihnen gern glauben«, sagte sie.

»Ich weiß.«

»Ich würde es so gern tun.«

»Mir ist bewusst, dass es ein Vertrauensvorschuss ist«, entgegnete er.

»Ausgerechnet heute Nacht kommen Sie her«, meinte sie. »Wenn ich müde und betrunken bin und nur noch an ihn denken kann. Das kann doch kein Zufall sein.«

Pilcher streckte die Hand aus und hob eine der Phiolen hoch. Er hielt sie in die Luft.

Sie sah ihn an.

Holte tief Luft und stieß sie wieder aus.

Dann ging sie langsam durch das Wohnzimmer zur Treppe.

»Wo gehen Sie hin?«, erkundigte sich Pilcher.

»Meinen Sohn holen.«

»Dann wollen Sie es tun? Sie kommen mit mir?«

Sie blieb am Fuß der Treppe stehen und drehte sich zu ihm um. »Wenn ich das tue, bekommen wir dann unser altes Leben zurück?«

»Was meinen Sie mit ›altes Leben‹? Dieses Haus? Diese Stadt? Ihre Freunde?«

Theresa nickte.

»Wenn Sie und Ben mit mir kommen, wird nichts mehr so sein wie früher. Sie werden dieses Haus nicht wiedersehen. Also muss ich Ihre Frage wohl mit Nein beantworten.«

»Aber ich werde bei Ethan sein. Unsere Familie wird zusammen sein.«

»Ja.«

Sie ging die Treppe hoch, um ihren Sohn zu wecken. Vielleicht lag es an der Erschöpfung oder an all den Emotionen, aber es kam ihr surreal vor. Als würde die Luft vor Spannung knistern. Eine Stimme in ihrem Hinterkopf schrie sie an, dass sie sich töricht verhielt. Dass niemand mit gesundem Menschenverstand einen solchen Vorschlag überhaupt in Betracht ziehen würde. Aber als sie oben ankam und durch den Flur zu Bens Zimmer ging, war ihr bewusst, dass sie nicht mehr klar denken konnte, dass Logik und Vernunft keine Rolle mehr spielten. Sie war verletzt und einsam, und vor allem vermisste sie ihren Mann so sehr, dass sogar die ungewisse Möglichkeit eines Lebens mit ihm, mit ihrer wieder vereinten Familie, es wert war, alles andere dafür aufzugeben.

Theresa setzte sich auf Bens Bett und schüttelte ihn an der Schulter.

Der Junge regte sich.

Er gähnte und rieb sich die Augen. Sie half ihm, sich aufzusetzen.

»Es ist ja noch dunkel«, sagte er.

»Ich weiß. Ich habe eine Überraschung für dich.«

»Wirklich?«

»Unten ist ein Mann. Sein Name ist Mr. Pilcher. Er wird uns zu Daddy bringen.«

Sie konnte sehen, wie Bens Gesicht im sanften Licht des Nachtlichts neben dem Bett zu strahlen begann.

Ihre Worte hatten ihn wie ein Sonnenstrahl getroffen. Er wurde rasch wach und seine Augen glitzerten aufmerksam.

»Daddy ist am Leben?«, fragte er.

Sie war sich nicht einmal sicher, ob sie wirklich daran glaubte.

Wie hatte Pilcher es genannt?

Einen Vertrauensvorschuss.

»Ja. Daddy ist am Leben. Komm schon. Du musst dir was anziehen.«

* * *

Theresa und Ben saßen Pilcher gegenüber.

Der Mann lächelte den Jungen an, streckte die Hand aus und sagte: »Mein Name ist David. Und du bist?«

»Ben.«

Sie gaben sich die Hand.

»Wie alt bist du, Ben?«

»Sieben.«

»Oh, sehr gut. Hat dir deine Mutter erklärt, warum ich hier bin?«

»Sie hat gesagt, Sie würden uns zu meinem Daddy bringen.«

»Das ist richtig.« Pilcher hob die winzigen Glasphiolen auf und reichte sie Theresa. »Es ist Zeit«, meinte er. »Ziehen Sie den Korken raus. Sie haben nichts zu befürchten, keiner von Ihnen. Die Wirkung setzt etwa fünfundvierzig Sekunden nach dem Trinken ein. Sie kommt plötzlich, ist aber nicht unangenehm. Geben Sie Ben die Phiole mit der geringeren Dosis und nehmen Sie dann Ihre.«

Sie zog den Korken mit den Fingernägeln raus und öffnete beide Phiolen.

Der kräftige Geruch einer fremden Chemikalie stieg ihr in die Nase.

Als sie ihn roch, wurde alles auf einmal real und riss sie aus ihrer Erstarrung, die sie die letzten Stunden beherrscht hatte.

»Warten Sie«, sagte sie.

»Was ist los?«, erkundigte sich Pilcher.

Was zum Teufel dachte sie sich dabei? Ethan würde sie umbringen. Wenn es nur um sie ging, war das schon schlimm genug, aber in welche Gefahr brachte sie ihren Sohn?

»Was ist los, Mama?«

»Wir werden das nicht tun«, erklärte sie, verschloss die Phiolen wieder und stellte sie auf den Tisch.

Pilcher starrte sie über den Tisch hinweg an. »Sind Sie sich da ganz sicher?«

»Ja. Ich … Ich … Ich kann es einfach nicht.«

»Verstehe.« Pilcher steckte die Phiolen wieder ein.

Als er aufstand, sah Theresa in Bens Augen Tränen schimmern. »Geh wieder ins Bett.«

»Aber ich möchte Daddy sehen.«

»Wir reden später darüber. Geh jetzt nach oben.« Theresa drehte sich wieder zu Pilcher um. »Es tut mir leid …«

Die Worte blieben ihr in der Kehle stecken.

Pilcher drückte sich eine durchsichtige Sauerstoffmaske vors Gesicht, deren dünner Luftschlauch unter seiner Jacke verschwand. In der anderen Hand hielt er eine kleine Spraydose.

»Nein, bitte …«, setzte sie an.

Ein feiner Nebel drang aus der Düse.

Theresa versuchte, die Luft anzuhalten, aber sie konnte den Geschmack schon auf der Zungenspitze spüren: flüssiges Metall vermischt mit etwas Süßem. Der Nebel klebte an ihrer Haut. Sie merkte, dass sie ihn durch die Poren aufnahm. Er war in ihrem Mund, viel kälter als die Zimmertemperatur, glitt ihr wie flüssiger Stickstoff die Luftröhre hinunter.

Sie legte die Arme um Ben und versuchte, stehen zu bleiben, aber auf einmal hatte sie keine Beine mehr.

Die Spülmaschine war stehen geblieben und außer dem Regen, der auf das Dach prasselte, war im Haus kein Geräusch zu hören.

»Sie werden einen weitaus wichtigeren Zweck erfüllen, als Sie es sich überhaupt vorstellen können«, sagte Pilcher.

Theresa wollte ihn fragen, was er damit meinte, aber ihr Mund schien sich nicht bewegen zu wollen.

Sämtliche Farben um sie herum verblassten, alles schien sich in verschiedene Grauschattierungen aufzulösen und ihre Augenlider wurden immer schwerer.

Bens Körper war bereits erschlafft, sein Oberkörper lag auf ihrem Schoß und sie sah zu Pilcher hinauf, der sie jetzt durch die Sauerstoffmaske anstarrte und langsam zusammen mit allem anderen in der Dunkelheit verschwand.

Pilcher zog ein Walkie-Talkie aus der Manteltasche und sprach hinein.

»Arnold, Pam, ich bin jetzt bereit für euch.«

KAPITEL 7

»Sie müssen sich entspannen, Ethan. Hören Sie mich? Hören Sie auf, sich zu wehren.«

Durch den Nebel hindurch erkannte Ethan die Stimme des Psychiaters.

Mit Mühe bekam er die Augen auf, um erst nur schmale helle Schlitze zu sehen.

Jenkins sah durch seine Brille auf ihn herab und Ethan versuchte noch einmal, seine Arme zu bewegen, aber sie waren entweder gebrochen oder festgebunden.

»Ihre Hände sind mit Handschellen ans Bettgeländer gefesselt«, erklärte Jenkins. »Anordnung des Sheriffs. Sie müssen keine Angst haben, aber Sie hatten einen schweren dissoziativen Anfall.«

Ethan machte den Mund auf und merkte, dass seine Zunge und seine Lippen so trocken waren, als wären sie in der Wüste versengt worden.

»Was hat das zu bedeuten?«, wollte er wissen.

»Es bedeutet, dass Sie Ihr Gedächtnis, Ihr Bewusstsein und sogar Ihre Identität zu verlieren scheinen. Meine größte Sorge ist, dass das durch den Autounfall ausgelöst wurde und dass Sie unter diesen Symptomen leiden, weil Sie eine Gehirnblutung haben. Momentan wird Ihre Operation vorbereitet. Verstehen Sie, was ich Ihnen gerade sage?«

»Ich bin nicht einverstanden«, erwiderte Ethan.

»Wie bitte?«

»Ich bin nicht einverstanden, mich operieren zu lassen. Ich möchte in ein Krankenhaus in Boise verlegt werden.«

»Das ist zu riskant. Sie könnten bei dem Transport sterben.«

»Ich möchte diese Stadt sofort verlassen.«

Jenkins verschwand.

Ein grelles Licht schien von oben in Ethans Augen.

Er hörte Jenkins' Stimme. »Schwester, geben Sie ihm bitte ein Beruhigungsmittel.«

»Das hier?«

»Nein, das.«

»Ich bin nicht verrückt«, sagte Ethan.

Er spürte, wie Jenkins seine Hand tätschelte.

»Das hat auch niemand behauptet. Aber mit Ihrem Gehirn ist etwas nicht in Ordnung und wir müssen uns darum kümmern.«

Schwester Pam beugte sich über Ethan.

Sie war wunderschön, lächelte und ihre Anwesenheit wirkte beruhigend auf Ethan, was vielleicht auch nur daran lag, dass sie ihm vertraut war, aber er klammerte sich dennoch daran fest.

»Großer Gott, Mr. Burke, Sie sehen ja schlimm aus. Ich werde dafür sorgen, dass es Ihnen ein bisschen besser geht.«

Die Nadel war riesig, die größte, die Ethan je gesehen hatte, und von der Spitze tropfte eine silbrige Flüssigkeit.

»Was ist da drin?«, fragte Ethan.

»Nur etwas, das Ihre Nerven ein wenig beruhigt.«

»Ich will das nicht.«

»Halten Sie jetzt still.«

Sie klopfte auf die Vene an der Innenseite seines linken Ellenbogens, während sich Ethan so heftig gegen seine Stahlfesseln wehrte, dass seine Hände ganz taub wurden.

»Ich *will* das nicht!«

Schwester Pam sah auf und beugte sich dann so dicht über ihn, dass er ihre Wimpern an der Wange spüren konnte, als sie blinzelte. Er roch ihren Lippenstift und konnte aus dieser geringen Entfernung genau erkennen, wie grün und klar ihre Augen waren.

»Halten Sie still, Mr. Burke.« Sie lächelte. »Oder ich ramme Ihnen dieses Ding bis auf den Knochen.«

Bei diesen Worten lief ihm ein Schauer über den Rücken und er wehrte sich noch heftiger, sodass die Handschellen am Metallgeländer klapperten.

»Fassen Sie mich nicht an!«, zischte er.

»Oh, dann wollen Sie es also auf die harte Tour?«, entgegnete die Krankenschwester. »Können Sie haben.« Noch immer lächelnd, packte sie die Spritze, die sie jetzt wie ein Messer in der Hand hielt, etwas fester und bevor Ethan klar war, was sie vorhatte, rammte sie die Nadel seitlich bis zum Anschlag in seinen Hintern.

Der Schmerz hatte noch nicht wieder nachgelassen, als die Schwester durch das Zimmer zum Psychiater ging.

»Haben Sie keine Vene gefunden?«, fragte Jenkins.

»Er hat zu viel herumgezappelt.«

»Wie lange wird es dauern, bis er schläft?«

»Maximal fünfzehn Minuten. Ist im OP alles vorbereitet?«

»Ja, Sie können ihn hinbringen.« Die nächsten Worte richtete Jenkins an Ethan, während er bereits auf dem Weg zur Tür war: »Ich werde wieder nach Ihnen sehen, wenn die genug an Ihnen rumgeschnippelt haben. Viel Glück, Ethan. Wir bringen Sie schon wieder in Ordnung.«

»Ich bin nicht einverstanden«, brachte Ethan mit so viel Kraft heraus, wie er noch aufbringen konnte, aber Jenkins hatte das Zimmer bereits verlassen.

Durch seine geschwollenen Augen beobachtete Ethan Schwester Pam, die ans Kopfende seines Bettes ging. Sie ergriff das Geländer und das Bett bewegte sich, wobei die vorderen Räder quietschten, als sie holpernd über das Linoleum fuhren.

»Warum ignorieren Sie meine Wünsche?«, fragte Ethan, der Mühe hatte, seine Stimme unter Kontrolle zu behalten, sie aber nicht mehr anschreien wollte.

Sie reagierte nicht, sondern schob ihn einfach aus dem Zimmer und auf den Flur, der so ruhig und leer wie eh und je war.

Ethan hob den Kopf ein wenig und sah, dass sie sich dem Schwesternzimmer näherten.

Jede Tür, an der sie vorbeikamen, war geschlossen, und unter keiner drang Licht hervor.

»Auf dieser Etage ist sonst niemand, stimmt's?«, meinte Ethan.

Die Krankenschwester pfiff eine Melodie, die zum Rhythmus der quietschenden Räder passte.

»Warum tun Sie mir das an?«, wollte er wissen, und die Verzweiflung in seiner Stimme war nicht gespielt. Seine Angst wurde von Minute zu Minute größer und in seinem Inneren zog sich alles zusammen.

Er starrte sie an. Aus diesem seltsamen Blickwinkel sah er die Unterseite ihres Kinns, ihre Lippen, ihre Nase, die Deckenpaneele und die fluoreszierenden Lampen, unter denen er vorgeschoben wurde.

»Pam«, sagte er. »Bitte. Reden Sie mit mir. Sagen Sie mir, was hier los ist.«

Sie sah ihn nicht einmal an.

Auf der anderen Seite des Schwesternzimmers ließ sie das Bett los, das noch ein Stück von alleine weiterrollte, bis es stehen blieb, und ging am Ende des Korridors durch eine Doppeltür.

Ethan starrte das Schild darüber an.

OP

Eine der Türen ging auf und ein Mann in blauer OP-Kleidung, dessen Hände in Latexhandschuhen steckten, kam heraus.

Er trug bereits eine Maske, sodass nur noch seine ruhigen, intensiven Augen zu sehen waren, deren Farbe perfekt zu seiner Kleidung passte.

»Warum ist er noch wach?«, fragte er die Schwester mit leiser, ruhiger Stimme.

»Er hat nicht still gehalten, sodass ich keine Vene treffen konnte.«

Der Chirurg musterte Ethan.

»Okay, dann bleibt er so lange hier, bis die Betäubung anschlägt. Wie lange wird das Ihrer Meinung nach dauern?«

»Zehn Minuten.«

Er nickte und ging zurück in den OP, dessen Türen er mit der Schulter aufstieß, und seine Körpersprache wirkte aggressiv und wütend.

»Hey!«, rief Ethan ihm nach. »Ich will mit Ihnen reden!«

In den wenigen Sekunden, in denen die Türen offen standen, konnte Ethan einiges vom Inneren des Operationssaals erkennen …

Ein OP-Tisch in der Mitte des Raumes, umgeben von großen, hellen Lampen.

Daneben ein Metallwagen auf Rädern mit zahlreichen chirurgischen Instrumenten.

Skalpelle in jeder denkbaren Größe.

Knochensägen.

Zangen.

Instrumente, deren Namen Ethan nicht kannte, die aber an die Werkzeuge von Heimwerkern erinnerten.

Eine Sekunde, bevor die Tür wieder zuschlug, sah Ethan, wie der Chirurg neben den Wagen trat und einen Bohrer in die Hand nahm.

Er sah Ethan an und ließ den Bohrer einige Male laufen, und das schrille Sirren des Motors erfüllte den OP.

Ethans Brust hob und senkte sich unter dem Krankenhaushemd und sein Herz schlug immer schneller. Er warf einen Blick nach hinten zum Schwesternzimmer, wo Pam gerade um die Ecke verschwand.

Kurze Zeit war er alleine auf dem Flur.

Er hörte nichts außer dem Klirren der Skalpelle und anderen Operationsinstrumente hinter der Doppeltür, den leiser werdenden Schritten der Krankenschwester und dem Summen einer fluoreszierenden Glühbirne über ihm.

Ein verrückter Gedanke schoss ihm durch den Kopf: War er vielleicht *wirklich* verrückt? Was wäre, wenn der Chirurg ihn im OP aufschnitt und tatsächlich heilen konnte? Würde all das verschwinden? Würde er dann seine Identität verlieren? Wäre er dann ein anderer Mann in einer Welt, in der seine Frau und sein Sohn nicht existierten?

Es gelang ihm, sich aufzusetzen.

Ihm war schwummrig im Kopf und er fühlte sich nicht gut, aber das konnte auch daran liegen, dass ihn Sheriff Pope verprügelt hatte.

Ethan starrte seine Handgelenke an, die beide mit Handschellen an das Metallgeländer des Bettes gefesselt waren.

Er zerrte daran, bis sich die Ketten spannten und seine Hände blau anliefen.

Schreckliche Schmerzen.

Dann entspannte er sich, nur um plötzlich so fest an den Fesseln zu reißen, dass sich das Metall in seine Gelenke bohrte. An seinem linken Handgelenk platzte die Haut auf und Blut tropfte auf das Laken.

Seine Beine waren frei.

Er schwang das rechte über das Bettgeländer und streckte sich, um die Wand zu erreichen, aber er war einige Zentimeter zu klein.

Ethan legte sich wieder hin und begann zum ersten Mal, seine absolut hoffnungslose Lage eiskalt zu analysieren: Er war mit Betäubungsmitteln vollgepumpt, angekettet und stand kurz davor, in einen OP geschoben zu werden, wo man Gott weiß was mit ihm anstellen würde.

Er musste zugeben, dass er, seitdem er das letzte Mal im Krankenhaus aufgewacht war und mit Dr. Jenkins gesprochen hatte, einige Selbstzweifel erlebt und vermutet – oder vielleicht sogar befürchtet – hatte, dass er durch eine Verletzung neurologische Schäden davongetragen hatte.

Die bewirkte, dass er andere Menschen sowie Raum und Zeit falsch einschätzte.

Denn nichts in Wayward Pines ergab Sinn.

Doch diese letzten Augenblicke, in denen sich Schwester

Pam wie eine Soziopathin benommen und sich geweigert hatte, seinen Widerstand gegen die Operation überhaupt zur Kenntnis zu nehmen, hatten es bestätigt: Mit ihm war alles in Ordnung, aber die Leute in dieser Stadt wollten ihm schaden.

Seit seiner Ankunft in Wayward Pines hatte er schon genug Angst, Heimweh und Hoffnungslosigkeit verspürt, aber jetzt war er auch noch äußerst verzweifelt.

Nach allem, was er wusste, konnte ihn auf der anderen Seite dieser Tür durchaus der Tod erwarten.

Dann würde er Theresa und seinen Sohn nie wiedersehen.

Der Gedanke allein bewirkte schon, dass ihm Tränen in die Augen stiegen, weil er sie enttäuscht hatte. Er hatte sie beide in vielerlei Hinsicht enttäuscht.

Durch seine körperliche und seine emotionale Abwesenheit.

Eine so große Angst und Reue hatte er erst einmal in seinem Leben gespürt: im Slum von Golan bei Aashif.

Lingchi.

Langsam ergriff die Furcht Besitz von ihm und drohte seine Fähigkeit, klar zu denken und angemessen zu reagieren, einzulullen.

Vielleicht war es aber auch das Betäubungsmittel, das schließlich doch in seinen Blutkreislauf gelangt war und die Kontrolle übernahm.

Himmel, dreh jetzt nicht durch, dachte er. *Du musst die Kontrolle behalten.*

Er hörte, wie sich die Fahrstuhltüren drei Meter hinter ihm knirschend öffneten, dann folgten leise, schnelle Schritte.

Ethan versuchte zu erkennen, wer sich ihm da näherte, aber als er den Hals endlich weit genug gereckt hatte, setzte sich das Bett bereits in Bewegung und er wurde von jemandem in den Aufzug geschoben.

Er starrte in ein wunderschönes, vertrautes Gesicht, das er vor allem aufgrund der markanten Wangenknochen wiedererkannte. In seinem jetzigen Zustand brauchte er fünf Sekunden, bis er sie als die verschwundene Barkeeperin aus der Kneipe identifiziert hatte.

Sie schob ihn in den Fahrstuhl, in den das ganze Bett hineinpasste.

Dann drückte sie einen der Knöpfe.

Sie sah blass und mitgenommen aus und sie trug einen marineblauen Poncho, von dem Wasser auf den Boden tropfte.

»Komm schon, komm schon.« Immer wieder drückte sie mit dem Finger auf den Knopf für das Untergeschoss.

»Ich kenne Sie«, sagte Ethan, dem ihr Name nicht einfallen wollte.

»Beverly.« Sie lächelte ihn nervös an. »Ich warte noch immer auf mein versprochenes Trinkgeld. Himmel, Sie sehen furchtbar aus.«

Langsam schlossen sich die Türen mit einem weiteren lauten Kreischen, das schlimmer klang als Nägel auf einer Kreidetafel.

»Was geschieht mit mir?«, fragte er, als sich der Fahrstuhl bedächtig nach unten bewegte.

»Sie versuchen, Ihren Geist zu brechen.«

»Warum?«

Sie hob den Poncho hoch und holte einen Handschellenschlüssel aus der Tasche ihrer Jeans.

Ihre Finger zitterten.

Sie brauchte drei Versuche, bis der Schlüssel endlich im Schloss steckte.

»Warum?«, fragte Ethan erneut.

»Wir reden, wenn wir in Sicherheit sind.«

Die Handschelle sprang auf.

Ethan setzte sich hin, nahm ihr den Schlüssel aus der Hand und schloss die nächste Handschelle auf.

Der Fahrstuhl fuhr langsam zwischen der vierten und fünften Etage nach unten.

»Wenn er anhält und jemand einsteigt, kämpfen wir uns den Weg frei. Haben Sie verstanden?«

Ethan nickte.

»Was auch passiert, sie dürfen Sie nicht in diesen Operationssaal bringen.«

Die zweite Handschelle war geöffnet und Ethan stieg aus dem Bett.

Er stand relativ sicher auf den Beinen und das Betäubungsmittel schien nicht zu wirken.

»Können Sie laufen?«

»Die haben mich unter Drogen gesetzt. Weit werde ich vermutlich nicht kommen.«

»Scheiße.«

Über der Fahrstuhltür ertönte ein *Ping*.

Dritter Stock.

Es ging weiter abwärts.

»Wann?«, wollte Beverly wissen.

»Vor fünf Minuten. Aber sie haben es in den Muskel und nicht in die Vene gespritzt.«

»Was für ein Mittel?«

»Das weiß ich nicht, aber sie haben gesagt, dass ich innerhalb von zehn Minuten einschlafen würde. Inzwischen müsste ich nur noch acht oder neun haben.«

Sie hatten den Eingangsbereich erreicht und fuhren weiter nach unten.

»Wenn die Türen aufgehen, laufen wir nach links«, sagte Beverly. »Am Ende des Gangs ist eine Tür, durch die wir auf die Straße kommen.«

Der Fahrstuhl bebte und kam zum Stillstand.

Einige lange Sekunden lang blieben die Türen zu.

Ethan verlagerte sein Gewicht auf die Fußballen und machte sich bereit, in den Korridor zu stürmen, falls sie bereits erwartet wurden, und das Adrenalin schoss durch seine Adern und überflutete ihn mit dieser elektrisierenden Wachsamkeit, die er vor einer Mission beim Starten des Hubschraubers immer gespürt hatte.

Quietschend gingen die Fahrstuhltüren einige Zentimeter auf, blieben dann zehn Sekunden lang stehen, um sich schließlich ganz zu öffnen.

»Warten Sie«, flüsterte Beverly. Sie ging auf den Flur und sah sich um. »Die Luft ist rein.«

Ethan kam zu ihr in den langen, leeren Gang.

Das karierte Linoleum erstreckte sich noch etwa fünfzig Meter weit bis zu einer Tür am anderen Ende und glänzte makellos im grellen Licht der Deckenlampen.

Irgendwo vor ihnen fiel eine Tür ins Schloss und sie blieben wie angewurzelt stehen.

Dann waren Schritte zu hören, aber sie konnten nicht erkennen, wie viele Leute ihnen auf den Versen waren.

»Sie kommen die Treppe runter«, flüsterte Beverly. »Kommen Sie!«

Sie drehte sich um und rannte in die andere Richtung. Ethan folgte ihr, versuchte, das Geräusch seiner nackten Füße auf dem Linoleum zu dämpfen, und keuchte, als er einen stechenden Schmerz spürte, der ihn vermuten ließ, dass er sich die Rippen gequetscht hatte.

Sie kamen an einem verwaisten Schwesternzimmer vorbei, als hinter ihnen am anderen Ende des Korridors eine Tür aufgerissen wurde.

Beverly wurde schneller und bog in einen der angrenzenden Gänge ab. Ethan hatte Schwierigkeiten, mit ihr mitzuhalten, und warf im Laufen einen Blick nach hinten, war jedoch schon um die Ecke gebogen und konnte nichts mehr erkennen.

Dieser Flügel war leer und nur halb so lang.

Auf halber Höhe blieb Beverly stehen und öffnete eine Tür auf der linken Seite.

Sie versuchte, Ethan in den Raum zu drängen, aber er schüttelte den Kopf, beugte sich vor und flüsterte ihr etwas ins Ohr.

Sie nickte und eilte durch die Tür, die sie hinter sich schloss.

Ethan ging zu der Tür auf der anderen Seite des Gangs.

Er drehte den Griff und schlüpfte in den Raum.

Er war leer und dunkel. In dem schwachen Licht, das aus dem Flur hereindrang, konnte Ethan erkennen, dass das Zimmer in etwa dem entsprechen musste, in dem er gelegen hatte.

So leise wie möglich schloss er die Tür und ging ins Badezimmer.

Er tastete im Dunkeln herum, bis er den Lichtschalter gefunden hatte.

Schaltete das Licht ein.

Auf einem Ständer neben der Dusche hing ein Handtuch, das er abnahm und um seine Hand wickelte, bevor er in den Spiegel sah.

Er bewegte seinen Arm nach hinten.

Du hast dreißig Sekunden, vielleicht auch weniger.

Aber sein Spiegelbild brachte ihn aus der Fassung.

Oh Gott. Er hatte gewusst, dass er ziemlich mitgenommen aussehen musste, aber Pope hatte ihn wirklich zu Brei geschlagen. Seine Oberlippe war auf die doppelte Größe angeschwollen, seine Nase hatte gigantische Ausmaße angenommen und seine Haut hatte die Farbe einer vergammelnden Erdbeere. Ein Schnitt über der rechten Wange war mit mindestens zwanzig Stichen genäht worden und seine Augen …

Es war fast schon ein Wunder, dass er überhaupt noch etwas sehen konnte. Sie waren schwarz und blau angelaufen und von Falten geschwollener Haut umgeben, als hätte er eine heftige allergische Reaktion erlitten.

Doch er hatte keine Zeit, den Schaden zu begutachten.

Er schlug gegen die rechte untere Ecke des Spiegels und hielt das Glas mit der Hand, um die er das Handtuch gewickelt hatte, fest, damit es nicht herunterfallen konnte.

Der Schlag war perfekt gewesen: minimaler Schaden, große Stücke. Schnell nahm er die Bruchstücke mit der freien Hand herunter, legte sie ins Waschbecken und wählte das größte aus.

Dann wickelte er das Handtuch wieder ab, löschte das Licht und tastete sich zurück ins Schlafzimmer.

Außer einem schmalen Lichtstreifen unter der Tür sah er nichts.

Er schlich weiter vor und drückte das Ohr an die Tür.

Ganz schwach konnte er hören, wie Türen geöffnet und wieder geschlossen wurden.

Sie überprüften jedes Zimmer, die Geräusche waren aber so leise, dass er glaubte, sie würden sich noch im Hauptgang aufhalten.

Hoffentlich irrte er sich nicht.

Nur zu gern hätte er gewusst, ob die Fahrstuhltüren noch offen standen. Wenn sie die Kabine hier unten gesehen hatten, konnten sie daraus schließen, dass er ins Untergeschoss geflüchtet war. Er und Beverly hätten den Fahrstuhl wieder nach oben schicken sollen, aber dieser Fehler ließ sich jetzt nicht mehr korrigieren.

Er legte die Hand auf den Türgriff.

Als er ihn langsam drehte, versuchte er, ruhig zu atmen und seinen Herzschlag so weit zu beruhigen, dass er nicht das Gefühl haben musste, weiterhin kurz vor dem Umkippen zu stehen.

Vorsichtig und langsam zog Ethan die Tür einen Spalt weit auf.

Zu seinem Glück quietschten die Angeln nicht, als er die Tür einige Zentimeter weit öffnete.

Ein lang gezogenes Dreieck aus Licht fiel auf das Linoleum und seine nackten Füße.

Die Geräusche zufallender Türen wurden lauter.

Er hielt die Spiegelscherbe in der Hand und schob sie durch den Türspalt Millimeter für Millimeter vor, bis sich der Gang darin spiegelte.

Leer.

Wieder wurde eine Tür zugeschlagen.

Zwischen dem Türenschlagen hörte er das Geräusch von Gummisohlen auf dem Boden, sonst nichts. Eine der Glühbirnen in der Nähe war defekt und flackerte in unregelmäßigen Abständen, wodurch der Gang mal heller und mal dunkler wurde.

Er sah erst den Schatten, eine schwache dunkle Silhouette auf dem Boden in der Nähe des Schwesternzimmers, bevor Schwester Pam zu sehen war.

Sie blieb an der Stelle, an der sich die vier Korridore kreuzten, reglos stehen und hielt etwas in der rechten Hand, das Ethan aus dieser Entfernung nicht erkennen konnte, auch wenn es an einem Ende das Licht zu reflektieren schien.

Dreißig Sekunden vergingen, dann drehte sie sich um und marschierte in Ethans Gang, wobei sie sich vorsichtig und mit Bedacht bewegte, mit kurzen, kontrollierten Schritten, und so breit grinste, dass es in ihrem Gesicht irgendwie deplatziert wirkte.

Nach einigen Schritten blieb sie stehen und kniete sich hin, um etwas auf dem Linoleum zu untersuchen. Sie wischte mit einem Finger ihrer freien Hand über den Boden und hielt ihn dann hoch, und Ethan erstarrte erschreckt, als er begriff, worum es sich dabei handelte und was der Schwester verraten hatte, in welchen Gang sie geflohen waren.

Wasser von Beverlys Regenmantel.

Und das würde sie direkt zu der richtigen Tür und zu Beverly führen.

Schwester Pam stand auf.

Langsam ging sie weiter, den Blick stets auf den Boden gerichtet.

Ethan erkannte, dass sie eine Spritze in der Hand hielt.

»Mr. Burke?«

Er hatte nicht erwartet, dass sie etwas sagen würde, und der Klang ihrer hellen, bösartigen Stimme, der durch die leeren Gänge des Krankenhauses hallte, bewirkte, dass ihn ein eisiger Schauer durchfuhr.

»Ich weiß, dass Sie in der Nähe sind und mich hören können.«

Sie kam ihm jetzt viel zu nahe und Ethan befürchtete, sie könnte jeden Moment die Spiegelscherbe in seiner Hand entdecken.

Er zog die Hand wieder zurück und drückte die Tür sehr langsam und vorsichtig zu.

»Da Sie mein neuer Lieblingspatient sind«, fuhr die Krankenschwester fort, »möchte ich Ihnen ein besonderes Angebot machen.«

Ethan merkte, dass sich an seiner Schädelbasis etwas veränderte: Wärme breitete sich entlang seines Rückgrats aus, zog in seine Arme und Beine, selbst seine Finger- und Zehenspitzen schienen sich zu erwärmen.

Er konnte es auch hinter den Augen spüren.

Das Betäubungsmittel zeigte langsam Wirkung.

»Seien Sie ein guter Verlierer und kommen Sie jetzt raus, dann bekommen Sie auch ein Geschenk.«

Er konnte ihre Schritte nicht mehr hören, aber ihre Stimme wurde nach und nach lauter, während sie immer näher kam.

»Das Geschenk ist ein Anästhetikum für Ihre Operation, Mr. Burke. Ich hoffe, Sie verstehen, dass das letzte, das ich Ihnen vor zehn Minuten verabreicht habe, jetzt jeden Moment dafür sorgen wird, dass Sie bewusstlos werden, falls das nicht längst geschehen ist. Und wenn ich erst eine Stunde lang jedes einzelne Zimmer durchsuchen muss, bis ich Sie finde, werde ich sehr wütend! Und Sie möchten nicht, dass ich sehr wütend werde, denn wissen Sie, was dann passiert? Wenn wir Sie schließlich finden, werden wir Sie nicht sofort in den OP bringen. Wir werden warten, bis die Betäubung nachlässt. Sie werden auf dem OP-Tisch aufwachen. Keine Fesseln, keine Handschellen, aber Sie werden sich trotzdem nicht bewegen können. Der Grund dafür ist, dass ich Ihnen eine riesige Dosis Suxamethonium verabreicht habe, ein lähmendes Mittel. Wollten Sie schon immer mal wissen, wie sich eine OP anfühlt? Tja, Mr. Burke, bald werden Sie es herausfinden.«

An der Art, wie ihre Stimme durch den Gang hallte, erkannte Ethan, dass sie jetzt etwa in der Mitte und somit gerade mal eineinhalb Meter von ihm entfernt auf der anderen Seite der Tür stehen musste.

»Das Einzige, was Sie dann noch machen können, ist blinzeln. Sie werden nicht einmal schreien können, wenn Sie das Schneiden, Sägen und Bohren spüren. Wenn unsere Finger in Ihnen stecken. Die Operation wird mehrere Stunden dauern und Sie werden lebendig, wach und bei vollem Bewusstsein sein und jede schmerzhafte Sekunde davon mitbekommen. So was liest man sonst nur in Horrorromanen.«

Ethan legte die Hand auf den Türgriff, während das Mittel immer stärkere Wirkung zeigte, sein Gehirn umwölkte und bis in die Ohrläppchen vordrang. Er fragte sich, wie lange er es noch aushalten konnte, bis seine Beine nachgaben.

Langsam drehen, Ethan. Ganz langsam.

Er umklammerte den Türgriff fester, wartete, bis Schwester Pam weitersprach, und als sie es endlich tat, bewegte er ihn ganz langsam.

»Ich weiß, dass Sie meine Stimme hören, Mr. Burke. Ich stehe direkt vor dem Zimmer, in dem Sie sich verstecken. Sind Sie in der Dusche? Unter dem Bett? Vielleicht stehen Sie auch hinter der Tür und hoffen, dass ich einfach vorbeigehe?«

Sie lachte.

Die Tür glitt ein Stück auf.

Er war davon überzeugt, dass sie mit dem Rücken zu ihm dastand und die Tür ansah, hinter der sich Beverly versteckte, aber was war, wenn er sich irrte?

»Sie haben zehn Sekunden, um rauszukommen, danach verfällt mein großzügiges Angebot, Sie zu betäuben. Zehn …«

Er drückte die Tür etwas weiter auf.

»Neun …«

Fünf Zentimeter.

»Acht …«

Zehn Zentimeter.

Jetzt konnte er wieder in den Korridor sehen, und das Erste, was ihm ins Auge stach, waren die kastanienbraunen Haare an Schwester Pams Hinterkopf.

Sie stand direkt vor ihm.

»Sieben …«

Starrte Beverlys Tür an.

»Sechs …«

Sie hielt die Spritze wie ein Messer in der rechten Hand.

»Fünf …«

Er öffnete die Tür immer weiter, die lautlos aufglitt.

»Vier …«

Kurz bevor sie gegen die Wand schlagen konnte, hielt er sie fest und trat auf die Türschwelle.

»Drei …«

Er blickte auf den Boden, um sicherzugehen, dass er keinen Schatten warf, aber der hätte ihn aufgrund der flackernden Glühbirne auch nicht verraten.

»Zwei und eins. Jetzt bin ich wütend. Ausgesprochen wütend.« Die Krankenschwester holte etwas aus ihrer Tasche und sagte: »Ich bin unten im Untergeschoss, Westflügel, und ich bin mir ziemlich sicher, dass er sich hier aufhält. Ich warte, bis du hier bist. Ende.«

Aus dem Walkie-Talkie drang ein statisches Rauschen, dann antwortete eine männliche Stimme: »Verstanden. Bin unterwegs.«

Inzwischen spürte Ethan die Auswirkungen des lähmenden Mittels immer stärker. Seine Knie wurden weich und er hatte schubweise Probleme, klar zu sehen, oder er sah alles doppelt.

Gleich würden noch mehr Leute herkommen.

Er musste es jetzt tun.

Los, los, los, sagte er sich, war sich aber gleichzeitig nicht mehr sicher, ob er noch genug Kraft oder Geistesgegenwart besaß.

Er ging mehrere Schritte nach hinten, um einen besseren Anlauf zu haben, holte tief Luft und lief los.

Sieben Schritte in zwei Sekunden.

Er prallte mit voller Wucht gegen den Rücken der Krankenschwester, die dadurch über den Gang geschoben und mit dem Gesicht nach vorn gegen die Betonmauer geschleudert wurde.

Dieser heftige Ansturm hatte sie völlig überrascht, daher war er umso erstaunter über die Schnelligkeit und Präzision ihrer Reaktion, denn sie schwang sofort den Arm nach hinten und rammte ihm die Nadel in die Seite.

Ein tiefer, durchdringender, starker Schmerz.

Die Schwester wirbelte herum, während ihr das Blut auf der rechten Gesichtshälfte herunterlief, wo sie gegen die Wand geprallt war, zog die Nadel heraus und attackierte ihn.

Hätte er etwas erkennen können, dann hätte er sich verteidigt, aber seine Sehkraft ließ sehr zu wünschen übrig, und wie bei einem Ecstasytrip schwebten wirre Bilder vor seinen Augen herum.

Sie stürzte sich auf ihn und er wollte sie abwehren, schätzte die Entfernung allerdings falsch ein und die Nadel traf ihn in der linken Schulter.

Die Schmerzen beim Herausziehen hätten ihn beinahe zusammenbrechen lassen.

Die Schwester traf ihn mit einem perfekt platzierten Tritt in den Solarplexus, in dem so viel Kraft lag, dass er an die Wand hinter sich gedrückt wurde und die Luft ausstieß. Er hatte noch nie zuvor eine Frau geschlagen, aber als Pam näher kam, konnte er den Gedanken nicht abschütteln, dass es sehr befriedigend sein musste, den Kiefer dieser Schlampe mit dem Ellenbogen einzuschlagen.

Sein Blick erfasste die Nadel in ihrer Hand und er dachte: *Bitte nicht noch mehr davon!*

Er wollte seine Arme hochreißen, um sein Gesicht zu schützen, aber sie fühlten sich an, als bestünden sie aus Zement.

Träge und schwer.

»Jetzt wünschen Sie sich wahrscheinlich, dass Sie rausgekommen wären, als ich Sie freundlich darum gebeten habe«, sagte die Krankenschwester.

Er schlug mit halber Kraft zu, doch sie wich dem weiten Haken problemlos aus und konterte mit einem blitzschnellen Schlag, der ihm erneut die Nase brach.

»Wollen Sie noch mal die Nadel?«, fragte sie, und er hätte nur zu gern angegriffen, sie auf den Boden gezwungen, sie dort unter seinem Körper begraben, doch in Anbetracht der Nadel und seiner schwindenden Sinne schien es ihm keine gute Idee zu sein, ihr zu nahe zu kommen.

Pam lachte. »Ich sehe doch, dass Sie immer schwächer werden. Eigentlich macht mir das gerade richtig Spaß.«

Ethan versuchte, sich seitlich an der Wand entlangzubewegen und aus ihrer Reichweite zu schlurfen, aber sie folgte ihm, blieb vor ihm stehen und bereitete sich auf den nächsten Schlag vor.

»Spielen wir ein kleines Spiel«, schlug sie vor. »Ich steche Sie mit der Nadel und Sie versuchen, mich davon abzuhalten.«

Sie stürzte vor, aber er spürte keinen Schmerz.

Es war nur eine Finte – sie spielte mit ihm.

»Beim nächsten Mal, Mr. Burke, werden Sie …«

Etwas prallte lautstark gegen ihren Kopf.

Pam stürzte zu Boden und bewegte sich nicht mehr. Beverly stand hinter ihr und die defekte Glühbirne beleuchtete ihr Gesicht. Sie hielt den Metallstuhl, mit dem sie Schwester Pam angegriffen hatte, noch an den Beinen fest und sah schockiert auf das herab, was sie angerichtet hatte.

»Es kommen noch mehr Leute«, warnte sie Ethan.

»Können Sie laufen?«

»Das werden wir gleich sehen.«

Beverly warf den Stuhl zur Seite, der klappernd zu Boden fiel, und stellte sich neben Ethan.

»Halten Sie sich an mir fest, wenn Sie das Gleichgewicht verlieren.«

»Das hab ich schon längst verloren.«

Er klammerte sich an Beverlys Arm, während sie ihn durch den Korridor zerrte. Als sie das Schwesternzimmer erreicht hatten, konnte Ethan kaum noch einen Fuß vor den anderen setzen.

Als er sich umdrehte, sah er, dass Schwester Pam sich gerade aufsetzte.

»Schneller«, sagte Beverly.

Der Hauptgang war noch immer leer und jetzt rannten sie.

Zweimal stolperte Ethan, aber Beverly fing ihn auf und verhinderte, dass er stürzte.

Seine Augen wurden immer schwerer, als sich das Betäubungsmittel wie eine warme, feuchte Decke über ihn legte, und er hätte sich am liebsten eine stille Ecke gesucht, um sich dort zusammenzurollen und zu schlafen.

»Sind Sie noch bei mir?«, fragte Beverly.

»Gerade so.«

Die Tür am Ende des Gangs war noch fünfzehn Meter vor ihnen.

Beverly wurde schneller. »Na los! Sie kommen schon die Treppe runter!«

Ethan hörte sie ebenfalls, ein Wirrwarr aus Stimmen und Schritten hinter einer Tür, an der sie vorbeikamen und die zur Treppe führte.

Am Ende des Korridors riss Beverly die Tür auf und zog Ethan über die Schwelle auf eine schmale Treppe, deren sechs Stufen zu einer weiteren Tür am oberen Absatz führten, über der das rote AUSGANG-Schild leuchtete.

Als sie hindurch waren, blieb Beverly kurz stehen und drückte die Tür hinter ihnen zu.

Ethan konnte auf der anderen Seite Stimmen im Korridor hören und es klang, als würden sich die Schritte von ihnen entfernen, aber er war sich nicht sicher.

»Haben sie uns gesehen?«, wollte er wissen.

»Keine Ahnung.«

Mit letzter Kraft erklomm Ethan die sechs Stufen zum Ausgang, dann rissen sie die Tür auf und taumelten nach draußen in die Dunkelheit. Ethans nackte Füße stolperten über das nasse Pflaster und der kalte Regen auf seinen Schultern drang schnell durch den dünnen Stoff seines Krankenhaushemds.

Er konnte kaum noch aufrecht stehen, doch Beverly zog ihn in Richtung Bürgersteig.

»Wo gehen wir hin?«, erkundigte sich Ethan.

»Zu dem einzigen Ort, bei dem ich mir sicher bin, dass sie Sie nicht finden können.«

Er folgte ihr auf die dunkle Straße.

Nirgendwo waren Autos zu sehen, nur die Lichter der Straßenlaternen und Häuser waren gedämpft und verzerrt durch den Regen zu erkennen.

Sie gingen eine ruhige Straße entlang und nach dem zweiten Block blieb Ethan stehen und wollte sich ins Gras setzen, aber Beverly ließ es nicht zu.

»Noch nicht«, sagte sie.

»Ich kann nicht mehr. Ich spüre meine Füße kaum noch.«

»Nur noch ein Block. Das schaffen Sie. Sie müssen es schaffen, wenn Sie weiterleben wollen. Ich verspreche Ihnen, dass Sie sich in fünf Minuten hinlegen und ausruhen können.«

Ethan streckte sich und taumelte weiter. Er folgte Beverly und sie ließen noch einen Block hinter sich und dann gab es auf einmal keine Häuser und Straßenlaternen mehr.

Sie betraten einen Friedhof voller zerfallender Grabsteine, zwischen denen windschiefe Eichen und Pinien standen. Er musste schon vor Jahren aufgegeben worden sein, da die Gräser und das Unkraut Ethan bis zur Hüfte reichten.

»Wo bringen Sie mich hin?« Er konnte nicht mehr deutlich sprechen und die Worte kamen irgendwie holprig und komisch aus seinem Mund.

»Es ist gleich da vorn.«

Sie gingen an Grabsteinen und Monumenten vorbei, die größtenteils so verwittert waren, dass Ethan die Inschriften nicht mehr lesen konnte.

Er fror, sein dünnes Hemd war durchweicht und seine Füße voller Schlamm.

»Hier ist es.« Beverly deutete auf ein kleines steinernes Mausoleum, das in einem Espenhain stand. Ethan stolperte die letzten Meter darauf zu und brach dann am Eingang zwischen zwei Pflanzgefäßen aus Stein, die völlig verfallen waren, zusammen.

Beverly brauchte drei Versuche, bis sie mit der Schulter die Eisentür aufgeschoben hatte, deren Angeln so laut quietschten, dass man damit Tote hätte aufwecken können.

»Sie müssen reinkommen«, sagte sie. »Na los, Sie haben es fast geschafft. Nur noch vier Schritte.«

Ethan öffnete die Augen und kroch die Stufen hinauf und durch den engen Eingang, raus aus dem Regen. Beverly zog die

Tür hinter ihnen zu und einen Augenblick lang umgab sie undurchdringliche Finsternis.

Dann schaltete sie eine Taschenlampe ein und der Lichtstrahl wanderte über das Innere der Gruft und ließ die Farben eines Buntglasfensters auf der rückseitigen Wand erstrahlen.

Darauf waren Sonnenstrahlen abgebildet, die durch Wolken drangen und einen einzelnen blühenden Baum erhellten.

Ethan ließ sich auf den eiskalten Steinboden sinken, während Beverly eine Stofftasche öffnete, die sie in einer Ecke aufbewahrt hatte.

Sie zog eine Decke heraus, faltete sie auseinander und deckte Ethan damit zu.

»Ich habe auch Kleidung für Sie«, sagte sie, »aber Sie können sich umziehen, wenn Sie aufwachen.«

Er zitterte stark und wehrte sich gegen die an ihm zerrende Bewusstlosigkeit, weil es noch einiges gab, was er fragen, was er wissen musste. Er wollte nicht riskieren, dass Beverly möglicherweise fort war, wenn er aufwachte.

»Was ist Wayward Pines?«, fragte er.

Beverly setzte sich neben ihn. »Wenn Sie aufwachen, werde ich …«

»Nein, sagen Sie es mir jetzt. In den letzten beiden Tagen habe ich Dinge gesehen, die unmöglich sind. Dinge, die mich dazu gebracht haben, an meinem Verstand zu zweifeln.«

»Sie sind nicht verrückt. Die versuchen nur, Ihnen das einzureden.«

»Aber warum?«

»Das weiß ich nicht.«

Er war sich nicht sicher, ob er ihr glauben konnte, fand aber, dass er seine Skepsis in Anbetracht seiner Lage ignorieren musste.

»Sie haben mir das Leben gerettet«, fuhr er fort. »Vielen Dank dafür. Aber ich muss Sie trotzdem fragen: Warum, Beverly? Warum sind Sie in Wayward Pines mein einziger Freund?«

Sie lächelte. »Weil wir beide dasselbe wollen.«

»Und das wäre?«

»Wir wollen hier weg.«

»Es führt keine Straße aus der Stadt, nicht wahr?«

»Nein.«

»Ich bin vor einigen Tagen mit dem Auto hergekommen. Wie ist das dann überhaupt möglich?«

»Ethan, lassen Sie sich erstmal von dem Mittel übermannen, und wenn Sie aufwachen, erzähle ich Ihnen alles, was ich weiß, und verrate Ihnen, wie wir meiner Meinung nach hier wegkommen. Machen Sie die Augen zu.«

Er wollte es nicht, konnte es aber dennoch nicht verhindern.

»Ich bin nicht verrückt«, murmelte er.

»Das weiß ich.«

Sein Zittern ließ nach und sein Körper erzeugte unter der Decke langsam ein wenig Wärme.

»Verraten Sie mir noch eins«, ließ er nicht locker. »Wie sind Sie in Wayward Pines gelandet?«

»Ich habe als Vertreterin für IBM gearbeitet und kam für ein Verkaufsgespräch her, um das Computerlabor der Schule mit unseren Tandy 1000 auszustatten. Aber als ich mit dem Auto in die Stadt fuhr, hatte ich einen Autounfall. Ein Lkw kam aus dem Nichts und rammte meinen Wagen.« Ihre Stimme klang jetzt sanfter, als wäre sie weiter entfernt, und war schwerer zu verstehen. »Sie haben mir gesagt, ich hätte eine Kopfverletzung und würde unter Gedächtnisverlust leiden, darum ist meine erste Erinnerung an diese Stadt auch, dass ich eines Nachmittags am Flussufer aufgewacht bin.«

Ethan wollte ihr sagen, dass ihm genau dasselbe passiert war, aber er bekam den Mund nicht mehr auf, da die Droge wie eine Welle durch seinen Körper rauschte und ihn zu verschlingen drohte.

Noch eine Minute, dann wäre er ganz weggetreten.

»Wann?«, keuchte er.

Sie konnte ihn nicht verstehen und beugte sich zu ihm, um ihr Ohr vor seinen Mund zu halten, und er brauchte seine ganze Kraft, um die Frage auszusprechen.

»Wann … sind … Sie … hierher … gekommen?«, flüsterte er und klammerte sich an die Worte wie an einen Rettungsring, der ihn über Wasser, bei Bewusstsein halten würde, doch er ging dennoch unter und spürte, dass ihm nur noch wenige Sekunden blieben.

»Ich werde den Tag niemals vergessen«, antwortete sie. »Denn auf gewisse Weise bin ich an diesem Tag gestorben. Seitdem ist nichts mehr so gewesen wie früher. Es war ein wunderschöner Herbstmorgen. Der Himmel war strahlend blau. Das Laub der Espen verfärbte sich. Es war der 3. Oktober 1985. Nächste Woche feiere ich Jubiläum. Dann bin ich ein ganzes Jahr in Wayward Pines.«

KAPITEL 8

Sie wagte es nicht, die Tür zu öffnen, und sah stattdessen durch eine der fehlenden Scheiben in dem fleckigen Glasfenster. Doch durch den nächtlichen Regen war nichts zu sehen und sie konnte auch nichts hören außer dem Plätschern auf dem Unkraut, den Bäumen und dem Dach des Mausoleums.

Ethan war bewusstlos, der Betäubung ausgeliefert, und in gewisser Hinsicht beneidete sie ihn.

Wenn sie schlief, kamen die Träume.

Von ihrem *früheren Leben*.

Von einem Mann, den sie wahrscheinlich geheiratet hätte.

Von ihrem Zuhause, in dem sie mit ihm zusammen in Boise wohnte.

Von all den Plänen, die sie geschmiedet hatten.

Den Kindern, die sie eines Tages bekommen wollten. Manchmal konnte sie im Traum sogar ihre Gesichter sehen.

Wenn sie erwachte, war sie in Wayward Pines.

Dieser wunderschönen Hölle.

Als sie hier angekommen war, hatte sie die Klippen, die das Tal umgaben, staunend und voller Bewunderung angestarrt. Jetzt hasste sie sie, weil sie zu den Gittern ihres Gefängnisses geworden waren, die diese wunderschöne Stadt umgaben und verhinderten, dass man fliehen konnte. Und die Wenigen, die es dennoch versuchten …

Von diesen Nächten hatte sie Albträume.

Dem Klang von fünfhundert Telefonen, die gleichzeitig klingelten.

Den Schreien.

Nicht heute Nacht … Das wird heute Nacht nicht passieren.

Beverly zog ihren Poncho aus und ging zu ihm. Er hatte sich an der Wand unter einer Decke zusammengerollt. Als er endlich ruhig und tief atmete, kroch sie zu ihrer Tasche und holte das Messer aus einer Außentasche.

Es war ein Klappmesser, alt und stumpf, aber etwas Besseres hatte sie nicht auftreiben können.

Sie schlug die Decke zurück und zog Ethans Krankenhaushemd hoch. Dann strich sie mit der Hand über sein linkes Bein, bis sie die Schwellung auf der Rückseite seines Oberschenkels spürte.

Ihre Hand blieb einen Augenblick länger da liegen, als es notwendig war, und dafür hasste sie sich, aber es war so verdammt lange her, dass sie einen Mann berührt hatte oder von einem berührt worden war.

Sie hatte überlegt, ob sie Ethan vorwarnen sollte, aber das war aufgrund seines Zustands nicht möglich gewesen, und vielleicht war es auch besser so. Jedenfalls hatte er Glück. Sie war nicht betäubt gewesen, als sie den Eingriff bei sich durchgeführt hatte.

Beverly stellte die Taschenlampe so auf den Boden, dass sie die Rückseite seines linken Oberschenkels gut sehen konnte.

Sie war von Narben bedeckt.

Man konnte die Erhebung nicht sehen, nur spüren – und das auch nur, wenn man genau wusste, wo man suchen musste.

Sie klappte die Klinge aus, die sie zwei Stunden zuvor mit Wattebäuschen und Alkohol sterilisiert hatte, und ihr drehte sich bei dem Gedanken, was sie jetzt tun musste, der Magen um. Gleichzeitig betete sie, dass der Schmerz ihn nicht aus seiner Betäubung reißen würde.

KAPITEL 9

Ethan träumte, dass er gefesselt wäre und irgendetwas sein Bein auffressen wollte. Die kleinen vorsichtigen Bisse gingen hin und wieder so tief, dass er sogar im Schlaf aufschrie.

* * *

Er wurde schlagartig wach.

Und stöhnte.

Dunkelheit umgab ihn und sein linkes Bein tat oben am Oberschenkel weh, und diesen Schmerz kannte er nur zu gut: Jemand schnitt ihn.

Einen schrecklichen Augenblick lang war er wieder in dieser Folterkammer bei Aashif mit der schwarzen Kapuze, hing an den Handgelenken von der Decke, während seine Füße am Boden angekettet waren und sein Körper so angespannt war, dass er sich nicht wehren konnte. Er konnte sich nicht bewegen, wie schlimm der Schmerz auch war.

Hände schüttelten seine Schultern.

Eine Frauenstimme sagte seinen Namen.

»Ethan, es ist alles in Ordnung. Es ist vorbei.«

»Aufhören, oh Gott, bitte mach, dass es aufhört!«

»Sie sind in Sicherheit. Ich habe Sie da rausgeholt.«

Er sah einen Lichtschimmer und musste einige Male blinzeln, bis er etwas erkennen konnte.

Der Strahl einer Taschenlampe leuchtete auf den Boden.

In dem indirekten Licht sah er Steinmauern, zwei Grüften, ein fleckiges Glasfenster, und dann fiel ihm auf einmal alles wieder ein.

»Wissen Sie, wo Sie sind?«, fragte Beverly.

Sein Bein tat so weh, dass ihm davon übel wurde.

»Mein Bein ... Irgendetwas stimmt da nicht ...«

»Ich weiß. Ich musste was rausschneiden.«

Er bekam langsam wieder einen klaren Kopf. Das Krankenhaus, der Sheriff, sein Versuch, die Stadt zu verlassen – die Erinnerungen setzten sich langsam wieder in einer Reihenfolge zusammen, die Sinn ergab. Er glaubte, auch Kate gesehen zu haben, war sich aber nicht sicher. Dieser Teil wirkte auf ihn eher wie ein Traum oder ein Albtraum.

Trotz dieser wiedergewonnenen Klarheit konnte er sich aufgrund der Schmerzen in seinem Bein auf kaum etwas anderes konzentrieren.

»Was soll das heißen?«, fragte er.

Beverly hielt die Taschenlampe hoch und leuchtete auf ihre rechte Hand. Zwischen dem Daumen und dem Zeigefinger hielt sie etwas hoch, das wie ein Mikrochip aussah. An dem Halbleiter klebte noch etwas Blut.

»Was ist das?«, wollte er wissen.

»So können sie Sie überwachen und im Auge behalten.«

»Das war in meinem Bein?«

»So ein Ding haben sie jedem implantiert.«

»Geben Sie es mir.«

»Warum?«

»Damit ich es zertrümmern kann.«

»Nein, nein, nein. Das wollen Sie nicht tun. Dann werden sie wissen, dass Sie es rausgeholt haben.« Sie reichte ihm den Chip. »Lassen Sie ihn einfach auf dem Friedhof fallen, wenn wir gehen.«

»Werden sie uns hier nicht finden?«

»Ich habe mich hier schon früher mit dem Chip versteckt. Diese dicken Steinmauern stören das Signal. Aber wir können nicht ewig hierbleiben. Sie können den Chip aus einhundert Metern Entfernung von der Stelle, wo sie das Signal verloren haben, aufspüren.«

Ethan setzte sich auf. Als er die Decke zurückschlug, glänzte im Licht der Taschenlampe etwas Blut auf dem Boden. Weitere rote Tropfen drangen aus einem Schnitt auf der Rückseite seines Beins. Er fragte sich, wie tief sie hatte schneiden müssen. Ihm war ein bisschen schwindlig und seine Haut fühlte sich schmerzhaft und fiebrig an.

»Haben Sie in der Tasche etwas, womit man die Wunde schließen kann?«, wollte er wissen.

Sie schüttelte den Kopf. »Nur Klebeband.«

»Holen Sie es. Besser als nichts.«

Beverly zog die Tasche zu sich und wühlte mit der Hand darin herum.

»Habe ich das nur geträumt oder haben Sie mir wirklich erzählt, dass Sie 1985 hierhergekommen sind?«, erkundigte sich Ethan.

»Das ist wirklich passiert.« Sie zog eine Rolle Klebeband aus der Tasche. »Was soll ich damit machen?«, fragte sie dann. »Ich habe keine medizinische Ausbildung.«

»Wickeln Sie es einfach ein paarmal um mein Bein.«

Sie zog ein Stück Klebeband ab, rückte dann näher und wickelte es vorsichtig um Ethans Oberschenkel.

»Ist das zu eng?«

»Nein, das ist gut. Wir müssen die Blutung stoppen.«

Nach fünf Umdrehungen riss sie das Klebeband ab und strich es auf seinem Bein glatt.

»Ich werde Ihnen jetzt etwas erzählen«, begann Ethan. »Etwas, das Sie mir nicht glauben werden.«

»Das werden wir ja sehen.«

»Ich bin vor fünf Tagen hierhergekommen …«

»Das haben Sie mir bereits erzählt.«

»Das war am 24. September 2012.«

Einen Augenblick lang starrte sie ihn nur an.

»Haben Sie schon mal von einem iPhone gehört?«, fragte Ethan.

Sie schüttelte den Kopf …

»Vom Internet? Facebook? Twitter?«

… und schüttelte ihn immer wieder.

»Ihr Präsident ist …«

»Ronald Reagan.«

»2008 wurde in Amerika der erste farbige Präsident gewählt, Barack Obama. Haben Sie schon von dem *Challenger*-Unglück gehört?«

Er bemerkte, dass die Taschenlampe in ihrer Hand zitterte.

»Nein.«

»Dem Fall der Berliner Mauer?«

»Nein, das ist mir alles neu.«

»Den beiden Golfkriegen? Dem 11. September?«

»Wollen Sie mich auf den Arm nehmen?« Ihre Augen verengten sich, zum Teil aus Wut, aber auch aus Angst. »Oh Gott. Sie gehören zu ihnen, nicht wahr?«

»Natürlich nicht. Wie alt sind Sie?«

»Vierunddreißig.«

»Und Ihr Geburtstag ist am …«

»1. November.«

»Welches Jahr?«

»Neunzehnhundertfünfzig.«

»Dann müssten Sie jetzt einundsechzig Jahre alt sein, Beverly.«

»Ich verstehe das alles nicht«, erwiderte sie.

»Geht mir genauso.«

»Die Leute hier … Sie reden nicht über Dinge, die außerhalb von Wayward Pines passieren«, sagte sie. »Das ist eine der Regeln.«

»Was für Regeln?«

»Sie nennen es ›im Heute leben‹. Es ist nicht erlaubt, über Politik zu reden. Auch nicht über das Leben, das man früher geführt hat. Keine Diskussionen über Popkultur, Filme, Bücher, Musik. Über nichts, was es nicht auch hier in der Stadt gibt. Ich weiß nicht, ob es Ihnen aufgefallen ist, aber hier findet man so gut wie keine Markennamen. Selbst das Geld ist anders. Das ist mir erst vor Kurzem aufgefallen, aber die Münzen und Scheine stammen aus den 50er- und 60er-Jahren. Neuere gibt es nicht. Und es gibt keine Kalender und keine Zeitungen. Ich weiß nur, dass ich so lange hier bin, weil ich Tagebuch führe.«

»Warum ist das alles so?«

»Ich weiß es nicht, aber die Strafen für das Übertreten der Regeln sind heftig.«

Ethans Bein schmerzte, weil es vom Klebeband eingequetscht wurde, aber zumindest hatten sie die Blutung gestillt. Vorerst konnte es noch so bleiben, aber bald musste er das Klebeband abnehmen.

»Wenn ich herausfinde, dass Sie zu denen gehören …«, sagte Beverly.

»Ich gehöre nicht zu denen, wer immer *die* auch sein mögen.«

Ihr stiegen Tränen in die Augen. Sie blinzelte sie weg und wischte sich dann die Wangen ab.

Ethan lehnte sich an die Wand.

Das Zittern und die Schmerzen wurden schlimmer.

Er konnte noch immer den Regen auf dem Dach hören und vor dem fleckigen Fenster war es noch immer dunkel. Beverly hob die Decke vom Boden und schlang sie um Ethans Schultern.

»Sie verbrennen ja«, sagte sie.

»Ich habe Sie gefragt, was das für ein Ort ist, aber Sie haben mir keine richtige Antwort gegeben.«

»Weil ich es nicht weiß.«

»Sie wissen mehr als ich.«

»Je mehr man weiß, desto seltsamer ist alles. Und desto weniger weiß man eigentlich.«

»Sie sind seit einem Jahr hier. Wie haben Sie so lange überlebt?«

Sie lachte – traurig und resigniert. »Indem ich das mache, was alle machen … mit der Lüge leben.«

»Welcher Lüge?«

»Dass alles in Ordnung ist. Dass wir alle in einer perfekten Kleinstadt leben.«

»Wo das Paradies zu Hause ist.«

»Was?«

»Wo das Paradies zu Hause ist. Das stand auf einem Schild am Stadtrand, als ich letzte Nacht versucht habe, von hier wegzukommen.«

»Als ich hier zum ersten Mal aufgewacht bin, war ich so desorientiert und hatte solche Schmerzen nach dem Autounfall, dass ich ihnen geglaubt habe, als sie sagten, ich würde hier leben. Ich war den ganzen Tag im Nebel herumgeirrt, bis mich Sheriff Pope gefunden hat. Er brachte mich in den Biergarten, die Kneipe, wo wir uns zum ersten Mal begegnet sind. Er sagte, ich würde da als Barkeeperin arbeiten, obwohl ich noch nie im Leben hinter einer Bar gestanden hatte. Dann brachte er mich zu einem kleinen viktorianischen Haus, das ich noch nie zuvor gesehen hatte, und behauptete, ich würde dort wohnen.«

»Und Sie haben ihm einfach geglaubt?«

»Ich hatte überhaupt keine Erinnerungen, Ethan. Zu diesem Zeitpunkt wusste ich gerade mal meinen Namen.«

»Aber die Erinnerungen kamen zurück.«

»Ja. Und ich wusste, dass etwas nicht stimmte. Ich konnte keinen Kontakt zur Außenwelt aufnehmen. Und Pope hatte etwas sehr, ich weiß auch nicht, etwas … Unheimliches an sich. Instinktiv wusste ich, dass ich ihm keine Fragen stellen durfte.

Ich hatte keinen Wagen, also begann ich, lange Spaziergänge am Stadtrand zu machen. Doch dann geschahen merkwürdige Dinge. Können Sie sich denken, wer immer dann auftauchte, wenn ich mich der Stelle näherte, an der die Straße den Bogen zurück in die Stadt macht? Irgendwann ging mir auf, dass Pope nicht wirklich der Sheriff ist. Er ist der Aufseher über jeden, der hier lebt. Mir wurde klar, dass sie mich irgendwie überwachten, also blieb ich zwei Monate lang unauffällig, ging zur Arbeit, danach nach Hause, schloss einige Freundschaften …«

»Und die anderen haben all das ebenfalls einfach akzeptiert?«

»Das weiß ich nicht. Sie haben sich nichts anmerken lassen. Nach einer Weile wurde mir klar, dass sie alle aus Angst nichts sagten, aber wovor sie sich fürchteten, das habe ich nie rausbekommen. Und ich habe auch nie danach gefragt.«

Ethan dachte zurück an das Nachbarschaftsfest, das er gesehen hatte – war das wirklich erst gestern Abend gewesen? – und wie normal alles gewirkt hatte. Wie durch und durch alltäglich. Er dachte an all die einfachen viktorianischen Häuser in Wayward Pines und all die Familien, die darin wohnten. Wie viele Einwohner – Insassen – trugen tagsüber eine starke, sorgenfreie Miene zur Schau, nur um nachts schlaflos wach zu liegen, während in ihren Köpfen die Gedanken rasten, sie sich fürchteten und zu verstehen versuchten, warum sie in diesem idyllischen Gefängnis festsaßen? Seiner Ansicht nach konnten das nicht gerade wenige sein. Aber menschliche Wesen waren vor allem eins: anpassungsfähig. Er konnte sich gut vorstellen, dass sich viele einredeten, dass alles so war, wie es sein sollte, und das auch ihren Kindern vermittelten. Dass es schon immer so gewesen war. Wie viele lebten von einem Tag zum nächsten, im Jetzt, und verbannten jeden Gedanken an das Leben, das sie früher geführt hatten? Es war leichter, etwas zu akzeptieren, das man nicht ändern konnte, als alles zu riskieren und ins Unbekannte vorzudringen. In das, was außerhalb lag. Langzeitinhaftierte begingen oft Selbstmord oder ein weiteres Verbrechen, wenn sie sich auf ein Leben außerhalb der Gefängnismauern einstellen mussten. War das hier denn so viel anders?

»Einige Monate nach meiner Ankunft schob mir eines Abends ein Typ eine Nachricht zu«, berichtete sie. »Darauf stand: ›Auf der Rückseite Ihres linken Oberschenkels.‹ In dieser Nacht habe ich es unter der Dusche zum ersten Mal gespürt: eine kleine Erhebung, etwas unter der Haut, aber ich wusste nicht, was ich deswegen unternehmen sollte. Am nächsten Abend saß er wieder an meiner Bar. Er schrieb eine neue Nachricht, dieses Mal auf die Rechnung: ›Schneid es raus, bewahr es auf. So spüren sie dich auf.‹

Die ersten drei Male hatte ich zu große Angst. Beim vierten Mal nahm ich meinen Mut zusammen und tat es. Tagsüber hatte ich den Chip immer bei mir. Ich machte so weiter wie zuvor. Und das Komische ist, dass es Augenblicke gab, in denen sich alles ganz normal angefühlt hat. Ich war bei Leuten zum Essen eingeladen oder auf einer Nachbarschaftsparty und mich überkam das Gefühl, dass es vielleicht schon immer so gewesen war und mein früheres Leben der eigentliche Traum war. Mir wurde langsam klar, wie die Leute das Leben in Wayward Pines akzeptieren konnten.

Nachts ging ich nach der Arbeit in der Bar nach Hause, legte den Chip in mein Bett, wo auch ich liegen sollte, und ging nach draußen. Jeden Abend in eine andere Richtung. Immer wieder landete ich in einer Sackgasse. Im Norden, Osten und Westen waren diese riesigen Berghänge und ich konnte dreißig Meter weit hochklettern, aber dann wurden die Vorsprünge immer schmaler und ich konnte mich nicht mehr festhalten oder ich kam an eine Stelle, an der ich einfach nicht weiterklettern konnte. Am Fuß dieser Klippen sah ich jede Menge Skelette, alte, gebrochene Knochen. Menschliche Knochen. Menschen, die beim Klettern abgestürzt waren.

Als ich das vierte Mal abends losmarschierte, ging ich südlich die Main Street entlang, auf der ich auch nach Wayward Pines gekommen war. Da fand ich genau dasselbe heraus wie Sie: dass die Straße eine Kurve macht und man wieder in die Stadt zurückkehrt. Es ist ein endloser Kreislauf. Aber ich drang in Richtung Süden tiefer in den Wald vor. Ich lief bestimmt eine halbe Meile, bis ich schließlich zu dem Zaun kam.«

»Zu einem Zaun?«

Das Pochen in Ethans Bein war fast schon unerträglich geworden, schlimmer als die Schmerzen beim Aufschneiden. Er lockerte das Klebeband.

»Er war sechs Meter hoch und verlief so weit ich sehen konnte in jede Richtung durch den Wald. Er war oben mit Stacheldraht gesichert und summte, als ob er unter Strom stünde. Alle fünfzehn Meter stand ein Schild mit derselben Aufschrift: ›Kehren Sie nach Wayward Pines zurück. Wenn Sie weitergehen, werden Sie sterben.‹«

Erneut wickelte Ethan das Klebeband um sein Bein.

Das Pochen wurde schwächer. Er hatte noch immer Schmerzen, aber sie schienen nachgelassen zu haben.

»Haben Sie einen Weg hindurch gefunden?«

»Nein. Es dämmerte fast schon und ich hielt es für klüger, wieder in die Stadt zurückzukehren. Aber als ich mich umdrehte, stand ein Mann vor mir. Ich hätte mich beinahe zu Tode erschreckt, wenn ich ihn nicht gleich erkannt hätte.«

»Es war der Mann, der Ihnen von dem Chip erzählt hat?«

»Genau. Er sagte, er wäre mir gefolgt, und zwar jede Nacht.«

»Wer war er?«, wollte Ethan wissen, und er war sich aufgrund der schlechten Lichtverhältnisse nicht ganz sicher, hatte jedoch den Eindruck, dass sich Beverlys Gesicht verfinsterte.

»Bill.«

Ein Prickeln schoss wie ein kleiner Stromstoß durch Ethans Körper.

»Wie hieß Bill mit Nachnamen?«, fragte er.

»Evans.«

»Großer Gott.«

»Was ist?«

»Evans war der Tote in dem Haus, dessen Adresse Sie mir gegeben haben.«

»Genau. Ich wollte, dass Ihnen sofort klar ist, wie gefährlich dieser Ort ist.«

»Nachricht angekommen. Evans war einer der Secret-Service-Agenten, die ich hier in Wayward Pines suchen sollte.«

»Ich wusste nicht, dass Bill zum Secret Service gehört. Er hat mir nie etwas von dem erzählt, was er ›unser früheres Leben‹ nannte.«

»Wie ist er gestorben?«

Beverly nahm die Taschenlampe vom Boden, deren Licht immer schwächer wurde.

Sie schaltete sie aus.

Völlige Dunkelheit umgab sie.

Nichts als das Flüstern des Regens war zu hören.

»Es geschah in der Nacht, in der wir fliehen wollten. Mir ist noch immer nicht ganz klar, wie sie uns finden konnten, weil wir die Mikrochips zu Hause in unseren Betten gelassen hatten, wie immer. Bill und ich trafen uns an der vereinbarten Stelle und hatten Proviant und alles dabei … aber wir hatten nie eine Chance.«

Ethan konnte die Trauer in ihrer Stimme hören.

»Wir mussten uns trennen«, berichtete sie. »Ich habe es zurück zu meinem Haus geschafft, aber ihn haben sie erwischt. Sie haben ihn in Stücke gerissen.«

»Wer hat ihn in Stücke gerissen?«

»Alle.«

»Wer ist alle …«

»Die ganze Stadt, Ethan. Ich konnte … seine Schreie hören, aber ich konnte nichts für ihn tun. Doch da habe ich es verstanden. Mir wurde klar, was sie alle hier festhielt.«

Lange Zeit sagte keiner von ihnen ein Wort.

»Ich habe den Zaun nie erreicht«, meinte Ethan schließlich, »aber ich bin im Wald jenseits der Kurve auf der Straße, die südlich aus der Stadt herausführt, herumgelaufen. Erst letzte Nacht. Und ich könnte schwören, dass ich da was gehört habe.«

»Was?«

»Einen Schrei. Oder ein Weinen. Vielleicht auch eine Mischung aus beidem. Und das Komische ist, dass ich das Gefühl hatte, das schon einmal gehört zu haben. Im Traum. In einem anderen Leben. Ich bekam in meinem tiefsten Inneren so große Angst, als hätte ich das Heulen eines Wolfes gehört. Etwas, das in mir verwurzelt ist, reagierte darauf. Ich konnte nur noch weglaufen. Und jetzt erzählen Sie mir von diesem Elektrozaun und ich frage mich, warum er da steht. Um uns an der Flucht zu hindern? Oder um etwas fernzuhalten?«

Zuerst glaubte Ethan, das Geräusch würde nur in seinem Kopf existieren, eine Nachwirkung der Droge, die ihm Schwester Pam gegeben hatte, oder des Traumas nach Popes Schlägen und dem, was er danach erlebt hatte.

Aber es wurde schnell lauter.

Etwas klingelte.

Nein.

Sehr viele Dinge klingelten.

»Was ist das?«, fragte Ethan und rappelte sich auf.

Beverly stand bereits an der Tür und versuchte, sie aufzuziehen. Die Angeln knirschten, ein Schwall kalter Luft drang in die Gruft und auf einmal war das Geräusch viel lauter.

Jetzt wusste Ethan, was er da hörte.

Das Geräusch von fünfhundert Telefonen, die gleichzeitig klingelten, sodass ein heller, unheimlicher Ton durch das Tal hallte.

»Oh Gott«, meinte Beverly.

»Was ist?«

»So hat es auch in der Nacht angefangen, in der Bill gestorben ist.«

»Das verstehe ich nicht.«

»Im Moment klingelt jedes Telefon in jedem Haus in Wayward Pines. Man sagt den Leuten, dass sie Sie suchen und töten sollen.«

Ethan machte sich auf die Wirkung dieser Information gefasst, aber obwohl er wusste, dass er eine Scheißangst hätte haben sollen, fing sein Verstand bereits an, in den tauben, vom Adrenalin gesteuerten Zustand zu verfallen, in dem es nur noch ums Überleben ging und den er aus anderen lebensgefährlichen Situationen kannte. Da war kein Platz für unnütze, verschwendete Gedanken oder Gefühle. Seine ganze Kraft wurde umgelenkt und kanalisiert, um das Einzige zu steigern, das ihn am Leben halten konnte: seine Sinneswahrnehmungen.

»Ich werde den Chip wegwerfen und mich hier verstecken«, sagte er. »Hier kann ich abwarten.«

»In Wayward Pines leben mehr als fünfhundert Menschen, die alle nach Ihnen suchen werden. Ich denke, dass irgendwann jemand durch diese Tür kommen wird, und Sie wollen nicht hier sein, wenn das geschieht.«

Ethan nahm ihr die Taschenlampe aus der Hand, schaltete sie ein und leuchtete in ihre Tasche.

»Was ist da drin?«, fragte er und ging neben der Tasche auf die Knie.

»Kleidung für Sie. Schuhe. Ich musste Ihre Größe erraten.«

»Waffen?«

»Leider konnte ich keine in die Finger bekommen.«

Ethan zog einige Dinge heraus: ein langärmliges schwarzes T-Shirt, eine schwarze Jeans, schwarze Schuhe, zwei Dutzend Wasserflaschen …«

»Schalten Sie das Licht aus!«, fuhr ihn Beverly an.

Ethan schaltete die Taschenlampe aus.

»Sie müssen sofort gehen«, meinte sie dann. »Sie kommen.«

»Ich muss mich erst noch anziehen und …«

»Sie sind schon auf dem Friedhof. Ich kann ihre Taschenlampen sehen.«

Ethan ließ alles auf dem Boden liegen und ging zur Eisentür. Draußen in der Dunkelheit waren zwischen den Grabsteinen vier Lichtpunkte zu erkennen.

Sie schienen nur etwa dreißig Meter weit weg zu sein, auch wenn man die Entfernung bei diesem Wetter schlecht einschätzen konnte.

Die Telefone klingelten nicht mehr.

»Sie müssen zum Fluss am südwestlichen Stadtrand«, flüsterte Beverly Ethan ins Ohr. »Diesen Weg wollten Bill und ich auch nehmen. Das ist die einzige Richtung, die wir noch nicht genau erkundet haben. Bill ist ein Stück weit gegangen und meinte, dass es vielversprechend aussehen würde.«

»Wo treffen wir uns?«

»Gehen Sie einfach zum Fluss und weiter stromaufwärts. Ich werde Sie schon finden.«

Beverly zog sich die Kapuze ihres Ponchos über den Kopf, verließ das Mausoleum und lief in die Nacht hinaus. Ethan hörte, wie sich ihre Schritte entfernten, die er in dem strömenden Regen bald nicht mehr hören konnte.

Er stand auf der Schwelle und sah zwischen den näherkommenden Lichtern und der dunklen Gruft hin und her, während er überlegte, ob er zwei Minuten Zeit hatte, um sich anzuziehen und ein paar Vorräte einzustecken, oder ob er einfach loslaufen sollte.

Die Lichter kamen immer näher. Alle vier schienen sich auf das Mausoleum zuzubewegen und inzwischen konnte er auch Stimmen hören.

Entscheide dich, verdammt noch mal.

Er vergeudete kostbare Sekunden.

Wenn sie dich erreichen, während du noch in der Gruft bist, bist du tot. Da gibt es keinen Fluchtweg und sie könnten schneller hier sein, als du brauchst, um dich anzuziehen.

Er lief los.

Mit nichts als seinem Krankenhaushemd am Leib, ohne Schuhe, sodass seine nackten Füße schmatzende Geräusche im Gras und den Schlammlöchern machten.

Der Regen prasselte auf ihn herab.

Er hatte Schmerzen.

Und Schüttelfrost.

Seine linke Achillessehne schien bei jeder Anspannung reißen zu wollen.

Er blendete all das aus, die Angst, die Qualen, die Kälte, und rannte zwischen den Pinien und den Grabsteinen hindurch.

Die vier Lichtpunkte hinter ihm schienen seine Flucht nicht bemerkt zu haben, da sie sich noch immer auf dem Weg zum Mausoleum befanden.

In der völligen Finsternis drohte er die Orientierung zu verlieren. Er hatte keine Ahnung, ob er in Richtung Norden oder

Süden lief, aber er rannte weiter, bis er vor einer Steinmauer stand, der altersschwachen Grenze des Friedhofs.

Er kletterte hinauf, saß rittlings darauf und gönnte sich eine kurze Pause, um Luft zu holen und zurückzublicken.

Noch mehr Lichter.

Wenigstens ein halbes Dutzend mehr als am Anfang, und jede Sekunde tauchten weitere dahinter auf. Eine mächtige Armee aus Glühwürmchen, die aus dem Dunkeln kam und sich so stark wackelnd auf ihn zubewegte, dass er befürchtete, die Menschen, die sie in den Händen hielten, liefen ebenfalls.

Ethan ließ den Mikrochip auf der Mauer liegen.

Dann schwang er die Beine auf die andere Seite und sprang auf den Boden, wo ihn der Schmerz in seiner linken Achillessehne zusammenzucken ließ. Doch er ignorierte ihn und rannte auf eine gemähte Wiese hinaus.

Auf der anderen Seite konnte er einen Spielplatz erkennen, während der Regen durch den Lichtkegel einer Straßenlaterne fiel.

Weiter hinten zwischen einigen dunklen Pinien sah er noch mehr Taschenlampen und hörte weitere Stimmen.

Auf dem Friedhof ertönte ein Schrei, und obwohl er nicht wusste, ob er damit gemeint war, wurde er schneller.

Als er sich der Schaukel und der Rutsche näherte, wurde ihm bewusst, wo er sich befand, und das Blubbern des fließenden Wassers, das er trotz des Regens und seines pochenden Herzens hören konnte, bestätigte es.

Auch wenn er es im Dunkeln nicht sehen konnte, wusste er, dass zu seiner Linken das grasbewachsene Flussufer lag, an dem er vor fünf Tagen zum ersten Mal in Wayward Pines aufgewacht war.

Und der Fluss.

Er wäre beinahe darauf zugelaufen, aber dann sah er auf einmal ein Licht an der Stelle, an der sich seiner Meinung nach das Flussufer befinden musste.

Ethan ging an der Rutsche vorbei, drängte sich mit der Schulter voran durch eine Hecke aus triefend nassen Büschen, die ihm beinahe das dünne Krankenhaushemd vom Leib rissen, und taumelte auf die Straße.

Das Hemd hing ihm jetzt wie ein zerfetztes Cape am Leib.

Er riss es ab und hätte zu gern mal tief Luft geholt (eine volle Minute wäre noch viel zu kurz gewesen), aber er hatte keine Zeit, um anzuhalten und zu Atem zu kommen.

Die Lichter vom Friedhof, vom Fluss und aus den Pinien am nördlichen Parkende versammelten sich auf dem freien Feld wie ein leuchtender Schwarm, der sich als Einheit auf ihn zubewegte, begleitet von einem Stimmengewirr, dem man den freudigen Überschwang der Jagd anhören konnte.

Ein neuer Schwall Adrenalin wogte durch Ethans Adern.

Seine dreckigen Füße trommelten auf den nassen Asphalt, als er nackt die Straße entlangrannte, während ihm der Regen über das Gesicht strömte.

Ihm wurde klar, dass sich sein Ziel verändert hatte.

Anstatt den Fluss zu erreichen, musste er jetzt einen Ort finden, an dem er sich verstecken und diesen Wahnsinn überstehen konnte. Er wusste nicht, wie viele Menschen hinter ihm her waren, wie viele ihn bereits gesehen hatten, aber wenn er noch länger nackt durch die Stadt lief, war er so gut wie tot.

Eine tiefe Stimme brüllte: »Da!«

Ethan warf einen Blick nach hinten und sah drei Schatten aus einem großen viktorianischen Haus stürmen. Der Mann an vorderster Front rannte die Treppe hinunter, durch den Vorgarten und sprang erstaunlich behände über den Gartenzaun, während seine Begleiter am Tor hantierten und den Riegel nicht aufbekamen.

Der Hürdenspringer kam mitten auf dem Bürgersteig auf und beschleunigte. Er war ganz in Schwarz gekleidet und seine Stiefel donnerten über die Straße. In der Hand hielt er eine Machete, deren feuchte Klinge im Strahl seiner Taschenlampe glänzte, während er schnell rannte und schwer atmete. Eine Stimme in Ethans Kopf sagte emotionslos und mit der tödlichen Gelassenheit eines nach einer Ausrede suchenden Senators morgens um drei: *Dieser Mann ist fünfzig Meter von dir entfernt, bewaffnet und wird dich einholen.*

Was willst du dagegen unternehmen?

KAPITEL 10

Sie stand am höchsten Fenster des Hauses, zu dem man nur über den Dachboden gelangte.

Es war tränenförmig und dank der darüberhängenden Dachrinne vor dem Regen geschützt.

Es war spät und dunkel und das Säuseln des Regens auf dem Zinndach über ihrem Kopf hätte in jeder anderen Nacht äußerst beruhigend gewirkt.

Wie ein Geräusch, bei dem man einschlafen konnte.

Und träumen.

Ihr Telefon hatte nicht wie die anderen geklingelt, und dafür war sie dankbar.

Sie hatte gebetet, dass sie nicht von ihr erwarteten, daran teilzunehmen, und diese Erfüllung ihres unausgesprochenen Wunsches war ihr in diesem Albtraum ein kleiner Trost.

Von ihrer erhöhten Position konnte sie erkennen, wie die Taschenlampen im ganzen Tal aufleuchteten, als würde eine große Stadt zum Leben erwachen. Es waren Hunderte. Die meisten waren weit weg und nichts weiter als leuchtende Flecken im strömenden Regen. Andere waren so nah, dass sie die einzelnen Lichtkegel erkennen konnte, die sich durch den Nebel bohrten, der sich langsam in den Gassen und Niederungen bildete.

Als er zu sehen war, blieb ihr Herz kurz stehen.

Er war nackt.

Blass.

Er lief wie ein Geist mitten auf der Straße und wurde von drei schwarz gekleideten Männern mit Macheten verfolgt.

Sie hatte gewusst, dass es so kommen würde, hatte geglaubt, sich so gut es eben ging darauf vorbereitet zu haben, aber als sie ihn leibhaftig vor sich sah, seine Angst, seine Panik, seine Verzweiflung erkennen konnte, da musste sie sich auf die Lippe beißen, um nicht laut aufzuschreien.

Ich werde Zeuge seiner Exekution.

Dann war Ethan nicht mehr zu sehen, er lief zwischen den Gebäuden an der Main Street entlang und auf einmal traf sie die Erkenntnis wie ein Peitschenhieb: Sie hatte ihn gerade zum letzten Mal gesehen, weil sie nicht in das Haus an der First Avenue gehen würde, um sich seine Überreste anzusehen, den Schaden zu begutachten, der ihrem Mann, dem Vater ihres Sohnes, zugefügt worden war.

Weitere Menschen strömten auf die Straße, alle rannten in Richtung Main Street.

Trotz des schlechten Wetters herrschte eine Atmosphäre wie auf einem Jahrmarkt und jetzt sah sie auch immer mehr Kostüme und begriff, dass sich viele darauf vorbereitet hatten.

Auch wenn niemand von dem *Fest* sprach, wusste sie, dass es einige gab, die darauf warteten, dass das Telefon klingelte.

Auf die Chance, mitten in der Nacht Amok zu laufen.

Jemanden leiden zu lassen.

Beim letzten Mal hatten Ben und sie sich dem Mob angeschlossen – sie hatten ja auch keine andere Wahl gehabt. Zwar waren sie nicht bis ins Zentrum vorgedrungen, wo Bill Evans erschlagen worden war, hatten aber vom Rand aus alles mitbekommen.

Sie hatten seine Schreie und sein Flehen gehört, ebenso wie das Lachen und das manische Spotten der Menge.

Danach hatte die ganze Stadt bis zum Morgengrauen auf der Main Street gefeiert. Sie hatten getrunken, getanzt, gesungen, gefeiert und mit Feuerwerkskörpern geworfen, und während sie selbst von all dem angewidert gewesen war, schien die Menge auf irgendeine Weise vereint zu sein, als würde die Luft unter Strom stehen.

Alle umarmten sich.

Jubelten.

Es war eine Nacht für die Menschen mit all ihrer Bosheit, ihrer Freude, ihrem Wahnsinn.

Eine Feier in der Hölle.

In den fünf Jahren, die sie jetzt in Wayward Pines lebte, hatte es gerade mal vier *Feiern* gegeben.

An diesem Abend sollte die fünfte stattfinden.

Theresa wischte sich über die Wangen und wandte sich vom Fenster ab.

Leise ging sie über den leeren Dachboden und gab sich die größte Mühe, sanft auf die Bodendielen zu treten. Wenn sie Ben aufweckte und er sähe, dass draußen ein *Fest* stattfand, dann würde er hinausgehen und mitfeiern wollen.

Sie stieg die Leiter hinab, klappte sie zusammen und schob die Dachbodentür wieder nach oben in die Decke.

Es war so seltsam, im ersten Stock dieses leisen Hauses zu stehen und darüber nachzudenken, was draußen geschah.

Sie ging durch den Flur und blieb in der offenen Tür zu Benjamins Zimmer stehen.

Er schlief.

Er war zwölf Jahre alt und sah seinem Vater von Tag zu Tag ähnlicher.

Als sie ihn beobachtete, fragte sie sich, ob Ethan schreien würde, wenn sie ihn endlich erwischten.

Würde sie ihn hören?

Und wenn ja, würde sie es ertragen können?

Manchmal kam ihr alles so normal vor, als ob es immer so gewesen wäre, doch dann kamen die Augenblicke, in denen sie die Fragen, die sie nicht mehr zu stellen wagte, wie einen Kristall zu zerschmettern drohten.

Schon bald würde auf der Main Street Musik erklingen und vermutlich würde ihr Sohn davon wach werden.

Ben würde wissen wollen, was da draußen passierte, und sie konnte ihn nicht anlügen.

Sie konnte ihm die Wahrheit nicht vorenthalten.

Dafür war er zu klug.

Und dafür respektierte sie ihn viel zu sehr.

Was würde sie ihm sagen?

Und die schwierigere Frage …

Wenn sie heute in einer Woche mitten in der Nacht aufwachen würde, alleine in ihrem dunklen Schlafzimmer, ohne die Möglichkeit, ihren Mann jemals wiederzusehen …

Was würde sie sich selbst dann sagen?

KAPITEL 11

Ethan hastete über die nächste Kreuzung. Immer, wenn er einen raschen Blick über die Schulter warf, sah er mehr Lichter hinter sich, aber sein nächster Verfolger, der Hürdenspringer, war sein größtes Problem. Der Mann hatte schon einen Vorsprung vor seinen langsameren Begleitern gewonnen und kam Ethan mit dem Glatzkopf und der riesigen Brille mit Silberrahmen irgendwie bekannt vor, und als er auf fünfundzwanzig Meter an ihn herangekommen war, wusste Ethan auf einmal, wer das war: der widerliche Apotheker, bei dem er zwei Tage zuvor Aspirin hatte besorgen wollen.

Er war nur noch einen Block von der Main Street entfernt und konnte jenseits der zwei- und dreistöckigen Gebäude ein beunruhigendes Geräusch hören: das überschwängliche Geschnatter einer immer größer werdenden Menschenmenge.

Unter keinen Umständen würde er nackt auf die Main Street rennen.

Aber bei seinem jetzigen Tempo und der eingeschlagenen Richtung würde er genau das in etwa zwanzig Sekunden tun.

Eine Straße befand sich noch zwischen Ethan und der Main Street, und dabei handelte es sich eigentlich nicht mal um eine Straße, sondern eher eine schmale Gasse, die hinter den Gebäuden hindurchführte. Der Gedanke, dass er erledigt war, wenn er um die Ecke bog und irgendjemanden, wen auch immer, traf, bewirkte, dass ihm ein mit Zorn durchzogener Adrenalinstoß durch den Körper schoss.

Zu Tode gehackt von einem Apotheker mit einer Machete.

Was für eine nette Art zu sterben.

Eine einstöckige Garage grenzte an die Straße und Ethan überlegte, dass der Apotheker ihn etwa zwei Sekunden lang aus den Augen verlieren würde, wenn er um die Ecke des Gebäudes lief.

Falls in der Gasse nicht bereits andere Leute auf ihn warteten, sollte das reichen.

Ethan war bis jetzt in der Straßenmitte gelaufen, aber jetzt war es Zeit, das zu ändern.

Er machte auf dem vom Regen glitschigen Straßenpflaster einen Schlenker nach rechts.

Ich darf nicht hinfallen.

Er rannte über einen Grasstreifen, den Bürgersteig, dann wieder über Rasen, und als er die Gasse erreichte, wurde ihm klar, dass er eigentlich gar nicht wusste, was er vorhatte.

Keine Zeit zum Planen. Einfach reagieren.

Die Schritte seines Verfolgers klangen so, als wäre der Apotheker noch etwa sechs Schrittlängen hinter ihm.

Ethan schoss in die Gasse.

Beton wurde zu Erde.

Es wurde dunkler.

Nebel vermischte sich mit dem Gestank von feuchtem Müll.

In der unmittelbaren Umgebung konnte er niemanden entdecken, nur in einiger Entfernung waren zwei Lichtkegel zu erkennen, die sich in seine Richtung bewegten.

Ethan drehte die Füße parallel seitlich, als ob er auf Skiern stehen bleiben wollte, und bremste seine Vorwärtsbewegung auf diese Weise so abrupt ab, dass er schon glaubte, vornüberzufallen.

Dann richtete er sich auf und rannte mit voller Geschwindigkeit den Weg zurück, den er gekommen war, wobei er direkt auf die Ecke des Gebäudes zuhielt.

Sei da. Sei da. Sei da.

Die Kollision war heftig und Ethans Stirn prallte direkt gegen den Unterkiefer des Apothekers, der augenblicklich brach. Der Aufprall bewirkte, dass Ethan auch eine Sekunde lang benommen war.

Doch er fing sich und nahm ein paar Schritte Abstand ein, wobei ihm Blut über das Gesicht strömte.

Der Apotheker saß wie betäubt auf der Straße und spuckte einige Zähne auf den Asphalt.

Da der Treffer sein Gehirn ebenfalls durcheinandergebracht hatte, brauchte Ethan etwa zwei Sekunden, um zu realisieren, dass es sich bei dem langen, metallischen Objekt auf der Straße um die Machete des Mannes handelte.

Er hob sie gerade auf, als der Mann ihn anblickte, und die schreckliche Erkenntnis, dass er wusste, was gleich geschehen würde, holte ihn schneller wieder in die Realität zurück, als es ein ganzer Eimer Riechsalz vermocht hätte.

Ethan legte seine Finger in die Einkerbungen am Griff der Machete, der mit Klebeband umwickelt worden war, um dem Träger bei Regen einen besseren Halt zu ermöglichen.

In dem schwachen Versuch, das abzuwehren, was er ohnehin nicht verhindern konnte, hob der Mann die Arme.

Ethan täuschte einen Schlag an und trat dem Mann dann frontal ins Gesicht, wobei sein Hacken die Überreste der zerquetschten Nase des Mannes traf und dessen Schädel mit lautem Knacken auf der Straße aufkam.

Der Mann stöhnte und blieb liegen, aber seine beiden Freunde kamen immer näher – sie würden in zwei Sekunden da sein –, und etwa einen Block hinter ihnen rückte eine ganze Armee mit Taschenlampen wie eine Rinderherde heran, wobei der Klang ihrer Schritte auf dem Asphalt zunehmend lauter wurde.

Ethan flüchtete wieder in die Gasse und stellte erleichtert fest, dass die beiden Lichter, die er zuvor gesehen hatte, verschwunden waren.

Er rannte weiter, da er seine vorübergehende Unsichtbarkeit ausnutzen wollte.

Nach zwanzig Schritten näherte er sich einem Müllcontainer und er zögerte keine Sekunde.

Er ging an dessen Seite zu Boden, kroch darunter und zwängte sich ganz nach hinten zwischen das Metall und die Ziegelsteinmauer des Gebäudes, neben dem der Container stand.

Sein Herz klopfte wie wild und er atmete schwer, sodass er nichts anderes mehr hören konnte. Schweiß und Blut liefen ihm über das Gesicht und in die Augen, er fror und seine Muskeln brannten vor lauter Milchsäure, als wäre er gerade bei einem Marathon an seine Grenzen gestoßen.

Menschen liefen auf der anderen Seite des Müllcontainers vorbei und es war wie Musik in seinen Ohren, als er hörte, dass sie an ihm vorbeirannten und wieder leiser wurden.

Ethans Wange lag auf dem Boden und Dreck, Glasscherben und Kies bohrten sich in seine Haut.

Der Regen trommelte auf seinen Rücken und sammelte sich rings um seinen Körper in kleinen Pfützen, die bei jedem neuen Tropfen erbebten.

Am liebsten wäre er die ganze Nacht und auch noch den folgenden Tag da liegen geblieben.

Hoch mit dir. Du darfst nicht auskühlen.

Ethan legte die Handflächen auf den feuchten Kiesboden und richtete sich auf Händen und Knien auf.

Er kroch zwischen dem Müllcontainer und dem Gebäude hervor und hockte dann noch einen Augenblick da, um zu lauschen.

Stimmen in der Ferne.

Entfernte Schritte.

Der Tumult auf der Main Street.

Aber nichts, das gefährlich nah klang.

Er stand auf und sah zurück zum Eingang der Gasse, wo die Menge schnell vorbeilief, um rasch zum Geschehen auf der Main Street zu gelangen.

Ethan blieb dicht an der Mauer und rannte in die entgegengesetzte Richtung, weiter in die neblige Dunkelheit der Gasse hinein.

Zehn Meter weiter stieß er auf eine Lücke in der Ziegelsteinmauer: eine Holztür.

Er sah zurück zu dem Müllcontainer und der dahinterliegenden Straße.

Jetzt kam jemand. Ein Lichtstrahl wanderte durch die Gasse und Kies knirschte unter den Füßen des Näherkommenden.

Ethan riss die Tür auf und es drang ein Lichtstrahl in die Gasse, der durch den Nebel zerstreut wurde.

Er rannte hindurch in ein steiles Treppenhaus, zog die Tür hinter sich zu und wollte den Bolzen vorschieben.

Doch der Zylinder war rausgebohrt und durch eine Metallfüllung ersetzt worden.

Die Tür ließ sich nicht abschließen.

Ethan rannte die schmale Treppe hinauf, und aufgrund der Anstrengung begann die Rückseite seines linken Beins wieder zu schmerzen.

Als er im ersten Stock ankam, wurde die Tür zur Gasse aufgerissen.

Ethan sah die Treppe hinunter und erblickte einen großen Mann in einem nassen gelben Poncho, der in der einen Hand eine Taschenlampe und in der anderen ein Fleischermesser hielt, das er offensichtlich aus dem Messerblock in seiner Küche mitgenommen hatte.

Die Augen des Mannes waren im Schatten der Kapuze verborgen, aber sein Kiefer war angespannt und seine Hände, insbesondere die, in der er das Messer hielt, zitterten nicht und ließen seine Anspannung nicht erkennen.

Ethan rannte weiter die Treppe hinauf, auf der jetzt auch die Schritte des Mannes zu hören waren.

Im zweiten Stock hastete Ethan durch die Tür.

Der Gang lag ruhig, leer und schwach beleuchtet vor ihm.

Wandleuchter in der Form von Laternen hingen in regelmäßigen Abständen an den Wänden.

Messingschilder mit Zahlen darauf an jeder Tür.

Ein Apartmenthaus?

Ethan hörte die Schritte im Treppenhaus.

Er rannte den Flur entlang und drückte auf jeden Türgriff, an dem er vorbeikam.

Verschlossen.

Verschlossen.

Verschlossen.

Verschlossen.

Ihm war klar, dass die Tür zur Treppe jetzt jeden Moment aufgehen musste.

Verschlossen.

Verschlossen.

Die siebte Tür, Nummer neunzehn, ließ sich öffnen.

Er nahm die Machete fester in die Hand, falls er im Zimmer auf jemanden stoßen sollte, und drückte die Tür mit den Zehen auf.

Eine kleine, dunkle Wohnung.

Offenbar leer.

Er schlüpfte hinein und schloss im gleichen Augenblick die Tür, in dem die Tür zur Treppe aufgerissen wurde.

Rasch schob Ethan die Kette vor.

Er blieb wie angewurzelt stehen und lauschte, als die Flurtür ins Schloss fiel.

Die Schritte wurden deutlich langsamer.

Erzeugten dumpfe Geräusche auf dem Hartholzboden.

Er rannte nicht mehr.

Schien es nicht mehr eilig zu haben.

Ethan konnte sich den Mann im gelben Poncho fast bildlich vorstellen, wie er methodisch den Flur abschritt. Ihm musste klar sein, dass Ethan in eine der Wohnungen geflüchtet war, aber er konnte unmöglich wissen, welche er sich ausgesucht hatte.

Die Schritte näherten sich …

Und jetzt, da diese Tür ebenfalls verschlossen war …

… und stoppten auf der anderen Seite der Tür, so nah, dass das Licht, das unter der Tür hindurchdrang, an zwei Stellen gebrochen wurde.

Woher zum Teufel wusste der Mann, wo er anhalten sollte?

Scheiße.

Die Abdrücke seiner dreckigen Füße.

Einer der Fußschatten auf dem Boden verschwand und der Hartholzboden knackte, als der Mann sein Gewicht verlagerte.

Ethan taumelte nach hinten und hastete nach rechts in die Küche.

Das Geräusch splitternden Holzes.

Die zerspringende Kette.

Das Licht aus dem Flur drang in die dunkle Wohnung.

Gelbponcho hatte die Tür eingetreten.

Ethan stand mit dem Rücken zu einem summenden Kühlschrank und sah die Silhouette des Mannes, die als Schatten auf den Teppich der Wohnung fiel.

Der Schatten wurde länger, als der Mann über die Schwelle trat und sich langsam durch den kurzen Flur in Richtung Wohnzimmer bewegte.

Einige Meter von der Küche entfernt blieb er stehen.

Ethan hörte, wie der Regen vom Poncho auf den Teppich tropfte und wie der Mann schwer atmete, während er selbst die Luft anhielt.

Ein leises Klicken, dann fiel ein Lichtstrahl ins Wohnzimmer und wanderte langsam über die Wand, an der Bücherregale zwischen zwei momentan hinter Vorhängen verborgenen Fenstern standen.

Der Lärm unten auf der Main Street wurde immer lauter.

Das Licht fiel auf ein Ledersofa und einen Wohnzimmertisch, auf dem eine Tasse auf einem Untersetzer stand, aus der Dampfschwaden aufstiegen, die den süßen Geruch von Kamillentee in der Wohnung verbreiteten.

Dann fiel der Lichtstrahl auf ein gerahmtes Foto, einen Espenhain in herbstlicher Farbenpracht, über dem ein klarer Oktoberhimmel prangte, um in die Küche zu wandern, wo er über den Herd, die Schränke, die Kaffeemaschine und das Stahlwaschbecken hinwegglitt und Ethan immer näher kam.

Er duckte sich, kroch über das Linoleum und hockte sich dann zwischen die Kücheninsel und die Spüle auf den Boden.

Der Mann ging weiter vor und Ethan beobachtete, wie der Lichtstrahl über den Kühlschrank glitt und die Stelle erreichte, an der er fünf Sekunden zuvor noch gestanden hatte.

Der Mann ging weiter.

In der Mikrowelle, die über dem Herd hing, sah Ethan das Spiegelbild des Kerls im gelben Poncho, der jetzt das Wohnzimmer betreten hatte und eine Tür an der nördlichen Wand anstarrte, die in ein Schlafzimmer führte.

Langsam stand Ethan auf, und die Geräusche, die von der Straße heraufdrangen, waren laut genug, dass das Knacken seiner Knie nicht zu hören war. Der Mann stand jetzt mit dem Rücken zu ihm und ging vorsichtig in Richtung Schlafzimmer.

Ethan schlich um die Kücheninsel herum und aus der Küche heraus.

Auf Höhe des Wohnzimmertischs blieb er stehen.

Der Mann stand in der Tür des Schlafzimmers und leuchtete mit der Taschenlampe in den Raum.

Ethan packte den Griff der Machete etwas fester und rieb mit dem Daumen über den Rand der langen Klinge.

Sie hätte schärfer sein können. Deutlich schärfer. So musste er fest zuschlagen.

Los. Stürm auf ihn zu. Solange du das Überraschungsmoment auf deiner Seite hast.

Er zögerte.

Ethan hatte schon sehr viel Leid und Tod bewirkt, aber aus dem Cockpit des Black-Hawk-Hubschraubers hatte er die grausamen Auswirkungen seiner Taten immer mit einer gewissen Distanz betrachten können. Wenn man lasergelenkte Raketen auf ein zwei Meilen entferntes Ziel abfeuerte, war das eine ganz andere Sache, als einen Zivilisten aus kurzer Distanz mit einer Machete umzubringen.

Ersteres glich eher dem Spielen eines Videospiels. Letzteres jedoch …

Der Mann wirbelte im Türrahmen herum und starrte Ethan an.

Die Atmung beider Männer beschleunigte sich.

»Warum tun Sie das?«, fragte Ethan.

Er bekam keine Antwort.

Jetzt konnte er das Gesicht des Mannes nicht mehr erkennen. Er sah nur sein Profil, den Schatten des Messers in seiner rechten Hand und den Lichtstrahl der Taschenlampe auf seinen Stiefeln, da er sie auf den Boden richtete.

Ethan wollte gerade den Mund aufmachen, um die Frage zu wiederholen, als der Lichtstrahl plötzlich nach oben wanderte und ihm direkt ins Gesicht leuchtete.

Etwas fiel klappernd zu Boden.

Dann herrschte Dunkelheit.

Ethan konnte nichts sehen, da seine Netzhäute durch die Blendung überlastet waren, und starrte blind in eine graue Finsternis ohne Formen oder Details.

Schritte kamen, der Boden knarzte und der Jeansstoff des Mannes raschelte, als er heranstürmte.

Ethan wich taumelnd zurück, während er langsam wieder mehr erkennen konnte.

Ein Schnappschuss von Gelbponcho einen Meter vor ihm, der mit dem Messer ausholte.

Ethan schlug zu - ein blitzschneller, kraftvoller Stoß.

Die Klinge traf auf keinen Widerstand und die Wucht des Schlags zog ihn mit sich, sodass er kurzzeitig das Gleichgewicht verlor. *Ich hab ihn verfehlt. Ich bin tot*, schoss es Ethan durch den Kopf.

Der Mann bewegte sich an ihm vorbei und taumelte unbeholfen durch das Zimmer, bis er schließlich an der Kücheninsel Halt fand.

Ethan fand sein Gleichgewicht wieder, nahm die Machete fester in die Hand, um sie ja nicht zu verlieren, und bemerkte, dass Blut von der Klinge tropfte.

Er sah zur Küche hinüber.

Der Mann hatte sein Messer fallen lassen und sah Ethan an, während er sich mit dem Rücken an die Kücheninsel lehnte und mit beiden Händen seinen Hals umklammerte, wobei er ein zischendes Geräusch von sich gab, das klang, als würde ein Reifen Luft verlieren.

Ethan ging rückwärts in Richtung Schlafzimmer, hockte sich hin und hob die Taschenlampe vom Boden auf.

Er richtete den Lichtstrahl auf den Mann im gelben Poncho.

Der Blutfluss war erschreckend stark.

Auf dem gelben Plastik sah es aus wie rote Spinnweben, die sich wie ein sich rasch replizierender Virus ausbreiteten, als das Blut in einem Dutzend einzelner Rinnsale daran herunterlief und sich in einer Lache auf dem Boden sammelte. Es schoss aus einer breiten Schnittwunde am Halsansatz des Mannes heraus, wobei es an einem Ende wie ein feiner Nebel hervorsprühte, während auf der anderen Seite ein ganzer Schwall aus der Arterie sprudelte. Doch der Blutstrom wurde zunehmend dünner, je langsamer das Herz des Mannes schlug.

Sein Gesicht war bleich geworden und er starrte Ethan mit leerem Gesichtsausdruck an und blinzelte langsam, als wäre er in einem faszinierenden Tagtraum gefangen.

Zu guter Letzt glitt er zu Boden, riss dabei einen der Hocker um und lag dann reglos da.

* * *

Nachdem er im Schlafzimmerschrank herumgewühlt hatte, war Ethan mit einer Jeans, einem langärmligen T-Shirt und einem schwarzen Kapuzenpullover ausgestattet. Das Shirt und die Jeans waren etwas zu klein, passten aber gerade noch. Die Tennisschuhe, die er fand, konnte er jedoch unmöglich anziehen. Zwar bekam er sie an und konnte sie zubinden, doch das Laufen war eine Qual und er würde so schnell Blasen bekommen.

Die Stiefel des Toten sahen jedoch weitaus größer und vielversprechender aus.

Ethan zog sie ihm aus und streifte sich so viele Socken über, bis er gut darin laufen konnte.

Es fühlte sich gut an, endlich wieder Kleidung zu tragen, noch schöner war es jedoch, sich vor dem Regen geschützt in dieser warmen Wohnung aufzuhalten. Er war stark in Versuchung, noch eine halbe Stunde länger dortzubleiben und seine Verletzungen so gut er konnte zu versorgen, aber er wusste, dass er in Bewegung bleiben musste. Wenn eine größere Gruppe zufällig auf diese Etage kam, war er erledigt.

Ethan nahm die Taschenlampe und die Machete und ging zum Waschbecken.

Er hielt seinen Mund eine ganze Minute unter den Wasserhahn, da er vor Durst halb wahnsinnig war, aber auch Angst hatte, es zu übertreiben.

Dann öffnete er die Kühlschranktür.

Seltsam.

Da waren Glasflaschen mit Milch. Frisches Gemüse. Ein Karton voller Eier. Fleisch, das in Papier vom Fleischer eingewickelt war.

Aber nichts Abgepacktes.

Er griff hinein, holte einen Bund Karotten und einen kleinen Laib Brot heraus und stopfte beides in die Taschen seiner Jeans.

Laute Geräusche ließen ihn innehalten, als er gerade zur Tür gehen wollte: Stimmen und Rufe, die von der Straße heraufschallten.

Er lief durch die Wohnung zu einem der großen Fenster und zog den Vorhang ein Stück beiseite, um nach draußen zu schauen.

Sechs Meter unter ihm herrschte das reinste Chaos.

Die Gebäude und Geschäftsfronten wurden abwechselnd ins Licht der Flammen und in Schatten getaucht, da mitten auf der Straße ein riesiges Lagerfeuer loderte und dem Regen trotzte, welches aus Pinienschösslingen und langen Brettern bestand, die man von Häusern abgerissen hatte. Zwei Männer schleppten eine Holzbank heran und Ethan beobachtete, wie sie sie zur großen Freude der vom Regen durchnässten Zuschauer, die sich am Straßenrand drängten und sich in der Nähe der Flammen versammelt hatten, ins Feuer warfen.

Die Leute da unten sahen ganz und gar nicht so aus wie die Einwohner, die er zuvor getroffen hatte.

Die meisten trugen extravagante Kostüme.

An den Hälsen und Handgelenken der Frauen glänzten falsche, grelle Edelsteine. Sie trugen Perlen, Ketten und Tiaras. In ihren Gesichtern glänzten Glitter und Make-up, ihre Augen waren stark geschminkt und sie trugen alle trotz der Kälte und des Regens kaum Kleidung, sodass sie wie feiernde Prostituierte wirkten.

Die Männer sahen ähnlich absurd aus.

Einer trug ein Sakko, aber keine Hose.

Ein anderer stand mit einer dunklen Hose, roten Hosenträgern und ohne Hemd, dafür aber mit einer Weihnachtsmütze da. Er deutete mit einem Basketballschläger, der weiß angemalt und mit grotesken Monsterbildern verziert war, die Ethan von seiner Position aus allerdings nicht ganz genau erkennen konnte, gen Himmel.

Eine groß gewachsene Gestalt, die auf einem Pflanzgefäß stand, sodass ihr Kopf und ihre Schultern die Menge überragten, stach Ethan ins Auge. Der massive Mann hatte sich das Fell eines Braunbären übergeworfen, an dem sein Messingstern hing. Er trug eine Kopfbedeckung aus Metall mit Hörnern, hatte eine wilde Kriegsbemalung im Gesicht, eine Schrotflinte über der einen Schulter und ein Schwert über der anderen.

Pope.

Der Mann sah über die Menge hinweg, als würde sie aus seinen Untertanen bestehen, und in seinen Augen spiegelte sich das Lagerfeuer.

Alles, was er tun musste, war, die Straße entlangzublicken, und im Schein des Feuers schien es so, als könnte ihm nicht entgehen, wie Ethan aus seinem Fenster sah.

Ethan wusste, dass er verschwinden musste, aber er konnte den Blick einfach nicht abwenden.

Ein Teil der Menschenmenge, den Ethan nicht im Blick hatte, begann zu jubeln und Pope sah in ihre Richtung und fing an zu grinsen.

Aus der Innentasche seines Bärenfells holte Pope eine unbeschriftete Flasche mit einer braunen Flüssigkeit, die er gen Himmel hob. Dann sagte er etwas, das den Mob zum Toben brachte, und alle reckten ihre Fäuste in die Luft.

Pope trank einen großen Schluck aus der Flasche und die Menge teilte sich, um entlang des Mittelstreifens der Main Street eine Gasse zu bilden, während alle die Köpfe reckten.

Drei Gestalten erschienen und gingen durch die Menschenmenge auf das Feuer zu.

Die beiden, die außen gingen – Männer in dunkler Kleidung mit Macheten, die an Riemen um ihre Schultern hingen –, hielten die Person in der Mitte an den Armen fest.

Beverly.

Ethan spürte, wie sich in seinem Inneren etwas regte: eine rasende Wut, die sich metastasenförmig in seiner Magengrube ausbreitete.

Er sah, dass sie nicht mehr aus eigener Kraft aufrecht stehen konnte und ihre Füße über den Asphalt schleiften, als sie von ihren Häschern mitgezerrt wurde. Eines ihrer Augen war zugeschwollen, da man ihr anscheinend einen schweren Schlag versetzt hatte, und das, was er von ihrem Gesicht sehen konnte, war blutüberströmt.

Aber sie war bei Bewusstsein.

Sie war wach und verängstigt und sie starrte auf die nasse Straße unter ihren Füßen, als ob sie alles andere ausblenden wollte.

Die beiden Männer schleppten sie bis etwa zehn Meter an das Feuer heran, dann ließen sie sie los und stießen sie nach vorn.

Pope schrie etwas, als Beverly am Boden zusammenbrach.

Die Menschen in ihrer unmittelbaren Umgebung wichen zurück und bildeten einen etwa sechs Meter großen Kreis um sie herum.

Durch das Fenster hörte Ethan Beverly schreien.

Sie klang wie ein verwundetes Tier und man konnte ihrer verzweifelten Stimme ihre Todesangst anhören.

An vielen Stellen bahnten sich Menschen mit den Ellenbogen den Weg durch die Menge, um den äußeren Rand des Kreises zu erreichen, sodass es dort immer enger wurde.

Pope schob die Flasche wieder in seinen Fellmantel und nahm die Schrotflinte in die Hand.

Er lud durch und richtete sie gen Himmel.

Der Schuss hallte von den Gebäuden wider und ließ das Glas im Fensterrahmen zittern.

Die Masse schwieg.

Keiner bewegte sich.

Ethan konnte jetzt wieder den Regen hören.

Beverly kam unbeholfen auf die Beine und wischte sich eine Blutspur aus dem Gesicht. Selbst aus dieser Entfernung konnte Ethan erkennen, dass sie am ganzen Körper zitterte und große Angst hatte, weil sie genau wusste, was sie Schreckliches erwartete.

Beverly stand zitternd im Regen und schien den rechten Fuß nicht belasten zu können.

Sie drehte sich langsam um, sah in die Gesichter der Umstehenden und obwohl Ethan die Worte nicht hören konnte, war ihr Tonfall unmissverständlich.

Sie flehte.

Bettelte.

Regen, Tränen und Blut flossen über ihre Wangen.

Eine Minute verging.

Jemand zwängte sich durch die Menschenmenge und betrat den Kreis.

Die Masse jubelte.

Applaudierte wild.

Es war der Mann mit den roten Hosenträgern und der Weihnachtsmütze.

Zuerst blieb er am Rand, als ob er sich innerlich vorbereiten musste, und glich einem Boxer in seiner Ecke in dem Augenblick, bevor der Gong ertönt.

Jemand reichte ihm eine Flasche.

Er legte den Kopf in den Nacken und nahm einen großen Schluck.

Dann nahm er seinen bemalten Baseballschläger fester in die Hand und taumelte in den Kreis hinein.

Auf Beverly zu.

Er umkreiste sie.

Sie wich zurück, wobei sie dem Rand des Kreises näher kam.

Jemand schubste sie grob wieder in die Mitte, und aufgrund der Schwungkraft stolperte sie direkt auf den Mann mit dem Baseballschläger zu.

Ethan hatte es nicht kommen sehen.

Ebenso wenig wie Beverly.

Es geschah so schnell, als hätte sich der Mann erst in allerletzter Sekunde dazu entschlossen.

Als Ethan hörte, wie Ahornholz auf Knochen prallte, schloss er instinktiv die Augen und wandte sich ab.

Die Menge jubelte.

Als er die Augen wieder öffnete, lag Beverly am Boden und versuchte, wegzukriechen.

In Ethans Kehle stieg Galle auf.

Der Mann mit der Weihnachtsmütze ließ den Baseballschläger fallen und verschwand in der Menge.

Der Schläger rollte auf Beverly zu.

Sie griff danach, doch er lag einige Zentimeter außerhalb ihrer Reichweite.

Eine Frau in einem schwarzen Bikini, die schwarze hochhackige Schuhe, eine schwarze Krone und schwarze Engelsflügel trug, betrat den Kreis.

Sie stolzierte herum.

Die Menge jubelte.

Dann ging die Frau langsam zu der Stelle, an der Beverly lag und sich reckte, um an den Baseballschläger zu gelangen.

Dort bückte sie sich, schenkte Beverly ein strahlendes Lächeln, hob die Waffe auf, nahm sie in beide Hände und hob sie dann über den Kopf, als ob es sich dabei um die Kampfaxt einer Dämonenkönigin handelte.

Nein, nein, nein, nein, nein …

Und zertrümmerte damit Beverlys Rückgrat.

Freudenschreie erfüllten die Luft, als Beverlys Körper auf dem Boden zuckte.

Was hätte er jetzt dafür gegeben, mit einem Black Hawk sechzig Meter über der Main Street zu schweben und den Finger auf dem Abzug eines GAU-19 Gatlinggeschützes zu haben, das zweitausend Schuss pro Minute abgab, um diese Schweinehunde damit in ihre Einzelteile zu zerlegen.

Ethan wandte sich vom Fenster ab, hob den Wohnzimmertisch mit beiden Händen hoch und warf ihn an die Wand, sodass das Holz zersplitterte und das Glas zersprang.

Dadurch wurde sein Zorn jedoch nur noch mehr entfacht.

Er sehnte sich danach, seiner Wut freien Lauf zu lassen, und eine Stimme in seinem Kopf riet ihm, einfach da runterzugehen und die Menschenmenge auf der Stelle mit der Machete zu zerstückeln. Gut, letzten Endes würden sie ihn überwältigen, aber Himmel noch mal, in diesem Moment wollte er nichts lieber tun, als alle da unten in kleine Stücke zu zerreißen - ein Massaker anzurichten.

Aber dann wirst du sterben.

Du wirst deine Familie nie wiedersehen.

Du wirst nie erfahren, was all das hier zu bedeuten hat.

Ethan ging zurück zum Fenster.

Beverly lag reglos auf der Straße und rings um ihren Kopf hatte sich eine Blutlache ausgebreitet.

Der Kreis schloss sich jetzt immer enger um sie und löste sich auf.

Auf einmal gingen alle gleichzeitig auf sie los.

Es kam ihm wie Verrat vor, jetzt zu gehen, aber er konnte es nicht länger ertragen, da zu stehen und alles mit anzusehen, wo er absolut nichts tun konnte, um es zu verhindern – allein hatte er gegen fünfhundert Menschen keine Chance.

Du kannst nichts mehr für sie tun. Sie ist tot. Jetzt verschwinde, solange du *es noch kannst.*

Als Ethan zur Wohnungstür stürmte, hörte er Beverly schreien, und der Schmerz, die Hoffnungslosigkeit und die Verzweiflung in ihrer Stimme bewirkten, dass ihm Tränen in die Augen stiegen.

Beruhige dich.

Vor dieser Tür könnten Menschen stehen und auf dich warten.

Du musst wachsam bleiben.

Ethan betrat den Flur.

Er war leer.

Er zog die Wohnungstür zu.

Der Tumult auf der Straße wurde zu einem fernen Murmeln.

Er wischte sich über die Augen und ging den Weg zurück, den er gekommen war: über den Flur und durch die Tür zur Treppe.

Auf dem Treppenabsatz zögerte er und lauschte.

Kein Geräusch.

Keine Bewegung.

Eine fast schon unheimliche Ruhe.

Er ging nach unten.

Dort öffnete er die Tür gerade so weit, dass er sich hindurchquetschen konnte.

Ein schmaler Lichtstrahl drang auf die Gasse hinaus.

Ethan trat in eine Pfütze und schloss die Tür.

Es regnete stärker als zuvor.

Dreißig Sekunden lang stand er einfach nur da und wartete, dass sich seine Augen an die Dunkelheit gewöhnten.

Dann zog er sich die Kapuze über den Kopf und ging in der Mitte der Gasse in Richtung Süden.

In der Ferne konnte er den Lichtkegel einer Straßenlaterne sehen, aber ansonsten war es zwischen den Gebäuden so dunkel, dass er kaum seine Füße erkennen konnte.

Die Menschenmenge brüllte jetzt noch lauter als zuvor.

Er dachte an Beverly und zwang sich, nicht daran zu denken, was sie gerade durchmachen musste. Seine Finger legten sich fester um den Griff der Machete und er knirschte mit den Zähnen.

Als er Schritte vor sich hörte, blieb Ethan wie angewurzelt stehen.

Er war etwa zehn Meter von der Stelle entfernt, an der die Gasse die nächste Straße kreuzte, und glaubte, gut in den Schatten verborgen zu sein.

Ein Mann in einer dunklen Regenjacke lief die Straße in Richtung Westen entlang und entfernte sich von der Main Street.

Unter der Straßenlaterne blieb er stehen und starrte in die Gasse.

Er hielt ein Beil und eine Taschenlampe in der Hand.

Ethan konnte hören, wie der Regen auf seine Jacke prasselte.

Der Mann überquerte die Straße und betrat die Gasse.

Er schaltete seine Taschenlampe ein und richtete sie auf Ethan.

»Wer ist da?«

Ethan konnte seinen eigenen Atem in der kalten Luft sehen.

»Ich bin's«, erwiderte Ethan und ging auf den anderen zu. »Hast du ihn gesehen?«

»Wer sind Sie?«

Das Licht fiel noch immer auf Ethans Gesicht und er hoffte, der Mann würde sein Lächeln sehen und begreifen, dass der Wahnsinn direkt auf ihn zukam.

Die Augen des Mannes wurden groß, als Ethan so dicht herankam, dass er die Verletzungen, das Blut und sein zerstörtes Gesicht erkennen konnte, aber seine Reaktion – die Axt zum Schwung auszuholen – kam eine halbe Sekunde zu spät.

Ethan hielt die Machete in einer Hand und schlug parallel zum Boden zu, und das mit so großer Kraft, dass er dem anderen den Bauch aufschlitzte.

Die Knie des Mannes gaben nach, er fiel zu Boden und Ethan machte ihm mit drei verheerenden Schlägen den Garaus.

Dann rannte er und das Adrenalin schoss durch seine Adern, als hätte er gerade eine Dosis Speed genommen.

Ethan verließ die Gasse und überquerte die Seventh Street.

Auf der rechten Seite: ein halbes Dutzend Lichtkegel etwa zwei Blocks entfernt, die sich in Richtung Stadtmitte bewegten.

Auf der linken Seite: fünfzig oder noch mehr Menschen, die aus der Main Street um die Ecke bogen und ihre Taschenlampen einschalteten, als sie die dunkle Seitenstraße betraten.

Ethan wurde schneller und raste in die nächste Gasse, wo er vor sich kein Licht erkennen konnte, doch trotz seines Keuchens hörte er die schnellen Schritte mehrerer Personen hinter sich.

Er warf einen Blick nach hinten – eine Mauer aus Licht donnerte die Gasse entlang.

Leute schrien.

Vor ihm kam die Eighth Street schnell näher.

Er musste eine Kursänderung in Betracht ziehen und dachte bereits über seine Möglichkeiten nach, doch er konnte sich erst entscheiden, wenn er wusste, was vor ihm lag.

Ethan rannte auf die Eighth Street.

Links: niemand.

Rechts: ein einziges Licht zwei Blocks entfernt.

Er lief nach rechts und preschte im Sturmlauf über die Straße.

Er sprang über die Bordsteinkante und landete auf dem Bürgersteig, wo er beinahe über einen Betonvorsprung gestolpert wäre, doch irgendwie gelang es ihm, auf den Beinen zu bleiben.

Zwanzig Meter weiter befand sich der nächste Block westlich der Main Street, und er sah sich zwei Sekunden, bevor er um die Ecke bog, um, als gerade die ersten Lichter aus der Gasse drangen.

Mit etwas Glück hatten sie ihn nicht gesehen.

Er rannte um die Ecke.

Endlich Dunkelheit.

Er blieb auf dem Gehweg und rannte so schnell er konnte im pechschwarzen Schatten der Pinien weiter.

Die nächste Straße war ebenfalls leer und ein rascher Blick über seine Schulter bestätigte ihm, dass er nur eine Handvoll

Verfolger hinter sich hatte, die bestimmt zwanzig Sekunden zurücklagen.

Ethan lief noch einen Block nach Westen und drehte dann nach Süden ab.

Die Straße endete.

Er hatte den Stadtrand erreicht.

Er blieb in der Straßenmitte stehen, beugte sich vor, stützte die Hände auf die Knie und rang nach Luft.

Jetzt kamen Menschen hinter ihm und von Westen aus näher.

Er überlegte, zwei Blocks bergauf zurück in Richtung Main Street zu laufen, entschied sich jedoch dagegen.

Lauf weiter. Du verspielst deinen Vorsprung.

Direkt voraus stand ein einsames viktorianisches Haus am Waldrand.

Ja.

Seine Beine brannten, als er weiterrannte, die Straße überquerte und am Haus entlanghastete.

Als er noch drei Schritte von den Pinien entfernt war, rief eine Kinderstimme: »Er läuft in den Wald!«

Ethan sah sich um.

Zwanzig oder dreißig Personen kamen um die Ecke des Hauses, hielten Taschenlampen in den Händen und rannten auf ihn zu, und einen kurzen Moment wunderte sich Ethan, warum ihre Proportionen so seltsam aussahen.

Ihre Beine waren zu kurz, ihre Köpfe zu groß und sie hielten die Taschenlampen viel zu dicht am Boden.

Kinder.

Das liegt daran, dass das alles Kinder sind.

Er rannte zwischen den Bäumen hindurch und saugte die vom bittersüßen Pinienduft durchtränkte Luft in sich auf.

In der Stadt hatte er schon wenig gesehen, aber hier konnte er gar nichts mehr erkennen.

Er musste die Taschenlampe einschalten, deren wackelnder Strahl ihn zwischen Bäumen hindurch, über verrottende Baumstämme und an Schösslingen vorbeileitete, während er tief hängenden Ästen auswich.

Die Kinder folgten ihm in den Wald und er hörte ihre Schritte auf dem feuchten Boden, die unter ihren Füßen zerbrechenden Äste. Er wusste ungefähr, wo der Fluss sein musste, und war davon überzeugt, dass er ihn nicht verfehlen konnte, wenn er sich rechts hielt, aber trotzdem verlor er langsam die Orientierung und sein Richtungssinn schien ihn in die Irre zu führen.

»Ich sehe ihn!«, schrie ein Mädchen.

Ethan sah nach hinten, er drehte nur kurz den Kopf, doch sein Timing hätte nicht schlechter sein können: Er kam zu einem Windbruch, wo sein Fuß in den kreuz und quer liegenden Ästen und Wurzeln hängen blieb. Er stürzte zu Boden und die Taschenlampe und die Machete fielen ihm aus den Händen.

Schritte aus jeder Richtung.

Sie kamen von allen Seiten.

Ethan versuchte aufzustehen, aber sein rechter Fuß hatte sich in einer Ranke verfangen und er brauchte fünf Sekunden, bis er sich endlich befreit hatte.

Die Taschenlampe war bei seinem Sturz ausgegangen und er konnte weder sie, noch die Machete oder sonst irgendetwas sehen. Voller Verzweiflung tastete er mit den Händen am Boden herum, stieß jedoch nur auf Wurzeln und Ranken.

Er rappelte sich auf und kämpfte sich blindlings durch den Windbruch, während die Lichter und die Stimmen immer näher kamen.

Ohne Taschenlampe war er nahezu gelähmt.

Er konnte nur noch mit vor sich ausgestreckten Händen laufen, um nicht versehentlich gegen einen Baum zu prallen.

Wild umherzuckende Lichtstrahlen kreuzten sich vor ihm, wodurch er flüchtige Blicke auf das Gelände werfen konnte: ein Pinienwald voller dichtem Unterholz, der schon längst ein reinigendes Feuer benötigt hätte.

Kinderlachen, sorgenfrei, fröhlich, manisch, erfüllte die Luft.

Eine albtraumhafte Version eines gut bekannten Kinderspiels.

Ethan taumelte ins Freie auf ein Feld oder eine Wiese – er konnte zwar nichts sehen, aber der Regen prasselte nun ungehindert auf ihn herab, da er nicht mehr durch die Baumkronen abgemildert wurde.

Er glaubte, voraus das Rauschen des Flusses zu hören, aber dann hörte er nur noch das Keuchen hinter sich.

Etwas krachte in seinen Rücken. Der Schlag war nicht besonders kräftig, reichte aber aus, um ihn beim nächsten Schritt aus dem Gleichgewicht zu bringen.

Und beim nächsten …

Und beim nächsten …

Und beim nächsten …

Und beim nächsten, und dann fiel Ethan zu Boden, sein Gesicht drückte sich in den Schlamm und alles ging im Gelächter der Kinder unter, von jeder Seite und aus jedem Winkel schlugen sie auf ihn ein – oberflächliche Schläge, die ihm nicht schaden konnten, leichte Schnitte, hin und wieder traf ihn ein stumpfes Objekt etwas härter am Kopf und mit jeder verstreichenden Sekunde wurde es schlimmer. Es kam ihm vor, als würde ihn ein Piranhaschwarm attackieren.

Etwas stach in seine Seite.

Er schrie auf.

Sie verspotteten ihn.

Ein weiterer Stich – und ein unglaublicher Schmerz.

Sein Gesicht wurde vor Zorn ganz rot, er riss seinen linken Arm frei und seinen rechten.

Er legte die Handflächen auf den Boden.

Stieß sich ab.

Etwas Hartes, ein Stein oder ein Baumstamm, donnerte gegen seinen Hinterkopf, dass seine Zahnfüllungen vibrierten.

Seine Arme gaben nach.

Er fiel mit dem Gesicht voran in den Schlamm.

Sie lachten.

Jemand sagte: »Schlag ihm gegen den Kopf.«

Doch er rappelte sich erneut auf, diesmal schreiend, und offensichtlich hatte er die Kinder damit überrascht, denn für den Bruchteil einer Sekunde schlug ihn niemand mehr.

Mehr Zeit brauchte er nicht.

Ethan zog die Beine an und stand auf. Er schlug in das erste Gesicht, das er sah und das einem großen zwölf- oder dreizehnjährigen Jungen gehörte, den er sofort k. o. schlug.

»Verschwindet«, zischte er.

Es war hell genug, sodass er zum ersten Mal wirklich sehen konnte, mit wem er es zu tun hatte: Zwei Dutzend Kinder zwischen sieben und fünfzehn Jahren umkreisten ihn. Die meisten hielten Taschenlampen und diverse behelfsmäßige Waffen wie Stöcke, Steine, Steakmesser, sogar einen splittrig abgebrochenen Besenstil, in den Händen.

Sie sahen aus, als hätten sie sich für Halloween verkleidet: Sie trugen alle zerschlissene, selbst angefertigte Kostüme, die sie augenscheinlich aus dem Kleiderschrank ihrer Eltern zusammengestellt hatten.

Ethan war fast schon dankbar, dass er die Machete verloren hatte, denn er hätte diese kleinen Scheißer in Stücke gehackt.

Auf seiner linken Seite entdeckte er eine Schwachstelle im Kreis, die er hätte ausnutzen können, indem er zwei Kinder, die ihm gerade mal bis zur Hüfte reichten, umrannte.

Aber was dann?

Sie würden ihn verfolgen und ihn in diesem Wald wie ein verwundetes Tier jagen, bis er tot war.

Er drehte sich langsam um und sah dem Jungen, der am einschüchterndsten wirkte, in die Augen, einem postpubertierenden Blonden, der mit einem Baumwollstrumpf bewaffnet war, der sich in einer bedrohlichen Form ausbeulte, als hätte er einen Baseball oder eine schwere Glaskugel hineingesteckt. Der Teenager trug einen Anzug, der seinem Vater gehört haben musste, denn er war einige Nummern zu groß und die Ärmel reichten ihm bis zu den Fingerspitzen.

Ethan brüllte, näherte sich dem Jungen mit nach hinten gezogenem Arm und hätte ihn geschlagen, wenn dieser nicht einige Schritte nach hinten gemacht hätte, sodass er stolperte und stürzte. In dem Moment, in dem er wieder auf den Beinen war, drehte der Junge sich um, rannte in den Wald und brüllte, dass sie ihn gefunden hatten.

Die Hälfte der Kinder lief ihm nach, als sie sahen, dass ihr Anführer den Schwanz einzog.

Die, die stehen blieben, wurden von Ethan angegriffen, der sich vorkam wie ein Elch, der eine Schar von Kojoten vertreiben wollte, aber schließlich hatte er alle bis auf einen verjagt, und die Kinder verschwanden schreiend zwischen den Pinien, als ob der Teufel hinter ihnen her wäre.

Der Junge, der stehen geblieben war, sah Ethan durch den Regen an.

Er musste einer der Jüngsten der Gruppe sein und Ethan schätzte ihn auf sieben, maximal acht Jahre.

Mit seinem rot-weißen Hut, den Stiefeln, der Westernfliege und seinem Westernhemd sah er aus wie ein Cowboy.

Er hielt eine Taschenlampe und einen Stein in den Händen und stand mit leerem Gesichtsausdruck vor ihm.

»Hast du keine Angst vor mir?«, wollte Ethan wissen.

Der Junge schüttelte den Kopf und das Wasser tropfte von seiner Hutkrempe. Er sah zu Ethan auf, und als das Licht der Taschenlampe auf seine Sommersprossen fiel, erkannte Ethan, dass er log. Er hatte Angst und seine Unterlippe zitterte. Doch er setzte eine tapfere Miene auf und Ethan musste ihn einfach bewundern, gleichzeitig fragte er sich jedoch auch, wieso der Junge dageblieben war.

»Sie sollten nicht länger weglaufen, Mr. Burke.«

»Woher kennst du meinen Namen?«

»Sie könnten hier ein wunderbares Leben führen, aber das scheinen Sie nicht zu begreifen.«

»Was ist das für ein Ort?«

»Nur irgendeine Stadt«, sagte der Junge.

Die Stimmen von Erwachsenen wurden immer lauter und neue Lichtkegel von Taschenlampen blinkten zwischen den Pinien wie aufgehende Sterne.

»Wo ist dein Zuhause?«, fragte Ethan.

Der Junge legte den Kopf schief und schien mit der Frage nichts anfangen zu können.

»Wie meinen Sie das?«

»Wo hast du vor Wayward Pines gelebt?«

»Ich habe immer hier gelebt.«

»Du hast diese Stadt nie verlassen?«, erkundigte sich Ethan.

»Sie können nicht gehen«, erklärte der Junge.

»Warum nicht?«

»Es geht einfach nicht.«

»Das akzeptiere ich nicht.«

»Aus diesem Grund werden Sie sterben.« Dann schrie der Junge: »Er ist hier! Beeilt euch!«

Lichter drangen zwischen den Pinien hindurch auf die Lichtung.

Ethan rannte los, preschte auf der anderen Seite in den Wald und machte sich nicht einmal die Mühe, sein Gesicht abzuschirmen oder nach hinten zu seinen Verfolgern zu sehen. Er lief einfach durch die Finsternis, verlor jeglichen Sinn für Raum und Zeit und versuchte nur noch, die totale Panik aus seinem Kopf zu verbannen, denn wenn er sich ihr hingab, würde er auf die Knie fallen, sich in Embryonalhaltung zusammenrollen und endgültig den Verstand verlieren.

Weil er solche Angst hatte.

Weil er wahnsinnige Schmerzen hatte.

Weil nichts von all dem irgendeinen Sinn ergab.

Es war nicht das Rauschen des Flusses, das ihn stehen bleiben ließ, sondern der Geruch.

Eine plötzliche Süße lag in der Luft.

Das Gelände fiel ab und er lief über ein schlammiges Ufer in das eiskalte, tosende Wasser, während der Fluss wie flüssiger Stahl in seine Stiefel vordrang.

Trotz des Schocks schwankte er nicht, sondern taumelte weiter, weg vom Ufer, immer tiefer und tiefer in die Strömung hinein.

Das Wasser reichte ihm bis zur Hüfte und Ethan keuchte, weil es ihn bis ins Innerste auszukühlen schien. Die Strömung war stark und drohte ihn mitzureißen.

Er machte langsame, vorsichtige Schritte und die Steine auf dem Grund des Flusses wackelten unter seinen Füßen und rollten weiter flussabwärts.

Vor jedem weiteren Schritt spannte er sich an und stemmte sich gegen die Gewalt des Wassers.

In der Mitte reichte es ihm bis zur Brust.

Die Strömung riss ihn von den Beinen.

Ethan trieb flussabwärts.

Um ihn herum war es fast stockdunkel und er hatte keine Ahnung, ob irgendwo Felsen aus dem Fluss ragten, wusste aber, dass er umkommen würde, wenn er auch nur einen davon traf.

Er kämpfte gegen die Strömung an und schwamm mit aller Kraft.

Seine Arme pflügten durch das Wasser, doch seine durchtränkten Stiefel waren so schwer, dass er zu keiner effizienten Beinarbeit fähig war.

Durch ihr Gewicht zogen sie ihn mehr nach unten, als dass sie ihn antrieben.

Nach einer panischen Minute, als seine Muskeln schon zu verkrampfen drohten, spürte er unter den Sohlen seiner Stiefel auf einmal wieder festen Boden.

Er stellte sich hin, stemmte sich gegen die Strömung und das Wasser reichte ihm nur noch bis zur Hüfte.

Zwölf weitere Schritte, dann war es nur noch kniehoch und dann lief er aus dem Fluss und brach am Ufer zusammen.

Er rollte sich auf die Seite, atemlos, verausgabt, zitternd.

Starrte auf die andere Flussseite.

Überall waren neue Lichtpunkte zu sehen.

Er konnte Menschen rufen hören, und es war durchaus möglich, dass sie seinen Namen riefen, aber aus dieser Entfernung war es ihm aufgrund des tosenden Wassers nicht möglich, sie zu verstehen.

Ethan wollte sich bewegen, wusste, dass er es tun musste, aber er konnte sich einfach nicht wieder aufrappeln. Er wollte nur noch eine weitere Minute daliegen und nach Luft schnappen.

Auf der anderen Seite des Flusses sah er mehr Lichter, als er zählen konnte, und die meisten schienen sich etwa dreißig Meter flussaufwärts zu versammeln, wo er ins Wasser gegangen war, aber mehr und mehr Menschen liefen nach Norden und Süden und die Lichtkegel glitten an vielen Stellen über den Fluss.

Er kniete sich hin.

Seine Hände zitterten vor Kälte.

Er begann zu kriechen und seine Finger gruben sich in den nassen Sand.

In dieser einen Minute, in der er gelegen hatte, waren seine Gelenke steif geworden.

Als er den nächsten größeren Felsen erreichte, hielt er sich daran fest und zog sich auf die Beine.

Wasser quoll ihm aus den Stiefeln.

Am anderen Flussufer schienen sich einhundert Menschen aufzuhalten und noch immer erschienen sekündlich weitere Lichter. Die meisten Lichtstrahlen reichten nur bis zur Mitte des Flusses, aber einige drangen auch bis auf Ethans Seite vor, und die kompakten Lichtkegel waren aufgrund des Regens noch besser zu erkennen.

Ethan taumelte vom Wasser weg und wollte etwas mehr Distanz zwischen sich und die Lichter bringen, doch nach drei Metern stand er vor einer glatten Steinmauer.

Er ging daran entlang, als die Stimmen von mehreren Hundert Menschen plötzlich das Tosen des Wassers übertönten.

Einige Meter vor ihm fiel Licht auf den Felsen.

Ethan duckte sich hinter einen Felsbrocken und sah dahinter hervor, als der Lichtstrahl langsam hinter ihm über den Stein wanderte.

Vom Ufer fiel nun immer mehr Licht in den Fluss. Ethan konnte von der Stelle, an der er hockte, erkennen, dass mehrere Leute bis zu den Knien ins Wasser gewatet waren und nach ihm suchten, aber keiner versuchte, auf die andere Seite zu schwimmen.

Er wollte schon hinter dem Felsen hervorkommen, als eine Stimme, verstärkt durch ein Megafon, über den Fluss hallte.

»Ethan, kommen Sie zu uns zurück und alles ist vergessen.«

Diese tiefe, gutturale Stimme hätte er überall wiedererkannt: Sie gehörte Sheriff Pope und wurde von den Klippen reflektiert, um zwischen den Pinien zu verhallen.

»Sie wissen nicht, was Sie tun.«

Eigentlich weiß ich genau, was ich tue.

Da kein Licht auf die Felsen in seiner unmittelbaren Umgebung fiel, kam Ethan mühsam wieder auf die Beine und taumelte neben der Klippe gen Süden.

»Wenn Sie zurückkommen, werden wir Ihnen nicht wehtun.«

Ja, klar. Bin gleich da.

»Sie haben mein Wort darauf.«

Ethan hätte jetzt liebend gern ebenfalls ein Megafon gehabt.

Andere Stimmen riefen seinen Namen über den Fluss.

»Ethan, bitte!«

»Sie wissen nicht, was Sie tun!«

»Kommen Sie zurück!«

Pope fuhr damit fort, ihm Dinge zuzurufen, aber Ethan rannte durch die Finsternis und den Regen weiter.

Je weiter er sich von der Menschenmenge entfernte, desto weniger konnte er erkennen.

Inzwischen humpelte Ethan mit langsamen Schritten vorwärts und er konnte sich nur noch am Gurgeln des Flusses zu seiner Linken orientieren.

Die Stimmen hinter ihm wurden immer leiser und die Lichtpunkte verblassten.

Sein Körper hatte den letzten Rest des Adrenalins verbraucht und er spürte, dass er kurz vor dem Zusammenbruch stand.

Gleich würde er zusammenklappen.

Aber er konnte nicht anhalten. Noch nicht.

Der Drang, sich im Sand neben dem Fluss zusammenzurollen und einzuschlafen, wurde fast unerträglich, aber diese Menschen konnten sich doch noch dazu entschließen, den Fluss zu überqueren.

Sie hatten Lampen und Waffen und waren in der Überzahl.

Er hatte nichts.

Das Risiko war zu groß.

Und so nutzte er den letzten Sprit, den er noch im Reservekanister hatte, und lief weiter.

KAPITEL 12

Ethan hatte keine Ahnung, wie lange er schon allein in der Dunkelheit herumwanderte.

Eine Stunde.

Vielleicht zwei.

Möglicherweise auch weniger.

Bei seiner Geschwindigkeit konnte er kaum mehr als eine Meile zurückgelegt haben. Davon war er zumindest überzeugt. Alle paar Minuten blieb er stehen, hielt flussabwärts nach näher kommenden Lichtern Ausschau und lauschte nach Schritten auf dem felsigen Boden.

Doch jedes Mal, wenn er sich umdrehte, war da nichts als völlige Dunkelheit, und falls ihm jemand folgte, dann überdeckte das Tosen des Flusses alle anderen Geräusche.

* * *

Der Regen ließ langsam nach, wurde zu einem Tröpfeln und hörte schließlich ganz auf.

Ethan trottete noch immer vorwärts, verließ sich allein auf sein Gefühl, tastete mit den Händen nach unsichtbaren Felsen und machte so kleine Schritte wie nur möglich, damit er durch seine Vorwärtsbewegung nicht stürzte, wenn er gegen ein unausweichlich lauerndes Hindernis prallte.

* * *

Und dann konnte er wieder sehen.

In einem Moment herrschte Dunkelheit.

Im nächsten war da auf einmal ein großer, aufgeblähter Mond, dessen Licht durch eine Lücke zwischen den Wolken hindurchschien, sodass die nassen Felsen auf einmal aussahen, als wären sie mit Lack überzogen.

Ethan setzte sich auf einen flachen Felsen und seine Beine zitterten nach all den Anstrengungen.

Der Fluss war an dieser Stelle nur noch etwa halb so breit, doch die Strömung war stärker und das Wasser floss schnell durch die Stromschnellen, von denen die Gischt aufsprühte.

Große Pinien, bestimmt zwanzig bis dreißig Meter hoch, wuchsen auf der anderen Seite des Flusses.

Auf einmal wurde ihm bewusst, dass er großen Durst hatte.

Er fiel auf die Knie, kroch zum Flussufer und tauchte sein Gesicht in eine kleine Pfütze.

Das Wasser schmeckte wunderbar rein und süß, war aber bitterkalt.

Zwischendurch sah er immer wieder flussabwärts.

Abgesehen vom tosenden Wasser bewegte sich nichts.

Am liebsten hätte sich Ethan hingelegt, um zu schlafen, gleich hier auf den Felsen. Er wusste, dass er nach wenigen Sekunden eingeschlafen wäre, aber auch, dass es eine dumme Idee war.

Ich muss einen Unterschlupf finden, solange ich das Licht des Mondes sehe.

Und solange ich noch laufen kann.

Die Wolken zogen sich bereits wieder vor dem Mond zusammen.

Er zwang sich, aufzustehen.

Es wäre fatal, an dieser Stelle den Fluss zu überqueren, erst recht in seinem geschwächten Zustand. Er musste sich auf seiner Seite des Flusses eine geschützte Stelle suchen, aber das würde nicht einfach werden. Auf der anderen Seite schien der alte Pinienwald mehrere Hundert Meter weit den Abhang hinauf weiterzugehen, bis er in den Wolken verschwand. In diesem Wald hätte er bestimmt einen Platz gefunden, an dem er sich die Nacht über verstecken konnte, selbst wenn er sich nur unter einigen zusammengesuchten Ästen hingelegt hätte. Wenn man genug über sich aufhäufte, hatte man ausreichend Schutz vor dem Regen und konnte vielleicht sogar einen Teil seiner Körperwärme nutzen, um sich eine kleine warme Oase zu schaffen.

Aber das würde nicht passieren.

Auf Ethans Seite des Flusses stieg die Böschung über etwa zwölf Meter steil an, bis sie auf dieselben roten Felsen traf, die ganz Wayward Pines umringten.

Und darüber erhob sich ein Felsvorsprung nach dem anderen in die Dunkelheit.

In seinem Zustand konnte er unmöglich klettern.

Ethan taumelte weiter.

Das Wasser blubberte in seinem Magen.

Er konnte spüren, dass seine Füße angeschwollen waren und in seinen Stiefeln pochten. Er wusste, dass er schon vor einer Stunde hätte anhalten und das Wasser auskippen müssen, doch er hatte Angst, dass er nicht mehr die Kraft finden würde, sie wieder anzuziehen und weiterzumarschieren, wenn er sich erst einmal hingesetzt hatte.

Auf dieser Seite kam er immer schwerer voran, da der Boden immer unebener, felsiger und steiler wurde.

Er betrat ein kleines Wäldchen aus hoch aufragenden Pinien.

Der Felsboden wich einer weichen, feuchten Erde, die mit einer Decke aus herabgefallenen Piniennadeln bedeckt war. *Wenn es hart auf hart kommt, schlafe ich eben hier*, dachte Ethan. Es war nicht ideal: Zu nah am Wasser, keine Äste, mit denen er sich zudecken konnte, und jeder, der ihm auf den Fersen war, würde ihn leicht finden. Aber zumindest wäre er unter den Kronen dieser uralten Pinien ein wenig geschützt.

Er sah sich noch einmal um, obwohl er sich bereits entschieden hatte, hier die Nacht zu verbringen, wenn er nicht bald etwas anderes fand.

Ethan blickte den Hang hinauf, der zum Fuß der Klippe führte.

Er glaubte, eine dunkle Stelle entdeckt zu haben.

Ohne nachzudenken, ohne zu überlegen, fing er an zu klettern.

Auf allen vieren kroch er durch die Pinien und hinaus auf den nackten Felsen.

Der Weg wurde steiler und immer steiler.

Er keuchte, der Schweiß floss ihm über das Gesicht und stach in seinen Augen.

In der Nähe der Klippe wurde der Steinboden lockerer und feiner und seine Füße rutschten bei jedem Schritt ab, als würde er eine Sanddüne erklimmen.

Er erreichte die Klippe.

Um ihn herum wurde es dunkler, da nur noch ein kleiner Teil des Mondes nicht von den Wolken verdeckt wurde, und schon wieder lag der Geruch von Regen in der Luft.

Da war er: Der dunkle Fleck, den er vom Flussufer aus gesehen hatte, entpuppte sich als Nische im Felsen. Sie war knapp zwei Meter tief, vor den Elementen geschützt, und das Innere sah glatt und trocken aus.

Ethan kletterte auf den Felsvorsprung und kroch in die Nische.

Die hintere Wand war leicht angewinkelt und er lehnte sich dagegen, sodass seine dunkler werdende Welt von den Seitenwänden des kleinen Alkovens abgegrenzt wurde. Er konnte den Fluss von dieser Stelle aus nicht mehr sehen und das Tosen des Wassers war zu einem lauten Flüstern geworden.

Als das Mondlicht ganz erstarb und der Pinienwald jenseits des Flusses nicht mehr zu erkennen war, blieb Ethan erneut in völliger Dunkelheit zurück.

Es begann zu regnen.

Er setzte sich auf und versuchte mit zitternden Fingern, die Stiefel aufzuschnüren, die von dem Mann stammten, den er in der Wohnung getötet hatte. Erst nach einigen Minuten hatte er den Knoten gelöst und die Stiefel ausgezogen. Er goss die letzten Reste des Wassers aus und entledigte sich dann auch der diversen Sockenschichten, die er auswrang und auf den Felsen zum Trocknen ausbreitete.

Seine Kleidung war pitschnass.

Er zog den Kapuzenpullover, das T-Shirt, die Jeans und sogar die Unterhose aus. Zehn Minuten lang saß er nackt in dem Alkoven und wrang seine sämtlichen Kleidungsstücke aus, bis sie nur noch feucht waren.

Dann legte er sich den Pullover über die Brust, das T-Shirt über die Beine und faltete sich ein Kissen aus der Jeans. An der schrägen Rückwand der Höhle drehte er sich auf die Seite und schloss die Augen.

So sehr hatte er in seinem ganzen Leben noch nie gefroren.

Zuerst glaubte er schon, gar nicht einschlafen zu können, da sein Körper so stark zitterte bei dem vergeblichen Versuch, sich zu wärmen, dass er die Ärmel des Pullovers festhalten musste, damit er nicht herunterfiel.

Doch ihm war zwar kalt, aber seine Erschöpfung war deutlich größer.

Und nach fünf Minuten hatte der Schlaf gewonnen.

KAPITEL 13

Ethans rechter Knöchel ist an einen im Boden verankerten Bolzen gefesselt.

Er sitzt an einem wackligen Schreibtisch, auf dem sich nur drei Dinge befinden …

Ein leeres Blatt Papier.

Ein schwarzer Kugelschreiber.

Und eine Sanduhr, deren schwarze Körnchen aus der oberen Hälfte in die untere fallen.

Aashif hat Ethan gesagt, dass er zurückkehren wird, wenn der Sand durchgelaufen ist, und dass Ethan durch Lingchi sterben wird, wenn ihn das, was Ethan bis dahin aufgeschrieben hat, nicht zufriedenstellt.

Aber Ethan weiß, dass er nicht genug zu Papier bringen könnte, selbst wenn er die genauen, streng geheimen Informationen über die große bevorstehende Offensive, das Datum, die Positionen, die Ziele und die Details kennen würde.

Nichts könnte Aashif zufriedenstellen, denn was immer er auch aufschreibt, er würde trotzdem einen schrecklichen und grauenvollen Tod erleiden.

Er kennt von Aashif nichts als dessen Stimme und seine braunen, bösen Augen, in denen er nicht die Gier nach Informationen, sondern nur den Wunsch, anderen Schmerzen zuzufügen, sieht.

Das vermeintliche Verhör ist nur das Vorspiel.

Etwas, das Aashif anmacht.

Er ist ein Sadist und gehört vermutlich zur al-Qaida.

Irgendwie war diese Erkenntnis noch nicht richtig zu Ethan durchgedrungen, als er an den Handgelenken im Folterkeller hing, aber jetzt, wo er alleine in diesem stillen Raum am Schreibtisch sitzt, trifft ihn die Erkenntnis mit ganzer Wucht.

Was immer er in dieser knappen Stunde auch aufschreibt, so wird sein Leben in jedem Fall unendlich viel schlimmer werden.

Der Raum hat ein Fenster, doch es wurde zugenagelt.

Durch die winzigen Schlitze zwischen den Brettern dringen die Strahlen der irakischen Sonne hindurch.

Die Hitze ist enorm und der Schweiß dringt ihm aus jeder Pore.

Die Hyperrealität dieser Situation wird unerträglich und die Sinneseindrücke dringen nur so auf Ethan ein.

Draußen bellt ein Hund.

In der Ferne lachen Kinder.

Sehr weit entfernt ist das schaurige, zikadenartige Klicken eines Schusswechsels zu hören.

Eine Fliege summt neben seinem linken Ohr.

Der Geruch von Masgouf, der in der Nähe gebraten wird.

Irgendwo in den Tiefen dieses Komplexes schreit ein Mensch.

Niemand weiß, dass ich hier bin. Zumindest niemand, der mir helfen kann.

Seine Gedanken wandern zu Theresa, die schwanger zu Hause wartet, aber diese Attacke aus Emotionen und Heimweh ist mehr, als er angesichts dessen, was ihm bevorsteht, ertragen kann. Die Versuchung ist groß, sich an ihre letzte Unterhaltung – ein VoIP-Gespräch in der Basis – zu erinnern, aber er weiß, dass er daran zerbrechen wird.

Ich darf nicht daran denken. Noch nicht. Vielleicht in meinen letzten Momenten.

Ethan nimmt den Stift in die Hand.

Brauche etwas, womit ich mich beschäftigen kann. Kann nicht einfach nur dasitzen und über das nachdenken, was mich erwartet.

Denn das ist es, was er will.
Worum es hier eigentlich geht.

* * *

Ruckartig erwachte er aus seinen Träumen vom Krieg.

Eine Minute lang wusste er nicht, wo er sich befand. Er zitterte, während gleichzeitig das Fieber in ihm brannte.

Dann setzte sich Ethan auf, tastete in der Dunkelheit, die ihn umgab, herum, und als seine Finger die Felswände des Alkovens berührten, war sein inneres GPS wieder auf dem neuesten Stand und der Schrecken, zu dem sein Leben geworden war, kehrte zurück.

Im Schlaf waren seine Kleider heruntergerutscht und jetzt lagen sie kalt und feucht auf dem Steinboden neben ihm. Er breitete sie aus, damit sie besser trockneten, und dann rutschte er nach vorn, bis er am Rand des Alkovens saß.

Der Regen hatte aufgehört.

Am Nachthimmel leuchteten die Sterne.

Er hatte sich noch nie im Geringsten für Astronomie interessiert, aber nun suchte er nach vertrauten Konstellationen und fragte sich, ob sich die Sterne, die er sah, auch an der richtigen Stelle befanden.

Ist das der Nachthimmel, den ich schon immer gesehen habe?

Fünfzehn Meter unter ihm toste der Fluss.

Er starrte nach unten zum Wasser und als er es sah, schien sein Blut zu gefrieren.

Ethans erster Impuls war, wieder in die Höhle zu kriechen, aber er kämpfte dagegen an, auch weil er Angst hatte, durch eine plötzliche Bewegung auf sich aufmerksam zu machen.

Heilige Scheiße, sie sind mir gefolgt.

Sie haben den Fluss doch überquert.

Sie waren da unten zwischen den riesigen Pinien am Fluss und so gut in den Schatten verborgen, dass Ethan nicht erkennen konnte, wie groß die Gruppe war.

Im Schneckentempo zog sich Ethan Zentimeter für Zentimeter in die Nische zurück, bis er schließlich mit der Brust auf dem eiskalten Felsen lag und nur noch über den Rand des Felsvorsprungs sehen konnte.

Sie verschwanden im Schatten und einen Moment lang war die Welt, abgesehen vom Rauschen des Flusses, ganz still, sodass sich Ethan schon fragte, ob er sie wirklich gesehen hatte. Nach allem, was er in den vergangenen fünf Tagen durchgemacht hatte, wären Halluzinationen eine willkommene Abwechslung gewesen.

Dreißig Sekunden später kamen sie aus dem Schatten der Pinien am Fuß der Klippe.

Was zum Teufel?

Es war nur ein einziger, und obwohl er die Größe eines Menschen zu haben schien, bewegte er sich nicht so – vielmehr bewegte sich dieses haarlose und blasse Wesen auf allen vieren vorwärts.

Ethan hatte einen metallischen Geschmack im Mund, das Nebenprodukt seiner Angst, als ihm auffiel, dass die Proportionen dieses Wesens völlig falsch waren und seine Arme offenbar die doppelte Länge hatten.

Das Ding hob den Kopf, und selbst aus der Distanz konnte Ethan seine riesige Nase erkennen, die es gen Himmel richtete.

Es schnüffelte.

Ethan rutschte aus der Öffnung nach hinten, bewegte sich so weit wie möglich in den Alkoven hinein, wo er sich hinkauerte, die Arme um die Beine schlang, um zitternd zu lauschen, ob er Schritte oder herabfallende Steine hörte.

Aber da war nichts als das Säuseln des Flusses, und als er es endlich wieder wagte, einen Blick nach draußen zu werfen, war das, was immer er da gesehen hatte, fort.

* * *

In den wenigen Stunden vor Tagesanbruch konnte er nicht mehr schlafen.

Es war zu kalt.

Er hatte zu große Schmerzen.

Und zu große Angst, dass er alles, was er erlebt hatte, erneut in seinen Träumen durchstehen musste.

Er lag auf dem Steinboden und hatte nur noch einen Wunsch. Ein Verlangen.

Theresa.

Zu Hause war er oft mitten in der Nacht aufgewacht, um zu spüren, wie sie einen Arm um ihn legte oder ihren Körper an ihn schmiegte. Selbst in den schlimmsten Nächten hatte das gereicht. In den Nächten, in denen er spät nach Hause gekommen war. In denen sie sich gestritten hatten. In denen er sie betrogen hatte. Sie hatte zu ihrer Beziehung so viel mehr beigetragen als er. Sie liebte ihn im Übermaß. Ohne zu zaudern. Ohne Hintergedanken. Bedingungslos. Während er seine Probleme mit sich herumtrug und einen Teil von sich vorenthielt, gab sie alles. Immer.

Es gibt Augenblicke, in denen man die Menschen, die man liebt, so sieht, wie sie wirklich sind, ohne irgendwelche Projektionen oder Gedanken an die Vergangenheit. Wenn man sie mit anderen Augen sieht, wie ein Fremder, und sich an das Gefühl erinnert, als man sich seiner Liebe für sie zum ersten Mal bewusst wurde. Vor den Tränen und den Verletzungen. Als die Chance auf Perfektion noch bestand.

Er hatte noch nie ein klareres Bild von seiner Frau gehabt und sie noch nie mehr geliebt, nicht einmal am Anfang, als er es in diesem Moment an diesem kalten, dunklen Ort tat, während er sich vorstellte, in ihren Armen zu liegen.

* * *

Er beobachtete, wie die Sterne verblassten und die Sonne den Himmel erhellte, und als sie endlich über die Berge kam und auf das Flussufer fiel, genoss er die wunderbare Wärme der Sonnenstrahlen, die in seinen Alkoven drangen und den eiskalten Stein erhitzten.

Nun konnte er endlich erkennen, welche Schäden er bei seiner Flucht aus Wayward Pines davongetragen hatte.

Seine Arme und Beine waren von blauen Flecken und schwarzgelben Hämatomen bedeckt.

Auf seiner linken Schulter sowie an der rechten Seite waren die Einstiche von Schwester Pams Spritze zu erkennen.

Er wickelte das Klebeband von seinem linken Bein und legte die Stelle frei, an der Beverly den Mikrochip herausgeholt hatte. Der Druckverband hatte die Blutung gestillt, aber die Haut rings um den Einschnitt war noch immer feuerrot. Um die Infektion abzuwehren, würde er Antibiotika brauchen und die Wunde musste genäht werden.

Er strich sich mit den Händen über das Gesicht und fand, dass es sich anders anfühlte als früher. Die Haut war geschwollen, an einigen Stellen aufgeplatzt, seine Nase war in den letzten vierundzwanzig Stunden zweimal gebrochen worden und fühlte sich erschreckend weich an. Auf seinen Wangen hatte er unzählige kleine Schnitte, wo ihm beim Rennen durch den Wald Äste ins Gesicht gepeitscht waren, und am Hinterkopf wuchs eine dicke Beule, die er einem dieser mit Steinen bewaffneten Kinder verdankte.

Doch nichts davon war so schlimm wie der Schmerz in seinen Beinmuskeln, die er bis über die Grenze ihrer Belastbarkeit hinaus beansprucht hatte.

Er wusste nicht einmal, ob er überhaupt laufen konnte.

* * *

Als seine Kleidung am Vormittag halbwegs trocken war, zog sich Ethan an, schnürte seine immer noch feuchten Schuhe zu und ließ sich vom Rand des Alkovens vorsichtig auf den Steinboden darunter herab.

Beim Abstieg zum Fluss bekam er einen brutalen Vorgeschmack auf das, was ihn den restlichen Tag erwartete, und als er am Wasser angekommen war, protestierten seine Muskeln bereits lautstark.

Er musste sich erst einmal ausruhen, und so schloss er die Augen und hielt das Gesicht in das warme Sonnenlicht. Aus diesem Winkel schien es herrlich konzentriert auf ihn herab.

Es roch nach getrockneten Piniennadeln, die in der Sonne brutzelten.

Nach süßem, kaltem Wasser.

Er hörte das Tosen des Wassers, das die Schlucht hinunterfloss.

Das Klackern der Steine, die von der Strömung mitgerissen wurden.

Der Himmel war strahlend blau.

Die Wärme hob seine Stimmung und die Wildnis um ihn herum schien etwas, das tief in seiner Seele vergraben war, anzusprechen.

In der vergangenen Nacht war er viel zu müde gewesen, um etwas anderes zu tun, als reglos auf dem Stein zu liegen.

Jetzt kehrte sein Hunger zurück.

Er aß einen Großteil der Karotten und des zerquetschten Brotes, die er in seinen Taschen aufbewahrt hatte.

* * *

Dann war er wieder auf den Beinen und suchte so lange, bis er einen Pinienast im nahe gelegenen Wald gefunden hatte, den er an einem Ende abbrach, sodass er ihn als Gehstock benutzen konnte. Er streckte sich einige Minuten lang und versuchte, die lästigen Schmerzen aus seinen Knochen zu vertreiben, aber es gelang ihm nicht.

Schließlich marschierte er in einem Tempo weiter, das er beibehalten wollte, doch nach zehn Minuten musste er notgedrungen langsamer werden, da die Anstrengungen des letzten Tages ihren Tribut forderten.

Eine halbe Meile fühlte sich an, als wären es fünf.

Mit jedem Schritt stützte er sich mehr auf seinen Gehstock, klammerte sich an ihn wie an eine Rettungsleine, als wäre er sein einziges belastbares Bein.

* * *

Am frühen Nachmittag hatte sich die Schlucht verändert, der Fluss war so schmal geworden, dass man ihn nur noch als Flüsschen bezeichnen konnte, die Pinien wurden kleiner, standen vereinzelt und weit auseinander und die wenigen, die er jetzt noch sah, waren buschiger und knorriger - zu Zwergen gewordene Opfer der grausamen Winter.

Er musste häufig haltmachen und ruhte sich nun öfter aus, als er marschierte, war ständig außer Atem und seine Lungen brannten, weil sie umso weniger Sauerstoff bekamen, je höher er stieg.

* * *

Bei Anbruch der Dämmerung lag er ausgestreckt auf einem mit Flechten bedeckten Felsen neben dem mageren Überrest des Flusses, einem gerade mal knapp zwei Meter breiten, rasch dahinfließenden Bach in einem Bett aus farbenfrohen Steinen.

Er hatte den Alkoven vor vier oder fünf Stunden verlassen und die Sonne ging bereits hinter den Felswänden auf der anderen Flussseite unter.

Als sie verschwunden war, wurde es schlagartig kälter.

Er lag da und beobachtete, wie der Himmel an Farbe verlor, rollte sich in der zunehmenden Kälte zusammen und so langsam wurde ihm bewusst, dass er wohl nie wieder aufstehen würde.

Er drehte sich auf die Seite und zog sich die Kapuze über den Kopf.

Schloss die Augen.

Ihm war kalt, aber seine Kleidung war trocken, und er versuchte, seine vielen Gedanken und widerstreitenden Gefühle zu sortieren, während er vor Erschöpfung immer näher in Richtung Delirium rutschte, und auf einmal spürte er, wie die Sonne auf seine Kapuze schien.

Er öffnete die Augen und setzte sich auf.

Er lag noch immer auf dem Felsen neben dem Fluss, nur dass es jetzt Morgen war und die Sonne in seinem Rücken gerade über die Berge lugte.

Ich habe die ganze Nacht geschlafen.

Mühsam schleppte er sich zum Fluss und trank, obwohl das Wasser so kalt war, dass er davon Kopfschmerzen bekam.

Er hatte noch eine Karotte und einige Bissen Brot übrig, wovon er einen Teil aß, dann rappelte er sich auf und entleerte seine Blase. Überraschenderweise fühlte er sich besser, auch die Schmerzen in seinen Beinen waren nicht mehr ganz so groß, sondern fast schon erträglich.

Erneut nahm er seinen Gehstock.

* * *

Die Wände der Schlucht wurden enger und der Fluss glich eher einem Rinnsal, bevor er schließlich in der Quelle mündete, aus der er entsprang.

Ohne das fließende Wasser war die Stille fast schon schmerzhaft.

Da war nichts außer dem Klackern der Steine unter seinen Stiefeln.

Das einsame Kreischen eines Vogels, der über seinem Kopf vorbeiflog.

Und sein Keuchen.

Die Steinwände an beiden Seiten wurden steiler, und so weit oben wuchsen weder Bäume noch Büsche.

Hier gab es nur noch zertrümmerte Steine, Flechten und den Himmel.

* * *

Gegen Mittag hatte Ethan seinen Gehstock zur Seite geworfen und musste sich auf allen vieren über den steilen Boden bewegen. Als er gerade um eine Biegung der Schlucht herumging, hörte er auf einmal ein neues Geräusch, das das ständige Klackern der Steine übertönte. Er lehnte sich gegen einen Felsen von der Größe eines Kleinwagens und versuchte, das Geräusch trotz seines abgehackten Atems zu orten.

Da war es.

Es war nicht natürlichen Ursprungs.

Stetig.

Ein tiefes Summen.

Die Neugier trieb ihn weiter und Ethan kletterte schneller aufwärts, bis er um die Ecke gebogen war, während das Summen bei jedem Schritt lauter wurde und seine Fantasie anregte.

Als er es endlich sah, hätte er beinahe laut aufgelacht.

Die Schlucht erstreckte sich noch ein oder zwei Meilen weiter nach oben und die Klippen waren mit zackigen Spitzen und schartigen Vorsprüngen übersät.

In fünfzehn Metern Entfernung sah Ethan, woher das Summen kam: von einem sechs Meter hohen, mit Stacheldraht gekrönten Zaun, der sich an der engsten Stelle der Schlucht über die gesamte Breite spannte. Auf dem Schild am Zaun stand:

HOCHSPANNUNG
LEBENSGEFAHR

und

KEHREN SIE NACH WAYWARD PINES ZURÜCK
WENN SIE WEITERGEHEN, WERDEN SIE STERBEN

Ethan blieb einen Meter vor der Barrikade stehen und musterte sie: Der Zaun bestand aus rechteckigen Drahtgebilden mit etwa zehn Zentimetern Seitenlänge. Aus der Nähe klang das Summen sogar noch unheilvoller und verlieh dem Zaun eine authentische, einschüchternde Aura.

Dann stieg Ethan Verwesungsgeruch in die Nase und es dauerte nur einen Moment, bis er die Ursache dafür entdeckt hatte.

Ein großes Säugetier, vermutlich ein Murmeltier, hatte den Fehler begangen, unter dem Zaun durchkriechen zu wollen. Es sah aus, als wäre es zwischen den Drähten acht Stunden lang einer Mikrowellenstrahlung ausgesetzt gewesen. Pechschwarz verkohlt. Ein Vogel, der offenbar auf eine leichte Mahlzeit gehofft hatte, war auf den Überresten des Tiers gelandet und hatte dasselbe Schicksal erlitten.

Ethan sah an den Wänden der Schlucht nach oben.

Sie waren steil, doch er konnte vor allem auf der rechten Seite einige Stellen entdecken, an denen sich jemand, der ebenso motiviert wie entschlossen war, festhalten konnte.

Also ging er zur Mauer und begann zu klettern.

Der Stein war nicht überall massiv, und einige der Vorsprünge, an denen er sich festhalten wollte, zerfielen unter seinen Fingern, doch es waren genug vorhanden und sie lagen so dicht beieinander, dass er keinen davon länger als einige Sekunden mit seinem ganzen Gewicht belasten musste.

Schon bald befand er sich acht Meter über dem Boden und hatte ein seltsames, kribbelndes Gefühl im Magen, da der unter Strom stehende Stacheldrahtzaun gerade mal knapp zwei Meter unter seinen Stiefelsohlen summte.

Er balancierte auf einem Vorsprung aus solidem Felsen entlang und gelangte so auf die verbotene Seite des Zauns. Die Höhe machte ihm zu schaffen, aber noch mehr beunruhigte ihn das, was er gerade getan hatte: Er hatte illegal eine Grenze überquert.

Eine lästige warnende Stimme in seinem Hinterkopf sagte ihm, dass er sich gerade bereitwillig in Gefahr gebracht hatte.

* * *

Ethan kletterte wieder auf den Boden der Schlucht und ging weiter. Das Summen des unter Strom stehenden Zauns wurde leiser, während sein Körper auf intensivierte und beunruhigende Wachsamkeit schaltete. Dasselbe war ihm auch im Irak passiert – dass seine Sinnesorgane immer auf Hochtouren zu arbeiten schienen, wenn eine Mission den Bach runterging. Seine Handflächen wurden feucht, sein Herz schlug schneller und er konnte auf einmal deutlich besser hören, riechen und schmecken. Er hatte es noch nie irgendjemandem erzählt, dass er in Falludschah bereits fünf Sekunden, bevor die Rakete eingeschlagen war, gewusst hatte, dass sie den Hubschrauber verlieren würden.

Jenseits des Zauns wirkte das Gelände noch einsamer und die Felsen waren gespalten und von Blitzen vernarbt.

Der Himmel war leer.

Die fehlenden Wolken unterstrichen das Gefühl völliger Trostlosigkeit nur noch mehr.

Nach der Zeit in Wayward Pines kam es ihm fast surreal vor, so alleine, so weit von anderen Menschen entfernt zu sein. Aber in seinem Kopf machte sich eine andere Sorge breit, die an ihm nagte. Die Schlucht schien sich noch mehrere Hundert Meter zu einem hohen, vom Wind umtosten Kamm fortzusetzen. Wenn er genug Kraft hatte, konnte er diesen bis zum Anbruch der Dämmerung erreichen. Um dann eine weitere lange kalte Nacht zu versuchen, auf dem Steinboden Schlaf zu finden. Und was dann? Es würde nicht mehr lange dauern, bis er nichts mehr zu essen hatte, und obwohl das Wasser, das er getrunken hatte, bevor der Fluss versiegt war, seinen Magen noch aufblähte, würde sein Körper aufgrund der Anstrengung bald nach mehr verlangen.

Doch noch viel mehr als vor dem drohenden Hunger und Durst fürchtete er sich vor dem, was hinter dem fernen Abhang an der Spitze der Schlucht wartete.

Er vermutete, dass er eine sich weit ausbreitende Wildnis vor sich haben würde, und obwohl er sich an die Überlebensausbildung seiner Militärzeit erinnerte, war er jetzt schon mehr als angeschlagen und ermattet. Die Aussicht, zu Fuß aus diesen Bergen in die Zivilisation zurücklaufen zu müssen, war überaus beängstigend.

Doch welche andere Wahl hatte er?

Nach Wayward Pines zurückkehren?

Lieber wollte er hier draußen erfrieren, als je wieder den Fuß in diese Stadt zu setzen.

Ethan wanderte durch einen Abschnitt der Schlucht, in dem ihm gewaltige Felsbrocken den Weg versperrten, und er musste vorsichtig von einem zum anderen springen. Erneut hörte er, dass unter ihm Wasser dahinfloss, aber der Fluss war nicht zu sehen und unerreichbar, da er unter den aufgetürmten Felsen dahinströmte.

Weit oben auf der linken Seite der Schlucht glänzte etwas im Sonnenlicht.

Ethan blieb stehen und schirmte seine Augen mit einer Hand ab, um das blendende Glitzern zu begutachten. Von seinem Standpunkt am Boden der Schlucht konnte er nur eine rechteckige, metallische Oberfläche erkennen, die sich ein gutes Stück über ihm befand und deren Proportionen zu perfekt und zu genau wirkten, um nicht von Menschenhand geschaffen worden zu sein.

Er sprang auf den nächsten Felsen und bewegte sich jetzt schneller und angespannter, während er hin und wieder einen Blick hinaufwarf, doch bislang war nicht zu erkennen, was sich dort oben befand.

Ein Stück voraus schien die Schlucht wieder besser begehbar zu sein und die Felsen wurden zunehmend kleiner.

Während er gerade überlegte, ob er zu diesem Metallstück hinaufklettern konnte, wurde er auf einmal durch das Geräusch herabfallender Steine aus seinen Gedanken gerissen.

Eine schreckliche Sekunde lang glaubte Ethan, ein Erdrutsch würde auf ihn zukommen, tausend Tonnen Felsen, die von oben herabstürzten, um ihn zu zermalmen.

Doch das Geräusch kam aus seinem Rücken und nicht von oben, und als er sich umsah, erkannte er, dass ein Felsbrocken, den er vor einigen Minuten zur Seite geschoben hatte, noch weitergerutscht war.

Trotzdem war es unheimlich, ein anderes Geräusch als seinen abgehackten Atem oder das Knirschen von Steinen in seiner unmittelbaren Umgebung zu hören. Er hatte sich schon so an die Stille dieser abgelegenen Schlucht gewöhnt.

Er konnte weit in die Schlucht hinabblicken und sah in etwa vierhundert Metern Entfernung den Zaun, doch dann fiel ihm in deutlich geringerer Distanz eine Bewegung auf. Zuerst glaubte er, er hätte ein Murmeltier erspäht, doch das Wesen bewegte sich mit einer schwerelosen, katzenartigen Anmut fast schon zu schnell von Stein zu Stein, und als er die Augen zusammenkniff, um sich darauf zu konzentrieren, erkannte Ethan, dass es kein Fell besaß. Es sah aus wie ein Albino mit blasser, milchiger Haut.

Instinktiv machte Ethan einen Schritt nach hinten, als ihm bewusst wurde, dass er die Größe der Kreatur unterschätzt hatte. Sie lief nicht über kleine Steine, sondern durch das Feld aus riesigen Felsbrocken, das Ethan gerade erst verlassen hatte, was bedeutete, dass es in etwa so groß sein musste wie er. Außerdem bewegte es sich mit einer beeindruckenden Geschwindigkeit und schien zwischen den Sprüngen kaum innezuhalten.

Ethan stolperte über einen Stein und konnte sich gerade noch fangen, während er immer stärker zu schwitzen begann.

Das Wesen war ihm jetzt so nah, dass er es atmen – keuchen – hören konnte, und seine Krallen machten bei jeder Landung auf einem Felsen ein klickendes Geräusch. Mit jedem Sprung kam es Ethan näher. Jetzt war es nur noch etwa fünfzig Meter entfernt. Ethan wurde flau im Magen.

Das war das Wesen, das er in der letzten Nacht vom Alkoven über dem Fluss aus gesehen hatte.

Davon hatte er geträumt.

Aber was zum Henker war das?

Wie konnte so eine Kreatur überhaupt existieren?

Er rannte so schnell er konnte durch die Schlucht, so schnell, wie er den ganzen Tag noch nicht gelaufen war, und sah sich dabei ständig über die Schulter um.

Das Wesen sprang vom letzten der großen Felsen und landete mit der Anmut einer Ballerina, um dann auf allen vieren weiterzulaufen, dicht über dem Boden wie ein Wildschwein, und sein Keuchen wurde immer lauter, als es die Distanz zwischen ihnen in einem beunruhigenden Tempo verringerte. Ethan war schnell klar, dass er ihm unmöglich entkommen konnte.

Er blieb stehen und drehte sich um, hin und her gerissen zwischen dem Versuch zu begreifen, was er gerade sah, und der Entschlossenheit, sein eigenes Überleben zu sichern.

Es war nur noch zwanzig Meter von ihm entfernt, und je näher es kam, desto weniger gefiel Ethan, was er da vor sich hatte.

Die Kreatur hatte einen kleinen Torso.

Lange Beine und noch längere Arme, die in schwarzen Klauen endeten.

Sie mochte um die hundert Kilo wiegen.

Kräftig.

Drahtig.

Und trotz allem humanoid. Ihre Haut wirkte im Sonnenlicht so durchscheinend wie die eines Mausbabys und war durchzogen von blauen Venen und purpurnen Arterien. Selbst das Herz konnte man als rosafarbenen, pumpenden Fleck in seiner Brust erkennen.

Als die Kreatur noch zehn Meter von ihm entfernt war, spannte sich Ethan an. Das Wesen senkte seinen kleinen Kopf, um zum Angriff überzugehen, schnaubte, wobei sich blutige Spucke in den Winkeln seines lippenlosen Mundes sammelte, und seine umwölkten Augen richteten sich auf sein Ziel.

Zwei Sekunden vor dem Aufprall konnte Ethan es auch riechen: ein übler Geruch nach verwesendem Fleisch, vermischt mit Blut.

Es stieß einen auf seltsame Weise menschlich klingenden Schrei aus, als es ihn ansprang, und Ethan versuchte im letztmöglichen Moment, zur Seite auszuweichen, aber es hatte damit gerechnet, streckte einen seiner langen Arme aus und traf Ethan an der Taille. Die langen Krallen bohrten sich problemlos durch den dicken Stoff seines Pullovers und in Ethans Seite.

Ein sengender Schmerz, dann wurde Ethan von den Beinen gerissen und stürzte so heftig rücklings auf die Felsen, dass es ihm die Luft aus den Lungen presste.

Ethan rang nach Atem, als ihn das Wesen erneut attackierte.

Mit der Wildheit eines Pitbulls.

Es war rasend schnell.

Besaß eine unglaubliche Kraft.

Es schlug auf Ethan ein, der die Arme hochgerissen hatte, um sein Gesicht vor den Klauen zu schützen, die scharf wie der Schnabel eines Vogels waren und seine Kleidung und Haut mühelos zerrissen.

Innerhalb weniger Sekunden war es ihm gelungen, sich auf Ethans Körper zu hocken, wobei sich die Klauen an seinen Beinen tief in Ethans Unterschenkel bohrten und ihn am Boden festhielten.

Ethan blickte in sein zorniges Gesicht.

Große, fast schon kraterartige Nasenlöcher.

Kleine, trübe Augen.

Ein haarloser Schädel, über dem sich die Haut so eng und dünn spannte, dass er erkennen konnte, wo die einzelnen Schädelplatten wie Puzzleteile gegeneinanderstießen.

Zwei Reihen winziger, rasiermesserscharfer Zähne.

Es kam ihm vor, als würde er schon stundenlang gegen dieses Wesen kämpfen, da die Zeit quälend langsam zu verstreichen schien, doch eigentlich waren erst Sekunden vergangen. Dann begann Ethan auf einmal, sich an seine Kampfausbildung zu erinnern, sein Verstand ignorierte die Angst und die Verwirrung und versuchte, die Panik, die ihn zu verschlingen drohte, auszublenden. Je gefährlicher und chaotischer die Situation war, desto gründlicher musste man darüber nachdenken, wie man sie überleben konnte, und bisher war ihm das nicht gelungen. Wenn er sich von dieser Konfrontation die Kraft rauben ließ und seine Angst und seinen Energieverbrauch nicht unter Kontrolle brachte, wäre er nach weiteren sechzig Sekunden weder körperlich noch mental in der Lage, sich überhaupt noch zu wehren.

Die Kreatur griff erneut an und schlitzte Ethans Bauch auf, wobei sie Stoff, Haut und die oberste Fettschicht über seinen gut trainierten Bauchmuskeln durchtrennte und schließlich die Oberfläche seiner rohen Muskeln ankratzte.

Als sie ihren Kopf immer weiter gegen Ethans Bauch drückte und er spürte, wie sich ihre Zähne durch den Pullover fraßen, begriff Ethan plötzlich, was dieses Wesen vorhatte: Es wollte ihn mit seinen eingebauten Messern ausweiden, um hier mitten in der Schlucht ein Festmahl zu veranstalten, während Ethan dabei zusah und jämmerlich verblutete.

Ethan rammte seine Faust seitlich gegen den Kopf des Wesens und legte all seine Kraft in den Schlag.

Das Ding sah auf und gab ein wütendes, lautes Kreischen von sich.

Dann hob es seine rechte Klaue und wollte auf Ethans Hals losgehen.

Er blockte den Schlag mit dem linken Arm ab, während er mit der rechten Hand auf dem Boden herumtastete und seine Finger verzweifelt nach einer Waffe suchten.

In den Augen der Kreatur brodelte nichts als pure Wut.

Sie ließ von Ethans Bauch ab und wandte ihr schreckliches Gesicht mit gebleckten Zähnen seinem Hals zu.

Es wird mir die Kehle zerfetzen.

Ethans Hand schloss sich um einen Stein.

Er schlug mit dem schweren Stein, der das Gewicht eines Briefbeschwerers hatte, so hart zu, wie er nur konnte, und als er den Kopf des Monsters traf, schwankte es, die pechschwarzen Pupillen in den milchigen Augen zogen sich zusammen und vor Erstaunen blieb ihm der Mund offen stehen.

Ethan zögerte keine Sekunde.

Er packten den Stein und drückte ihn durch die gezackten braunen Zähne, die dabei brachen, in den Mund des Wesens. Die Kreatur wich zurück, doch Ethan setzte mit einem weiteren Hieb nach, einem verheerenden Schlag auf dessen klaffende Nase.

Es stürzte zu Boden, dunkelrotes Blut quoll ihm aus Nasenlöchern und Mund und es gab ungläubige Schreie von sich, während es schwach mit den Krallen nach Ethan schlug, jedoch nicht mehr genug Kraft zu haben schien, um ihm auch nur die Haut aufzuritzen.

Ethan setzte sich auf das Wesen und drückte ihm mit einer Hand den Hals zu, wahrend die andere weiterhin den Stein umklammerte.

Sieben schädelzertrümmernde Schläge, dann bewegte sich die Kreatur nicht mehr.

Ethan warf den blutverschmierten Stein weg und ließ sich auf die Seite fallen, wo er schwer atmend liegen blieb, das Gesicht mit Blut und Knochensplittern bedeckt.

Dann setzte er sich auf und hob sein T-Shirt hoch.

Großer Gott.

Er sah aus, als wäre er an einer Messerstecherei beteiligt gewesen, blutete aus mehreren Stellen am Oberkörper, langen, hässlichen Schnitten, die ihm die Krallen zugefügt hatten. Die Wunde am Bauch, eine fünfzehn Zentimeter lange Einkerbung, war die schlimmste. Nur etwas tiefer, und er wäre erledigt gewesen.

Dann musterte er die Überreste des Wesens, was immer es auch sein mochte.

Er wusste nicht, was er davon halten sollte.

Seine Hände zitterten unkontrollierbar, da das Adrenalin noch immer durch seine Adern raste.

Er stand auf.

Die Schlucht lag wieder lautlos da.

Als er nach oben blickte, glänzte das geheimnisvolle metallische Ding weiterhin in der Sonne. Er war sich nicht ganz sicher, aber er schätzte, dass es sich etwa zwanzig bis fünfundzwanzig Meter über ihm befand, und obwohl er den Grund dafür nicht kannte, verspürte er den unerklärlichen Drang, so schnell wie möglich vom Grund der Schlucht zu verschwinden.

Ethan wischte sich mit den Ärmeln das Blut aus dem Gesicht und ging ein Stück von der Wand weg, um sie besser begutachten zu können. Einige Sekunden lang studierte er alle möglichen Routen und entschied sich dann für eine, die ihn über eine Reihe von schmalen Vorsprüngen zu einem breiteren Absatz führen würde, über den er das fragliche Objekt erreichen konnte.

Er stellte sich vor die Wand.

Nach dem Kampf schien sein Körper zu vibrieren.

Diese Energie konnte er beim Klettern gut gebrauchen.

Ethan griff nach dem ersten breiteren Vorsprung, fand einen Halt und zog sich nach oben.

Seine Bauchmuskeln schmerzten höllisch bei der Anspannung, und noch schlimmer war, dass er sie jetzt bei jeder Bewegung dringend brauchte.

Er ignorierte den Schmerz.

In sechs Metern Höhe hatte Ethan eine Stelle erreicht, auf der er bequem stehen konnte, und er lehnte sich an den Felsen.

Es war Jahre her, seit er das letzte Mal geklettert war, und seine Ineffizienz machte sich daran bemerkbar, dass ihn die ersten sechs Meter bereits extrem angestrengt hatten. Er kletterte mit den Armen, anstatt sich auf die Kraft seiner Beine zu verlassen, und schon jetzt war er schweißgebadet und der Schweiß lief ihm in jede Wunde, jeden Riss und jeden Schnitt.

Vorsichtig drehte er sich um und legte die Hände auf den Stein. Der Vorsprung war vor der Sonne geschützt und der Felsen war eiskalt. Vom Boden aus hatte der nächste Abschnitt gar nicht so schwierig ausgesehen, da es jede Menge Stellen gab, an denen er sich festhalten konnte, und der poröse Felsen ideal zum Klettern zu sein schien. Doch als er jetzt sechs Meter über dem Boden stand und den fast schon vertikalen Aufstieg begutachtete, sahen die Vorsprünge auf einmal nicht mehr so einladend aus und die Distanz zum nächsten größeren Sims, auf dem er sich erneut ausruhen konnte, betrug wenigstens neun Meter.

Ethan schloss die Augen und holte zweimal tief Luft, um seinen Puls wieder zu beruhigen.

Du schaffst das. Du musst *es schaffen.*

Dreißig Zentimeter über seinem Kopf befand sich der kleinste Vorsprung und dann ging es über eine leicht abschüssige Felswand weiter, auf der er aufgrund ihrer Beschaffenheit Halt finden musste.

Seine Angst wuchs weiter, als sich Ethan nach oben weiterhangelte und versuchte, die Stimme in seinem Kopf zu ignorieren, die ihm zuflüsterte, dass er die Höhe, in der er sich bei einem Sturz nur ein paar Knochen gebrochen hätte, hinter sich ließ und nun eine Entfernung zum Boden hatte, die den sicheren Tod bedeutete.

Er musste zunehmend riskantere Entscheidungen treffen und sich an immer schmaleren Vorsprüngen festhalten.

Anfangs hatte er nach jeder Bewegung kurz innegehalten und jeden weiteren Vorsprung mehrfach geprüft, doch das konnte er sich jetzt nicht mehr erlauben. Seine Beine verspannten sich bereits und der erste Krampf schien nicht mehr lange auf sich warten zu lassen. Wenn er hier oben an der Wand unter Krämpfen litt, wäre das sein Ende.

Und so kletterte er, so schnell er konnte, nutzte jeden akzeptablen Felsvorsprung, den er entdecken konnte, und versuchte, Trost in dem Wissen zu finden, dass die Distanz zum Boden immer größer wurde und es bei einem Sturz besser für ihn wäre, sofort zu sterben, anstatt mit einem gebrochenen Bein oder Rückgrat in der nackten Wildnis zu liegen und einem langsamen, schmerzvollen Tod entgegenzusehen.

Trotzdem wuchs seine Angst, je höher er kletterte. Ethan kämpfte gegen den Drang an, nach unten zu sehen, doch er konnte sich der morbiden Faszination irgendwann nicht mehr erwehren und musste einfach wissen, wie hoch er schon über dem Boden war.

Endlich legte er seine rechte Hand auf den rettenden Sims.

Er wollte sich hochziehen und sein linkes Knie auf den Vorsprung schieben.

Als er erkannte, dass er mit der linken Hand ins Leere griff, war es bereits zu spät.

Eine endlose Sekunde lang hing Ethan in der Luft, ein Knie auf dem Vorsprung, während seine Körpermitte durch die Schwerkraft nach unten gezogen wurde und in die schreckliche Leere nach unten zu fallen drohte.

Dann stürzte er sich voller Verzweiflung nach vorn, klammerte sich mit beiden Händen an den Felsen und konnte sich mit der linken auf Brusthöhe festklammern.

Einen Moment lang wusste er nicht, ob er sich festhalten und auf den Sims schwingen konnte oder ob die Schwerkraft siegen würde – seine Finger schienen abzurutschen und seine Knöchel liefen weiß an.

Doch seine Rückwärtsbewegung wurde aufgehalten und er zog sich an den Fingerspitzen nach oben, während seine Stirn über den Stein schabte.

Er musste seine ganze Kraft zusammennehmen, um das rechte Bein nach oben zu schwingen und sich auf den Sims zu stellen.

Der Vorsprung war nur etwa halb so breit wie der letzte, und seine Füße standen über den Rand.

Hier konnte er sich unmöglich hinsetzen oder längere Zeit aufhalten.

Der Riss in der Wand, durch den er die restliche Distanz bis zu dem Metallstück überbrücken konnte, befand sich direkt über ihm. Er sah breit genug aus, dass sich Ethan hineinquetschen könnte, wenn er nur dorthin gelangte, aber im Augenblick hatte er nicht die Kraft, sich hochzuziehen.

Er wäre beinahe ums Leben gekommen und zitterte am ganzen Körper.

Der Schrei ließ ihn seine Furcht vergessen.

Erstaunt sah er fünfzehn Meter nach unten auf den Boden der Schlucht.

Er hatte den Schädel des Monsters zertrümmert.

Wie zum Teufel …

Moment mal.

Es bewegte sich nicht und besaß auch keinen Mund mehr, um ein derartiges Geräusch ausstoßen zu können.

Dann hallte der nächste Schrei, der etwas tiefer klang als der erste, durch die Schlucht, wurde von den Wänden reflektiert und Ethan sah zurück zum Zaun.

Oh Gott.

Es waren fünf, die sich fast schon wie ein Geschwader durch die Schlucht bewegten und die großen Felsen mit schnellen, eleganten Sprüngen überbrückten.

Ethan drückte den Rücken gegen den Felsen und versuchte, so still zu stehen, wie er nur konnte.

Der Anführer des Rudels lief mit voller Geschwindigkeit aus dem Feld aus großen Felsen heraus, und als er das Wesen erreichte, das Ethan getötet hatte, kam er schlitternd zum Stillstand und senkte den Kopf auf den Boden, um am zertrümmerten Schädel seines Artgenossen zu schnuppern.

Als die anderen näher kamen, hob er den Kopf zum Himmel und stieß ein langes, herzergreifendes Jaulen aus, das auch von einem Wolf hätte stammen können.

Die anderen vier gesellten sich zu ihm und zehn Sekunden später jaulten sie alle wie ein trauernder Chor, sodass es Ethan, der reglos auf dem Vorsprung stand und lauschte, eiskalt den Rücken herunterlief, während sein Schweiß und das Blut dieser Kreatur auf seinem Gesicht trockneten.

Er versuchte zu begreifen, was er da sah und hörte, aber es schien keine Erklärung dafür zu geben.

Es überstieg alles, was er je erlebt hatte, und sprengte jegliche Vorstellungskraft.

Als das Jaulen aufhörte, wandten sich die Wesen einander zu und kommunizierten in der seltsamsten Sprache, die Ethan je gehört hatte.

Sie klang wie das furchterregende, abgehackte Schreien gespenstischer Vögel.

Ethan klammerte sich am Felsen fest und kämpfte gegen sein Schwindelgefühl an, als sich die Welt um ihn herum zu drehen begann.

Nun schnüffelten die fünf Wesen neben der toten Kreatur am Boden herum und zwängten ihre Nasen zwischen die Steine.

Als Ethan da über den Monstern stand, wurde ihm auf einmal klar, dass er unmöglich wieder von der Wand herunterklettern konnte, selbst wenn die Wesen verschwinden würden, und er wäre beinahe in Panik ausgebrochen. Er würde nicht einmal von diesem Sims wieder nach unten gelangen. Der einzige Weg, der ihm an dieser Wand blieb, an der er sich beinahe die Zähne ausgebissen hatte, war weiter nach oben.

Auf einmal stieß eine der Kreaturen einen hohen, durchdringenden Schrei aus.

Die anderen rannten zu ihr, sammelten sich um sie und machten zwitschernde Geräusche, und dann lief das größte Wesen, das doppelt so groß sein musste wie das, das Ethan angegriffen hatte, auf einmal los, während es die Nase weiterhin am Boden behielt.

Erst als es am Fuß der Wand angekommen war, hatte Ethan endlich begriffen.

Es verfolgt meine Spur.

Die Kreatur drückte die Nase gegen den Stein und stellte sich dann auf die Hinterbeine.

Langsam ging es ein Stück zurück …

… und sah nach oben, direkt zu Ethan.

Sie folgen meiner Spur.

Es wurde still in der Schlucht.

Fünf Paar milchige Augen studierten Ethan.

Er spürte sein Herz in seiner Brust rasen, als ob es versuchen wollte, sich mit Gewalt einen Weg aus einer Gummizelle zu bahnen.

Ein Gedanke ging ihm immer wieder durch den Kopf …

Können sie klettern?

Wie als Antwort richtete sich das größte Wesen, das auch seine Spur aufgenommen hatte, auf die Hinterbeine und sprang aus dem Stand eineinhalb Meter in die Höhe.

Es klebte an der Wand, als ob es durch einen Klettverschluss mit ihr verbunden wäre, und seine Krallenspitzen gruben sich in die winzigsten Felsvorsprünge, die viel zu klein für Ethan gewesen wären.

Die Kreatur starrte zu Ethan hinauf und dann sprangen auch die anderen an die Wand.

Ethan sah nach oben zu dem Riss über seinem Kopf und blickte sich suchend um, bis er knapp außerhalb seiner Reichweite den nächsten Vorsprung entdeckte.

Er sprang los und umklammerte einige spitze, dunkle Kristalle, während er hinter sich das Kratzen von Klauen auf Stein hörte, das stetig näher kam.

Immer weiter krabbelte er an der Felswand empor, bis er eine Hand auf eine gerade Oberfläche innerhalb des Risses schob und sich in die Öffnung ziehen konnte.

Der Spalt war schmal, nur einen knappen Meter breit, doch er drückte seine Stiefel gegen die Seiten und konnte genug Druck aufbauen, um sich hineinzuzwängen.

Er starrte nach unten.

Das große Wesen hatte den zweiten Sims bereits erreicht und kletterte schnell, furchtlos und ohne Anzeichen von Ermüdung weiter.

Die anderen waren dicht hinter ihm.

Ethan sah sich um: Er befand sich in einer Felsspalte und war an drei Seiten von Stein umgeben. Es gab kaum etwas, woran er sich festhalten konnte, aber er glaubte, sich nach oben schieben zu können.

Er begann zu klettern und die Enge vermittelte ihm ein angenehmes, wenngleich trügerisches Gefühl der Sicherheit.

Nach jedem Schritt sah er zwischen seinen Beinen hindurch nach unten, und obwohl er aufgrund des Gesteins weniger erkennen konnte, sah er, dass sich das große Wesen mühelos zwischen dem zweiten und dritten Sims an dem Teil der Wand nach oben arbeitete, an dem Ethan beinahe gestürzt wäre.

Er hatte sich inzwischen sechs Meter innerhalb des Spalts vorgearbeitet und befand sich mehr als zwanzig Meter über dem Boden der Schlucht. Die Muskeln in seinen Oberschenkeln schmerzten.

Wie weit das Stück Metall, das ihn überhaupt in diese Lage gebracht hatte, noch von ihm entfernt war, wusste er nicht. Hätte er sich allerdings auf dem Grund der Schlucht aufgehalten, als diese Wesen aufgetaucht waren, dann hätten sie ihn vermutlich inzwischen aufgefressen. Vielleicht hatte das schimmernde

Stück Metall, das ihn zu dieser waghalsigen Kletterpartie bewogen hatte, rückblickend sein Leben verlängert, wenn es ihn nicht sogar gerettet hatte.

Das Monster erreichte den dritten Sims und sprang, ohne zu zögern oder über den nächsten Schritt nachzudenken, weiter.

Mit einer einzigen Kralle an seiner linken Vorderpfote konnte es sich auf der Innenseite des Spalts festkrallen, und mit einem unglaublichen Kraftaufwand zog es sich hoch und zwängte sich hinein.

Ethan sah dem Monster in die Augen, das mithilfe von kaum erkennbaren Felsvorsprüngen doppelt so schnell nach oben kletterte, wie es Ethan möglich gewesen war.

Er konnte nichts tun als weiterzuklettern.

Er kämpfte sich voran: eineinhalb Meter.

Drei.

Das Monster war noch siebeneinhalb Meter von ihm entfernt und nah genug, dass Ethan sein gewaltiges rosafarbenes Herz unter der Haut schlagen sah, das aussah, als würde es sich hinter einer dicken Milchglasscheibe befinden.

Nach weiteren drei Metern sah es so aus, als würde der Riss zu einer glatten, vertikalen, furchterregenden Wand führen.

Die Vorsprünge über ihm sahen gut aus und Ethan begriff, dass er seine Taktik ändern musste, wenn ihn das Wesen nicht erreichen sollte, bevor er ins Freie gelangen konnte.

Also wechselte er zum Hangeln und ging die letzten drei Meter im Eiltempo an.

Kurz vor dem Ausgang brach einer der Vorsprünge ab und er hätte beinahe das Gleichgewicht verloren.

Doch er fing sich und stürzte nicht.

Er konnte spüren, wie der Wind aus der Öffnung in den Spalt wehte.

Direkt über sich erblickte er etwas, in dem sich das Sonnenlicht spiegelte.

Dann erstarrte er.

Und sah wieder nach unten.

Um ein Haar hatte er die Chance verpasst, sein Leben zu retten.

Das Monster war noch etwa viereinhalb Meter von ihm entfernt und zwei weitere kletterten direkt hinter ihm. Ethan griff nach unten an den lockeren Vorsprung, der ihn vor ein paar Sekunden beinahe das Leben gekostet hätte.

Er riss den Felsbrocken aus seiner Verankerung und hievte ihn über seinen Kopf.

Der Brocken war größer, als er gedacht hatte: zwei Pfund von Quarz durchzogenes Granit.

Nachdem er sich in der Rinne verkeilt hatte, zielte er und warf den Stein abwärts.

Er traf die Kreatur, die gerade nach einem neuen Vorsprung tastete, mitten ins Gesicht.

Sie verlor den Halt.

Stürzte in dem Spalt nach unten.

Ihre Krallen schabten über den Felsen.

Doch sie fiel zu schnell, um sich festhalten zu können.

Sie traf mit so viel Kraft auf die Kreatur unter sich, dass diese mitgerissen wurde, und dann prallten beide auf die dritte. Und schon stürzten alle drei kreischend zwei Sekunden lang nach unten, stürzten aus dem Riss, prallten von dem Sims ab und taumelten die Felswand hinab auf den Boden zu, wo sie auftrafen und mit wild ineinander verkeilten Gliedmaßen und zertrümmerten Schädeln liegen blieben.

Ethan entstieg dem Riss und musste die Augen zukneifen, da sich das Sonnenlicht direkt über ihm im Metall spiegelte.

Er befand sich mindestens dreißig Meter über dem Boden der Schlucht und ihm drehte sich der Magen um. Von seinem Standpunkt aus konnte er erkennen, dass die gegenüberliegende Wand gute einhundert Meter weiter nach oben zu einem spitz vorstehenden Felskamm führte, der unpassierbar aussah.

Falls es auf seiner Seite genauso aussah, dann konnte er auch gleich hinunterspringen, da er definitiv nicht mehr die Kraft besaß, um auch nur weitere dreißig Meter zu klettern, geschweige denn eine noch viel größere Distanz.

Die beiden verbliebenen Kreaturen an der Felswand rissen ihn aus seinen Gedanken. Anstatt den anderen in den Riss zu folgen, war eine auf der rechten und die andere auf der linken Seite weiter nach oben geklettert. So kamen sie zwar langsamer voran, doch sie waren noch am Leben und bis auf neun Meter an Ethan herangekommen.

Er streckte den Arm aus und hielt sich an einem Vorsprung unterhalb des glänzenden Metalls fest, zog beide Ellenbogen auf den breitesten Felskamm hoch, den er entdeckt hatte, und als er sich hinaufgezogen hatte, befand er sich direkt vor einem stählernen Ventilator, der aus dem Felsen herausragte. Er war rechteckig, hatte einen Durchmesser von etwa sechzig Zentimetern und die Flügel bewegten sich gegen den Uhrzeigersinn.

Krallen schlugen unter ihm klackend gegen den Stein.

Ethan packte eine Seite des Ventilators und zog.

Er bewegte sich nicht und schien in dem Schacht verankert zu sein.

Ethan stand auf dem Sims und ließ seine Hand über die Steinwand gleiten, bis er fand, was er gesucht hatte: einen großen, zwanzig Pfund schweren Granitblock, der locker zu sein schien.

Er hob ihn an und ließ ihn an der Stelle, an der der Ventilator an den Schacht grenzte, fallen.

Das Metall verzog sich und die obere linke Ecke des Ventilators stand ab.

Die Kreaturen waren noch drei Meter unter ihm, so nah, dass er den Verwesungsgeruch ihres letzten Opfers an ihnen riechen konnte.

Erneut hob er den Stein an und schlug damit auf die rechte Ecke der Abdeckung des Ventilators.

Auf einmal war er locker, fiel klappernd herunter, prallte vom Sims ab und hätte beinahe eine der heraufkletternden Kreaturen getroffen.

Alles, was sich jetzt noch zwischen Ethan und der Dunkelheit innerhalb des Lüftungsschachts befand, waren die sich drehenden Ventilatorblätter.

Er rammte den Stein frontal hinein und brachte sie so zum Stillstand.

Nach drei weiteren festen Schlägen hatte er die Einheit von der Aufhängung befreit, packte die Blätter und warf das Ding hinter sich.

Dann nahm er erneut den Stein in die Hand, hielt ihn hoch in die Luft und ließ ihn dann auf die nächste Kreatur fallen, deren Krallen gerade nach dem Sims griffen, auf dem er stand.

Sie fiel kreischend nach unten.

Die letzte Kreatur sah mit an, wie sie zu Boden fiel, dann blickte sie zu Ethan hinauf.

»Du bist der Nächste«, sagte er.

Das Wesen musterte ihn und legte den Kopf schief, als könnte es ihn verstehen oder würde es zumindest versuchen. Es hielt sich direkt unter dem Sims an der Wand fest und hätte ihn leicht erreichen können. Ethan wartete, dass es etwas unternahm, aber es hielt einfach die Stellung.

Ethan wirbelte herum und suchte seine Umgebung nach einem weiteren lockeren Stein ab, doch er konnte keinen entdecken.

Als er sich wieder umsah, hing das Monster noch immer an der Wand.

Es schien zu warten.

Ethan fragte sich, ob er weiter nach oben klettern sollte, um nach einem anderen Wurfgeschoss zu suchen.

Eine dumme Idee. Dann müsstest du wieder nach unten auf den Sims klettern.

Ethan hockte sich hin und schnürte seinen linken Stiefel auf. Er zog ihn aus und entledigte sich dann auch des rechten Stiefels.

Er hielt einen Stiefel in die Luft. Er war nicht so schwer wie ein Stein, würde aber möglicherweise reichen. Dann hielt er ihn am Absatz fest und riss den Arm theatralisch nach hinten, während er dem Monster in die Augen sah.

»Du weißt ja, was jetzt kommt.«

Er täuschte eine Wurfbewegung an.

Das Monster zuckte nicht zusammen und ließ auch nicht wie erhofft den Stein los, sondern presste sich nur enger an die Felswand.

Der nächste Wurf war nicht angetäuscht. Ethan warf den Stiefel mit aller Kraft, doch er segelte über den Kopf der Kreatur hinweg und fiel ungehindert nach unten.

Er hob den anderen Stiefel hoch, zielte und warf.

Der Stiefel traf das Monster direkt ins Gesicht.

Er prallte ab und fiel taumelnd weiter zu Boden, während sich die Kreatur an der Felswand festhielt, Ethan ansah und zischte.

In ihren Augen war nichts als Mordlust zu erkennen.

»Wie lange kannst du dich da noch festhalten?«, fragte Ethan. »Du musst doch irgendwann müde werden.« Er streckte den Arm aus, als wolle er dem Wesen hochhelfen. »Ich werde dir helfen. Du musst mir nur vertrauen.« Die Art, wie die Kreatur ihn ansah, machte ihn nervös. Sie war definitiv intelligent, was umso beängstigender war, als er nicht wusste, wie weitreichend diese Intelligenz war.

Ethan setzte sich hin.

»Ich werde einfach hier warten«, sagte er. »Bis du runterfällst.«

Er beobachtete, wie das Herz des Wesens pochte.

Wie es blinzelte.

»Du bist so abgrundtief hässlich.« Ethan kicherte. »Entschuldige. Ich konnte einfach nicht widerstehen. Das stammt aus einem Film. Aber mal im Ernst: Was zum Geier bist du?«

Fünfzehn Minuten vergingen.

Inzwischen war es später Nachmittag.

Die Sonne sank und der Grund der Schlucht lag bereits im Dunkeln.

Auf dem Hang wurde es kälter.

Einige Wolken zogen am Himmel vorbei, aber der Wind wehte sie auseinander und schon bald war der Himmel wieder kristallklar.

Die fünf Krallen an der linken Vorderpfote der Kreatur begannen zu zittern, klackerten gegen den winzigen Vorsprung und in ihren Augen hatte sich irgendetwas verändert. Ethan konnte noch immer ihre Wut erkennen, aber da war noch etwas anderes: Angst?

Sie drehte den Kopf und musterte die Felsen in der Nähe.

Das hatte Ethan schon längst getan und er war zu demselben Schluss gekommen.

»Ja, das war's, Kumpel. Dieser Sims. Mein Sims. Deine einzige Option.«

Das rechte Bein der Kreatur zitterte und Ethan wollte gerade vorschlagen, dass sie einfach loslassen sollte, als sie lossprang, einen Meter überbrückte und gleichzeitig mit der rechten Klaue ausholte.

Sie hätte ihm das Gesicht aufgerissen, doch er duckte sich, sodass die Krallen nur über seine Kopfhaut schabten. Ethan sprang auf und war bereit, das Wesen mit einem beherzten Tritt vom Sims zu befördern.

Doch das war nicht nötig.

In seinem geschwächten Zustand hatte das Wesen überhaupt keine Chance gehabt, den Sims überhaupt zu erreichen, es hatte einfach nur einen letzten Versuch gewagt, Ethan mit sich in den Abgrund zu reißen.

Der Sturz schien es nicht zu überraschen, da es kein Geräusch von sich gab und auch nicht wild mit den Gliedmaßen um sich schlug.

Es starrte nur nach oben zu Ethan, während es auf den Boden der Schlucht zustürzte und sich nicht bewegte.

Offenbar hatte es sich in sein Schicksal ergeben, womöglich sogar seinen Frieden damit gemacht.

KAPITEL 14

Gestern hatte sie ihr Zimmer nicht verlassen.

Sie war nicht mal aus dem Bett aufgestanden.

Sie hatte sich auf seinen Tod vorbereitet.

Weil sie gewusst hatte, dass es so kommen musste.

Als die Sonne über einer Welt aufging, in der es keinen Ethan mehr gab, hatte sie das dennoch beinahe umgebracht. Irgendwie war am Tag alles real geworden. Die Leute, die einen Morgenspaziergang machten. Sogar die zwitschernden Elstern am Vogelhäuschen. Dass alles einfach weiterging, brach ihr schon zertrümmertes Herz. Die Räder der Welt drehten sich, während sie mit seiner Abwesenheit leben musste wie mit einem Tumor in der Brust und die Trauer so übermächtig war, dass sie kaum atmen konnte.

Heute war sie nach draußen gegangen und jetzt saß sie reglos auf dem weichen Rasen in ihrem Garten im Sonnenlicht. Sie hatte die sie umgebenden Berghänge stundenlang angestarrt, zugesehen, wie die Sonne darüber aufgegangen war, und versucht, nicht nachzudenken.

Das Geräusch sich nähernder Schritte holte sie in die Realität zurück.

Sie drehte sich um.

Pilcher kam auf sie zu.

Seit sie in Wayward Pines lebte, hatte sie den Mann häufiger in der Stadt gesehen, aber sie hatten nie miteinander gesprochen – davor war sie von Anfang an gewarnt worden. Seit dieser verregneten Nacht vor fünf Jahren in Seattle, als er vor ihrer Tür gestanden und ihr diesen seltsamen Vorschlag gemacht hatte, war zwischen ihnen kein Wort gefallen.

Pilcher setzte sich neben sie ins Gras.

Er nahm die Brille ab und legte sie auf sein Bein. »Mir wurde berichtet, dass Sie Ihren Erntetag in der Kooperative versäumt haben.«

»Ich habe das Haus seit zwei Tagen nicht verlassen.«

»Und was bezwecken Sie damit?«, wollte er wissen.

»Ich weiß es nicht. Aber ich kann es nicht ertragen, wie mich die Leute ansehen. Wir dürfen natürlich nicht über ihn reden, aber ich sehe das Mitleid in ihren Augen. Noch schlimmer ist es, wenn sie mich ignorieren. Wenn sie so tun, als ob nichts geschehen wäre. Als hätte er nie existiert. Ich habe noch nicht einmal meinem Sohn erzählt, dass sein Vater tot ist. Ich weiß nicht, wie ich es anstellen soll.«

Der Abend würde bald anbrechen.

Am Himmel war keine Wolke zu sehen.

Die Espenschösslinge, die ihren Garten von dem ihrer Nachbarn trennten, hatten über Nacht goldene Blätter bekommen und die münzförmigen Blätter wackelten im Wind. Sie hörte das Windspiel auf der hinteren Veranda klimpern. In Augenblicken wie diesem, in denen der sichtbare Perfektionismus von einer Realität unterstrichen wurde, die sie nie begreifen würde, befürchtete sie, den Verstand zu verlieren.

»Sie haben sich hier gut integriert«, sagte Pilcher. »Die Schwierigkeiten mit Ethan waren das Letzte, an das ich gedacht hätte. Ich hoffe, dass Sie mir das glauben.«

Sie sah Pilcher an und starrte direkt in seine schwarzen Augen.

»Ich weiß nicht, was ich glauben soll«, erwiderte sie.

»Ist Ihr Sohn im Haus?«

»Ja, warum?«

»Ich möchte, dass Sie reingehen und ihn holen. Mein Wagen parkt vor dem Haus.«

»Wohin bringen Sie uns?«

Er schüttelte den Kopf.

»Werden Sie Benjamin wehtun?«

Pilcher stand auf.

Er blickte auf sie herab.

»Wenn ich Ihnen schaden wollte, Theresa, dann würde ich Sie und Ihren Sohn mitten in der Nacht holen und niemand würde je wieder etwas von Ihnen hören. Aber das wissen Sie bereits. Und jetzt holen Sie ihn. Wir treffen uns in zwei Minuten vor dem Haus.«

KAPITEL 15

Ethan starrte in den Luftschacht.

Er war nicht gerade breit und er würde den Pullover ausziehen müssen, um hindurchzupassen.

Also zerrte er an den Ärmeln, zog ihn aus und warf ihn weg, während sich Gänsehaut auf seinen nackten Armen ausbreitete. Da er vermutete, sich vor allem mit den Füßen abstützen zu müssen, zog er auch gleich noch die Socken aus, um nicht auszurutschen.

Er steckte den Kopf in die Öffnung.

Zuerst bekam er seine Schultern nicht hinein, doch nachdem er sich eine Minute lang gewunden hatte, gelang es ihm endlich, sich halb in den Schacht zu quetschen, wobei er die Arme nach vorn ausstreckte und sich mit den Füßen abstieß. Das dünne Metall fühlte sich an seinen Zehen eiskalt an.

Als er ganz in der Röhre steckte, überkam ihn Panik. Er glaubte, nicht mehr atmen zu können, seine Schultern waren eingezwängt und ihm wurde bewusst, dass er sich nur noch vorwärtsbewegen konnte, wenn er sich nicht beide Schultern ausrenken wollte.

Jetzt konnte er sich nur noch mithilfe seiner Zehen vorwärtsbewegen und einen Rückwärtsgang gab es nicht.

Er schob sich Zentimeter für Zentimeter in dem Luftschacht vor.

Noch immer blutend.

Seine Muskeln waren nach dem anstrengenden Klettern ausgelaugt und seine Nerven lagen blank.

Vor ihm lag nur die völlige Dunkelheit, und im Tunnel war nichts als das Echo seiner Bewegungen zu hören.

Nicht einmal das, wenn er anhielt.

Dann herrschte nur noch Stille, die hin und wieder von einem Knall unterbrochen wurde, der ihn anfangs erschreckte, bis ihm bewusst wurde, dass sich das Metall nur aufgrund der Temperaturschwankungen zusammenzog oder ausdehnte.

Nach fünf Minuten versuchte Ethan, zur Öffnung zurückzublicken, da er noch einmal etwas Licht sehen wollte – ein kleiner Trost –, doch er konnte den Hals nicht weit genug drehen.

* * *

Er kroch weiter und immer weiter.

Umgeben von nichts als Dunkelheit.

Irgendwann, nach dreißig Minuten, fünf Stunden oder einem Tag … musste er anhalten.

Seine Zehen verkrampften sich.

Er sackte gegen das Metall.

Zitterte.

Hatte unglaublichen Durst.

Furchtbaren Hunger, kam aber nicht an die letzten Reste in seiner Tasche heran.

Er hörte sein Herz in seiner Brust schlagen, gegen das Metall pochen, ansonsten herrschte Stille.

* * *

Er schlief.

Oder hatte das Bewusstsein verloren.

Oder war für eine Minute tot.

Als er wieder erwachte, schlug er mit aller Kraft gegen die Seitenwände des Luftschachts, da er nicht wusste, wo er war und nichts als Finsternis sehen konnte.

Einen schrecklichen Moment lang glaubte er schon, lebendig begraben zu sein, und das Geräusch seines Hyperventilierens klang, als ob jemand in sein Ohr schreien würde.

* * *

Er kroch so lange, dass es ihm wie Tage vorkam.

Vor seinen Augen entstanden seltsame Lichtflecke, die immer häufiger auftauchten, je länger er sich in der Dunkelheit aufhielt.

Bunte Lichtexplosionen.

Eingebildete Auroras.

Ein unheimliches Licht in der Finsternis.

Und je länger er durch diese Enge und Dunkelheit kroch, desto mehr nagte ein Gedanke an ihm: dass all das gar nicht real war.

Nicht Wayward Pines, nicht die Schlucht, weder die Kreaturen noch er selbst.

Was ist es dann? Wo bin ich?

In einem langen, dunklen Tunnel. Aber was glaubst du, wo du landen wirst?

Ich habe keine Ahnung.

Wer bist du?

Ethan Burke.

Nein, *wer* bist du?

Bens Vater. Theresas Ehemann. Ich wohne in einer Gegend in Seattle, die Queen Anne genannt wird. Im zweiten Golfkrieg war ich Hubschrauberpilot. Danach Agent des Secret Service. Vor sieben Tagen bin ich nach Wayward Pines gekommen …

Das sind nur die Fakten. Sie sagen nichts über deine Identität, deine Natur aus.

Ich liebe meine Frau, aber ich habe sie betrogen.

Das ist gut.

Ich liebe meinen Sohn, aber ich war selten zu Hause. An seinem Himmel bin ich nur ein kleines Licht.

Das ist noch besser.

Meine Absichten sind gut, aber …

Aber was?

Aber ich versage ständig. Ich tue denen weh, die ich liebe.

Warum?

Ich weiß es nicht.

Verlierst du den Verstand?

Manchmal glaube ich, dass ich mich noch in diesem Folterkeller befinde. Dass ich nie da rausgekommen bin.

Verlierst du den Verstand?

Sag du's mir.

Das kann ich nicht.

Warum nicht?

Weil ich du bin.

* * *

Zuerst glaubte er, nur wieder eingebildete Lichter zu sehen, doch die rätselhaften Farben blieben aus. Es gab kein optisches Feuerwerk.

Nur ein blauer Fleck weit vor ihm, der aussah wie ein sterbender Stern.

Wenn er die Augen schloss, war er verschwunden.

Wenn er sie öffnete, war er wieder da, wie der letzte Überrest der Vernunft in seiner klaustrophobischen Welt. Es war nur ein Lichtpunkt, aber er konnte ihn verschwinden und wieder auftauchen lassen, und selbst dieses kleine bisschen an Kontrolle war etwas, an das er sich klammern konnte.

Ein Anker. Ein sicherer Hafen.

Bitte sei real, dachte Ethan.

* * *

Der schwache blaue Stern wurde größer und schon bald hörte Ethan ein leises Summen.

Er hielt an und spürte, dass der Luftschacht sanft vibrierte, was sich in seinem Körper fortsetzte.

Nach den vielen Stunden in der Dunkelheit wirkte dieses neue Gefühl auf ihn so beruhigend, als wäre er ein Baby, das den Herzschlag seiner Mutter spürt.

* * *

Irgendwann später hatte sich der blaue Stern in ein winziges Rechteck verwandelt.

Es wurde größer, bis es Ethans Sichtfeld komplett ausfüllte, und er wurde immer gespannter.

Irgendwann war er nur noch drei Meter davon entfernt.

Dann eineinhalb.

Schließlich schob er die Arme aus der Öffnung des Luftschachts, seine Schultern knackten und er genoss seine wiedergewonnene Bewegungsfreiheit so sehr, wie er einen Schluck Wasser genossen hätte.

Kopfüber aus der Röhre hängend, starrte er in eine zweite hinunter, die doppelt so breit war und in der er Eingänge zu weiteren Luftschächten erkennen konnte.

Ein sanftes blaues Leuchten kam von einer Glühbirne weiter unten und erfüllte den Hauptluftschacht.

Tief unter sich sah er den Lufteinlass.

Der Ventilator musste sich gute dreißig Meter weiter unten befinden.

Es war, als würde er in einen Brunnen sehen.

Im Abstand von jeweils drei Metern gingen weitere Luftschächte in die große Röhre über, von denen einige noch weitaus breiter zu sein schienen.

Ethan sah nach oben. Die Decke befand sich etwa sechzig Zentimeter über seinem Kopf.

Scheiße.

Er wusste, was er jetzt zu tun hatte, und es gefiel ihm gar nicht.

* * *

Ethan verließ den Schacht mithilfe derselben Technik, mit der er durch den Riss geklettert war: Er stellte die Füße einander gegenüber an die Wand und ließ sich langsam sinken.

Seine nackten Füße hatten auf dem Metall einen guten Halt, und trotz des drohenden Sturzes in den sich drehenden Ventilator, wenn er nur den kleinsten Fehler machte, war er froh, endlich aus dem engen Schacht heraus zu sein.

* * *

Er kam quälend langsam voran, da er immer nur einen Schritt nach dem anderen machen konnte und mit den Armen gegen die Wände drücken musste, wenn er die Beine absenkte, um dann erneut den Druck auf die Fußballen zu verlagern.

Nach zwölf Metern ruhte er sich in der Öffnung eines breiten horizontalen Schachts aus, saß auf dem Rand und starrte auf den Ventilator herunter, während er den letzten Rest seiner Vorräte verzehrte.

Er hatte sich so sehr auf das Überleben konzentriert, dass er sich erst jetzt fragte, welchem Zweck all das hier überhaupt diente.

Als er hinter sich in den Schacht blickte und bemerkte, dass die Dunkelheit in regelmäßigen Abständen durch helle Flecken unterbrochen wurde, beschloss er, nicht weiter nach unten zu klettern.

Stattdessen kroch er auf Händen und Knien zwölf Meter auf dem Metall nach vorn, bis er an der ersten hellen Stelle angelangt war.

Er hielt am Rand an und blickte gespannt, wenn auch etwas nervös nach unten.

Vor ihm war keine Lichtquelle.

Das war ein Ventilator.

Als er hindurchstarrte, konnte er einen gekachelten Boden erkennen.

Die Luft, die zu ihm emporstieg, war angenehm warm, wie eine Meeresbrise mitten im Juli.

Lange Zeit saß er da und wartete.

Nichts geschah.

Er hörte die sich bewegende Luft, seine Atmung, wie sich das Metall ausdehnte und zusammenzog und sonst nichts.

Ethan hob das Gitter des Ventilators an.

Es ließ sich problemlos abnehmen, da es weder angeschraubt, festgenagelt noch verschweißt war.

Dann legte er das Gitter neben sich, ergriff die Kante und sammelte seinen Mut zusammen, um nach unten zu klettern.

KAPITEL 16

Ethan ließ sich aus dem Luftschacht nach unten sinken, bis seine nackten Füße die schwarz-weißen Bodenkacheln berührten. Er stand in der Mitte eines langen, leeren Korridors. Über sich hörte er das Summen fluoreszierender Lichter und das leise Säuseln der Luft durch die Luftschächte, ansonsten war alles still.

Seine Füße erzeugten ein leises Geräusch auf dem Boden, als er sich in Bewegung setzte.

Im Abstand von etwa zwölf Metern waren Türen auf jeder Seite des Gangs, und die nächste auf der rechten Seite stand einen Spalt offen, sodass Licht auf den Boden fiel.

Er erreichte sie – Nummer 37 – und legte seine Hand auf den Türknauf.

Er lauschte.

Keine Stimmen. Keine Bewegungen. Nichts, was ihn abschrecken konnte.

Er drückte die Tür etwas weiter auf und sah hinein.

An der gegenüberliegenden Wand stand ein Einzelbett mit Metallrahmen, das ordentlich gemacht worden war. Daneben ein Schreibtisch mit gerahmten Fotos und Tulpen in einer Vase. Sein Blick wanderte über ein deckenhohes Bücherregal, einen Matisse-Druck, eine Staffelei. Neben der Tür hing ein Frotteebademantel an einem Haken an der Wand, darunter standen pinkfarbene Hausschuhe.

Er ging weiter durch den Korridor.

Keine der Türen war verschlossen und jede, die er öffnete, enthüllte einen ähnlich minimalistisch ausgestatteten Wohnraum, der nur durch wenige individuelle Gegenstände verändert wurde.

Irgendwann endete der beachtlich lange Gang an einer Treppe und Ethan stand auf dem Absatz und blickte drei Stockwerke weit nach unten.

Auf einem Schild an der Wand stand »3. Etage«.

Er schlich zum nächsten Absatz, von dem aus man in einen weiteren Gang gelangte, der genauso aussah wie der vorherige.

Auf einmal hallte lautes Gelächter durch den Gang.

Ethan zog sich auf die Treppe zurück und überlegte, ob er flüchten sollte. Er konnte in die dritte Etage zurückkehren, sich aus einer der Wohnungen einen Stuhl holen und wieder in den Luftschacht klettern. Aber das Lachen erstarb, und obwohl er eine ganze Minute gewartet hatte, kam niemand in den Korridor.

Er ging zehn Meter in die zweite Etage hinein und blieb vor einer Schwingtür stehen, in die ein kleines Fenster eingelassen war.

Drei Männer und zwei Frauen saßen an einem der etwa ein Dutzend Tische einer einfachen Cafeteria, und der Geruch von warmem Essen bewirkte, dass Ethans Magen zu knurren begann.

»Du weißt, dass das nicht stimmt, Clay«, sagte eine der Frauen und deutete mit einer Gabel auf ihn, auf die sie bereits einen Klecks Kartoffelbrei gehäuft hatte.

Ethan ging weiter den Gang entlang.

Er kam an einer Wäscherei vorbei.

Einem Gemeinschaftsraum.

Einer Bücherei.

Einer leeren Turnhalle.

Umkleidekabinen von Männern und Frauen.

Einem Trainingsraum, in dem zwei Frauen nebeneinander auf Laufbändern joggten und ein Mann Gewichte stemmte.

Am anderen Ende stieß Ethan erneut auf eine Treppe und ging hinunter in den ersten Stock.

Vor der ersten Tür blieb er stehen und sah durch das darin eingelassene runde Fenster.

In der Mitte des Raums standen eine fahrbare Krankentrage, umgeben von Lampen, Wagen voller chirurgischer Instrumente, Herzüberwachungsgeräte, Infusionsständer, Kauter- und Absaugeinheiten und einem Durchleuchtungstisch. Alles war makellos sauber und glänzte im schwachen Licht.

Die nächsten drei Türen waren fensterlos und mit Schildern markiert: *Labor A, Labor B, Labor C.*

Weiter den Gang entlang leuchtete es aus einem der Fenster, und Ethan stellte sich daneben.

Er sah hindurch.

Der Raum lag größtenteils im Dunkeln und das Leuchten kam von zahlreichen Monitoren. Fünfundzwanzig Bildschirme waren in Fünferreihen an der Wand montiert worden, und darunter stand eine Konsole, die aussah, als könne man damit einen Raketenabschuss steuern.

Drei Meter von Ethan entfernt saß ein Mann, starrte die Monitore an und bewegte die Finger mit Lichtgeschwindigkeit über eine Tastatur, während sich die Bilder ständig veränderten. Er trug ein Headset und Ethan konnte hören, dass er etwas sagte, seine Worte jedoch nicht verstehen.

Er sah auf einen der Monitore und studierte die wechselnden Bilder …

Die Fassade eines viktorianischen Hauses.

Die Veranda eines anderen Hauses.

Eine Gasse.

Ein Schlafzimmer.

Eine leere Badewanne.

Ein Bad, in dem eine Frau vor dem Spiegel stand und sich die Haare kämmte.

Ein Mann, der an einem Küchentisch saß und eine Schüssel Cornflakes aß.

Ein Kind auf der Toilette, das ein Buch las.

Der Blick auf die Main Street in Wayward Pines.

Der Spielplatz im Park.

Der Friedhof.

Der Fluss.

Das Innere des Cafés.

Der Eingang des Krankenhauses.

Sheriff Pope, der die Füße auf seinen Schreibtisch gelegt hatte und telefonierte.

Ethans Blickwinkel war durch das Fenster eingeschränkt, aber er konnte den linken Rand einer weiteren Monitorwand erkennen und weitere Menschen tippen hören.

Wie eine Supernova stieg brennend heißer Zorn in seinem Inneren auf.

Er legte die Hand auf den Türknauf und wollte ihn drehen. Nur zu gern hätte er sich an diesen Mann angeschlichen, der andere Leute in ihrer Privatsphäre beobachtete, und hätte ihm den Hals umgedreht.

Doch er hielt sich zurück.

Noch nicht.

Ethan entfernte sich vom Überwachungszentrum und ging die Treppe weiter nach unten, um dort einen weiteren Gang zu betreten.

Auch wenn er es aus dieser Entfernung nur schwer erkennen konnte, schien jenseits des Korridors eine weitere Treppe in einen anderen Gebäudeteil zu führen.

Er ging schneller.

Im Abstand von drei Metern kam er an Türen ohne Türknauf vorbei, die sich offenbar nur mit einer Schlüsselkarte öffnen ließen.

An der dritten Tür auf der linken Seite blieb er stehen.

Er sah durch das Fenster in einen dunklen und leeren Raum.

Dasselbe tat er an der zehnten Tür, wo er die Hände um die Augen legte, um in den Schatten weitere Details erkennen zu können.

Das Gesicht einer der Kreaturen aus der Schlucht drückte sich von der anderen Seite zischend und mit gebleckten Zähnen gegen das Glas.

Ethan taumelte nach hinten, bis er an der anderen Wand stand, und der Schreck war ihm so in die Glieder gefahren, dass er fast nichts mehr hören konnte.

Doch da waren Schritte auf der Treppe, die er gerade erst heruntergekommen war.

Ethan hastete den Korridor entlang und rannte, so schnell er konnte, unter den fluoreszierenden Lampen entlang.

Als er das Treppenhaus erreichte, warf er einen Blick nach hinten und sah zwei schwarz gekleidete Gestalten, die in etwa dreißig Metern Entfernung den Gang betraten. Einer deutete nach vorn, rief etwas, und dann liefen sie beide auf ihn zu.

Ethan durchquerte gehetzt das Treppenhaus.

Direkt vor ihm schloss sich eine automatische Glastür.

Er drehte sich seitwärts und konnte sich gerade noch hindurchquetschen, bevor sie hinter ihm zuging.

Die epischen Proportionen des nächsten Raumes überraschten ihn, es war ein Ort mit so verrückten Dimensionen, dass er abrupt stehen blieb.

Seine Füße ruhten nicht mehr auf gekacheltem Boden, sondern auf solidem Stein, und er befand sich am Rand einer Höhle, die Platz für zehn Lagerhäuser geboten hätte. Er schätzte, dass sie mindestens zehntausend Quadratmeter groß war, und der Abstand vom Boden bis zur Decke musste um die zwanzig Meter betragen. In seinem ganzen Leben hatte er erst einen derart beeindruckenden Ort gesehen: die Boeing-Fabrik in Everett, Washington.

Riesige Lichtkugeln hingen an der steinernen Decke und leuchteten ein etwa zehn Quadratmeter großes Feld am Boden aus.

Es mussten Hunderte sein.

Die Glastüren hinter ihm öffneten sich wieder und er hörte die Schritte der schwarz gekleideten Männer, die sich bereits in der Mitte des Korridors befanden.

Ethan rannte in die Höhle und lief einen Gang zwischen Regalen hindurch, in denen sich Bretter in verschiedenen Größen befanden. Die Regale waren zwölf Meter hoch und auf jeder Seite einen Meter tief und sie erstreckten sich über die Länge eines Fußballfelds. Ethan schätzte, dass sie genug Holz enthielten, um Wayward Pines fünfmal neu aufbauen zu können.

Mehrere Stimmen hallten durch die Höhle.

Ein Blick über die Schulter verriet Ethan, dass eine Person, die noch etwa dreißig Meter von ihm entfernt war, auf ihn zurannte.

Er verließ den engen Gang zwischen den Regalen.

Vor ihm war der Boden übersät mit Hunderten von zylindrischen Gefäßen, die neun Meter hoch und auch genauso breit waren, von denen jedes gute dreihundert Kubikmeter fassen konnte und die mit Buchstaben beschriftet waren, die Ethans Größe hatten.

Reis.

Mehl.

Zucker.

Korn.

Jodsalz.

Mais.

Vitamin C.

Sojabohnen.

Milchpulver.

Malz.

Gerste.

Hefe.

Ethan rannte in ein Labyrinth aus Containern. Dicht hinter ihm waren Schritte zu hören, aber er konnte unmöglich feststellen, wo sie sich genau befanden.

Schwer atmend blieb er neben einem Behälter stehen, lehnte sich dagegen und presste den Mund in die Armbeuge, um sein Keuchen zu unterdrücken.

Ein Mann in blauer Arbeitskleidung mit einem Walkie-Talkie in der einen und etwas, das wie ein Viehtreiber aussah, in der anderen Hand hastete an ihm vorbei.

Ethan wartete zehn Sekunden, dann änderte er die Richtung und lief noch etwa dreißig Meter zwischen den Containern hindurch, bis er auf einen Parkplatz voller Autos stieß.

Von Fahrzeugen aus den 80er-Jahren bis zu aktuellen Modellen war hier alles vertreten, und er sah Autos, die er noch nie zuvor gesehen hatte: kurvenreiche, kompakte Designs, die eher an radikale Fahrzeugkonzepte erinnerten als an etwas, das wirklich auf die Straße gehörte.

Ausnahmslos jeder Wagen unter den herunterhängenden Kugellampen hatte glänzende Chromteile und einen makellosen Lack. Sie alle sahen so neu und unversehrt aus, als wären sie erst vor dreißig Sekunden vom Fließband gerollt.

Auf der anderen Seite des Parkplatzes liefen einige Männer vorbei.

Ethan duckte sich hinter zwei roten Jeep Cherokees und wusste nicht, ob man ihn entdeckt hatte, war jedoch davon überzeugt, dass die Männer automatische Waffen trugen.

Er kroch mehrere Wagenlängen am Boden entlang und stand dann langsam neben der Fahrertür eines Impalas aus den 80er-Jahren auf.

Die Männer waren näher, als er gedacht hatte, nur noch etwa zehn Meter entfernt, und sie waren alle mit Maschinenpistolen bewaffnet. Zwei leuchteten mit Taschenlampen in jeden Wagen, an dem sie vorbeikamen, während ein dritter in die Hocke ging und unter jedes Auto sah.

Ethan lief in die entgegengesetzte Richtung, wobei er nicht etwa kroch, sondern sich nur so weit vorbeugte, dass man seinen Kopf durch die Scheiben nicht sehen konnte.

Als er den Rand des Parkplatzes fast erreicht hatte, stieß er auf einen Ford Crown Victoria mit getönten Fenstern. Er blieb stehen und zog lautlos eine der hinteren Türen auf.

Das Innenlicht ging an und Ethan kroch schnell hinein und zog die Tür mit etwas zu viel Kraft wieder zu.

Selbst aus dem Wageninneren konnte er hören, wie das Geräusch der zuschlagenden Tür durch die Höhle hallte.

Er hockte sich im Schatten hinter dem Fahrersitz auf den Boden und sah dann über die Kopfstütze durch die Windschutzscheibe.

Die drei Männer standen jetzt alle aufrecht, drehten sich langsam um und versuchten herauszufinden, woher das Geräusch gekommen war.

Schließlich teilten sie sich auf, und zwei von ihnen entfernten sich von Ethan, während der dritte direkt auf ihn zukam.

Als sich der Mann näherte, kauerte sich Ethan hinter dem Sitz zusammen und versuchte, sich ganz klein zu machen.

Die Schritte kamen näher.

Er drückte den Kopf zwischen die Knie.

So konnte er nichts mehr sehen.

Dann waren die Schritte direkt neben seinem Kopf, nur Zentimeter von ihm entfernt auf der anderen Seite der Tür.

Der Mann ging nicht weiter.

Er war stehen geblieben.

Ethan hätte am liebsten den Kopf gehoben und nachgesehen, was da draußen vor sich ging.

Er fragte sich, ob der Mann mit der Taschenlampe ins Wageninnere leuchtete.

Er hätte zu gern gewusst, wie viel Licht überhaupt durch die getönten Fenster drang.

Wenn er im Inneren nicht genug erkennen konnte, würde er dann die Tür öffnen?

Schließlich ging der Mann weiter, aber Ethan bewegte sich nicht – er wartete noch weitere fünf Minuten, bis er seine Schritte nicht mehr hören konnte.

Dann setzte er sich auf und sah durch die Windschutzscheibe.

Die Männer waren weg.

Er konnte niemanden entdecken.

Vorsichtig öffnete er eine Tür und kroch hinaus auf den Boden. Wenn er genau hinhörte, waren da einige Stimmen, die jedoch aus einem weiter entfernten Teil der Höhle zu kommen schienen.

Nachdem er zehn Meter weit gekrochen war, hatte er den Rand des Parkplatzes erreicht.

Direkt vor ihm befand sich die Wand der Höhle, in der eine so breite Öffnung war, dass zwei Fahrzeuge nebeneinander hindurchfahren konnten.

Ethan stand auf und ging in den Tunnel.

Er war leer, gut ausgeleuchtet und verlief in gerader Linie und einem Winkel von zehn oder zwölf Grad nach unten.

Über der bogenförmigen Öffnung hing ein Schild mit weißer Schrift auf grünem Hintergrund, das aussah wie die Straßenschilder, die man an jedem amerikanischen Highway sehen konnte.

Allerdings war nur ein Ziel aufgeführt …

WAYWARD PINES 3,5

Ethan sah zu den Autos zurück und überlegte, ob er sich eines der älteren Modelle ausborgen sollte, die sich leichter kurzschließen ließen.

Da stach ihm etwas ins Auge: ein blaues kaltes Licht, das aus einer Glastür fiel, die sich etwa fünfzig Meter entfernt im Felsen befand.

Erneut konnte er Schritte und Stimmen hören, die allerdings noch ein Stück weit weg waren, vermutlich auf der anderen Seite der Fahrzeuge. Ethan glaubte, den Strahl einer Taschenlampe auf einem der Behälter zu sehen, aber er war sich nicht sicher.

Er hielt sich dicht an der Höhlenwand.

Sie machte einen leichten Bogen, als er auf die Glastür zulief.

Als er noch anderthalb Meter davon entfernt war, blieb er stehen.

Die Tür glitt auf und er konnte lesen, dass auf dem Glas ein einziges Wort stand:

SUSPENSION

Ethan ging hinein.

Die Tür schloss sich hinter ihm.

Hier war es deutlich kälter, nur ein paar Grad über dem Gefrierpunkt, und er konnte seinen Atem sehen. Das Licht war kalt und blau, wie Sonnenlicht, das durch Eisschollen dringt, und die Luft war trübe, da ein schwach erkennbares Gas in drei Metern Höhe schwebte und die Decke wie eine Wolke verhüllte. Trotzdem roch es in diesem Raum so sauber wie nach einem Schneesturm, rein und frisch.

Die Stille wurde durch zischendes Gas und ein Piepen gebrochen.

Der Raum war in etwa so groß wie ein Gemischtwarenladen und schien eine Reihe rabenschwarzer Einheiten nach der anderen zu beinhalten – es mussten mehrere Hundert sein –, die alle etwa die Größe eines Getränkeautomaten hatten und aus denen oben Gas austrat wie Rauch aus einem Kamin.

Ethan ging in die erste Reihe und stellte sich vor eine der Maschinen.

In der Mitte befand sich eine fünf Zentimeter breite Glasscheibe, hinter der man nichts erkennen konnte.

Links daneben ein Tastenfeld mit mehreren Anzeigen und Messgeräten, die alle auf null standen.

Rechts neben der Glasscheibe entdeckte er ein digitales Namensschild:

JANET CATHERINE PALMER
TOPEKA, KS
SUSPENSIONSDATUM: 3.2.82
WOHNHAFT: 11 JAHRE, 5 MONATE, 9 TAGE

Ethan hörte, dass die Tür geöffnet wurde, und drehte sich zur Seite, um nachzusehen, wer hereingekommen war, doch das umherwabernde Gas blockierte seine Sicht. Er ging weiter die Gasse entlang, tiefer in den Nebel hinein, und sah sich die Namensschilder an jeder Maschine, an der er vorbeikam, an, die alle aus den 80er-Jahren stammten.

Vor einem blieb er schließlich stehen, als er außer dem zischenden Gas und dem Piepen auch Stimmen hören konnte.

Durch die Glasscheibe sah es auf den ersten Blick so aus, als ob die Maschine mit schwarzem Sand gefüllt worden war. Doch er konnte gerade noch einen weißen Finger erkennen, der sich nicht bewegte und dessen Spitze sich von innen gegen das Glas drückte.

Die Anzeige schien eine unbewegliche Herzfrequenz und eine Temperatur von 21,1111 °C darzustellen.

Auf dem Namensschild stand:

BRIAN LANEY ROGERS
MISSOULA, MT
SUSPENSIONSDATUM: 5.5.84
INTEGRATIONSVERSUCHE: 2

Die Maschine daneben war leer, doch Ethan erkannte den Vornamen und fragte sich, ob es sich dabei um sie handelte:

BEVERLY LYNN SHORT
BOISE, ID
SUSPENSIONSDATUM: 3.10.85
TERMINIERT

Jetzt bewegte sich jemand schnell auf ihn zu. Er riss sich von Beverlys Einheit los und in seinem Kopf drehte sich alles, während er auf das Ende des Gangs zulief und in den nächsten abbog.

Was zum Teufel hatte das alles zu bedeuten?

Inzwischen schienen sich sechs Leute in dem Raum aufzuhalten, die alle hinter ihm her waren, doch das war ihm egal.

Er musste nur noch eine weitere Einheit sehen.

Er musste sie einfach sehen.

In der vierten Reihe blieb er etwa in der Mitte des Gangs stehen, obwohl die Stimmen näher kamen.

Er starrte die leere Maschine an.

Seine leere Maschine

JOHN ETHAN BURKE
SEATTLE, WA
SUSPENSIONSDATUM: 24.9.12
INTEGRATIONSVERSUCHE: 3
TERMINATION LÄUFT

Doch es wurde auch nicht realer, als er seinen Namen vor sich sah.

Er stand da und wusste nicht, was er mit diesen Informationen anfangen sollte.

Versuchte zu begreifen, was das bedeutete.

Zum ersten Mal seit einer Ewigkeit wollte er nicht mehr weglaufen.

»Ethan!«

Er kannte diese Stimme, auch wenn er einen Moment brauchte, bis ihm einfiel, zu wem sie gehörte.

Welches Gesicht er damit in Verbindung brachte.

»Wir müssen reden, Ethan!«

Ja, das müssen wir.

Es war Jenkins. Der Psychiater.

Ethan setzte sich in Bewegung.

Er hatte das Gefühl, der Lösung seit Tagen näherzukommen, doch jetzt, wo er dem Ende nahe war, fragte er sich, was genau passieren würde, wenn er alles wusste.

»Ethan, bitte!«

Er sah sich nicht einmal mehr die Namen an oder interessierte sich dafür, ob eine Maschine belegt war oder nicht.

Nur noch eine Sache zählte, ein schrecklicher Verdacht, der an ihm nagte.

»Wir wollen Ihnen nicht schaden! Niemand darf ihm etwas zuleide tun!«

Es gelang ihm gerade noch, in Bewegung zu bleiben, und er näherte sich der letzten Maschine in der hintersten Ecke des Raumes.

Männer folgten ihm.

Er konnte spüren, dass sie im Nebel dicht hinter ihm waren.

Jetzt hatte er keine Fluchtmöglichkeit mehr, aber war das wirklich noch von Bedeutung?

Als er vor der letzten Maschine stand, legte er die Hand auf die Glasscheibe und holte tief Luft.

Umgeben von schwarzem Sand drückte sich das Gesicht eines Mannes gegen das schmale Fenster.

Er hatte die Augen geöffnet.

Blinzelte nicht.

Kein Atemzug ließ die Scheibe von innen beschlagen.

Ethan las das Namensschild und das Jahr seiner Suspension: 2032. Als er sich gerade umdrehte, trat Dr. Jenkins aus dem Nebel. Der kleine, unauffällige Mann wurde von fünf dieser schwarz gekleideten Männer begleitet, die anscheinend ihre Kampfmontur trugen.

»Bitte zwingen Sie uns nicht dazu, Ihnen wehzutun«, sagte Jenkins.

Ethan sah den Gang entlang, in dem bereits zwei weitere Gestalten im Nebel lauerten.

Er saß in der Falle.

»Was ist das hier?«, fragte er.

»Mir ist klar, dass Sie das wissen wollen.«

»Ach ja?«

Der Psychiater musterte ihn. »Sie sehen furchtbar aus, Ethan.«

»Dann wurde ich also eingefroren?«

»Sie wurden chemisch suspendiert.«

»Was hat das überhaupt zu bedeuten?«

»Einfach ausgedrückt haben wir Sie mithilfe von Schwefelwasserstoff in den Winterschlaf versetzt. Sobald sich die Kerntemperatur der Umgebung angepasst hat, legen wir Sie in Vulkansand und umgeben Sie mit so viel Schwefelgas, dass sämtliche Bakterien abgetötet werden. Dann kümmern wir uns um die Sauerstoffzufuhr. Praktisch um alles, das die Zersetzung der Zellen beeinflusst. Auf diese Weise werden Sie in einen höchst effizienten Zustand versetzt, der Ihnen eine längere Lebensdauer ermöglicht.«

»Dann wollen Sie mir damit sagen, dass ich zumindest kurzfristig tot gewesen bin?«

»Nein … Der Tod ist – zumindest der Definition nach – etwas, das man nicht rückgängig machen kann. Wir betrachten es gern so, dass wir Sie auf eine Weise ausgeschaltet haben, die es uns ermöglicht, Sie wieder einzuschalten. Sie neu zu starten. Vergessen Sie nicht, dass Sie nur die einfache Erklärung für einen sehr schwierigen und komplizierten Prozess erhalten. Den wir im Verlauf mehrerer Jahrzehnte perfektioniert haben.«

Jenkins ging vorsichtig weiter, als würde er sich einem tollwütigen Tier nähern. Seine Handlanger blieben dicht neben ihm, rückten ebenso bedacht vor, doch dann gab er ihnen zu verstehen, dass sie zurückbleiben sollten, während er einen halben Meter vor Ethan stehen blieb und ihm eine Hand auf die Schulter legte.

»Mir ist klar, dass das schwer zu verstehen ist. Das kann ich durchaus nachvollziehen. Sie sind nicht verrückt, Ethan.«

»Das weiß ich. Ich habe es immer gewusst. Doch was hat das alles zu bedeuten? Was bezwecken Sie damit?«

»Soll ich es Ihnen zeigen?«

»Ist das eine rhetorische Frage?«

»In Ordnung. Aber ich muss Sie warnen: Ich werde eine Gegenleistung dafür verlangen.«

»Und was?«

Jenkins gab ihm keine Antwort. Stattdessen lächelte er nur und berührte etwas an Ethans Seite.

Ethan hörte es klicken und begriff eine halbe Sekunde, bevor er es spürte, was gerade geschah – als wäre er in einen eiskalten

See gesprungen, spannte sich jeder Muskel seines Körpers, seine Knie gaben nach und er spürte ein Brennen an der Stelle, an der der Kontakt hergestellt worden war.

Dann lag er auf dem Boden, sein ganzer Körper zitterte und Jenkins drückte ihm das Knie gegen das Steißbein.

Eine Nadel stach in seinen Nacken, was den Effekt der elektromuskulären Störung durchbrach, und Jenkins hatte offenbar eine Vene getroffen, denn nahezu augenblicklich verschwand der Schmerz, der ihm durch den Taser zugefügt worden war.

Er spürte gar keine Schmerzen mehr.

Das euphorische Hochgefühl stellte sich schnell ein und Ethan versuchte, sich nicht darin zu verlieren, sondern sich weiterhin vor dem zu fürchten, was gerade geschah.

Doch die Droge war zu schön.

Zu schwer.

Sie zog ihn hinunter in eine schmerzlose Glückseligkeit.

KAPITEL 17

Es sind gerade mal zwei Sekunden vergangen, seit das letzte schwarze Sandkorn aus der oberen Hälfte der Sanduhr gefallen ist, als die Tür aufgeschlossen und geöffnet wird.

Aashif steht lächelnd im Türrahmen.

Ethan sieht ihn zum ersten Mal ohne Kapuze und ihm schießt durch den Kopf, dass er nicht aussieht wie ein Mann, der fähig ist, die Dinge zu tun, die er Ethan angedroht hat.

Sein Gesicht ist glatt rasiert und man kann gerade mal den Ansatz von Bartstoppeln erkennen.

Die Haare sind schwarz, mittellang und nach hinten gegelt.

»Welches Ihrer Elternteile war weiß?«, will Ethan wissen.

»Meine Mutter war Britin.« Aashif betritt den Raum. Er bleibt vor dem Schreibtisch stehen und starrt das Blatt Papier an. Deutet darauf. »Ich hoffe mal, dass es auf der anderen Seite nicht auch leer ist.« Er dreht es um, mustert es einige Sekunden lang und schüttelt dann den Kopf, während er Ethan in die Augen sieht. »Sie sollten etwas aufschreiben, das mich zufriedenstellt. Haben Sie meine Instruktionen nicht verstanden?«

»Ihr Englisch ist perfekt. Ich habe Sie verstanden.«

»Vielleicht glauben Sie dann nicht, dass ich tun werde, was ich angedroht habe.«

»Doch, ich glaube Ihnen.«

»Warum haben Sie dann nichts aufgeschrieben?«

»Das habe ich doch.«

»Mit unsichtbarer Tinte?«

Jetzt ist es an Ethan, zu grinsen. Er muss seine ganze Kraft zusammennehmen, um das Zittern zu unterdrücken, das durch seine Hände fährt.

Er hält die Linke hoch.

»Ich habe das hier geschrieben«, sagt er und zeigt das Tattoo, das er mit der Spitze des Kugelschreibers in seine Handfläche geritzt hat. Es ist dunkelblau und amateurhaft und an einigen Stellen blutet seine Hand noch. Aber angesichts der Zeit, die er dafür zur Verfügung hatte, und der Umstände war es das Beste, was er hinbekommen konnte. »Ich weiß, dass ich bald schreien werde. Weil ich furchtbare Schmerzen haben werde. Immer, wenn Sie sich fragen, was ich gerade denke, können Sie sich einfach meine Hand ansehen und sich diese Worte zu Herzen nehmen. Das ist ein amerikanisches Sprichwort. Ich hoffe, Sie kennen seine ganze Bedeutung?«

»Sie haben ja keine Ahnung, was Sie erwartet«, flüstert Aashif, und zum ersten Mal erkennt Ethan unverhüllte Emotionen in den Augen des Mannes. Trotz seiner Angst spürt er eine gewisse Befriedigung darüber, die Coolness dieses Monsters ins Wanken gebracht zu haben, und er weiß, dass das sein einziger Sieg in dieser brutalen Transaktion sein wird.

»Da irren Sie sich«, erwidert Ethan. »Sie werden mich foltern, mich brechen und mich letzten Endes umbringen. Ich weiß genau, was mich erwartet. Ich habe nur eine Bitte.«

Seine Worte werden mit einem feinen Lächeln quittiert.

»Und die wäre?«

»Hören Sie auf, mir zu erzählen, was für ein toller Hengst Sie sind, Sie Arschloch. Legen Sie endlich los und zeigen Sie's mir.«

* * *

Und Aashif zeigt es ihm den ganzen Tag lang.

* * *

Einige Stunden später kommt Ethan wieder zu Bewusstsein.

Aashif stellt die Flasche mit Riechsalz auf den Tisch neben die Messer.

»Willkommen zurück. Haben Sie sich selbst gesehen?«, fragt er ihn.

Ethan weiß schon längst nicht mehr, wie lange er schon hier unten in dem fensterlosen Raum mit den braunen Wänden festgehalten wird, der nach Tod und ranzigem Blut riecht.

»Sehen Sie sich Ihr Bein an.« Aashifs Gesicht ist schweißgebadet. »Ich sagte: Sehen Sie sich Ihr Bein an.«

Als sich Ethan weigert, steckt Aashif seine blutigen Finger in ein Tongefäß und holt eine Handvoll Salz heraus.

Er wirft es gegen Ethans Bein.

Ethan schreit trotz des Knebels.

Diese Schmerzen.

Bewusstlosigkeit.

* * *

»Ist Ihnen klar, dass Sie ganz mir gehören, Ethan? Dass Sie mir immer gehören werden? Hören Sie mich?«

Wahrere Worte sind nie gesprochen worden.

* * *

Ethan hat sich in eine andere Welt versetzt, versucht, einem Gedankengang zu seiner Frau zu folgen, die ihren Erstgeborenen zur Welt bringt, stellt sich vor, bei ihr im Krankenhaus zu sein, aber der Schmerz holt ihn immer wieder in die Realität zurück.

* * *

»Ich kann es zu Ende bringen«, säuselt ihm Aashif ins Ohr. »Ich kann Sie aber auch noch tagelang am Leben lassen. Ich kann tun,

was immer ich will. Ich weiß, dass es wehtut. Ich weiß, dass Sie größere Schmerzen haben, als ein Mensch Ihrer Meinung nach überhaupt ertragen kann. Aber vergessen Sie nicht, dass ich erst ein Bein bearbeitet habe. Ich bin sehr gut in dem, was ich tue. Ich werde nicht zulassen, dass Sie verbluten. Sie werden erst dann sterben, wenn ich es will.«

* * *

Es besteht zweifellos eine Intimität zwischen ihnen.

Aashif schneidet.

Ethan schreit.

Zuerst hatte Ethan nicht hingesehen, aber jetzt kann er den Blick nicht mehr abwenden.

Aashif zwingt ihn, Wasser zu trinken, und schaufelt ihm lauwarme Bohnen in den Mund, während er sich beiläufig mit ihm unterhält, als wäre er nur ein Friseur und Ethan sein Kunde.

* * *

Später sitzt Aashif in der Ecke, trinkt Wasser und beobachtet Ethan. Er begutachtet sein Werk mit einer Mischung aus Belustigung und Stolz.

Er wischt sich die Stirn und steht auf, sodass der Saum seines Dischdaschas in Ethans Blut getaucht wird.

»Morgen werde ich Sie als Erstes kastrieren, die Wunde mit einer Lötlampe verätzen und mich dann mit Ihrem Oberkörper beschäftigen. Sie können sich ja schon mal überlegen, was Sie zum Frühstück haben wollen.«

Er schaltet das Licht aus und verlässt den Raum.

* * *

Die ganze Nacht hängt Ethan in der Dunkelheit.

Er wartet.

Manchmal hört er Schritte vor der Tür, aber sie geht nie auf.

Der Schmerz ist unerträglich, aber es gelingt ihm, an seine Frau und das Kind zu denken, das er niemals sehen wird.

Er flüstert Theresa aus seinem Kerker etwas zu und fragt sich, ob sie ihn hören kann.

Er stöhnt und er weint.

Er versucht, sich mit dem Gedanken anzufreunden, dass sein Ende nahe ist.

Selbst Jahre später ist es vor allem dieser Moment, als er alleine in der Dunkelheit hängt und nichts als den Schmerz und seine Gedanken hat, während er auf den nächsten Tag wartet, der ihn heimsucht.

Immer wartet er auf Aashifs Rückkehr.

Und er fragt sich, wie sein Sohn oder seine Tochter wohl aussehen wird.

Für welchen Namen sich Theresa entscheiden wird.

Ob sie ohne ihn klarkommen wird.

Sie wird ihm vier Monate später, als sie in ihrer Küche in Seattle am Esstisch sitzen und draußen der Regen ans Fenster prasselt, sagen: »Es ist, als wärst du nie zurückgekommen, Ethan.«

»Ich weiß«, wird er erwidern, während die Schreie seines Sohnes aus dem Babyfon dringen und er denkt: Aashif hat mir nicht nur körperlich eine Menge genommen.

* * *

Und dann geht die Tür endlich auf, grelles Licht dringt in den Raum und holt Ethan ins Bewusstsein und in den Schmerz zurück.

Als sich seine Augen an die Lichtverhältnisse gewöhnt haben, sieht er nicht etwa Aashifs Silhouette vor sich, sondern das Profil eines SEAL in voller Kampfmontur, mit einem M-4 mit ACOG in der Hand, aus dessen Lauf noch Rauch aufsteigt.

Er leuchtet Ethan an und sagt mit dickem Texasakzent: »Großer Gott.«

* * *

Theresa glaubt, die Wunden am Bein stammen vom Unfall.

* * *

Der SEAL ist ein Sergeant namens Brooks und er trägt Ethan auf dem Rücken eine schmale Treppe hinauf und aus dem Kerker im Keller in eine Küche, in der Fleischstücke in einer Pfanne brutzeln.

Frühstück interruptus.

Drei arabische Männer liegen im Flur und fünf weitere Mitglieder des SEAL-Teams stehen in der engen Küche. Einer von ihnen kniet neben Aashif und wickelt ein Stück Stoff um dessen Knie, wo er aus einer Schusswunde blutet.

Brooks setzt Ethan auf einen Stuhl und knurrt seinen Sani an: »Geh da weg.« Er sieht Aashif an. »Wer hat diesen Soldaten verletzt?«

Aashif antwortet ihm auf Arabisch.

»Hab keinen Schimmer, was zum Henker Sie eben gesagt haben«, knurrt der Soldat

»Er war es«, sagt Ethan. »Er hat mir das angetan.«

Einen Moment lang gibt es in der Küche nichts außer dem Geruch des bratenden Fleisches und des verschossenen Schießpulvers.

»Abholung in zwei Minuten«, sagt Brooks zu Ethan. »Das ist der einzige Schwanzlutscher, der noch übrig ist, und in diesem Raum wird niemand ein Wort über das verlieren, was Sie jetzt tun.«

Der Soldat neben dem Herd, der ein Präzisionsgewehr in der Hand hält, sagt: »Verdammt richtig.«

»Können Sie mir hochhelfen?«, bittet Ethan.

Brooks hievt Ethan vom Stuhl und Ethan stöhnt, als er sich durch die Küche auf Aashif zubewegt.

Als sie vor ihm stehen, zieht der SEAL eine SIG.

Ethan nimmt sie ihm aus der Hand und überprüft, ob sie geladen ist.

Monate später fragt er sich, ob er es nicht getan hätte, wenn es ein Film gewesen wäre. Wäre er nicht auf dieselbe Stufe wie dieses Monster gesunken? Aber die nackte Wahrheit ist, dass es Ethan nie in den Sinn kommt, es nicht *zu tun. Und obwohl er später ständig von dem Absturz und allem, was ihm Aashif antut, träumt, sucht ihn dieser Moment nicht heim. Er wird sich nur wünschen, dass er länger gedauert hätte.*

Ethan ist nackt, kann nur mit Brooks Hilfe auf den Beinen stehen, und sein Bein sieht aus, als könnte es genauso gut in einer Fleischerei hängen.

Er fordert Aashif auf, ihn anzusehen.

In der Ferne kann er das Geräusch eines näher kommenden Black Hawk hören.

Abgesehen davon ist es mucksmäuschenstill auf der Straße.

Der Folterer und der Gefolterte sehen sich lange Sekunden in die Augen.

»Sie gehören noch immer mir, vergessen Sie das nicht«, sagt Aashif.

Als er lächelt, schießt ihm Ethan zwischen die Augen.

* * *

Als er das nächste Mal zu sich kommt, lehnt er am Fenster des Black Hawk und starrt einhundert Meter nach unten auf die Straßen von Falludschah, während ihm Brooke ins Ohr brüllt, dass er in Sicherheit ist, dass er nach Hause fliegen wird und dass seine Frau vor drei Tagen einen Jungen zur Welt gebracht hat.

KAPITEL 18

Ethan schlug die Augen auf.

Sein Kopf lehnte an einem Fenster und er starrte auf ein berggiges Gelände herab, das mit 250 km/h unter ihm vorbeiraste. Er vermutete, dass sie in etwa siebenhundertfünfzig Metern Höhe flogen. Nach seiner Rückkehr aus dem Irak hatte er sechs Monate lang einen Rettungshubschrauber geflogen, bevor er sich beim Secret Service bewarb, und er erkannte nicht nur das Geräusch der Lycoming-Turbinen, die über seinem Kopf dröhnten, sondern auch die Dimensionen des Innenraums wieder. Dieses Modell war er selbst schon geflogen.

Er hob den Kopf und wollte sich an der Nase kratzen, musste aber feststellen, dass seine Hände hinter dem Rücken mit Handschellen gefesselt waren.

Die Kabine entsprach dem Standardaufbau: vier Sitze, verteilt auf zwei gegenüberliegende Reihen, und ein Frachtraum im Rumpf, der hinter einem Vorhang verborgen war.

Jenkins und Sheriff Pope saßen ihm gegenüber und Ethan nahm erfreut zur Kenntnis, dass die Nase des Gesetzeshüters noch immer bandagiert war.

Schwester Pam, die ihre klassische Schwesterntracht gegen eine Cargohose, ein langärmliges T-Shirt, einen Kampfanzug und eine taktische H&K-Schrotflinte eingetauscht hatte, saß neben ihm, und eine halbmondförmige Naht zog sich von einem rasierten Teil ihres Kopfes über ihre Schläfe bis hinunter auf die Wange. Die hatte sie Beverly zu verdanken und Ethan bemerkte, dass er wütend wurde, als er an das dachte, was man der armen Frau angetan hatte.

Jenkins' Stimme kam knisternd durch den Kopfhörer. »Wie fühlen Sie sich, Ethan?«

Zwar war er von den Medikamenten noch ziemlich benommen, doch sein Kopf wurde langsam wieder klarer.

Er antwortete nicht.

Starrte sein Gegenüber einfach nur an.

»Ich muss mich für gestern entschuldigen, aber wir durften kein Risiko eingehen. Sie haben bewiesen, dass Sie ein sehr fähiger Mann sind, und ich wollte nicht noch jemanden verlieren. Weder Sie noch einen meiner Männer.«

»Jetzt machen Sie sich also Sorgen, dass Sie noch jemanden verlieren könnten?«

»Wir haben uns auch die Freiheit erlaubt, Sie mit Flüssigkeit zu versorgen, Ihnen Nährstoffe zuzuführen und neue Kleidung zu besorgen. Außerdem wurden Ihre Verletzungen versorgt. Ich muss zugeben … Sie sehen schon viel besser aus.«

Ethan sah aus dem Fenster: Endlose Pinienwälder erstreckten sich in Tälern und auf Hügeln, die gelegentlich über die Baumgrenze hinausreichten und nur noch von Felsen bedeckt waren.

»Wohin bringen Sie mich?«, wollte Ethan wissen.

»Ich werde mein Versprechen einlösen.«

»Das Sie wem gegeben haben?«

»Ihnen. Ich werde Ihnen zeigen, worum es bei all dem geht.«

»Ich verste…«

»Das werden Sie schon. Wie lange noch, Roger?«

Der Pilot schaltete sich über Kopfhörer ein. »Sie sind in fünfzehn Minuten am Boden.«

* * *

Die Landschaft war umwerfend.

Keine Straßen und keine Häuser, so weit Ethan sehen konnte.

Nur bewaldete Hügel und gelegentlich etwas Wasser zwischen den Bäumen, wo Flüsse und Bäche verliefen.

Dann blieb der Pinienwald hinter ihnen zurück und Ethan erkannte an den veränderten Geräuschen der Doppelturbine, dass der Pilot zur Landung ansetzte.

* * *

Sie flogen über braune Hügel, die vertrocknet aussahen und im Verlauf der nächsten fünfzehn Kilometer in einen riesigen Nadelwald übergingen.

In sechzig Metern Höhe kreiste der Hubschrauber mehrere Minuten lang über demselben Fleck, während Pope durch ein Fernglas nach unten sah.

Endlich sagte er etwas in sein Mikrofon. »Sieht gut aus.«

* * *

Sie gingen auf einer Lichtung runter, die von großen Eichen mit bunten Blättern umgeben war, und die Rotoren wirbelten das lange Gras rings um den Hubschrauber auf.

Ethan blickte über das Feld, während die Turbinen herunterfuhren.

»Begleiten Sie mich auf einen Spaziergang?«, fragte Jenkins.

Pam öffnete seinen Sicherheitsgurt.

»Die Handschellen auch?«, erkundigte sie sich.

Jenkins sah Ethan an. »Werden Sie sich benehmen?«

»Klar.«

Ethan beugte sich vor, damit Pam die Handschellen aufschließen konnte.

Sie nahm sie ihm ab.

Er streckte die Arme und massierte seine Handgelenke.

Jenkins blickte Pope an und hielt ihm die ausgestreckte Hand entgegen. »Haben Sie mitgebracht, worum ich Sie gebeten habe?«

Der Sheriff legte ihm einen Revolver aus rostfreiem Stahl in die Hand, der aussah, als könne man damit Magnumgeschosse Kaliber 357 abfeuern.

Jenkins schien nicht überzeugt zu sein.

»Ich habe Sie schießen sehen«, sagte Pope. »Sie kommen damit klar. Zielen Sie einfach auf das Herz oder besser noch auf den Kopf, dann ist alles in Butter.«

Pope griff hinter seinen Sitz und holte eine AK-47 mit einem 100er-Magazin hervor. Ethan beobachtete, wie er sie entsicherte und auf Dreischussbetrieb stellte.

Jenkins nahm seinen Kopfhörer ab. Dann zog er den Vorhang zwischen der Kabine und dem Cockpit auf und sagte zum Piloten: »Wir sind auf Kanal vier und werden uns melden, falls wir schnell wieder weg müssen.«

»Ich behalte den Finger auf dem Startknopf.«

»Funken Sie uns an, falls es Probleme gibt.«

»Ja, Sir.«

»Hat Arnie Ihnen eine Waffe gegeben?«

»Zwei sogar.«

»Es wird nicht lange dauern.«

Jenkins öffnete die Tür und stieg aus.

Nach Pope und Pam sprang auch Ethan aus dem Hubschrauber ins weiche, hüfthohe Gras. Er holte Jenkins ein und sie überquerten rasch das Feld, wobei Pope mit dem Sturmgewehr vorging und Pam die Nachhut bildete.

Es war ein schöner, goldener Nachmittag.

Alle wirkten angespannt und nervös, als wären sie auf Patrouille.

»Seitdem ich nach Wayward Pines gekommen bin, haben Sie mich nur verarscht. Was wollen wir hier draußen in der gottverdammten Wildnis? Sagen Sie es mir auf der Stelle!«

Sie betraten den Wald und bahnten sich den Weg durch dichtes Unterholz.

Das Singen der Vögel wurde lauter.

»Aber, Ethan, das ist keine Wildnis.«

Ethan sah zwischen den Bäumen etwas, das kaum zu erkennen war, und ihm wurde bewusst, dass er es aufgrund all der Vegetation anfänglich übersehen hatte. Er ging schneller und drückte die Büsche und Schösslinge zur Seite, die das Unterholz bildeten, während ihm Jenkins auf dem Fuß folgte.

Als Ethan davorstand, hielt er an und sah nach oben.

Einen Augenblick lang begriff er nicht, was er da vor sich hatte. Weiter unten waren die Balken dick mit toten und grünen Reben umwickelt, deren braune und grüne Ranken die eigentliche Form verdeckten, die sich so nahtlos in die Farbe des Waldes integrierte, dass sie ganz verschwand, wenn man sie schief anblickte.

Weiter oben schimmerte noch die Farbe der Stahlbalken durch und der Rost war fast schon rot. Jahrhunderte der Oxidation. Drei Eichen waren in der Mitte gewachsen und drehten und wanden sich, sodass einige ihrer Äste jetzt tatsächlich die Streben stützten. Nur das Gerippe der unteren sechs Stockwerke stand noch, das korrodierte Skelett eines Gebäudes. Einige höher gelegene Balken hatten sich verbogen und wie Locken braunen Haars gewellt, doch der Großteil des Stahls war schon vor langer Zeit in der Mitte eingestürzt und vom Waldboden verschluckt worden.

Der Lärm der Vögel, die in der Ruine hausten, war gigantisch. Das Gebäude beheimatete jetzt nur noch sie, und Ethan konnte überall Nester erkennen.

»Erinnern Sie sich, dass Sie mich gebeten haben, in ein Krankenhaus in Boise verlegt zu werden?«, fragte Jenkins.

»Ja.«

»Tja, ich habe Sie nach Boise gebracht. Direkt in die Stadtmitte.«

»Was reden Sie da?«

»Sie stehen vor dem Gebäude der U.S. Bank. Dem höchsten Wolkenkratzer in Idaho. Darin befand sich doch auch das Büro des Secret Service, nicht wahr? Im siebzehnten Stock.«

»Sie sind doch verrückt.«

»Ich weiß, dass es wie ein Waldboden aussieht, aber wir stehen eigentlich mitten auf dem Capitol Boulevard. Das Staatskapitol liegt etwa fünfhundert Meter von hier entfernt hinter diesen Bäumen, allerdings müssten Sie schon graben, um noch etwas davon zu sehen.«

»Was ist das? Eine Art Trick?«

»Ich habe Sie gewarnt.«

Ethan packte den Mann am Kragen und zog ihn an sich heran. »Erklären Sie mir das.«

»Sie wurden in der Suspension am Leben gehalten. Sie haben die Einheiten gesehen …«

»Wie lange?«

»Ethan …«

»Wie lange?«

Jenkins schwieg einige Sekunden lang und Ethan begriff, dass ein Teil von ihm die Antwort gar nicht hören wollte.

»Eintausendachthundertvierzehn Jahre …«

Ethan ließ Jenkins' Hemd los.

»… fünf Monate …«

Er taumelte nach hinten.

»… und elf Tage.«

Er sah die Ruinen an.

Blickte zum Himmel hinauf.

»Sie sollten nicht stehen bleiben«, meinte Jenkins. »Setzen wir uns doch.« Ethan ließ sich auf einigen Farnbüscheln nieder und Jenkins warf Pope und Pam einen Blick zu. »Geben Sie uns einige Minuten, okay? Aber gehen Sie nicht zu weit weg.«

Sie entfernten sich.

Jenkins setzte sich neben Ethan.

»In Ihrem Kopf geht jetzt bestimmt alles durcheinander«, sagte er. »Können Sie versuchen, eine Minute nicht nachzudenken und mir zuzuhören?«

Hier hatte es vor Kurzem geregnet. Ethan spürte durch die braune Arbeitskleidung, die sie ihm angezogen hatten, dass der Boden noch feucht war.

»Ich möchte Sie etwas fragen«, fuhr Jenkins fort. »Wenn Sie an die größte Entdeckung der Geschichte denken, was fällt Ihnen da ein?«

Ethan zuckte mit den Achseln.

»Na los, tun Sie mir den Gefallen.«

»Die Raumfahrt, die Relativitätstheorie, ich weiß nicht …«

»Nein. Die größte Entdeckung in der Geschichte der Menschheit war das Wissen darüber, wie der Mensch aussterben könnte.«

»Als Spezies?«

»Genau. 1971 machte ein junger Genetiker namens David Pilcher eine erschreckende Entdeckung. Vergessen Sie nicht, dass das vor dem RNA-Splicing, dem DNS-Polymorphismus war. Er erkannte, dass sich das menschliche Genom, das im Grunde genommen all unsere Erbinformationen enthält, die das Zellwachstum steuern, veränderte, dass es verdorben wurde.«

»Wodurch?«

»Wodurch?« Jenkins lachte. »Durch alles. Durch das, was wir der Erde bereits angetan hatten, und durch alles, was wir ihr in den kommenden Jahrhunderten antun würden. Das Aussterben der Säugetiere. Die Abholzung. Das Schmelzen der Polareiskappen. Das Ozonloch. Die erhöhten Kohlenstoffdioxidwerte in der Atmosphäre. Saurer Regen. Absterbende Ozeane. Überfischung. Ölbohrungen im Meer. Kriege. Der Bau einer Milliarde treibstoffbetriebener Automobile. Atomkatastrophen wie Fukushima, Three Mile Island, Tschernobyl. Die mehr als zweitausend absichtlichen Detonationen von Atombomben zu Testzwecken. Die Entsorgung von Giftmüll. Exxon Valdez. Die BP-Ölkatastrophe im Golf. All die Gifte, die wir jeden Tag mit unserem Essen und dem Wasser zu uns nehmen.

Seit der industriellen Revolution haben wir unsere Welt behandelt, als wäre sie ein Hotelzimmer und wir wären die Rockstars. Aber wir sind keine Rockstars. In Bezug auf die Evolution sind wir eine schwache, anfällige Spezies. Unser Genom ist veränderbar und wir haben diesen Planeten so missbraucht, dass wir letzten Endes auch die kostbare DNS-Blaupause, die uns zu Menschen macht, verdorben haben.

Aber dieser Mann, dieser Pilcher hat gesehen, was uns erwartet. Vielleicht nicht im Detail, aber in groben Zügen. Er hat erkannt, dass die bedeutsamen Veränderungen der Umwelt, die wir bewirkten, im Verlauf mehrerer Generationen das Potenzial für eine tachytelische Anagenese beinhalteten. Anders ausgedrückt: eine schnelle, makroevolutionäre Veränderung. Was ich damit sagen will? Vom Menschen zu etwas *anderem* in dreißig Generationen. Wenn man es in biblische Worte fasst, könnte man sagen, Pilcher hat geglaubt, dass eine Sintflut kommen würde, und er hat beschlossen, eine Arche zu bauen. Können Sie mir folgen?«

»Nein, kann ich nicht.«

»Pilcher glaubte, wenn er eine Anzahl reiner Menschen konservieren könnte, bevor die Korruption die kritische Masse erreicht, dann könnten sie die evolutionären Veränderungen aussitzen, die zur Zerstörung der menschlichen Zivilisation und unserer Art führen. Aber um das zu erreichen, brauchte er eine robuste Suspensionsbelebungstechnologie.

Er richtete ein Labor ein und investierte seine Milliarden in die Forschung und Entwicklung. 1979 hatte er es geschafft und konnte mit der Herstellung von eintausend Suspensionseinheiten beginnen. In der Zwischenzeit hatte Pilcher nach einer Kleinstadt gesucht, in der er seine Fracht deponieren konnte, und als er auf Wayward Pines stieß, wusste er, dass es sich perfekt dafür eignete. Es war abgelegen. Ließ sich gut verteidigen. War von diesen hohen Berghängen umgeben. Schwer zugänglich. Genauso schwer zu verlassen. Er kaufte alle Wohn- und Geschäftsgebäude und begann, tief in den umliegenden Bergen einen Bunkerkomplex zu bauen. Es war ein gewaltiges Projekt, das erst nach zweiundzwanzig Jahren abgeschlossen war.«

»Wie hat er es geschafft, die Vorräte so lange aufzubewahren?«, wollte Ethan wissen. »Holz und Nahrung konnten wohl kaum für zweitausend Jahre reichen.«

»Bis die Crew reanimiert wurde, existierten die Lagerhöhle, die Schlafsäle und das Überwachungszentrum, eigentlich jeder Quadratzentimeter des Komplexes, in einem Vakuum. Es war nicht perfekt und wir haben einen Teil des Materials verloren, aber es hat genug überlebt, dass wir die Infrastruktur von Wayward Pines wieder aufbauen konnten, die im Laufe der Zeit und durch die Elemente ausgelöscht worden war. Doch das Höhlensystem, das wir verwendet haben, enthielt nur eine minimale Luftfeuchtigkeit, und da wir neunundneunzig Komma neun Prozent aller Bakterien vernichten konnten, erwies es sich als fast ebenso effizient wie die Suspension.«

»Dann versorgt sich die Stadt komplett selbst?«

»Ja, sie funktioniert wie ein Amish-Dorf oder eine vorindustrielle Gesellschaft. Wie Sie gesehen haben, gibt es noch riesige Vorräte an Lebensmitteln, die wir verpacken und in die Stadt bringen.«

»Ich habe auch Kühe gesehen. Haben Sie die ebenfalls eingefroren?«

»Nein, wir haben nur einige Embryos in Stasis versetzt und dann eine künstliche Gebärmutter verwendet.«

»2012 gab es so etwas noch nicht.«

»2030 schon.«

»Wo ist Pilcher jetzt?«

Jenkins grinste.

»Sie?«, meinte Ethan staunend.

»Ihre Kollegen Kate Hewson und Bill Evans … Als sie in Wayward Pines verschwunden sind, waren sie auf der Suche nach mir. Ein Teil meiner Aktivitäten war dem Secret Service aufgefallen. Aus diesem Grund sitzen Sie auch jetzt vor mir.«

»Sie haben Bundesagenten entführt? Sie eingesperrt?«

»Ja.«

»Und so viele andere …«

»Neben meiner handverlesenen und außerordentlich großzügig vergüteten Crew konnte ich wohl kaum viele Freiwillige für ein derartiges Unterfangen finden.«

»Also haben Sie Menschen entführt, die nach Wayward Pines gekommen sind.«

»Einige sind in die Stadt gekommen und ich habe sie dort erwischt. Andere habe ich selbst ausgesucht.«

»Wie viele?«

»Sechshundertundfünfzig wurden im Verlauf von fünfzig Jahren einberufen.«

»Sie sind ein Psychopath.«

Pilcher schien über die Anschuldigung nachzudenken und seine dunklen, kalten Augen sahen gedankenverloren aus. Ethan sah dem Mann zum ersten Mal richtig ins Gesicht und erkannte, dass der rasierte Schädel und die gesunde Haut Pilchers Alter Lügen straften. Der Mann musste Anfang sechzig sein. Vielleicht auch älter. Bis zu diesem Moment hatte Ethan seine außerordentlich präzise und kontrollierte Art zu sprechen als Spleen abgetan, als List eines Psychiaters, aber jetzt begriff er, dass sie eigentlich der deutliche Beweis für einen überragenden Intellekt war. Ihm ging auf, dass er hier draußen im Wald vor einem der klügsten Köpfe saß, denen er je begegnet war. Dieses Wissen war gleichzeitig aufregend und angsteinflößend.

Schließlich meinte Pilcher: »Das sehe ich anders.«

»Ach ja? Wie denn?«

»Ich sehe mich eher als … den Retter unserer Spezies.«

»Sie haben Menschen von ihren Familien entführt.«

»Sie haben es immer noch nicht begriffen, oder?«

»Was denn?«

»Was Wayward Pines ist. Ethan … Es ist die letzte Stadt auf der Erde. Eine lebendige Zeitkapsel für unsere Lebensart. Für den amerikanischen Traum. Die Einwohner, die Crew, ich, Sie … Wir sind alles, was von der Spezies *Homo sapiens* noch übrig ist.«

»Und woher wollen Sie das wissen?«

»Ich habe im Laufe der Jahre einige Aufklärungstrupps losgeschickt. Die, die zurückgekommen sind, haben von überaus feindseligen Bedingungen berichtet. Ohne den Schutz und die

Infrastruktur eines Ortes wie Wayward Pines konnte niemand überleben. Seit meine Crew vor vierzehn Jahren die Suspension verlassen hat, senden wir ein ständiges Notsignal über eine Funkbarke, und zwar auf jeder bekannten Notfallfrequenz. Ich habe sogar die Koordinaten von Wayward Pines übermittelt, falls es da draußen noch irgendwo Menschen geben sollte. Bis jetzt ist noch niemand vor unserer Tür aufgetaucht. Niemand hat je versucht, den Kontakt herzustellen. Ich habe gesagt, dass das hier Boise wäre, aber das stimmt nicht. Es gibt kein Boise, kein Idaho, kein Amerika mehr. Diese Namen besitzen keine Bedeutung mehr.«

»Wie hat alles geendet?«

»Das werden wir wohl nie erfahren. Ich bin kurz nach Ihnen in die Suspension gegangen, weil ich nach dem Aufwachen noch fünfundzwanzig Jahre in Wayward Pines verbringen wollte. Und nach 2032 schliefen wir alle im Inneren des Berges. Aber wenn ich raten soll, würde ich vermuten, dass sich 2300 die Abnormalitäten gehäuft haben. Und da die Evolution vor allem auf der Vielfalt beruht, konnte man uns 2500 vermutlich schon als völlig neue Spezies einstufen. Jede Generation veränderte sich weiter, um in dieser vergifteten Welt überleben zu können. Und sie wurde immer weniger menschlich.

»Sie können sich die sozialen und wirtschaftlichen Auswirkungen bestimmt vorstellen. Eine ganze Zivilisation, errichtet von der Menschheit, brach zusammen. Ich schätze, es hat Völkermorde gegeben. Vielleicht kam das Ende über vierzig schreckliche Jahre, vielleicht hat es aber auch eintausend Jahre gedauert. Möglicherweise wurden Milliarden aber auch durch einen groß angelegten Nuklearangriff ausgelöscht. Wir werden es nie genau erfahren. Wir wissen nur, was jetzt da draußen ist.«

»Was denn?«

»Abscheulichkeiten. Wir nennen sie Abbys. Diese Kreaturen mit der durchsichtigen Haut, die Sie in der Schlucht beinahe umgebracht hätten. Seitdem ich die Suspension verlassen habe, bin ich nur dreimal mit dem Hubschrauber geflogen, heute eingerechnet. Das ist ziemlich riskant. Wir waren noch nie weiter als bis Seattle. Oder dem Ort, an dem sich Seattle früher befunden hat. Wir mussten Treibstoff holen und hätten es beinahe nicht zurückgeschafft. Abgeleitet von dem, was ich gesehen habe, muss es allein auf diesem Kontinent mehrere Hundert Millionen dieser Kreaturen geben. Sie sind natürliche Räuber, und wenn ihre Population so gesund ist, wie ich annehme, können wir auf eine zunehmende Zahl an Wild oder anderen Wiederkäuern schließen. Es ist sogar möglich, dass erneut Nachfahren des Bisons in großer Zahl über die Prärie streifen.

»Da wir das Tal nicht verlassen können, um Nachforschungen anzustellen, müssen wir anhand einiger weniger Muster herausfinden, welche Spezies die letzten zweitausend Jahre unbeschadet überlebt haben. Die Vögel scheinen nicht beeinflusst worden zu sein. Ebenso wie einige Insekten. Aber Ihnen ist bestimmt aufgefallen, dass auch welche fehlen. Zum Beispiel Grillen. Es gibt keine Glühwürmchen. Und in vierzehn Jahren habe ich noch keine einzige Biene gesehen.«

»Was sind diese Abbys?«

»Man könnte sie leicht als Mutanten oder Anomalien abtun, aber der Name, den wir ihnen gegeben haben, ist eigentlich irreführend. Die Natur stuft die Dinge nicht in den Kategorien ›gut‹ und ›böse‹ ein. Sie passt ihr Design an die Umgebung an. Indem wir unsere Welt zerstört haben, erzwangen wir auch unsere Transformation in eine Unterspezies des Homo sapiens, die sich durch natürliche Selektion anpasste, um die Zerstörung der menschlichen Zivilisation zu überleben. Wenn man unsere DNS-Stränge vergleicht, unterscheiden sich gerade mal sieben Millionen Basispaare, das entspricht etwa einem halben Prozent.«

»Großer Gott.«

»Die Abbys sind vor allem vom logistischen Standpunkt aus gesehen extrem problematisch. Sie sind viel intelligenter als Menschenaffen und sehr viel aggressiver. Wir haben im Laufe der Jahre eine Handvoll gefangen genommen. Sie studiert. Versucht, mit ihnen zu kommunizieren, aber es ist uns nie gelungen.

Ihre Schnelligkeit und Kraft erinnern eher an den Neandertaler. Schon mit einem Gewicht von dreißig Kilo sind sie tödlich, und einige von ihnen werden bis zu einhundert Kilo schwer. Sie hatten Glück, dass Sie überlebt haben.«

»Aus diesem Grund haben Sie Wayward Pines auch eingezäunt.«

»Es ist ernüchternd, wenn man erkennt, dass wir nicht mehr an der Spitze der Nahrungskette stehen. Gelegentlich kommt ein Abby durch, aber wir haben Bewegungssensoren rings um die Stadt aufgestellt, und das ganze Tal wird Tag und Nacht von Scharfschützen überwacht.«

»Warum haben Sie dann nicht einfach …«

»Auf *Sie* geschossen?« Jenkins grinste. »Zuerst habe ich darüber nachgedacht. Als Sie die Schlucht erreichten, wussten wir, dass sich einige Abbys in der Nähe aufhielten. Sie waren unbewaffnet. Warum sollten wir Munition vergeuden?«

»Aber die Einwohner … Sie wissen von all dem nichts?«

»Nein.«

»Was denken sie?«

»Sie sind hier wie Sie nach einem Unfall aufgewacht und wurden natürlich an den entsprechenden Stellen neu verletzt. Dank unseres Integrationsprogramms lernen sie, dass man von hier nicht wegkommt. Und es gibt Regeln und Konsequenzen, um die Komplikationen zu verringern, wenn jemand aus dem Jahr 1984 neben jemandem aus 2015 lebt. Damit die Einwohner gedeihen und sich reproduzieren, dürfen sie nicht wissen, dass nur noch sie übrig sind. Sie müssen so leben, als ob ihre Welt da draußen noch existiert.«

»Aber das tut sie nicht. Was soll dann die ganze Lüge? Wenn Sie sie aus der Suspension holen, warum sagen Sie ihnen dann nicht einfach: ›Herzlichen Glückwunsch! Sie haben als Einzige überlebt!‹?«

»Das haben wir bei der ersten Gruppe versucht. Wir hatten die Stadt gerade erst neu aufgebaut, brachten alle in die Kirche und erzählten ihnen, was Sache ist.«

»Und?«

»Innerhalb von zwei Jahren hatten fünfunddreißig Prozent Selbstmord begangen. Weitere zwanzig Prozent hatten die Stadt verlassen und waren umgekommen. Es gab keine Hochzeiten. Niemand wurde schwanger. Ich habe dreiundneunzig Menschen verloren, Ethan. Ich ... Nein, die *Menschheit* kann sich derart große Verluste nicht erlauben. Nicht, wenn unsere Spezies derart in Gefahr ist und es nur noch achthundertundelf Seelen gibt. Ich behaupte nicht, dass unsere Methode perfekt ist, aber in all den Jahren, in denen wir fast alles probiert haben, hat sie sich als effizientestes System erwiesen, um das Wachstum der Bevölkerung anzutreiben.«

»Aber sie stellen sich doch ständig Fragen, oder nicht? Sie wollen wissen, was da draußen ist. Wo sie sich wirklich befinden.«

»Einige tun das, aber unsere Spezies ist anpassungsfähig. Dank der Konditionierung akzeptieren die meisten wie brave Menschen ihre Umgebung, solange es noch irgendeine Hoffnung gibt.«

»Ich glaube nicht, dass sie akzeptieren, dass es die Welt da draußen noch gibt, wenn Sie sie ihnen nicht zeigen.«

»Glauben Sie an Gott, Ethan?«

»Nein.«

»Viele taten es. Sie hielten sich an einen Sittenkodex. Erschufen Religionen. Haben im Namen von Göttern gemordet, die sie nie gesehen oder gehört hatten. Glauben Sie an das Universum?«

»Klar.«

»Oh, dann sind Sie also im All gewesen? Haben Sie diese fernen Galaxien mit eigenen Augen gesehen?«

»Okay, okay.«

»Wayward Pines ist nur eine geschrumpfte Welt. Eine Kleinstadt, die man nicht verlassen kann. Furcht und der Glaube an das Unbekannte existieren weiterhin, nur in kleinerem Maßstab. Die Grenzen der Welt, aus der Sie kommen, waren das All und Gott. In Wayward Pines sind die Grenzen die Berghänge, die die Stadt schützen, und die geheimnisvolle Präsenz in den Bergen, nämlich ich.«

»Sie sind kein echter Psychiater.«

»Ich habe keine Ausbildung absolviert, aber in der Stadt spiele ich einen. Es hilft mir dabei, das Vertrauen der Einwohner zu gewinnen. Und ich erfahre immer, wie die Stimmung in der Stadt ist. Ich kann die Menschen bei ihrem Kampf ermutigen und ihre Zweifel beseitigen.«

»Sie haben sie dazu gebracht, Beverly zu ermorden.«

»Ja.«

»Und Agent Evans.«

»Er hat mich dazu gezwungen.«

»Sie hätten auch mich umbringen lassen.«

»Aber Sie sind entkommen. Sie haben sich als anpassungsfähiger erwiesen, als ich anfänglich dachte.«

»Sie haben eine Kultur der Gewalt geschaffen.«

»Das ist nichts Neues. Wenn die Gewalt zur Norm wird, passen sich die Menschen an die Norm an. Das ist nicht anders als bei den Gladiatoren, als man die Christen den Löwen zum Fraß vorgeworfen hat oder als man im Wilden Westen öffentlich gehängt wurde. Eine Atmosphäre der Selbstkontrolle ist keine schlechte Sache.«

»Aber diese Menschen sind nicht wirklich frei.«

»Freiheit ist ein Konstrukt des 21. Jahrhunderts. Wollen Sie mir tatsächlich erzählen, dass die Freiheit des Einzelnen wichtiger ist als das Überleben der Spezies?«

»Sie sollten das zumindest selbst entscheiden können. Das wäre ihrer würdig. Ist es nicht das, was uns menschlich macht?«

»Das ist nicht Ihre Entscheidung.«

»Oh, aber Ihre?«

»Würde ist ein schönes Konzept, aber was ist, wenn sie die falsche Entscheidung treffen? Wie die erste Gruppe. Wenn es keine Spezies mehr gibt, die ein solches Ideal verfolgen kann, was bringt es dann?«

»Warum haben Sie mich am Leben gelassen?«

Pilcher lächelte, als wäre er froh, dass Ethan dieses Thema endlich zur Sprache brachte. Dann hielt er den Kopf schief. »Hören Sie das?«

»Was?«

»Es ist still.«

Die Vögel zwitscherten nicht mehr.

Pilcher stand auf.

Ethan tat es ihm nach.

Auf einmal war es im Wald ruhig geworden.

Pilcher zog die Waffe aus seinem Hosenbund.

Er hielt sich das Walkie-Talkie vor den Mund.

»Pope, bitte kommen. Over.«

»Ja. Over.«

»Wo sind Sie? Over.«

»Etwa zweihundert Meter nördlich. Ist alles in Ordnung? Over.«

»Ich habe das Gefühl, dass wir verschwinden sollten. Over.«

»Verstanden. Sind unterwegs. Over and out.«

Pilcher ging auf die Lichtung zu.

Ethan konnte hören, dass hinter ihnen Äste zerbrachen und Laub raschelte, als Pope und Pam zu ihnen eilten.

»Das war nicht leicht für mich, mit Ihnen zweihundert Kilometer zu den Ruinen von Boise zu fliegen, Ethan. Ich hoffe, dass Sie die Geste zu schätzen wissen. Wir hatten im Laufe der Jahre einige problematische Einwohner, aber keinen wie Sie. Was glauben Sie, ist mir am wichtigsten?«

»Keine Ahnung.«

Ethan konnte die Lichtung schon zwischen den Eichen sehen.

Rote Blätter fielen träge von höheren Ästen auf sie herab.

»Kontrolle. In Wayward Pines gibt es eine Untergrundorganisation, die sich augenscheinlich fügt. Aber insgeheim wollen sie die Macht übernehmen. Nennen Sie es … Aufsässigkeit. Eine Rebellion. Sie wollen sich befreien, den Vorhang zurückziehen, alles Mögliche ändern. Ist Ihnen klar, dass das das Ende von Wayward Pines und von uns allen bedeuten kann?«

Sie kamen zwischen den Bäumen hindurch, und der Hubschrauber, dessen bronzene Farbe in der Nachmittagssonne glänzte, war noch knappe einhundert Meter von ihnen entfernt.

Was für ein perfekter Herbsttag, schoss es Ethan durch den Kopf.

»Was wollen Sie von mir?«, fragte er Pilcher.

»Ich möchte, dass Sie mir helfen. Sie besitzen einige seltene Talente.«

»Warum habe ich das Gefühl, dass ich eigentlich gar keine Wahl habe?«

»Natürlich haben Sie die.«

Der Wind wehte in Ethans Gesicht und drückte das Gras zu Boden.

Sie erreichten den Hubschrauber und Pilcher zog die Tür auf und ließ Ethan zuerst einsteigen.

Als sie einander gegenübersaßen, meinte Pilcher: »Seit Sie in Wayward Pines aufgewacht sind, wollten Sie weg. Ich gebe Ihnen die Gelegenheit dazu und lege sogar noch einen Bonus darauf. Sie bekommen ihn sofort. Sehen Sie hinter sich.«

Ethan drehte sich um und schob den Vorhang zum Frachtraum beiseite.

Ihm stiegen Tränen in die Augen.

Es war die ganze Zeit da gewesen, dieses Wissen, das er sich nicht hatte eingestehen wollen. Wenn das, was Pilcher gesagt hatte, stimmte, dann würde er seine Familie nie wiedersehen. Sie wäre nichts weiter als Staub und Knochen.

Doch da war sie. Theresa und Ben lagen bewusstlos und gefesselt auf zwei Tragen und zwischen ihnen stand eine schwarze Tasche.

Sein Junge sah gar nicht mehr wie ein Junge aus.

»Nachdem ich Sie in der Suspension hatte, habe ich mich über Sie erkundigt, Ethan. Ich fand, dass Sie Potenzial haben. Also habe ich Ihre Familie aufgesucht.«

Ethan wischte sich über die Augen. »Wie lange sind sie schon in Wayward Pines?«

»Fünf Jahre.«

»Mein Sohn … Er ist …«

»Er ist jetzt zwölf. Sie haben sich beide gut integriert. Ich hielt es für klüger, dass sie stabil sind und sich eingelebt haben, bevor ich Sie aufwecke.«

Ethan gab sich gar nicht erst die Mühe, den Zorn in seiner Stimme zu verbergen, und stieß die Worte fast schon knurrend aus. »Warum haben Sie so lange gewartet?«

»Das habe ich nicht. Ethan, das ist unser dritter Versuch mit Ihnen.«

»Wie ist das möglich?«

»Eine der Nebenwirkungen der Suspension ist retrograde Amnesie. Bei jeder Reanimation wird Ihr Gehirn auf den Zustand vor der ersten Suspension zurückgesetzt. In Ihrem Fall also zu dem Autounfall. Allerdings glaube ich, dass einige Erinnerungen bleiben. Möglicherweise manifestieren sie sich in Träumen.«

»Habe ich schon einmal versucht zu fliehen?«

»Beim ersten Mal haben Sie den Fluss überquert und wurden beinahe von den Abbys getötet. Wir haben interveniert und Sie gerettet. Beim zweiten Mal haben wir dafür gesorgt, dass Sie Ihre Familie sehen, weil wir hofften, dass Ihnen das helfen würde. Aber Sie haben versucht, zusammen mit Ihrer Frau und Ihrem Sohn zu fliehen. Dabei wären Sie beinahe alle drei umgekommen.«

»Dann wollten Sie dieses Mal also meinen Verstand manipulieren?«

»Wir dachten, dass wir vielleicht eine Chance haben, wenn wir Ihnen eine Psychose einreden und Sie mit starken Neuroleptika vollpumpen.«

»Daher kamen also meine Kopfschmerzen.«

»Wir haben sogar versucht, Ihre Vergangenheit als Folteropfer gegen Sie einzusetzen.«

»Wie meinen Sie das?«

»Ich habe Ihre Militärakte. Ihren Bericht über die Geschehnisse in Falludschah. Wir haben versucht, bei Popes Verhör daran anzuknüpfen.«

»Sie sind … krank.«

»Ich hätte nie damit gerechnet, dass Sie tatsächlich in den Bunker einbrechen. Wir wollten Sie einfach den Abbys überlassen. Aber als Sie in der Suspension vor mir standen, ist mir eines klar geworden: Sie sind dickköpfig. Sie sind bis zum Ende ein Kämpfer. Sie würden die Realität von Wayward Pines nie akzeptieren. Mir wurde klar, dass ich nicht länger gegen Sie ankämpfen durfte. Dass Sie kein Problem, sondern vielmehr eine Hilfe sein könnten.«

»Warum haben Sie mir das alles nicht einfach erzählt?«

»Weil ich nicht wusste, was Sie mit dem Wissen anfangen würden, Ethan. Selbstmord begehen? Versuchen, sich alleine durchzuschlagen? Aber jetzt ist mir klar geworden, dass Sie zu den seltenen Exemplaren gehören.«

»Wie meinen Sie das?«

»Der Großteil der Menschen in der Stadt würde die Wahrheit über das, was da draußen ist, nicht ertragen. Aber Sie … Sie kommen mit der Lüge nicht klar. Der Unwissenheit. Sie sind der erste Einwohner, dem ich das je mitgeteilt habe. Natürlich hat es Ihre Familie belastet, dass Sie solche Schwierigkeiten hatten.«

Ethan drehte sich wieder zu Pilcher um. »Warum haben Sie sie hergebracht?«

»Ich lasse Ihnen die Wahl, Ethan. Sie wissen nichts über die Welt außerhalb von Wayward Pines. Sie schon. Wenn Sie es wollen, dann lasse ich Sie hier auf diesem Feld mit Ihrer Familie zurück. In der Tasche befinden sich Vorräte, Ausrüstungsgegenstände und sogar ein paar Waffen. Sie sind ein Mann, der die Dinge nach seinen Bedingungen regeln will, und das respektiere ich. Wenn Ihnen das am wichtigsten ist, dann soll es so sein. Sie können hier draußen in der Hölle regieren oder im Himmel, in Pines, dienen. Es ist Ihre Entscheidung. Aber wenn Sie nach Pines zurückkommen, wenn Sie die Sicherheit und die Unterstützung für Ihre Familie wollen, dann zu meinen Bedingungen. Und meine Bedingungen haben einige Nachteile, Ethan. Wenn Sie mich enttäuschen, wenn Sie mich verraten, dann lasse ich Sie dabei zusehen, wie Ihr Sohn und …«

Ein plötzliches Geräusch ließ Pilcher verstummen. Zuerst glaubte Ethan, jemand hätte im Wald einen Presslufthammer angeworfen, aber dann kam die Erkenntnis gleichzeitig mit der Angst.

Die AK wurde abgefeuert.

Pams Stimme brüllte über Funk: »Starten Sie den Hubschrauber! Sie kommen!«

Pilcher warf einen Blick ins Cockpit. »Bringen Sie uns hier raus«, sagte er.

Ethan hörte, wie die Turbinen des BK117 starteten und wie Pams Schrotflinte donnernd losging. Er rückte zum Fenster und starrte nach draußen in den Wald, als die Schüsse lauter wurden.

In der Kabine des Hubschraubers war es bereits zu laut für eine Unterhaltung, also setzte er den Kopfhörer auf und bedeutete Pilcher, dasselbe zu tun.

»Was verlangen Sie von mir?«, wollte Ethan wissen.

»Helfen Sie mir, Pines zu leiten. Von innen heraus. Das wird nicht leicht, aber Sie sind aus dem richtigen Holz geschnitzt.«

»Ist das nicht Popes Aufgabe?«

Ethan sah eine Bewegung zwischen den Bäumen, als die Turbinen zu jaulen begannen und der Hubschrauber immer stärker vibrierte.

Pope und Pam kamen aus dem Wald und rannten auf die Lichtung.

Drei Abbys sprangen aus den Bäumen und Pope mähte zwei von ihnen mit einem Feuerstoß nieder, während Pam dem dritten eine Schrotladung in die Brust pustete.

Ethan stürzte auf die andere Seite der Kabine und sah aus dem Fenster.

»Pilcher.«

»Ja?«

»Geben Sie mir Ihre Waffe.«

»Warum?«

Ethan tippte an die Scheibe und deutete auf ein Rudel Abbys, das auf der anderen Seite der Lichtung auftauchte. Es waren wenigstens vier und sie liefen auf allen vieren schnell auf Pope und Pam zu.

»Sind Sie auf meiner Seite, Ethan?«

»Sie werden sie umbringen.«

»Sind Sie auf meiner Seite?«

Ethan nickte.

Pitcher legte ihm die 357er in die Hand.

Ethan riss sich den Kopfhörer vom Kopf und brüllte ins Cockpit: »Wie lange?«

»Dreißig Sekunden!«

Dann riss er die Tür auf und sprang auf die Wiese.

Der Lärm und der Wind der Rotorenblätter dröhnten in seinen Ohren.

Pope und Pam waren noch fünfzig Meter entfernt und standen mit dem Rücken zum Hubschrauber, während sie wild um sich schossen.

Sie hatten bereits ein Dutzend Abbys getötet, deren blasse Körper im Gras lagen, aber es kamen immer mehr.

Mehr als Ethan zählen konnte.

Er lief in die entgegengesetzte Richtung.

Zwanzig Meter hinter dem Hubschrauber blieb er stehen und stellte die Füße schulterbreit auseinander.

Er sah mit dem Revolver in der Hand nach vorn, einer Double-Action Ruger mit sechsschüssiger Trommel.

Er hob die Hand.

Zielte über den Lauf.

Fünf von ihnen rasten mit voller Geschwindigkeit heran.

Er spannte den Hahn, als das Dröhnen der Maschinenpistole und das Donnern der Schrotflinte das Geräusch der Turbinen übertönten.

Als die Abbys noch neun Meter entfernt waren, dachte Ethan: *Jetzt wäre es keine dumme Idee, langsam mal zu schießen. Und kein zweiter Versuch. Du musst sie mit dem ersten Schuss umlegen.*

Er visierte den in der Mitte an, und als sich dieser in der Aufwärtsbewegung befand, schoss er ihm eine Kugel in den Kopf, sodass seine obere Schädelhälfte in einer Blutfontäne weggesprengt wurde.

Zumindest hatte er Hohlspitzgeschosse.

Die anderen vier rannten unbeeindruckt weiter.

Sie waren noch sechs Meter von ihm entfernt.

Er schaltete die beiden auf der linken Seite aus, indem er ihnen jeweils eine Kugel ins Gesicht schoss.

Den vierten traf er in die Kehle.

Der letzte Abby war jetzt noch drei Meter von ihm entfernt.

Er konnte ihn bereits riechen.

Ethan schoss, als er lossprang, aber die Kugel streifte nur das Bein, und Ethan zielte neu, während der Abby auf ihn zurannte.

Er spannte den Hahn und drückte den Abzug, als das Monster schon fast vor ihm stand und ihn mit gebleckten Zähen so laut anschrie, dass es sogar das Dröhnen der Turbinen übertönte.

Die Kugel traf ihn in den Mund und riss die Rückseite seiner Schädeldecke weg, und Knochen und Gehirnmasse spritzten nach hinten, als er gegen Ethan prallte.

Er bewegte sich nicht.

Er war wie gelähmt.

In seinem Kopf rüttelte es so heftig, dass überall, wo er hinsah, Lichtblitze explodierten und sein Gehör verrückt spielte – alle Geräusche drangen gedämpft und verlangsamt an sein Ohr, mit dem Effekt, dass er die einzelnen Klangkomponenten der chaotischen Symphonie, die ihn umgab, einzeln wahrnehmen konnte.

Schüsse aus der Schrotflinte.

Die AK.

Die sich drehenden Rotorblätter.

Die Schreie der Abbys.

Steh auf, steh auf, steh auf.

Ethan schob den toten Abby von seiner Brust und setzte sich auf. Er wollte auf die andere Seite der Lichtung blicken, aber vor seinen Augen verschwamm alles. Er blinzelte mehrmals schnell und schüttelte den Kopf, und langsam wurde die Welt wieder schärfer, als hätte jemand ein Fernglas fokussiert.

Großer Gott.

Wenigstens fünfzig von ihnen befanden sich bereits auf der Lichtung.

Viele weitere kamen in jeder Sekunde zwischen den Bäumen hervor.

Alle rasten auf den Hubschrauber in der Mitte der Lichtung zu.

Ethan rappelte sich auf und stellte fest, dass sein Gleichgewichtssinn nach dem Zusammenprall nicht mehr richtig funktionierte und er einen Linksdrall hatte.

Er taumelte auf den Hubschrauber zu.

Pam saß bereits darin.

Pope stand ein Stück weit entfernt und versuchte noch immer, die Abbys in Schach zu halten. Er hatte die Maschinenpistole jetzt geschultert und schoss mit größerer Präzision, aber Ethan vermutete, dass ihm langsam die Munition ausging.

Ethan klopfte ihm auf die Schulter, stellte sich auf eine Kufe und rief: »Weg hier.«

Pilcher öffnete die Tür und Ethan kroch in die Kabine.

Er setzte sich und starrte aus dem Fenster.

Eine Armee von Abbys strömte auf die Lichtung.

Es waren Hunderte.

Sie waren noch zehn Sekunden vom Hubschrauber entfernt und kamen immer näher.

Als Ethan den Kopfhörer aufsetzte, schloss Pilcher die Kabinentür und rief: »Los geht's, Roger.«

»Was ist mit dem Sheriff?«

»Pope bleibt hier.«

Durch das Fenster konnte Ethan sehen, wie Arnold die AK fallen ließ und versuchte, die Tür zu öffnen, deren Griff sich jedoch nicht bewegen ließ.

Pope starrte Pilcher durch das Fenster an, und in den Augen des Gesetzeshüters zeichnete sich seine Verwirrung ab, die jedoch rasch durch Erkenntnis ersetzt wurde.

Gefolgt von Angst.

Pope schrie etwas, das keiner von ihnen verstehen konnte.

»Warum?«, wollte Ethan wissen.

Pilcher wandte den Blick nicht von Pope ab. »Er will herrschen.«

Pope schlug so heftig mit den Fäusten gegen das Fenster, dass sie bluteten.

»Ich will Sie ja nicht hetzen, Roger, aber wir werden alle sterben, wenn Sie uns nicht von hier wegbringen.«

Ethan spürte, wie die Kufen wackelten und vom Boden abhoben.

»Sie können ihn nicht einfach hierlassen«, sagte er.

Ethan sah nach unten, als der Hubschrauber abhob und der Sheriff den linken Arm um eine Kufe schlang und versuchte, sich daran festzuhalten.

»Es ist entschieden«, erwiderte Pilcher. »Sie sind jetzt mein neuer Sheriff. Willkommen an Bord.«

Ein Mob von Abbys umringte Pope, sprang und schlug nach ihm, aber er hatte die Kufe nicht losgelassen und seine Füße baumelten schon außerhalb ihrer Reichweite.

»Roger, bringen Sie uns doch bitte ein paar Zentimeter weiter nach unten«, sagte Pilcher.

Der Hubschrauber ruckte nach unten – Ethan merkte, dass der Pilot seit Jahren nicht mehr geflogen war –, sodass Pope wieder in Reichweite der Abbys kam.

Als der erste Popes Bein packte, sackte das Heck des Hubschraubers unter dem Gewicht nach unten.

Ein weiterer Abby sprang an Popes anderes Bein und eine Schrecksekunde lang glaubte Ethan schon, sie würden den Hubschrauber abstürzen lassen.

Roger korrigierte ihre Position und schnell schwebten sie sechs Meter über der Lichtung.

Ethan starrte hinunter in Popes aufgerissene Augen.

Der Mann hielt sich nur noch mit einer Hand an der Kufe fest, seine Knöchel liefen schon weiß an und drei Abbys hingen an seinen Beinen.

Er sah Ethan in die Augen.

Dann rief er etwas, das im Dröhnen des Hubschraubers unterging.

Pope ließ los, fiel etwa eine halbe Sekunde lang und verschwand in der tobenden Menge.

Ethan wandte den Blick ab.

Pilcher starrte ihn an.

Er sah durch ihn hindurch.

Der Hubschrauber drehte ab und flog gen Norden auf die Berge zu.

* * *

Der Flug war ruhig und Ethan sah entweder aus dem Fenster oder nach hinten zu seiner schlafenden Familie.

Als er sich das dritte Mal umdrehte, meinte Pilcher: »Es geht ihnen gut, Ethan. Sie werden heute Abend sicher und gesund in ihren Betten aufwachen. Das ist es doch, was zählt, oder? Hier draußen wären Sie alle gestorben.«

Es dämmerte langsam.

Ethan war todmüde, aber immer, wenn er die Augen schloss, wanderten seine Gedanken in einhundert verschiedene Richtungen und kamen nicht zur Ruhe.

Also sah er einfach zu, wie die Welt an ihm vorbeiflog.

Sein Blick ging gen Westen.

Die Sonne war untergegangen, und nun zeichneten sich die Berge wie ein deformiertes Sägeblatt vor dem Abendhimmel ab.

Außer dem Pinienwald weit unter ihnen gab es nichts zu sehen.

Nirgendwo war auch nur ein Lichtpunkt zu entdecken, der wegen eines Menschen geschienen hätte.

* * *

Sie flogen durch die Dunkelheit.

Das Licht innerhalb der Kabine war gedimmt, das Leuchten der Instrumente hinter dem Vorhang verborgen und Ethan kam sich vor, als würde er auf einem schwarzen See dahintreiben.

Oder im Weltraum.

Seine Familie lag hinter ihm und das tröstete ihn, doch als er sich gegen die kalte Scheibe lehnte, hatte er dennoch Angst.

Er war verzweifelt.

Sie waren allein.

So schrecklich allein.

Es traf ihn bis ins Mark.

Diese letzten Tage hatte er darum gekämpft, in das Leben außerhalb von Wayward Pines zurückkehren zu können, aber das gab es nicht mehr.

Es war seit beinahe zweitausend Jahren verschwunden.

Und damit auch seine Freunde.

Sein Heim.

Sein Job.

Fast alles, was ihn ausmachte.

Wie sollte ein Mann mit so etwas klarkommen?

Wie konnte man mit diesem Wissen weiterleben?

Was brachte einen dazu, morgens aufzustehen und weiterzuatmen?

Deine Familie. Die beiden Menschen, die hinter dir schlafen.

Ethan öffnete die Augen. Zuerst konnte er kaum glauben, was er sah.

In einiger Entfernung konnte er am Boden Licht inmitten all der Dunkelheit erkennen.

Es war Wayward Pines.

Die Lichter an den Häusern und auf den Veranden.

Die Straßenlampen und Autoscheinwerfer.

Das alles verschmolz zu dem sanften nächtlichen Glühen einer Stadt.

Einer Zivilisation.

Sie flogen jetzt niedriger, und er wusste, dass da unten im Tal ein viktorianisches Haus stand, in dem seine Frau und sein Sohn lebten.

In dem er jetzt auch leben konnte.

Dort gab es ein warmes Bett, das nur auf ihn wartete.

Und eine Küche, in der es nach den Gerichten roch, die sie kochten.

Eine Veranda, auf der sie an den langen Sommerabenden sitzen konnten.

Einen Garten, in dem er mit seinem Sohn Fangen spielen konnte.

Vielleicht hatte das Haus sogar ein Zinndach, denn es gab nichts, was er mehr liebte, als das Prasseln von Regentropfen auf Zinn zu hören.

Insbesondere, wenn er nachts im Bett lag, seine Frau im Arm hielt und sein Sohn auf derselben Etage schlief.

Die Lichter von Wayward Pines strahlten die Klippen an, die es umgaben, und zum ersten Mal wirkten diese steilen Berghänge einladend auf ihn.

Sie waren Festungen gegen den Schrecken, der dahinter lag.

Sie beschützten die letzte Stadt auf Erden.

Würde sie sich je wie ein Zuhause *anfühlen*?

Wäre es okay, wenn sie das tat?

Sie glauben, der Mensch könnte den Planeten zerstören? Was für ein berauschend eitler Gedanke. Die Erde hat bisher noch alles überlebt. Sie wird gewiss auch uns überleben. Für die Erde sind eine Million Jahre nichts. Dieser Planet lebt und atmet in ganz anderen Dimensionen. Wir können uns seinen langsamen und mächtigen Rhythmus nicht einmal vorstellen, und wir besitzen auch nicht die Demut, es zu versuchen. Wir sind nur für einen Sekundenbruchteil hier zu Hause. Wenn wir morgen fort sind, wird uns die Erde nicht vermissen.

Michael Crichton

EPILOG

Er sitzt in seinem ruhigen Büro, hat die Stiefel auf den Schreibtisch gelegt, begutachtet den Messingstern und streicht über die Buchstaben WP in der Mitte, die aus schwarzem Stein bestehen, möglicherweise Obsidian. Er trägt eine dunkelbraune Stoffhose und ein tannengrünes langärmliges Hemd, genau wie sein Vorgänger. Der Stoff fühlt sich neu an und übermäßig gestärkt.

Am nächsten Tag ist eine lange Besprechung mit Pilcher und seinem Team angesetzt, aber dieser Tag ist ereignislos verlaufen.

Und seltsam.

Acht Stunden lang hat er in seinem Büro gesessen, ist seinen Gedanken nachgehangen und wurde nur einmal durch einen Anruf gestört: Belinda, seine Sekretärin, hatte ihn mittags gefragt, ob sie ihm etwas zu essen mitbringen sollte.

Er beobachtet, wie der Minuten- und der Sekundenzeiger der Uhr auf die Zwölf vorrutschen.

Es ist siebzehn Uhr.

Er nimmt die Stiefel vom Schreibtisch, steht auf und setzt seinen Cowboyhut auf, während er den Messingstern in die Tasche schiebt. Vielleicht kann er es am nächsten Tag endlich über sich bringen, ihn anzustecken.

Vielleicht aber auch nicht.

Wie jeder erste Tag ist auch dieser lang gewesen und er ist froh, dass er zu Ende geht.

Er wirft den drei antiken Waffenschränken einen Blick zu, einen begierigen, flüchtigen Blick, verlässt sein Büro und geht durch den Flur auf den Eingangsbereich zu.

Auf Belindas Schreibtisch liegen Spielkarten.

»Ich mach Feierabend«, sagt Ethan.

Die grauhaarige Frau legt ein Pikass ab und sieht ihn mit einem warmen Lächeln an, das absolut nichts über sie aussagt. »Wie war Ihr erster Tag?«

»Ganz okay.«

»Machen Sie sich einen schönen Abend, Sheriff. Wir sehen uns dann morgen früh.«

* * *

Es ist ein kühler, klarer Abend.

Die Sonne ist bereits hinter den Bergen untergegangen und die Luft ist so kühl, dass es in dieser Nacht zum ersten Mal frieren könnte.

Ethan geht in einer ruhigen Gegend über den Bürgersteig.

Ein alter Mann sitzt auf einem Schaukelstuhl auf einer Veranda und ruft: »'N Abend, Sheriff.«

Ethan tippt sich an den Hut.

Der Mann hebt eine dampfende Tasse hoch.

Als wolle er ihm zuprosten.

Irgendwo in der Nähe ruft eine Frauenstimme: »Matthew! Essen!«

»Ich komme gleich, Mom! Nur noch fünf Minuten!«

»Nein, jetzt gleich!«

Ihre Stimmen hallen durch das Tal.

In der nächsten Straße kommt er an einem ganzen Block vorbei, der zu einem Gemeindegarten umgestaltet worden ist, in dem auch jetzt mehrere Leute arbeiten und große Körbe mit Obst und Gemüse füllen.

Der Duft überreifer Äpfel liegt in der Luft.

Überall, wo Ethan hinsieht, dringt Licht aus Häusern und es riecht nach Abendessen.

Durch geöffnete Fenster hört er Geschirr klappern, leise Unterhaltungen und wie Backöfen geöffnet und geschlossen werden.

Jeder, dem er begegnet, lächelt und grüßt.

Es ist, als wäre ein Gemälde von Norman Rockwell zum Leben erwacht.

* * *

Er überquert die Main Street und geht ein Stück die Sixth Street entlang, bis er bei der Adresse ankommt, die ihm Pilcher gegeben hat.

Es ist ein dreistöckiges viktorianisches Haus, gelb, mit weißen Fensterrahmen, an dem vor allem das tränenförmige Fenster auffällt, das sich direkt unter dem Zinndach befindet.

Durch ein großes Fenster im Erdgeschoss sieht er eine Frau an der Küchenspüle stehen, die einen Topf Nudeln abgießt, wobei ihr der Dampf ins Gesicht steigt.

Als er sie beobachtet, schlägt sein Herz auf einmal schneller.

Es ist seine Frau.

Er geht über den gepflasterten Weg durch den Vorgarten, die drei Treppen hinauf und steht auf der Veranda.

Er klopft an die Fliegengittertür.

Nach einem Moment geht das Licht an.

Sie öffnet weinend die Tür und starrt ihn durch das Fliegengitter an, während hinter ihr Schritte auf der Treppe zu hören sind.

Ethans Sohn steht hinter ihr und legt die Hände auf die Schultern seiner Mutter.

»Hi, Dad.«

Das ist nicht mehr die Stimme eines kleinen Jungen.

»Himmel, du bist ja größer als deine Mutter.«

Noch ist die Fliegengittertür zwischen ihnen und Theresa sieht durch das Gitter genauso aus wie früher, auch wenn sie ihr blondes Haar länger trägt als damals.

»Ich habe gehört, dass sie dich zum Sheriff gemacht haben«, sagt Ben.

»Das stimmt.« Ein langer Augenblick voller Emotionen verstreicht. »Theresa.«

Sie wischt sich mit beiden Händen über die Augen.

»Es riecht köstlich«, sagt Ethan.

»Ich koche Spaghetti.«

»Ich liebe deine Spaghetti.«

»Ich weiß.« Ihre Stimme versagt.

»Haben sie dir gesagt, dass ich komme?«

Sie nickt. »Bist du wirklich hier, Ethan?«

»Ja.«

»Wirst du diesmal auch bleiben?«

»Ich werde dich nie wieder verlassen.«

»Wir haben so lange gewartet.« Sie muss sich die Wangen abwischen. »Ben, geh doch bitte mal die Soße umrühren.«

Der Junge rennt in die Küche.

»Hast du was dagegen, wenn ich reinkomme?«, fragt Ethan.

»Wir haben dich in Seattle verloren. Dann haben wir dich hier verloren. Ich kann das nicht noch mal durchmachen und er auch nicht.«

»Theresa, sieh mich an.« Sie sieht ihm in die Augen. »Ich werde dich nie wieder verlassen.«

Er hat Angst, dass sie fragt, was passiert ist. Warum er nicht tot ist. Vor dieser Frage hat er sich den ganzen Tag gefürchtet und versucht, sich darauf vorzubereiten.

Aber sie kommt nicht.

Stattdessen öffnet sie die Tür.

Er hatte befürchtet, verhärtete Züge an ihr zu entdecken, hatte eine Wahnsinnsangst davor gehabt, aber im Leuchten der Verandalampe kann er keine Bitterkeit erkennen. Nur den Ansatz einiger Fältchen um den Mund, die früher noch nicht da gewesen waren. Um diese hellgrünen Augen, die ihm vor so vielen Jahren den Boden unter den Füßen weggezogen hatten. Viele Tränen. Aber auch Liebe.

Vor allem Liebe.

Sie zieht ihn über die Schwelle in ihr Haus.

Die Tür fällt hinter ihnen zu.

Im Haus weint ein Junge.

Einem Mann gelingt es nicht, die eigenen Tränen zurückzuhalten.

Drei Menschen in inniger Umarmung, die gar nicht mehr enden will.

Und draußen setzt im gleichen Moment, in dem die Straßenlaternen angehen, irgendwo in einer Hecke an der Veranda ein Geräusch ein, das sich in regelmäßigen Abständen wiederholt, so stetig wie ein Metronom.

Es ist das Zirpen einer Grille.

NACHWORT VON BLAKE CROUCH

Am 8. April 1990 lief die erste Folge der Kultfernsehserie *Twin Peaks* von Mark Frost und David Lynch auf ABC, und einen Moment lang hielt Amerika den Atem an und wollte wissen: *Wer ist der Mörder von Laura Palmer?* Ich war damals zwölf und ich werde das Gefühl nie vergessen, das mich überkam, als ich diese seltsame Serie über diese unheimliche Stadt mit dem verdammt guten Kaffee und dem köstlichen Kirschkuchen sah, in der nichts so war, wie es den Anschein hatte.

Twin Peaks wurde irgendwann eingestellt, der großartige Regisseur und die tollen Schauspieler machten andere Dinge, aber an die unglaubliche Magie dieser ersten Folgen erinnere ich mich noch zwei Jahrzehnte später. Serien wie *Ausgerechnet Alaska, Picket Fences, Akte X* und *Lost* gelang hin und wieder, diese schaurig-schöne Gänsehautatmosphäre aufleben zu lassen, die *Twin Peaks* definiert hatte, aber zumindest für mich als Fan ist diese Serie unübertroffen geblieben.

Es heißt ja, dass Kunst – seien es Bücher, Musikstücke oder etwas Visuelles – immer eine Reaktion auf andere Kunst ist, und das trifft meiner Meinung nach zu. So gut *Twin Peaks* auch war, so hat mich diese Serie und vor allem ihr abruptes und vorzeitiges Ende mit einem sehr unbefriedigten Gefühl zurückgelassen. Kurz nachdem die Serie eingestellt worden war, war ich so frustriert, dass ich sogar versucht habe, eine mythische dritte Staffel zu schreiben, nur für mich selbst, damit ich das Erlebnis fortsetzen konnte.

Das ging wie so viele andere Versuche in meiner Kindheit daneben, aber sowohl als Mensch als auch als Autor habe ich versucht, meinen damaligen Gefühlen nachzuspüren.

Wayward Pines ist die Krönung all meiner Bemühungen in diesen zwanzig Jahren, in denen ich versucht habe, etwas zu schaffen, bei dem ich mich so fühle wie bei *Twin Peaks*. Ich will damit nicht sagen, dass *Wayward Pines* so gut ist wie Lynchs Meisterwerk oder es schaffen kann, Ihnen das Gefühl dieser Serie zurückzubringen. Sie war so einzigartig, dass jeder Versuch, ihre Aura nachzubilden, von vorneherein scheitern muss. Aber ich wollte zum Ausdruck bringen, wie sehr *Wayward Pines* von Lynchs Idee einer Kleinstadt mitten im Nichts, die von außen wunderschön aussieht, aber von Nahem ihr pechschwarzes Gesicht zeigt, beeinflusst wurde.

Wayward Pines wäre nie entstanden und ich wäre möglicherweise nie Schriftsteller geworden, wenn mir meine Eltern im Frühling 1990 nicht erlaubt hätten, donnerstagabends lange aufzubleiben und eine Serie zu gucken, wie wir sie vermutlich nie wieder sehen werden.

Also vielen Dank, Mom und Dad. Und danke, Mr. Lynch und Mr. Frost. Und natürlich danke ich auch dem unvergleichlichen Agenten Dale Cooper.

Wayward Pines ist nicht *Twin Peaks*, bei Weitem nicht, aber ohne die Serie hätte es das Buch nie gegeben.

Ich hoffe, es hat Ihnen gefallen.

Blake Crouch
Durango, Colorado
August 2012

Weitere Bücher von Blake Crouch

Andrew Z. Thomas-Reihe

Bruderherz (Original: *Desert Places*)
Blutzeichen (Original: *Locked Doors*)
Break You
Thicker Than Blood (The Complete Series)
Kite mit J. A. Konrath (Original: *Stirred*)

Andere Werke

Eerie
Run
Draculas mit J.A. Konrath, Jeff Strand und F. Paul Wilson
Famous
Abandon
Snowbound
Serial mit Jack Kilborn
»Bad Girl« (Kurzgeschichte)
Serial Uncut mit J. A. Konrath und Jack Kilborn
Killers mit Jack Kilborn
Birds of Prey mit Jack Kilborn und J. A. Konrath
Killers Uncut mit Jack Kilborn und J. A. Konrath
Serial Killers Uncut mit Jack Kilborn und J. A. Konrath
»*69« (Kurzgeschichte)
»Remaking« (Kurzgeschichte)
»On the Good, Red Road« (Kurzgeschichte)
»Shining Rock« (Kurzgeschichte)
»The Meteorologist« (Kurzgeschichte)
»Unconditional« (Kurzgeschichte)
»Hunting Season« (Kurzgeschichte mit Selena Kitt)
Perfect Little Town (Horrornovelle)
The Pain of Others (Novelle)
Four Live Rounds (Gesammelte Erzählungen)
Six in the Cylinder (Gesammelte Erzählungen)
Fully Loaded (Vollständige gesammelte Erzählungen)

DANKSAGUNG

Mein Agent David Hale Smith und alle bei Thomas & Mercer haben 100 Prozent gegeben, damit dieses Buch erscheinen konnte. Es ist ein Privileg, mit einer Gruppe so talentierter Menschen zu arbeiten, die die Art, wie wir lesen, verbessern.

Ein großes Dankeschön geht auch an Andy Bartlett, Jacque Ben-Zekry, Rory Connell, Vicky Griffith, Mia Lipman, Paul Diamond, Amy Bates, Jeff Belle, Daphne Durham, Jon Fine, Alex Carr, Philip Patrick, Alan Turkus, Sarah Gelman, Jodi Warshaw und Leslie LaRue sowie zu guter Letzt an meine KDPeeps Brian Mitchell, Brian Carver und Nader Kabbani.

Ich habe das große Glück, mit einigen großartigen Autoren und sehr scharfsinnigen Lesern befreundet zu sein. Sie haben mir ein großartiges Feedback zu frühen Versionen von *Wayward Pines* gegeben und das Buch in jeder nur denkbaren Hinsicht besser gemacht. Ich möchte außerdem meinem Schreibpartner Joe Konrath, Maria Konrath, meinem Bruder Jordan Crouch und dem großartigen Künstler Jeroen ten Berge danken, der das Cover gestaltet hat, ebenso wie Ann Voss Peterson, Suzanne Tyrpak, Selena Kitt und Marcus Sakey. Ein besonderer Dank geht an Barry Eisler, der mein Buch mit Argusaugen gelesen hat.

Zu guter Letzt danke ich auch meiner Familie – Rebecca, Aidan und Annslee. Danke, dass ihr mich bei diesem Buch so unterstützt habt, das ich unbedingt schreiben musste. Ich liebe euch.

24100976R00193

Printed in Poland
by Amazon Fulfillment
Poland Sp. z o.o., Wrocław